페스트

이 도서의 국립중앙도서관 출판예정도서목록(CIP)은 서지정보유통지원시스템 홈페이지(http://seoji.nl.go.kr)와
국가자료종합목록 구축시스템(http://kolis-net.nl.go.kr)에서 이용하실 수 있습니다.
(CIP제어번호: CIP2015033258)

세계문학전집
1 3 3

Albert Camus : La peste

페스트

알베르 카뮈 장편소설

유호식 옮김

문학동네

일러두기

1. 번역 대본으로는 *La peste* (Albert Camus, Gallimard, Bibliothèque de la Pléiade, 2010)를 사용했다.
2. 주석은 모두 옮긴이주이다.
3. 본문 중 고딕체는 원서에서 이탤릭체로 강조한 부분이다.

차례

어떤 형태의 감금 상태를 다른 형태로 표현해보는 것은
그것이 무엇이든 실제로 존재하는 것을 존재하지 않는 것으로
표현해보는 것만큼이나 합리적이다.

대니얼 디포

제1부

이 연대기에서 다루고 있는 이상한 사건들은 194×년 오랑에서 일어났다. 사람들이 대체로 동의하고 있듯이 이 사건은 다소 이례적이라서 오랑에서 일어날 법한 일은 아니다. 사실 언뜻 보아도 오랑은 평범한 도시로, 알제리 해안에 있는 프랑스의 도청 소재지에 불과하다.

그 도시가 보기 흉하다는 사실을 고백할 수밖에 없다. 물론 겉보기에는 평온해서, 이 도시와 세계 각지에 흩어져 있는 수없이 많은 상업 도시들이 어떤 점에서 구분되는지를 알아차리려면 시간이 좀 걸린다. 예를 들어 비둘기도 나무도 공원도 없는 도시, 새들이 날갯짓하는 모습을 볼 수 없고 나뭇잎들이 바스락거리는 소리도 들리지 않는 도시, 한마디로 말해 중성적인 장소를 어떻게 설명해야 사람들이 상상할 수 있을까? 그곳에서는 계절의 변화도 하늘을 보고서야 겨우 알 수 있다.

공기의 질감이나 꽃 파는 아이들이 교외에서 가져오는 꽃바구니를 통해 봄이 왔음을 가까스로 알게 되는 것이다. 사람들이 시장에서 팔고 있는 것이 바로 봄인 셈이다. 여름이면 바짝 말라붙은 집에 불을 지르듯 태양이 이글거리고 뿌연 재가 벽을 뒤덮는다. 그때에는 겉창을 닫고 어둠 속에서 지내는 수밖에 없다. 가을에는 반대로 흙탕물이 홍수를 이룬다. 맑은 날은 겨울에만 찾아온다.

한 도시를 이해하려면 그곳에서 사람들이 어떻게 일하고, 어떻게 사랑하며, 어떻게 죽는지를 살펴보는 것이 좋다. 우리의 작은 도시에서는 기후 때문인지 이 모든 것이 격렬하면서도 무심한 태도로 한꺼번에 이루어진다. 말하자면 이곳 사람들은 권태로워하고, 습관이라도 가져보려고 애를 쓴다. 우리 시민들은 열심히 일을 하지만, 그것은 대개의 경우 부자가 되고 싶기 때문이다. 그들은 상거래에 특히 관심이 많고, 그들의 표현에 따르면 무엇보다 사업에 몰두한다. 물론 단순한 기쁨에 대한 흥미도 없지 않아서 여자와 영화, 해수욕을 좋아한다. 그러나 매우 합리적인 사람들이어서 이런 쾌락들은 토요일 저녁이나 일요일을 위해 아껴두고, 주중의 다른 날에는 돈을 많이 벌려고 노력한다. 저녁에 퇴근하면 일정한 시간에 카페에서 모이거나 늘 같은 대로를 산책하고, 아니면 집에 가서 발코니에 자리잡는다. 젊은이들의 욕망은 격렬하고 짧은 데 반해, 나이든 사람들의 취미 생활은 공굴리기 모임이나 친목회 회식, 큰돈을 걸고 카드놀이를 하는 동호회 정도에 한정되어 있다.

우리 도시만 특별히 그런 게 아니고 결국 현대인들이 다 그렇지 않으냐고 반문할지도 모른다. 확실히 오늘날에는 아침부터 저녁까지 일

하고, 그다음에는 카드놀이를 하고 카페에서 소일하고 수다를 떨면서
남는 시간을 낭비하는 모습처럼 자연스러운 것도 없다. 그러나 때때로
뭔가 다른 것이 있지 않을까 하는 예감이 드는 도시나 나라가 있다. 대
개의 경우 그런 예감이 들었다고 해서 그들의 삶이 변하지는 않는다.
그러나 예감만으로도 얻은 것이 있는 법이다. 오랑은 그와는 정반대
다. 오랑은 분명 아무것도 예감할 수 없는 도시, 말하자면 완전히 현대
적인 도시다. 그러므로 이 도시에서 사람들이 사랑하는 방식을 정확히
설명할 필요도 없다. 남자들과 여자들은 이른바 성행위를 하면서 서로
를 급속도로 탕진하거나 아니면 두 사람만의 기나긴 습관에 빠져든다.
양극단 사이에서 중간은 거의 찾아볼 수 없다. 이것 또한 이 도시만의
독특한 점은 아니다. 다른 곳도 마찬가지지만, 오랑에서는 시간이 없
고 생각할 수도 없어서 사랑이 무엇인지 알지 못한 채 그렇게 서로를
사랑할 수밖에 없다.
　우리 도시에 좀더 독특한 점이 있다면, 그것은 죽을 때 어려움을 겪
는다는 사실이다. 어찌 보면 어려움이라는 용어는 적절하지 않고, 불
편함이라고 하는 것이 더 정확한지도 모르겠다. 병든다는 것은 절대로
기분좋은 일이 아니다. 하지만 사람들이 병들었을 때 지지해주는, 다
시 말해 몸을 내맡길 수 있는 도시와 나라가 있다. 병자는 관심을 필요
로 하고 무엇인가에 의지하고 싶어한다. 그것은 아주 자연스러운 일이
다. 그러나 오랑의 견디기 힘든 기후, 이곳에서 이루어지는 중요한 사
업들, 보잘것없는 환경, 순식간에 사라져버리는 석양, 쾌락의 특성 등
을 고려해보면, 모든 점에서 좋은 건강 상태가 요구된다. 이곳에서 환
자는 아주 고독하다. 시민들이 한 명도 빠짐없이 전화로 아니면 카페

에 앉아 어음과 선하증권, 할인에 대해 이야기하는 그 순간에 더위에 달궈져 탁탁 소리를 내며 튀는 수많은 벽들 뒤에서 궁지에 몰려 죽어가는 사람을 생각해보라. 그러면 이처럼 메마른 고장에서 죽음을 맞이할 때, 그 죽음이 아무리 현대적일지라도 거기에는 뭔가 불편한 것이 있음을 이해할 수 있을 것이다.

이와 같은 몇 가지 지적만으로도 어쩌면 우리 도시에 대해 충분히 감을 잡았을 것이다. 그렇다고 해도 그 어느 것도 과장해서는 안 된다. 강조하고 싶은 것은 이 도시와 이 도시의 삶이 평범하다는 사실이다. 일단 습관이 들면 사람들은 하루하루를 아무 어려움 없이 보내게 된다. 우리 도시가 그런 습관을 조장하고 있는 이상, 모든 것이 최선의 상태라 할 수 있다. 이런 측면에서 보면 이곳의 삶이 별로 흥미롭지 않다는 데는 의심의 여지가 없다. 그렇지만 우리 고장은 적어도 무질서하지는 않다. 우리 주민들은 솔직하고 친절하며 활동적이어서 여행자들로부터 항상 지각 있다는 평을 받아왔다. 아름다운 풍광도 없고, 식물도 없고, 영혼도 없는 이 도시에서 사람들은 마음이 누그러지고 결국 잠들고 만다. 그러나 헐벗은 고원 한가운데에 위치한 이 도시가 빛나는 언덕들에 둘러싸여 있고 그 앞에는 그림을 그려놓은 것처럼 완벽한 만灣이 있어서, 더할 나위 없이 아름다운 경치와 접해 있다는 사실을 덧붙여두는 것이 공평하리라. 다만 이 도시가 만을 등지고 세워져서 바다가 보이지 않는 관계로, 바다를 보려면 언제나 찾아 나서야 하는 것이 유감이다.

이 정도의 설명이면 그해 봄에 일어난 사소한 사건들, 나중에 알게 되겠지만 여기에 연대기를 써서 기록해두고자 하는 일련의 중대한 사건들을 예고하는 최초의 표지였던 그 사소한 사건들을 시민들이 전혀 예상하지 못했다는 것을 어렵지 않게 이해할 수 있을 것이다. 이런 사실은 어떤 사람들에게는 아주 당연하게 보일 것이고, 다른 사람들에게는 반대로 믿을 수 없는 일처럼 보일 것이다. 그러나 연대기 서술자가 이와 같은 모순들을 다 고려할 수는 없다. 그런 일이 실제로 발생했고, 그 일이 모든 사람들의 삶에 영향을 끼쳤으며, 연대기 서술자의 말이 진실이라고 진심으로 증언해줄 증인이 수천 명 있다는 사실을 알고 있을 때, 그의 임무는 '그런 일이 일어났다'고 말하는 것뿐이다.

게다가 때가 되면 알게 되겠지만, 우연히 기회가 닿아 서술자는 이런저런 증언을 적잖이 수집할 수 있는 위치에 있었고 또 어쩌다보니 그가 상세히 서술하고자 하는 이 모든 일에 개입할 수밖에 없었다. 그렇지 않았다면 그는 이런 일을 시도할 자격을 거의 갖추지 못했을 것이다. 이런 연유로 그는 역사가 노릇을 하게 되었다. 당연한 일이지만, 아무리 아마추어라 해도 역사가는 자료를 갖고 있기 마련이다. 이 이야기의 서술자도 자료를 갖고 있다. 우선 그 자신이 증언할 수 있는 내용이 있고, 다음으로는 타인들의 증언이 있다. 임무를 수행하는 과정에서 이 연대기에 등장하는 인물들의 속내 이야기를 전부 들을 수 있었던 것이다. 마지막으로 그가 소유하게 된 기록들도 있다. 필요할 경우, 그는 그 기록들을 참고하고 마음 내키는 대로 얼마든지 원용할 생각이다. 그의 생각으로는 또…… 그러나 서론은 이 정도로 그치고 본론으로 들어갈 때가 된 것 같다. 처음 며칠 동안 일어난 일들을 서로 연결짓자면 좀더 상세한 설명이 필요하다.

4월 16일 아침, 의사 베르나르 리외는 진료실에서 나오다가 층계참 한가운데에서 죽은 쥐 한 마리를 밟았다. 그때에는 별생각 없이 발로 쥐를 옆으로 밀어놓고 계단을 내려갔다. 거리에 이르고 보니 쥐가 나올 곳이 아니라는 생각이 들어서 발길을 돌려 수위에게 알려주러 갔다. 미셸 영감의 반응을 보니 자신이 본 것이 얼마나 놀라운 일인지를 새삼 실감할 수 있었다. 죽은 쥐가 있다는 것이 그에게는 이상한 일에 불과했지만 수위에게는 추문이 될 만한 일이었다. 수위의 입장은 단호했다. 그 건물에는 쥐가 없다는 것이었다. 2층 층계참에 쥐 한 마리가 있다고, 죽은 것 같다고 분명히 말해줘도 소용이 없었다. 미셸 영감은 전적으로 확신하고 있었다. 건물에는 쥐가 없다. 그러니 누가 외부에서 그 쥐를 가져다놓은 것이 틀림없다. 간단히 말해 누군가의 장난이었다.

그날 저녁 집으로 올라가려고 아파트 복도에 서서 열쇠를 찾는데, 복도의 어두운 구석에서 큰 쥐 한 마리가 불쑥 나타나 비틀거리는 것이 베르나르 리외의 눈에 띄었다. 쥐의 털은 젖어 있었다. 쥐는 멈춰서서 균형을 잡는 듯하더니 의사 쪽으로 달려오다가 다시 멈춰 섰고, 작은 소리를 지르며 제자리를 맴돌았다. 그러더니 결국은 반쯤 열린 입으로 피를 토하며 쓰러지고 말았다. 의사는 그 쥐를 잠시 바라보다가 집으로 올라갔다.

그는 쥐 생각을 한 것이 아니었다. 쥐가 피를 토하는 것을 보자 자신의 걱정거리가 떠올랐다. 일 년째 앓고 있는 아내가 이튿날 산에 있는 요양원으로 떠나기로 되어 있었다. 그녀는 여행하면서 피곤해질 것에 대비해 그가 시킨 대로 침실에 누워 있었다. 그녀가 미소를 지으며 말했다.

"기분이 아주 좋아요."

의사는 아내를 바라보았다. 아내는 침대 머리등 불빛을 받으며 그가 있는 쪽으로 얼굴을 돌리고 있었다. 서른 살에 얼굴에는 병색이 완연했지만 리외에게는 항상 젊은 시절의 얼굴로 보였다. 다른 것을 말끔히 씻어주는 미소 덕분인지도 몰랐다.

"가능하면 잠을 좀 자둬." 그가 말했다. "열한시에 간병인이 오면 정오 기차를 탈 수 있도록 데려다줄게."

그가 이마에 입을 맞추었다. 땀이 좀 나 있었다. 그가 방문을 나설 때까지 그녀가 미소를 지었다.

그다음날, 4월 17일 여덟시에 수위가 지나가는 의사를 붙들고 어떤 나쁜 놈이 복도 한가운데에 죽은 쥐 세 마리를 갖다놓았다고 투덜댔다. 쥐들이 피투성이인 것을 보면 커다란 쥐덫으로 잡은 것 같다고 했다. 범인들이 빈정대며 모습을 드러내지나 않을까 내심 기대하면서, 수위는 쥐의 다리를 잡고 얼마 동안 문턱에 서 있었다. 그러나 아무도 나타나지 않았다.

"아! 나쁜 놈들, 내가 꼭 잡고 말 거야." 미셸 씨가 말했다.

미심쩍은 생각이 들어서 리외는 자기 환자 중에서 가장 가난한 환자들이 살고 있는 변두리 지역부터 가봐야겠다고 마음먹었다. 그 지역의 쓰레기는 훨씬 늦게 수거하기 때문에, 먼지로 뒤덮인 길을 자동차를 타고 쭉 따라가다보면 보도 가장자리에 내어놓은 쓰레기통을 스치듯 가까이 지나가게 된다. 그런 식으로 길을 따라가면서 세어보니 채소 쓰레기와 더러운 걸레 위에 던져져 있는 쥐가 십여 마리에 이르렀다.

첫번째 환자는 침대에 누워 있었다. 침실 겸 식당으로 사용되는 방은 거리를 향해 나 있었다. 환자는 늙은 스페인 사람으로 표정이 딱딱하고 주름살이 많았다. 노인 앞에 깔아놓은 이불 위에는 완두콩이 가득 담긴 냄비 두 개가 놓여 있었다. 의사가 들어갔을 때, 환자는 침대에 반쯤 일어나 앉았다가 오래된 해수병 때문에 생긴 고르지 못한 호흡을 진정시키려고 몸을 뒤로 눕히고 있었다. 그의 부인이 대야를 가져왔다.

"그런데 선생님." 주사를 맞으며 그가 말했다. "그놈들이 나오던데, 보셨소?"

"맞아요. 옆집에서는 세 마리나 주워서 버렸대요." 부인이 거들었다.

노인이 손을 비비며 다시 말했다.

"그놈들이 나와서 쓰레기통마다 보이지 않는 데가 없어. 배가 고파서 그러는 게지!"

그후 동네 사람들이 온통 쥐 이야기를 하고 있다는 사실을 어렵지 않게 확인할 수 있었다. 리외는 왕진을 마치고 집으로 돌아왔다.

"전보 온 게 있어서 올려놓았습니다." 미셸 씨가 말했다.

의사는 그에게 쥐들이 또 나타났느냐고 물었다.

"아뇨." 수위가 대답했다. "내가 지키고 있잖아요, 아시겠어요? 그러니까 그놈들이 감히 갖다놓지 못하는 거예요."

전보는 그의 어머니가 이튿날 도착한다는 내용이었다. 며느리가 집을 비우는 동안 집안일을 하러 오시는 것이다. 의사가 집에 들어가보니 간병인이 벌써 와 있었다. 아내는 화장을 하고 정장 차림으로 서 있었다. 그가 아내에게 미소를 지으며 말했다.

"좋아, 아주 좋아."

잠시 후 역에서 그는 침대칸에 자리를 잡아주었다. 그녀가 열차칸을 둘러보았다.

"우리 형편에는 너무 비싸잖아요."

"그래도 쓸 때는 써야지." 리외가 대답했다.

"쥐 이야기는 어떻게 된 거예요?"

"모르겠어. 이상하긴 하지만 곧 잠잠해지겠지."

그는 그녀에게 미안하다고, 그녀를 잘 보살펴야 했는데 너무 소홀했다고 빠른 어조로 말했다. 그녀가 그만하라는 듯이 고개를 저었다. 그러나 그가 덧붙였다.

"당신이 돌아올 즈음이면 모든 게 괜찮아질 거야. 그러면 다시 시작할 수 있을 거야."

"그래요." 그녀가 눈을 반짝이며 말했다. "다시 시작할 수 있을 거예요."

잠시 후 그녀는 남편에게서 등을 돌리고 창밖을 내다보았다. 플랫폼에서는 사람들이 서두르다가 서로 부딪치곤 했다. 기관차가 증기를 내뿜는 소리가 그들에게까지 들려왔다. 그가 아내의 이름을 불렀다. 돌아보는 아내의 얼굴이 눈물에 젖어 있었다.

"울지 마." 그가 부드럽게 말했다.

눈물 아래로 약간 어색하긴 하지만 미소가 되살아났다. 그녀가 깊게 숨을 쉬었다.

"가세요. 다 잘될 거예요."

그가 그녀를 껴안았다. 차창 너머 플랫폼에서 보니 이제 그녀의 미소 외에는 아무것도 보이지 않았다.

"제발 몸조심해." 그가 말했다.

그러나 그녀에게는 들리지 않았다.

플랫폼 출구 근처에서 리외는 수사검사 오통 씨와 마주쳤다. 그는 어린 아들의 손을 잡고 있었다. 리외가 그에게 여행을 떠나느냐고 물었다. 오통 씨는 키가 크고 머리칼이 검은 사람으로, 반쯤은 과거의 사교계 인물 같고 반쯤은 장의사 일꾼처럼 보였다. 그가 예의바르지만 무뚝뚝한 어투로 대답했다.

"시댁에 인사차 다녀오는 아내를 기다리고 있습니다."

기관차가 기적을 울렸다.

"쥐들이……" 수사검사가 말했다.

기차 쪽으로 움직이던 리외가 출구 쪽으로 돌아서며 대답했다.

"아, 네. 별일 아니에요."

그 순간 그에게 남은 기억이라곤 역무원이 죽은 쥐가 가득 든 상자를 팔에 끼고 지나갔다는 사실뿐이었다.

그날 오후 진찰을 시작할 무렵, 젊은이 한 명이 신문기자라며 리외를 찾아왔다. 아침에 이미 한 번 방문했다고 했다. 이름은 레몽 랑베르였다. 작달막한 키에 어깨가 벌어지고 얼굴에는 결단성이 엿보였으며 눈은 맑고 영리해 보였다. 랑베르는 캐주얼하게 옷을 입고 있었고, 사는 데 어려움을 겪는 것 같진 않았다. 그는 파리의 큰 신문사 기자로 아랍인의 생활조건을 취재하고 있는데, 그들의 보건 상태에 대한 정보를 원한다며 방문 목적부터 밝혔다. 보건 상태가 좋지 않다고 리외가 대답했다. 그리고 더 말하기 전에 신문기자에게 진실을 말할 수 있느냐고 물었다.

"물론입니다." 기자가 대답했다.

"내 말은, 철저하게 고발할 수 있느냐는 겁니다."

"철저하게는 못한다고 말씀드려야겠지요. 하지만 그런 고발은 근거가 없을 것 같은데요."

리외는 부드러운 어조로 사실 그런 고발은 근거가 없을 거라고 되뇌었다. 그러면서 그가 사실을 제한 없이 전적으로 취재할 수 있는지 없는지를 알고 싶었을 뿐이라고 덧붙였다.

"나는 철저한 증언 외에는 아무것도 믿지 않습니다. 따라서 당신이 취재할 수 있도록 도와드릴 수 없을 것 같군요."

"생쥐스트*식의 발언이군요." 기자가 웃으며 말했다.

리외는 그런 것에 대해서는 아는 게 전혀 없지만, 자신의 발언은 현재 살고 있는 세계에 대해 혐오감을 느끼면서도 인간에 대해서는 애정을 간직하고 있고, 또 나름대로 불의와 타협을 거부하기로 결심한 한 남자의 발언이라고 담담하게 말했다. 랑베르는 목을 움츠리고 의사를 바라보았다.

"무슨 말씀인지 이해할 수 있을 것 같습니다." 마침내 그가 이렇게 말하며 몸을 일으켰다.

리외가 문 쪽으로 그를 배웅하며 말했다.

"그렇게 이해해주시니 감사합니다."

랑베르는 짜증이 난 듯했다.

"그럼요." 그가 말했다. "이해하고말고요. 폐를 끼쳐서 죄송합니다."

악수를 하고 나서 리외는 최근 오랑에서 죽은 쥐가 많이 발견되고 있는데, 그것에 대해 흥미로운 기사를 쓸 수 있을 거라고 말해주었다.

"아! 흥미로운데요." 랑베르가 감탄하며 말했다.

오후 다섯시, 의사는 다시 왕진을 나가다가 계단에서 어떤 남자와 마주쳤다. 아직 젊은 사람으로, 체구가 육중하고 투박해 보이는 얼굴에 뺨은 홀쭉하고 눈썹이 짙었다. 그 건물 꼭대기 층에 사는 스페인 무용수들의 집에서 가끔 마주친 적이 있는 사람이었다. 장 타루는 열심히 담배를 피워대며, 계단 위 자기 발치에서 쥐 한 마리가 죽으면서 마지막 경련을 일으키는 모습을 지켜보고 있었다. 그는 회색 눈을 들어 침착하지만 약간 강렬한 시선으로 의사를 바라보며 인사하고는, 이렇게 쥐가 나타나다니 참 이상한 일이라고 덧붙였다.

---

* 프랑스 정치가. 프랑스혁명 당시의 열광적인 정의론자로서 평등에 대한 비타협적인 연설로 유명하다.

"네." 리외가 말했다. "성가신 일이 되고 말 거예요."

"어떤 의미에서는요, 선생님. 딱 한 가지 의미에서 성가신 일이 될 겁니다. 이런 걸 한 번도 본 적이 없거든요. 그래서 그런 거예요. 아무튼 내가 볼 때는 참 흥미로워요. 그래요, 아주 흥미로워요."

타루는 머리카락에 손을 넣어 뒤로 쓸어넘기고 다시 쥐를 내려다보았다. 쥐는 이제 움직이지 않았다. 그가 리외에게 미소를 지었다.

"그런데 선생님, 이건 특히 수위가 걱정할 일이지요."

마침 수위가 아파트 출입구 옆 벽에 등을 기대고 서 있는 것이 리외의 눈에 띄었다. 평소 벌겋던 얼굴에 피곤한 기색이 역력했다.

쥐가 또 나타났다고 알려주자 미셸 영감이 리외에게 말했다. "그래요, 알고 있어요. 이제는 두세 마리씩 한꺼번에 나타나요. 하지만 다른 건물도 마찬가지예요."

그는 풀이 죽고 걱정이 많아 보였다. 그가 기계적인 몸짓으로 목을 문질렀다. 리외가 그에게 몸은 괜찮으냐고 물었다. 당연한 일이지만 수위로서는 괜찮지 않다고 대답할 수 없었다. 단지 마음이 편치 않을 뿐이었다. 그의 생각에는 기분 탓이었다. 쥐 때문에 충격을 받았으니, 쥐들이 없어져야 모든 것이 좋아질 것 같았다.

그러나 다음날인 4월 18일 아침, 역에서 어머니를 모시고 와보니 미셸 씨의 얼굴은 더 초췌해져 있었다. 지하창고부터 다락에 이르기까지 쥐 십여 마리가 계단에 널려 있었던 것이다. 이웃집 쓰레기통들도 쥐로 가득차 있었다. 의사의 어머니는 그 소식을 듣고도 놀라지 않았다.

"그럴 수도 있지."

그녀는 은발의 자그마한 여인으로 그녀의 눈은 어둡고 온화했다.

"너를 다시 보니 기쁘구나, 베르나르." 그녀가 말했다. "너를 만나는데 쥐쯤이야 아무것도 아니지."

그도 같은 생각이었다. 어머니와 함께 있으면 실제로 모든 일이 항상 쉬워 보였다.

그래도 시청의 쥐소탕과에 전화를 걸어보았다. 담당 과장을 알고 있었다. 쥐들이 떼를 지어 밖에 나와 죽는다는 이야기를 그도 들어서 알고 있을까? 담당 과장인 메르시에는 그 이야기를 들은 것은 물론이고, 부둣가에서 멀지 않은 자기 사무실에서도 쥐 오십여 마리를 발견했다고 말했다. 그러면서도 그것이 정말 심각한 일인지에 대해서는 판단을 내리지 못하고 있었다. 뭐라고 결정적으로 말할 수는 없지만, 리외는 쥐소탕과에서 개입해야 한다고 생각하고 있었다.

"그래, 지시만 있으면 가능하지." 메르시에가 말했다. "자네가 정말로 그래야 한다고 생각한다면, 지시가 내려오도록 내가 한번 손을 써볼 수도 있는데."

"어쨌든 해볼 필요는 있는 것 같아." 리외가 말했다.

조금 전에 남편이 일하는 큰 공장에서 죽은 쥐 수백 마리를 수거했다고 가정부가 리외에게 알려주었던 것이다.

어쨌든 대충 이 무렵부터 우리의 시민들은 불안해하기 시작했다. 18일부터 공장과 창고에서 죽은 쥐가 수백 마리나 쏟아져나온 것이다. 어떤 경우에는 쥐들이 저절로 죽는 데 시간이 너무 많이 걸려서 죽일 수밖에 없었다. 변두리에서 시내 중심가에 이르기까지, 리외가 다니는 곳이나 시민들이 모이는 곳이면 어디든 쥐들이 쓰레기통에 무더기로 쌓인 채 아니면 도랑 속에 길게 줄을 지어 기다리고 있었다. 바로 그날 부터 석간신문들이 이 문제를 집중적으로 다루면서, 시 당국은 행동할 용의가 있는가, 구역질나는 쥐떼로부터 시민들을 보호하기 위해 긴급 대책을 검토하고 있는가 하고 문제를 제기했다. 시 당국은 행동할 용의도 없고 대책을 세우지도 않았지만, 우선 회의를 열어 토의하기로 했다. 새벽마다 죽은 쥐들을 수거하라는 지시가 쥐소탕과에 시달되었다. 쥐들을 수거해놓으면 담당과의 차량 두 대가 그것들을 쓰레기 소각장에 가져가서 태우기로 했다.

그러나 며칠 사이에 사태는 더욱 악화되었다. 죽은 쥐의 수가 갈수록 늘어났고, 수거되는 양도 매일 아침 더 많아졌다. 나흘째가 되자 쥐들은 떼를 지어 밖으로 나와 죽기 시작했다. 구석진 곳, 지하실, 지하 창고, 하수구에서 쥐들이 길게 구불구불 줄을 지어 기어나와 햇빛을 보면 비틀거리고, 제자리를 맴돌다가 사람들 곁에서 죽었다. 밤이면 복도나 골목에서 쥐들이 죽어가는 소리가 작지만 분명하게 들려왔고, 아침이면 변두리 지역의 개천 바닥에 쥐들이 뾰족한 주둥이에 작은 꽃 같은 피를 묻힌 채 즐비하게 널려 있었다. 어떤 놈은 퉁퉁 불어서 썩어 가고, 어떤 놈은 몸이 뻣뻣하게 굳은 채 아직도 수염이 빳빳이 서 있었다. 시내에서도 층계참이나 안마당에 쥐들이 작은 무더기를 이루며 쌓여 있는 것이 눈에 띄었다. 관공서의 홀, 학교 체육관, 혹은 카페 테라스에 한 마리씩 죽어 있기도 했다. 심지어 시내에서 사람들의 왕래가 가장 빈번한 곳에도 죽은 쥐들이 나타나 시민들이 질색을 하곤 했다. 아름 광장, 대로들, 프롱드메르 산책로에도 쥐들이 군데군데 더럽게 놓여 있었다. 새벽에 깨끗이 치워놓아도, 낮에 시내에서 발견되는 죽은 쥐의 수가 점점 더 늘어갔다. 밤에 보도를 산책하던 사람이 죽은 지 얼마 안 되는 물컹한 사체를 밟는 일도 심심치 않게 일어났다. 마치 우리의 집들이 세워져 있는 바로 그 땅이 쌓여 있던 분비물을 배출하고, 지금까지 안에서 곪고 있던 종기와 피고름이 표면으로 올라오는 것 같았다. 건강했던 사람의 짙은 피가 천천히 돌다가 갑자기 펄펄 끓기라도 한 것처럼, 지금까지 조용하기만 하던 이 작은 도시가 며칠 사이에 뒤죽박죽이 되어버렸으니, 시민들이 얼마나 놀랐을지 한번 상상해보라!

사태가 얼마나 심각했던지, 주제에 상관없이 온갖 정보와 자료를 제공하는 랑스도크 통신사에서는 무료 라디오 방송을 통해 25일 단 하루 동안 6231마리의 쥐를 수거, 소각했다고 보도했다. 그 숫자가 매일같이 목격하던 광경에 분명한 의미를 부여함에 따라 시민들의 혼란은 더욱 가중되었다. 지금까지는 그저 좀 불쾌한 사건이라고 불평하는 정도였다면, 이제는 규모를 정확히 알 수 없고 원인도 규명할 수 없는 이 현상에 뭔가 위협적인 면이 있다는 것을 알아차린 것이다. 해수병 환자인 스페인 영감만이 양손을 계속 비비며 노인 특유의 즐거워하는 어조로 "나온다, 나와" 하고 반복해서 말했다.

4월 28일, 쥐를 약 8천 마리 수거했다고 랑스도크 통신사가 보도하자 시민들의 불안은 절정에 달했다. 사람들은 근본 대책을 요구하며 당국을 비난했다. 바닷가에 집이 있는 사람들은 벌써 그곳으로 피난 갈 거라고 말했다. 그러나 다음날 통신사는 그 현상이 갑자기 그쳤고 쥐소탕과에서 수거한 쥐의 수는 무시해도 좋을 정도라고 보도했다. 시민들은 안도의 숨을 내쉬었다.

그런데 바로 그날 정오에 의사 리외가 아파트 앞에 차를 세우는데,

수위가 고개를 숙이고 팔다리를 벌린 채 길 저쪽 끝에서 허수아비 같은 자세로 힘겹게 걸어오는 모습이 눈에 띄었다. 그 노인은 어느 신부의 팔에 몸을 의지하고 있었다. 리외도 몇 번 만난 적이 있는 파늘루 신부였다. 그는 박식하고 열정적인 예수회 신부로, 우리 도시에서는 종교에 관심 없는 사람들 사이에서도 높은 평가를 받는 인물이었다. 의사는 두 사람을 기다렸다. 미셸 영감의 눈은 번들거렸고 숨소리도 거칠었다. 몸이 별로 좋지 않아서 바람을 쐬러 나왔는데 목과 겨드랑이, 사타구니에 통증이 심해서 할 수 없이 돌아오는 길에 파늘루 신부에게 도움을 청하게 되었다고 했다.

"종기가 났습니다." 그가 말했다. "과로한 모양이에요."

리외는 자동차 창문 밖으로 팔을 내밀어 미셸 영감이 내민 목 밑을 손가락으로 만져보았다. 나무의 마디 같은 것이 느껴졌다.

"누워 계세요. 체온도 재보고요. 오후에 가서 봐드릴게요."

수위가 떠나자, 리외는 파늘루 신부에게 쥐 사건에 대해 어떻게 생각하느냐고 물어보았다.

"오! 전염병이겠지요." 신부가 말했다. 동그란 안경 너머로 그의 눈이 미소 짓고 있었다.

점심식사 후, 요양원에 잘 도착했다는 아내의 전보를 다시 읽고 있는데 전화벨이 울렸다. 예전 환자 중 한 사람인 시청 직원에게서 온 전화였다. 오랫동안 대동맥협착증으로 고생한 사람인데, 가난해서 무료로 치료해준 적이 있었다.

"네, 저를 기억하시는군요. 이번엔 다른 사람 때문에 전화드렸습니다. 빨리 와주세요. 제 이웃 사람에게 뭔가 일이 생겼어요." 그가 말했다.

숨가쁜 목소리였다. 수위 생각이 났지만 수위는 나중에 보기로 했다. 몇 분 뒤, 그는 변두리에 있는 페데르브 가街의 나지막한 건물에 들어섰다. 선선하고 악취가 풍기는 계단 한가운데에서, 그는 그를 만나러 내려온 시청 직원 조제프 그랑을 만났다. 그는 노란 콧수염을 기르고 큰 키에 등이 굽었으며 어깨가 좁고 팔다리가 야윈 오십대 남자였다.

"이제 좀 나아졌어요." 그가 리외에게 다가오며 말했다. "하지만 아까는 저 사람이 죽는 줄만 알았습니다."

그가 코를 풀었다. 맨 위층인 3층의 왼쪽 문에는 빨간색 분필로 '들어오시오. 나는 목매달았소'라고 쓰여 있었다.

그들은 안으로 들어갔다. 테이블이 구석으로 치워져 있고, 뒤집힌 의자 위로 밧줄이 늘어져 있었다. 밧줄에는 아무것도 매달려 있지 않았다.

"제가 때맞춰 끌러줬어요." 그랑이 말했다. 그는 가장 간단한 말을 할 때도 항상 적절한 표현을 찾으려고 애쓰는 것 같았다. "막 외출하려는 참이었는데 어떤 소리가 들려왔어요. 문에 써놓은 글을 봤을 땐, 뭐라고 할까, 장난인 줄 알았어요. 그런데 저 사람이 이상한, 아니, 음산하다고까지 말할 수 있을 그런 신음 소리를 내는 거예요."

그가 머리를 긁적거렸다.

"제 생각에는, 그 행동으로 고통스러워하는 것 같았습니다. 당연히 들어가봤죠."

그들은 방문을 밀어 열고 문턱에 섰다. 밝은 방이었지만 가구는 보잘것없었다. 얼굴이 둥글고 작달막한 남자가 구리 침대에 누워 있었다. 그가 거칠게 숨을 쉬며 충혈된 눈으로 그들을 바라보았다. 의사는 발을 멈추었다. 숨쉬는 사이사이로 쥐 우는 소리가 작게 들리는 것 같았다. 그러나 방구석에서 움직이는 것은 아무것도 없었다. 리외가 침대 쪽으로 다가갔다. 환자는 아주 높은 곳에서 떨어진 것도 아니고 갑자기 떨어진 것도 아니어서 척추는 괜찮았다. 물론 질식 증상은 약간 있었다. 엑스레이 사진을 찍어볼 필요가 있을 것 같았다. 의사는 강심제를 한 대 놓아주고 나서 며칠 후면 회복될 거라고 말했다.

"고맙습니다, 선생님." 남자가 억눌린 목소리로 말했다.

리외는 그랑에게 경찰서에 신고했느냐고 물었다. 그러자 그는 당황한 표정을 지었다.

"아뇨, 안 했습니다." 그가 말했다. "제 생각에 제일 급한 일은……"

"물론이죠." 리외가 그의 말을 잘랐다. "그럼 제가 신고하겠습니다."

바로 그때, 환자가 안절부절못하더니 침대에서 몸을 일으키고는, 자기는 아무렇지 않으니 그럴 필요가 없다고 주장했다.

"진정하세요." 리외가 말했다. "대수롭지 않은 일이니 안심해도 돼요. 그리고 나로서는 꼭 신고를 해야 하고요."

"오!" 사내가 외쳤다.

그는 몸을 풀썩 뒤로 눕히더니 작은 소리를 내며 흐느꼈다. 얼마 전부터 콧수염을 만지작거리던 그랑이 그의 곁으로 다가가 말했다.

"이봐요, 코타르 씨. 생각 좀 해보세요. 만약 당신이 또 그런 짓을 하면…… 사람들이 의사에게 책임지라고 할 수도 있잖아요."

그러자 코타르는 눈물을 흘리며 다시는 그런 짓을 하지 않을 거라고, 순간적으로 정신이 나가서 그런 것뿐이니 자기를 가만히 내버려두면 좋겠다고 말했다. 리외는 처방전을 썼다.

"알았습니다." 그가 말했다. "이 일은 그냥 놔두기로 하지요. 이삼일 후에 다시 올게요. 하지만 어리석은 짓은 하지 마세요."

층계참에서 그는 그랑에게, 자기는 신고할 수밖에 없는 입장이지만 형사에게 이틀쯤 지난 후에나 조사해달라고 부탁하겠다고 말했다.

"오늘밤에 저 사람을 돌봐줘야 할 텐데, 가족은 있나요?"

"가족이 있는지는 잘 모르겠어요. 하지만 제가 간호하면 됩니다."

그랑이 머리를 끄덕였다.

"분명히 말씀드리지만, 저 사람도 제가 잘 안다고 말할 수는 없습니다. 하지만 서로 도와야죠."

복도에서 리외는 무의식적으로 구석진 쪽을 살펴보았다. 그리고 그랑에게 이 동네에서 쥐들이 완전히 사라졌느냐고 물었다. 시청 직원은 아는 바가 전혀 없었다. 그런 이야기를 들은 적이 있긴 하지만 사실 동네 소문에는 별로 관심이 없었던 것이다.

"다른 걱정거리가 있어서요." 그가 말했다.

리외는 서둘러 그랑과 악수를 했다. 수위를 본 후에 아내에게 편지를 쓸 생각으로 마음이 바빴다.

석간신문 가두 판매원들이 쥐들의 습격이 중단되었다고 외치고 있었다. 그러나 리외가 가서 보니, 수위는 한 손으로 배를 움켜쥐고 다른 손은 목덜미에 댄 채, 상반신을 침대 밖으로 내놓고 무척 괴로워하며 불그스름한 담즙을 뽑아내듯 오물통에 토하고 있었다. 그렇게 매우 오랫동안 애를 쓰더니 숨을 헐떡이며 다시 자리에 누웠다. 체온이 39.5도였다. 목의 림프절과 사지가 부어올랐고, 옆구리에는 거무스름한 반점 두 개가 번지고 있었다. 이제는 배가 아프다며 신음 소리를 냈다.

"몸이 쑤셔." 그가 말했다. "이 망할 것이 막 쑤셔댄다고."

검게 타버린 듯한 입으로 그는 알아듣기 힘든 말들을 중얼거렸다. 그는 튀어나온 두 눈을 의사에게로 돌렸는데, 두통 때문에 눈물이 맺혀 있었다. 수위의 아내가 불안해하며 말없이 서 있는 리외를 쳐다보았다.

"선생님, 어떻게 된 건가요?" 여자가 물었다.

"여러 가지로 볼 수 있지만 확실한 것은 아직 아무것도 없습니다. 오늘 저녁까지는 금식을 하고 정혈제를 쓰도록 하지요. 물을 많이 마시게 하세요."

마침 수위는 갈증이 나서 견딜 수 없을 정도였다.

집으로 돌아와서 리외는 그 도시에서 가장 유력한 의사 중 한 사람인 동료 의사 리샤르에게 전화를 걸었다.

"아닙니다." 리샤르가 말했다. "특별한 점은 전혀 없었어요."

"국부 염증을 동반한 발열 같은 것도 없었나요?"

"아! 그러고 보니 림프절에 염증이 무척 심한 환자가 둘 있었습니다."

"비정상적이던가요?"

"음, 아시다시피 정상이라는 것이……" 리샤르가 말했다.

어쨌든 그날 저녁 수위는 헛소리를 하고 열이 40도까지 오르는 가운데 쥐에 대해 불평을 했다. 리외가 고정농양 치료를 시도했다. 테레빈이 들어가자 수위는 타는 듯한 통증 때문에 고함을 질렀다. "아! 그 망할 것들 때문에!"

림프절은 전보다 더 크게 부어올랐고, 손으로 만져보니 딱딱하고 단단한 심이 생겨 있었다. 수위의 아내는 제정신이 아니었다.

"밤새 잘 지켜보세요." 의사가 그녀에게 말했다. "그리고 무슨 일이 생기면 전화하세요."

그다음날인 4월 30일, 푸르고 눅눅한 하늘에는 벌써 훈훈한 바람이 불고 있었다. 먼 교외 쪽에서 꽃향기가 바람에 실려왔다. 아침에 들려오는 거리의 소음이 보통때보다 더 활기차고 유쾌하게 느껴졌다. 한 주 내내 어렴풋한 걱정에 사로잡혀 있다가 벗어나서 그런지, 이 조그만 도시의 사람들에게는 그날이야말로 새로운 날이었다. 리외도 아내의 편지를 받고 안심이 되어 가벼운 마음으로 수위의 방으로 내려갔다. 실제로 그날 아침에는 열이 38도로 내려가 있었다. 쇠약해진 채 환자가 침대에 누워 미소를 지었다.

"나아지는 거죠, 그렇죠, 선생님?" 수위의 아내가 물었다.

"좀 두고보죠."

그러나 정오가 되자 열은 단번에 40도까지 올라갔다. 환자는 끊임없이 헛소리를 하고 다시 토하기 시작했다. 목의 림프절은 건드리기만 해도 아파서 수위는 가능한 한 머리를 몸에서 멀리 떼어두고 싶어하는 것 같았다. 수위의 아내는 침대 발치에 앉아 이불 위에서 두 손으로 환자의 발을 살짝 잡고 있었다. 그녀가 리외를 바라보았다.

"잘 들으세요." 리외가 말했다. "환자를 격리해 특수 치료를 해야겠습니다. 병원에 전화를 걸어 구급차로 이송해야겠어요."

두 시간 뒤, 의사와 여자는 구급차 안에서 환자를 굽어보고 있었다. 진균성 종양으로 뒤덮인 환자의 입에서 단편적인 말들이 새어나왔다. "쥐들!" 얼굴이 푸르스름하고 입술에는 핏기가 없었다. 눈꺼풀은 납빛으로 창백했고, 호흡도 불규칙하고 짧았으며, 림프절 때문에 도무지

몸을 편안히 하지 못했다. 수위는 간이침대를 몸에 뒤집어쓰려는 듯,
또는 땅속 깊은 곳에서 나온 무엇인가가 그를 끊임없이 부르기라도 하
는 듯, 간이침대에 쪼그리고 누워 보이지 않는 무게에 짓눌려 숨막혀
하고 있었다. 그의 아내가 눈물을 흘리며 말했다.

"그러니까 더이상 희망이 없는 건가요, 선생님?"

"사망하셨습니다." 리외가 말했다.

수위의 죽음과 더불어 이해 못할 징조로 가득찼던 한 시기가 끝나고 상대적으로 더 어려운 새로운 시기가 시작되었다고 말할 수 있다. 초기의 놀라움은 차츰 공포로 변해갔다. 이제는 잘 알게 된 사실이지만, 우리 시민들은 이 작은 도시가 쥐들이 햇빛 비치는 곳으로 나와 죽고 수위가 이상한 병으로 목숨을 잃는 특별한 공간이 되리라고는 한 번도 생각해본 적이 없었다. 그런 관점에서 보면 시민들은 잘못 생각하고 있었고, 그들의 생각은 재검토되어야 했다. 그 정도로 그쳤다면 모든 일은 아마 습관에 묻히고 말았을 것이다. 그러나 우리 시민들 가운데 다른 사람들, 수위도 가난뱅이도 아닌 다른 사람들이 미셸 씨가 가장 먼저 들어선 그 길을 따라가야만 했다. 바로 그때부터 두려움이, 그리고 두려움과 함께 반성이 시작되었다.

그러나 이 새로운 사건들을 자세히 말하기 전에 서술자로서 지금까지 설명한 시기에 대한 또다른 증인의 목격담을 소개하면 도움이 되리라 생각한다. 장 타루는 이 이야기의 초반부에서 이미 만나본 인물로, 몇 주 전 오랑에 정착한 이후 시내 중심가에 있는 큰 호텔에서 살고 있었다. 그는 여유 있게 살 수 있을 만큼 수입이 넉넉한 듯했다. 오랑 시 사람들은 점차 그에게 익숙해졌지만, 그가 어디서 왔고 왜 그곳에 있는지 말할 수 있는 사람은 아무도 없었다. 사람들은 공공장소 어디서나 그와 마주치곤 했다. 봄이 시작되면서 바닷가에서 그의 모습을 많이 볼 수 있었다. 그는 자주 수영을 했고 즐기는 기색이 역력했다. 호인인데다 항상 미소를 지었고, 보통의 오락거리들을 다 좋아하면서도 그것의 노예가 되지는 않는 것 같았다. 그의 일상적인 습관에 대해서는, 사실 우리 도시에 적지 않게 살고 있는 스페인 무용수들과 악사들 집에 열심히 드나든다는 것 정도만 알려져 있었다.

어쨌든 그의 수첩들도 어려웠던 그 시기를 서술하고 있는 일종의 연대기라고 할 수 있다. 그러나 그것은 무의미한 일들을 기록하기로 마음먹고 그대로 따른 듯한 매우 특별한 연대기였다. 언뜻 보면, 타루가 사물이나 사람을 실제보다 작게 평가하려고 애쓰는 듯한 느낌을 받을 수도 있다. 요컨대 그 전반적인 혼란 속에서 그는 이야깃거리가 되지 않는 것을 기록하려고 스스로 노력하고 있었다. 물론 그런 방침을 유감스럽게 여기고, 마음이 메말라서 그런 게 아닐까 하고 의심할 수도 있다. 그러나 그 시기에 대한 연대기로서 그 수첩이 부차적이긴 하지만 나름대로 중요한 세부사항들을 많이 알려주고 있다는 것도 부인할 수 없는 사실이다. 그리고 바로 그 이상한 특성 때문에 이 흥미로운 인물에 대해 사람들이 성급하게 판단하지 못하리라는 것도 분명한 사실이다.

장 타루의 첫 메모는 그가 오랑에 도착한 날로 거슬러올라간다. 그 메모는 그가 이렇게 추한 도시에서 살게 된 것에 이상하게 처음부터 매우 만족스러워했음을 보여준다. 그는 시청을 장식하고 있는 두 마리의 청동사자상에 대해 자세히 묘사하고, 나무가 없는 점, 볼품없는 집들, 합리적이지 못한 도시계획에 대해서도 호의적으로 평가했다. 전차나 거리에서 들은 대화도 개인적인 논평 없이 적어놓았다. 더 나중의 일이긴 하지만, 그중에는 캉이라는 사람과 관련해 전차 차장 두 명이 주고받은 대화를 듣고 예외적으로 논평을 적어놓은 것이 있다.

"자네, 캉을 잘 알지?" 한 명이 물었다.

"캉? 그 키 크고 검은 콧수염을 기른 사람 말이야?"

"맞아. 선로 변경 일을 했잖아."

"그래, 그랬지."

"그런데 그 사람이 죽었어."

"저런! 언제?"

"쥐 때문에 난리가 난 후에."

"거참! 어쩌다 그랬대?"

"잘 모르겠어. 열병이었나봐. 건강이 좋지 않았잖아. 겨드랑이에 종기가 났는데 견뎌내지 못한 거지."

"다른 사람하고 별로 다른 점이 없어 보였는데."

"아니야, 폐가 약한데도 브라스밴드에서 연주를 했잖아. 계속 나팔을 불면 몸이 상하지."

"아!" 나중 사람이 대화를 마무리했다. "아플 때 나팔을 불면 안 되지."

이런 내용을 기록한 뒤 타루는 건강에 좋지 않을 것이 분명한데도 캉이 밴드에 들어간 이유는 무엇이며, 일요일에 시가행진을 하려고 생명까지 무릅쓰게 된 본질적인 동기는 무엇일까 자문했다.

그다음으로 타루는 자기 방 창문의 맞은편 발코니에서 종종 벌어지는 어떤 광경에서 좋은 인상을 받은 듯했다. 사실 그의 방 창문은 작은 뒷골목으로 향해 있었는데, 고양이들이 그곳 담벼락의 그늘에서 낮잠을 자곤 했다. 그런데 매일 점심식사 후 도시 전체가 더위 속에서 졸고 있으면 작은 노인 한 명이 길 건너편 발코니에 모습을 드러냈다. 그는 백발을 단정하게 빗고 군대식으로 재단한 옷을 입고 있어서 꼿꼿하고 근엄해 보였는데, 쌀쌀맞으면서도 부드러운 목소리로 "야옹아, 야옹아" 하고 고양이들을 불렀다. 고양이들은 졸음에 겨워 흐릿한 눈을 들었지만 아직 몸을 움직이지는 않았다. 노인이 종이를 잘게 찢어 골목에 뿌리면, 고양이들은 흰 나비처럼 떨어지는 종잇조각들에 이끌려 길 한가운데로 나와 마지막으로 떨어지는 종잇조각을 향해 머뭇거리며 한쪽 발을 내밀었다. 그러면 노인은 고양이를 향해 힘차고 정확하게 가래침을 뱉었고, 가래침이 목표물에 맞으면 웃어댔다.

마지막으로 타루는 도시의 외관과 활기, 심지어 쾌락까지도 상거래의 필요에 따라 주문된 것 같은 이 도시의 상업적 특성에 결정적으로 매혹된 것 같았다. 그는 이런 특이성(수첩에 사용하고 있는 용어다)을 높이 평가했고 그의 칭찬 중에는 심지어 '드디어!'라고 감탄사로 끝맺는 것도 있었다. 이 시기에 이 여행자의 기록에서 개인적 성격이 드러난 유일한 대목이 이것 같다. 다만 그 말이 의미하는 바나 진지한 정도를 판단하기는 어려웠다. 그런 식으로, 죽은 쥐 한 마리가 발견된 뒤 호텔의 회계원이 계산하면서 실수를 저질렀다는 사실을 상세히 기록한 다음, 타루는 평소보다 불분명한 필체로 다음과 같이 덧붙여놓았다. '질문: 시간을 낭비하지 않으려면 어떻게 해야 하는가? 답: 시간을 그 길이 전체로 경험할 것. 방법: 치과 대기실의 불편한 의자에 앉아 여러 날을 보낼 것, 일요일 오후를 자기 집 발코니에서 보낼 것, 모르는 언어로 진행되는 강연을 들을 것, 가장 길고 불편한 철도 노선을 골라 입석으로 여행할 것, 공연장 매표소에 줄을 서고 표는 사지 말 것 등.' 그러나 말이나 생각이 이처럼 주제에서 벗어났다가도, 곧바로 우리 도시에서 운행되는 전차를 상세히 묘사하는 것부터 시작해 전차의 모양이 조각배 같고 색깔은 애매하며 대개는 더럽다는 사실을 수첩에 기록하고는, '주목할 만한 일이다'라는 표현으로 관찰을 끝맺고 있다. 그러나 그 표현이 설명해주는 것은 아무것도 없다.

어쨌든 쥐 사건에 대해 타루가 적어놓은 것은 다음과 같다.

'오늘, 맞은편에 사는 키 작은 노인이 당황스러워했다. 고양이가 한 마리도 없었던 것이다. 죽은 쥐가 거리에서 수도 없이 발견되면서 자극을 받았는지 고양이들이 사실상 사라져버렸다. 내 생각에 고양이들이 죽은 쥐를 먹는다는 것은 말도 안 되는 일이다. 내가 키웠던 고양이들이 죽은 쥐를 무척 싫어했던 기억이 난다. 어쨌든 고양이들은 지하실에서 뛰어다닐 것이 분명하고, 그 노인은 당황스러워한다. 노인은 빗질도 예전처럼 잘 하지 않고 활기도 좀 없는 것 같다. 불안해 보이기도 한다. 잠시 후 그는 공중에 가래침을 한 번 뱉더니 들어가버렸다.

오늘 시내에서, 어떻게 전차에까지 오게 되었는지는 모르지만 죽은 쥐 한 마리가 차내에서 발견되어 전차가 멈춰 섰다. 여자 두세 명이 전차에서 내렸다. 쥐를 밖에 버렸다. 전차는 다시 출발했다.

호텔의 야간 경비원은 믿을 만한 사람인데, 쥐 때문에 불행한 일이 생길 것 같다고 말했다. "쥐들이 배를 떠나면……" 나는 배의 경우에는 그것이 사실이지만 도시에서는 전혀 확인된 바 없다고 그에게 대답해주었다. 그러나 그는 확신하고 있었다. 나는 그에게 어떤 불행이 닥칠 것 같으냐고 물어보았다. 그러자 그는 불행은 예상할 수 없기 때문에 잘은 모르지만, 지진이 일어나도 놀라지 않을 것 같다고 대답했다. 내가 그럴 수도 있겠다고 했더니, 그는 그것 때문에 불안하지 않으냐고 물었다.

"내가 관심을 가지는 것이 딱 하나 있다면, 그것은 바로 마음의 평화를 얻는 일입니다." 내가 그에게 대답했다.

그는 무슨 말인지 잘 안다고 했다.

호텔 식당에 매우 흥미로운 가족이 있다. 아버지는 키가 크고 야위었으며 깃이 빳빳한 검은 정장 차림이다. 머리 가운데가 벗어졌고 좌우에 잿빛 머리카락이 한 움큼씩 남아 있다. 두 눈이 작고 둥글며 눈초리가 날카롭고, 코는 좁은데다 입을 다물고 있어서 잘 훈련받은 올빼미 같은 인상이다. 그는 언제나 식당 문 앞에 제일 먼저 와서 옆으로 비켜서서는 까만 생쥐같이 생긴 자그마한 아내를 들여보내고, 그다음에 재주부리는 개처럼 차려입은 아들, 딸과 함께 뒤따라 들어간다. 식탁에 이르면 아내가 앉기를 기다렸다가 자기도 앉는다. 그러고 나면 두 강아지도 의자에 앉을 수 있다. 그는 아내와 아이들에게 존댓말을 쓴다. 아내에게는 예의바르지만 가시 돋친 말을 하고 자식들에게는 단호하게 말한다.

"니콜, 극도로 불쾌하게 행동하는군요!"

그러면 딸아이는 눈물을 글썽인다. 마땅히 그래야 하는 것처럼.

오늘 아침에는 아들이 쥐 사건으로 매우 흥분해 있었다. 그래서 식
탁에서 그 이야기를 하고 싶어했다.

"식탁에서 쥐 이야기 하는 거 아니에요, 필리프. 앞으로 그런 이야기
는 절대로 입 밖에 내지 않도록 해요."

"아버지 말씀이 옳아요." 까만 생쥐가 말했다.

두 강아지는 음식에 코를 박았고 올빼미가 고맙다는 고갯짓을 했지
만 별다른 의미가 있는 것은 아니었다.

이런 좋은 예도 있었지만 시내에서는 쥐와 관련된 이야기가 많이 오
갔다. 신문도 그 논란에 끼어들었다. 평소에는 매우 다양하게 꾸며지
던 지역 관련 기사도 이제는 지면 전체가 시 당국에 대한 반대 캠페인
으로 가득차 있었다. "우리 시 당국자들은 쥐들의 사체가 썩으면서 초
래될 위험에 대해 생각해본 적이 있는가?" 호텔 지배인은 입만 열었다
하면 그 이야기였다. 화가 나서 그러는 것이기도 했다. 이름 있는 호텔
의 엘리베이터에서 쥐가 발견된다는 것은 그로서는 상상할 수 없는 일
이었다. 위로 삼아 "하지만 다른 사람들도 다 그런 상태인걸요" 하고
말해주었다.

그러자 그가 대답했다. "바로 그겁니다. 이제 우리가 다른 사람들과
같은 상태가 되어버렸다고요."

사람들이 불안감을 느끼기 시작한 그 돌발적인 열병의 사례들을 나
에게 처음으로 말해준 사람도 그 지배인이었다. 객실 청소원 한 명이

그 열병에 걸렸던 것이다.

"물론 전염성은 아닙니다." 그가 서둘러 덧붙였다.

나는 그런 것은 상관없다고 그에게 말했다.

"아! 알겠습니다. 선생님도 저와 같으시군요. 선생님은 운명론자예요."

나는 그런 말을 한 적이 없고, 게다가 운명론자도 아니다. 나는 그에게 그렇게 말해주었다……'

바로 이 무렵부터 타루는 이미 시민들에게 불안감을 자아내던 그 원인 불명의 열병에 대해 수첩에 좀더 상세히 기록하기 시작했다. 쥐들이 자취를 감추자 고양이들이 다시 나타났고 키 작은 노인이 끈질기게 가래침 사격을 하고 있다는 사실을 기록하면서, 타루는 열병에 걸린 환자의 수가 이미 십여 명을 헤아리고 있고 대부분 치명적이라고 덧붙였다.

끝으로 타루가 묘사한 의사 리외의 모습을 참고자료 삼아 옮겨보겠다. 서술자의 판단으로는 상당히 충실한 묘사로 보인다.

'나이는 약 서른다섯 살. 중키. 벌어진 어깨. 거의 직사각형에 가까운 얼굴. 짙고 정직해 보이는 눈, 그러나 턱이 튀어나왔음. 코는 크고 반듯함. 검은 머리를 아주 짧게 깎았음. 입매는 활처럼 둥글고, 두툼한 입술을 거의 언제나 굳게 다물고 있음. 그을린 피부와 검은 털이 약간 시칠리아 섬의 농부 같은 인상을 줌. 항상 짙은 색 양복을 입고 있는데 그에게 잘 어울림.

빠르게 걸음. 걷던 속도 그대로 보도에서 내려가 세 번 중에 두 번은 반대편 보도로 가볍게 뛰어올라감. 운전중에 방심하기 일쑤여서 회전

한 뒤에도 방향 지시등을 끄지 않음. 모자는 항상 쓰지 않음. 사정을 다 알고 있는 듯한 표정.'

타루가 제시한 숫자는 정확했다. 의사 리외도 그것에 대해서는 아는 바가 좀 있었다. 수위의 시신을 격리한 다음, 사타구니에서 생기는 열병에 관해 물어보려고 리샤르에게 전화를 걸었던 것이다.

"전혀 모르겠어요." 리샤르가 대답했다. "사망자가 둘인데 한 사람은 사십팔 시간 만에, 다른 사람은 사흘 만에 죽었어요. 나중 사람은 아침에 보니 회복중인 것 같아서 내버려뒀었죠."

"다른 사례가 더 생기면 알려주십시오." 리외가 말했다.

그는 다른 의사들에게도 전화를 걸었다. 그런 식으로 조사해본 결과 유사 사례가 며칠 사이에 약 스무 건 있었다. 거의 다 치명적이었다. 그래서 오랑 시 의사회 회장인 리샤르에게 새로 발병하는 환자들을 격리해달라고 요청했다.

"하지만 제가 할 수 있는 일은 아무것도 없어요." 리샤르가 말했다. "도청 차원에서 조치를 취해야 할 겁니다. 그런데 전염될 위험이 있다고 누가 그러던가요?"

"어디서 들은 것이 아니라 증상이 걱정스러워서요."

하지만 리샤르는 '자신에게는 자격이 없다'고 생각하고 있었다. 그가 할 수 있는 일이라고는 고작해야 도지사에게 이야기해보는 정도였다.

그러나 말이 오가는 사이 날씨가 악화되었다. 수위가 죽은 다음날, 짙은 안개가 하늘을 뒤덮었다. 도시 위로 소나기가 억수같이 쏟아졌고 갑작스러운 소나기에 이어, 더위가 뇌우와 함께 밀어닥쳤다. 바다도 짙은 푸른빛을 잃고 안개 낀 듯 뿌연 하늘 아래에서 은빛이나 쇠빛으로 반짝여서 눈이 아플 정도였다. 봄더위에 습도까지 높아서 차라리 한여름의 뜨거운 열기가 더 나아 보였다. 높은 언덕에 달팽이 모양으로 건설되어 바다 쪽으로는 거의 닫힌 상태인 이 도시를 우울한 무력감이 짓누르고 있었다. 개흙을 바른 기나긴 벽 한가운데에서, 먼지가 자욱이 내려앉은 진열창들이 늘어선 거리에서, 더러워져 누렇게 된 전차 안에서, 사람들은 조금씩 하늘 아래 감금된 죄수가 된 느낌을 받았다. 오직 리외가 돌보는 늙은 환자만이 해수병을 이겨내고 날씨를 즐기고 있었다.

"푹푹 찌는군. 기관지에는 좋은 날씨야." 그는 말하곤 했다.

사실 푹푹 찌고 있었다. 열병도 마찬가지였다. 도시 전체가 열병을 앓고 있었다. 적어도 코타르의 자살 시도 사건 조사에 입회하려고 페데르브 가로 가던 날 아침 의사 리외를 사로잡은 느낌은 그랬다. 그러나 그런 느낌은 터무니없어 보이기도 했다. 그는 신경이 곤두서고 걱정거리가 많아서 그런 거라 여기고, 급한 대로 머릿속부터 좀 정리해야겠다고 생각했다.

그가 도착해보니 형사는 아직 오지 않았고, 그랑이 층계참에서 기다리고 있었다. 그들은 우선 그랑의 집에 들어가 문을 열어놓고 기다리기로 했다. 시청 직원인 그랑은 방 두 개짜리 집에 살고 있었는데, 가구가 극히 단출했다. 눈에 띄는 것이라고는 사전 두세 권이 꽂혀 있는 흰색 나무 선반과 칠판 하나뿐이었는데, 거기에서 반쯤 지워지긴 했지만 '꽃이 만발한 오솔길들'이라는 글씨를 알아볼 수 있었다. 코타르는 지난밤에는 잘 자더니 아침에 일어나서는 머리가 아프다며 대답도 안 한다고 그랑이 알려주었다. 그랑은 피곤해서 신경이 몹시 예민해진 듯, 탁자 위에 놓인 두툼한 서류철을 열었다 닫았다 하면서 방안을 왔다갔다했다. 서류철에는 손으로 쓴 원고가 가득 들어 있었다.

그랑은 코타르를 잘 알진 못하지만 재산이 좀 있는 것 같다고 의사에게 말했다. 코타르는 좀 묘한 사람이었다. 그들은 오랫동안 계단에서 인사나 하는 사이에 불과했다.

"그 사람하고는 딱 두 번 이야기를 해봤어요. 며칠 전에 빨간색과 파란색 분필이 든 상자 한 통을 집으로 가지고 오다가 층계참에서 엎은 적이 있어요. 때마침 코타르가 나오더니 분필 줍는 것을 도와주면서 이런 색분필들을 어디에 쓰느냐고 묻더군요."

그랑은 고등학교를 마친 뒤로 많이 잊어버려서 라틴어를 다시 공부해볼까 한다고 코타르에게 설명해주었다고 했다.

"그래요." 그가 의사에게 말했다. "프랑스어 단어의 의미를 이해하는 데 도움이 된다는 말을 들은 적이 있거든요."

그래서 칠판에 라틴어 단어를 적어놓고 격변화와 활용법칙에 따라 변화하는 부분은 파란색 분필로, 변화하지 않는 부분은 빨간색 분필로 다시 베껴써보곤 했던 것이다.

"코타르가 제 말을 제대로 알아들었는지는 잘 모르지만, 흥미가 생겼는지 빨간색 분필을 하나 달라고 하더군요. 좀 놀라긴 했지만 어쨌든…… 그 분필이 그런 계획에 사용되리라고는 물론 짐작조차 못했습니다."

두번째 대화는 무엇에 관한 것이었는지 리외가 물었다. 그런데 그때 형사가 서기를 데리고 와서 먼저 그랑의 진술을 듣고 싶다고 했다. 의사는 그랑이 코타르에 대해 말할 때 항상 '절망한 사람'으로 지칭한다는 것을 알게 되었다. 심지어 한번은 '숙명적 결단'이라는 표현까지 사용했다. 그들은 자살 시도 동기에 대해 의견을 주고받았는데, 그랑은 어휘를 선택하는 데 극도로 신경을 썼다. 결국 '내적 슬픔'이라는 표현을 선택하기로 했다. 형사는 코타르의 태도에서 '결심'이라고 이름 붙인 그 행동을 할 기미 같은 것은 보이지 않았는지 물었다.

그랑이 말했다. "어제 내 방문을 두드리더니, 성냥을 좀 빌려달라고 했어요. 그래서 통째로 줬더니, 이웃 사이에 어쩌고 하면서 미안해하더군요. 그러고는 꼭 돌려주겠다고 했어요. 나는 그냥 갖고 있으라고 했고요."

형사는 시청 직원에게 혹시 코타르가 이상해 보이지는 않았느냐고 물었다.

"이상해 보인 점이 있다면, 대화를 하고 싶어하는 눈치였다는 거예요. 그렇지만 나는 일하던 중이었고요."

그랑은 리외 쪽으로 고개를 돌리며 난처한 표정으로 덧붙였다.

"개인적인 일이에요."

형사는 환자를 만나보겠다고 했다. 그러나 리외의 생각에는 우선 이 방문에 대해 코타르에게 알려줘서 마음의 준비를 시키는 것이 좋을 것 같았다. 리외가 방에 들어가니, 코타르가 연한 회색 플란넬 잠옷 바람으로 침대에 앉아 있다가 불안한 표정으로 문 쪽을 바라보았다.

"경찰이죠, 그렇죠?"

"네, 하지만 염려할 것 없어요. 형식적인 조사 두세 가지만 하면 끝나요." 리외가 말했다.

그러나 코타르는 그런 건 아무짝에도 쓸모없고 자기는 경찰이 싫다고 대답했다. 리외가 좀 언짢은 기색을 드러냈다.

"나도 경찰을 좋아하지 않아요. 하지만 한 번으로 끝내려면 묻는 말에 신속하고 정확하게 대답해야 합니다."

코타르는 입을 다물었다. 의사가 문 쪽으로 몸을 돌리자, 그 키 작은 사내가 서둘러 리외를 불렀다. 리외가 침대 옆으로 다가가자 사내는 그의 손을 잡으며 말했다.

"아픈 사람을, 목매달았던 사람을 건드리지는 않겠죠. 그렇죠, 선생님?"

리외는 잠시 그를 바라보다가, 그런 것은 생각할 수도 없는 일이고 또 환자를 보호하려고 자기가 여기에 있는 것이니 안심하라고 말했다. 코타르가 긴장을 푸는 것을 보고 리외는 형사를 들어오게 했다.

형사는 그랑의 증언 내용을 코타르에게 읽어준 뒤, 그런 행동을 한 동기를 밝힐 수 있느냐고 물었다. 코타르는 형사를 쳐다보지도 않고 "내적 슬픔, 바로 그거예요"라고 대답했다. 또 그런 짓을 할 건지 대답하라고 형사가 채근했다. 그러자 코타르는 흥분해서, 그럴 생각은 없고 바라는 것이라고는 자기를 가만히 내버려두는 것뿐이라고 대답했다.

형사가 짜증난 어조로 말했다. "분명히 말해두지만, 지금 다른 사람들을 귀찮게 하는 건 바로 당신이야."

그러나 리외가 만류해서 그 정도로 마무리되었다.

밖으로 나오면서 형사가 한숨을 쉬고 말했다. "아시겠지만, 열병이 발생한 후로 신경써야 할 일이 한두 가지가 아닌데 말입니다……"

형사는 리외에게 사태가 심각하냐고 물었고, 리외는 모르겠다고 대답했다.

"날씨 때문입니다. 그래서 그런 거라고요." 형사가 결론짓듯 말했다.

어쩌면 날씨 때문인지도 몰랐다. 시간이 갈수록 손에 닿는 것들은 전부 끈적거렸고, 왕진을 다닐수록 리외는 더 불안해졌다. 그날 저녁, 교외에 사는 늙은 환자의 이웃 한 명이 사타구니를 누르고 헛소리를 하며 구토를 했다. 림프절의 멍울 크기가 수위보다 훨씬 더 컸다. 그 중 하나가 곪기 시작하더니 곧 썩은 과일처럼 갈라졌다. 리외는 집으로 돌아와 도청의 의약품 보관소에 전화를 걸었다. 그날 그의 임상일지에는 '부정적인 대답'이라고만 언급되어 있다. 비슷한 증세를 보이는 환자들이 벌써 다른 곳에서 그에게 왕진을 청하고 있었다. 종기를 째야만 했다. 그럴 수밖에 없었다. 메스를 이용해 십자 모양으로 열어 보니 멍울에서 피고름이 쏟아져나왔다. 환자들은 피를 흘리고 사지를 비틀었다. 배와 다리에 반점이 돋았고, 어떤 멍울은 더이상 곪진 않았지만 또다시 부어올랐다. 대개의 경우 환자들은 끔찍한 악취를 풍기며 죽어갔다.

쥐들은 거리에 나와 죽은 반면 사람들은 방안에서 죽어서 그런지, 쥐 사건에 대해 그렇게 시끄럽게 떠들던 신문도 사람들이 죽는 것에 대해서는 아무 말이 없었다. 신문은 거리에서 일어나는 일에만 관심을 기울였다. 그러나 도청과 시청에서 의문을 품기 시작했다. 의사들이 각자 갖고 있는 사례가 기껏해야 두세 건 정도밖에 안 될 때는 아무도 움직일 생각을 하지 않았지만, 사례들을 더해볼 생각을 하는 것으로 충분했다. 전부 더해 합계를 내보고 모두 놀라고 말았다. 불과 며칠 사이에 사망 건수가 배로 늘어난 것이다. 그 해괴한 질병에 관여하는 사람들 사이에서는 그것이 진짜로 전염병이라는 사실이 명백해졌다. 바로 그 무렵, 동료 의사이며 리외보다 나이가 훨씬 많은 카스텔이 리외를 찾아왔다.

카스텔이 그에게 말했다. "당연한 일이지만, 이게 뭔지 알고 있겠죠, 리외?"

"분석 결과를 기다리고 있습니다."

"난 알고 있어요. 분석해볼 필요도 없는 일이에요. 의사 노릇을 하면서 중국에 머문 적도 있고, 이십여 년 전 파리에서 그런 사례를 몇 번 본 적도 있어요. 그렇지만 당시에는 감히 그것에 병명을 붙이지 못했어요. 여론은 무서운 것이어서 섣불리 행동해서는 안 되거든요. 무엇보다 경거망동해서는 안 돼요. 어떤 의사가 말했듯이, '그럴 리 없어요. 서양에서 그것이 없어졌다는 건 누구나 다 알고 있잖아요'라는 거죠. 그래요, 누구나 다 알고 있어요, 죽은 사람만 빼면. 자, 리외, 당신도 이게 무슨 병인지 나만큼이나 잘 알고 있잖아요."

리외는 깊은 생각에 잠겼다. 자기 진료실 창문 너머, 멀리 만(灣)에 면해 있는 절벽의 바위 등성이를 바라보았다. 해가 기울면서, 하늘은 아직 푸른색이긴 하지만 광채가 흐려지고 점점 부드러워지고 있었다.

"그래요, 카스텔." 그가 말했다. "믿어지지 않지만 페스트가 확실한 것 같습니다."

늙은 의사 카스텔이 자리에서 일어나 문 쪽으로 가다가 말했다.

"사람들이 우리에게 뭐라고 말할지 알고 있겠죠. '그건 온대지방에서는 벌써 여러 해 전에 없어졌어요'라고 말할 겁니다."

"없어진다는 게 무슨 뜻일까요?" 리외가 어깨를 으쓱하며 대꾸했다.

"그래요. 파리에서도 약 이십 년밖에 안 된 일이라는 걸 잊지 마세요."

"알겠습니다. 그때보다 심하지 않기를 바라야겠군요. 그렇지만 정말 믿을 수 없는 일이에요."

'페스트'라는 단어가 이제 막 처음으로 언급되었다. 이 대목에서 베르나르 리외가 자기 진료실 창문 앞에서 주저하고 놀란 듯한 태도를 보인 것에 대해 서술자로서 설명을 좀 하려 하니 허락해주기 바란다. 왜냐하면 미묘한 차이는 있지만 대부분의 시민들도 그와 비슷한 반응을 보였기 때문이다. 사실 재앙은 모두가 다 겪는 것인데도, 그것이 자기에게 닥치면 여간해서는 믿지 못하게 된다. 이 세상에는 전쟁만큼이나 페스트도 많이 발생했다. 그러나 페스트나 전쟁이 발생하면 사람들은 언제나 속수무책이었다. 의사 리외도 다른 시민들과 마찬가지로 아무 대책이 없었다. 그의 망설임은 그렇게 이해해야 한다. 그가 불안한 마음과 믿음을 동시에 갖고 있었던 것도 마찬가지로 그렇게 이해해야 한다. 전쟁이 일어나면 사람들은 "오래 안 갈 거야. 너무 어리석은 짓이야"라고 말한다. 전쟁이 어리석다는 것은 두말할 필요도 없다. 그렇다고 해서 전쟁이 금방 끝나는 것은 아니다. 어리석음은 여전히 계속되고 있다. 만약 사람들이 항상 자기만 생각하지 않았다면 그 사실을 깨달을 수 있었을지도 모른다. 그 점에서 우리 시민들도 다른 사람들과 마찬가지여서 그들은 자신들만 생각했다. 다시 말해, 재앙을 믿지 않는다는 점에서 그들은 인본주의자들이었다. 재앙은 인간의 척도로 이해되지 않는다. 그래서 인간들은 재앙을 비현실적인 것, 곧 지나가버릴 악몽에 불과한 것으로 여긴다. 재앙이 지나가버릴 때도 있지만 항상 그런 것은 아니다. 악몽에서 악몽으로 이어지는 가운데 사라지는 쪽은 사람들, 누구보다도 인본주의자들이다. 왜냐하면 그들은 미리 대비하지 않았기 때문이다. 우리 시민들이 다른 사람들보다 더 잘못한 것도 아니었다. 그들은 겸손해야 한다는 것을 잊고 있었을 뿐이다. 그리고 자기들에게는 여전히 모든 것이 가능하다고 생각하고 있었다. 그생각은 재앙이 일어날 수 없다는 것을 전제로 하고 있었다. 그들은 계속 사업을 했고, 여행 준비를 했고, 제각기 의견을 갖고 있었다. 미래와 여행, 토론을 금지하는 페스트를 그들이 어떻게 상상할 수 있었겠는가? 그들은 자유롭다고 믿었지만, 재앙이 존재하는 한 그 누구도 결코 자유로울 수 없을 것이다.

소수이긴 하지만 페스트 환자가 여기저기서 발생하고 또 예기치 않게 사망한 사실을 동료 앞에서 인정한 뒤에도, 리외는 그 위험을 현실로 받아들일 수 없었다. 다만 직업이 의사이다 보면 고통에 대해 나름대로 생각을 하게 되고 좀더 풍부한 상상력을 지니게 되는 법이다. 아무것도 변하지 않은 창밖의 도시를 바라보면서 리외는 불안이라는 이름의 미래 앞에서 가벼운 구토증이 생기는 것을 얼핏 느꼈다. 그 병에 대해 알고 있는 것들을 머릿속에 모아보려고 애썼다. 숫자들이 그의 기억 속을 떠다녔다. 역사에 기록될 정도로 규모가 컸던 삼십여 차례의 페스트로 인해 1억 명에 가까운 사망자가 발생했다는 데 생각이 미쳤다. 그러나 1억 명의 사망자가 과연 무슨 의미란 말인가? 전쟁을 할 때 사망자 한 명이 어떤 의미를 지니는지는 거의 잊히기 마련이다. 그리고 사망자는 죽은 모습을 눈으로 직접 보았을 때만 실감이 나는 법이어서, 오랜 역사에 걸쳐 여기저기 흩어져 있는 1억 명의 죽음이란 상상 속에서는 한줄기 연기에 불과할 뿐이다. 하루 동안 희생자가 1만 명 발생했다고 프로코피우스가 전한 바 있는 콘스탄티노플의 페스트가 기억났다. 1만 명이라면 커다란 극장에 입장한 관객의 다섯 배에 해당하는 수다. 극장 다섯 곳에서 나오는 사람들을 시내의 큰 광장으로 데려간 다음 모두 죽여서 무더기로 쌓아놓는다는 식으로 상상해보면 좀더 명확하게 이해할 수 있을 것이다. 그렇게 하면 적어도 그 이름 모를 시체 더미 위에 낯익은 얼굴을 올려놓을 수 있을 것이다. 물론 실현할 수 있는 일은 아니다. 또 만 명씩이나 알고 있는 사람이 누가 있겠는가? 더구나 프로코피우스 같은 옛날 역사가들이 수를 셀 줄 모른다는 건 널리 알려진 사실이다. 칠십 년 전 중국 광둥에서는 주민에게 재앙이 퍼지기 전 4만 마리의 쥐가 페스트에 걸려 죽었다. 그러나 1871년에는 쥐의 수를 셀 수 있는 방법이 없었다. 근사치로 대충 계산해서 오차가 생겼을 가능성이 매우 크다. 그렇지만 쥐 한 마리의 몸길이가 30센티미터라고 할 때 4만 마리를 이어놓으면……

의사는 초조해졌다. 지금까지는 되는대로 내버려두었는데, 그래서는 안 될 것 같았다. 몇 가지 사례만 보고 전염병이라고 단정지을 수는 없고, 예방책을 잘 세우면 그것으로 충분하겠지. 알고 있는 사실들에 집중해야 했다. 마비와 탈진 증세, 눈의 충혈, 구강 오염, 두통, 사타구니의 멍울, 극심한 갈증, 정신착란, 전신에 돋는 반점, 몸안에서 느껴지는 찢어질 듯한 통증, 그리고 마침내는…… 이런 것들에 이어서 어떤 문장이 리외의 머릿속에 떠올랐다. 의학서적은 이런 증상들을 열거한 뒤 다음과 같은 문장으로 끝을 맺고 있었다. '맥박이 실낱같이 약해지고 무의미한 몸짓을 하고는 사망한다.' 그렇다. 이런 증상들이 모두 나타난 후에 환자는 한낱 실에 매달린 형국이 되고, 그들 중 4분의 3─이것은 정확한 수치였다─은 죽음을 재촉하는 그 미미한 몸짓을 서둘러 해버리는 것이다.

의사는 여전히 창밖을 내다보고 있었다. 유리창 저쪽에는 신선한 봄하늘이 있었고, 이쪽 방안에는 '페스트'라는 단어가 아직도 울리고 있었다. 그 단어는 과학적인 내용뿐 아니라 일련의 수많은 예외적인 이미지들도 간직하고 있었다. 그 이미지들은 이 시간이면 적당히 활기를 띠면서 소란스럽다기보다는 웅웅거리는 이 도시, 만약 인간이 행복하면서 동시에 침울할 수 있다면 행복하다고 할 수도 있을 이 누렇고 뿌연 도시와는 어울리지 않았다. 이 도시가 보여주는 이토록 평화롭고 무심하고 평온한 모습으로 인해, 오랫동안 전해 내려오던 재앙의 이미지들은 손쉽게 지워져버렸다. 페스트 때문에 새들이 남김없이 사라져버린 아테네, 말없이 죽어가는 사람들로 가득했던 중국의 도시들, 썩은 물이 뚝뚝 떨어지는 시체들로 구덩이를 채우던 마르세유의 도형수들, 페스트의 광풍을 막기 위해 프로방스에 건설한 거대한 성벽, 야파

시와 그곳의 끔찍한 거지들, 콘스탄티노플 병원의 맨땅에 가져다놓은, 축축하게 젖은 채 썩어 있는 침대들, 환자들을 갈고리로 찍어 끌어내는 모습, 페스트 절정기에 벌어지던 마스크 쓴 의사들의 카니발, 산 사람들이 밀라노의 공동묘지에서 벌이던 성교, 공포에 질린 런던의 시체 운반 수레들, 그리고 도처에서 끝도 없이 질러대는 비명들로 가득했던 밤과 낮. 아니, 이 모든 이미지들은 아직 이 한나절의 평화로움을 없앨 만큼 강력하지는 않았다. 유리창 저편에서, 보이지는 않지만 전차의 경적 소리가 갑자기 울리면서 그 잔혹함과 고통을 순식간에 부정해버린 것이다. 흐릿한 바둑판 모양의 집들 너머로 펼쳐진 바다만이 이제 세상 속에 자리잡은 불안한 그 무엇을 드러내 보여주고 있었다. 리외는 만을 바라보며 루크레티우스가 말한 바 있는 화장터의 장작더미를 생각했다. 페스트가 휩쓸자 아테네 사람들은 바다 앞에 장작더미를 높이 세워놓고 밤중에 시체를 그곳에 갖다놓았는데, 자리가 모자라자 소중했던 사람들의 시체를 그곳에 갖다놓기 위해 산 사람들이 횃불을 휘두르며 서로 싸웠다. 시체를 아무데나 버려두는 것보다는 차라리 피 흘리는 싸움을 선택한 것이다. 어둡고 고요한 바다 앞에서 벌겋게 타오르는 장작들, 불꽃이 탁탁 소리를 내며 타오르고, 가만히 굽어보는 하늘을 향해 오염된 연기가 자욱이 솟아오르는 가운데 벌어지는 야간 횃불 싸움, 이런 것들은 상상할 수 있었다. 두려운 것은……

그러나 이런 현기증 나는 상상도 이성 앞에서는 계속될 수 없었다. '페스트'라는 단어가 언급된 것도 사실이고, 바로 이 순간에도 재앙 때문에 희생자가 한두 명 쓰러지고 있는 것도 사실이었다. 그러나 이 재앙이 멈출 수도 있었다. 우리가 해야 할 일은 인정할 것은 확실히 인정하고 쓸데없는 환영들을 쫓아버린 다음, 적절한 대책을 세우는 일이었다. 그렇게 하면 상상되지 않거나 제대로 상상되지 않기 때문에 페스트는 멈출 것이다. 만약 페스트가 멈춘다면, 그것이 가장 가능성 있는 일이지만, 모든 일이 잘될 것이다. 그 반대의 경우라면, 우리는 먼저 페스트가 어떤 것인지 그리고 그것을 해결할 방도가 있는지를 알게 될 것이고, 그후에는 페스트를 극복하게 될 것이다.

창문을 여니 도시의 소음이 대뜸 커졌다. 이웃에 있는 작업장에서 기계톱 소리가 짧게 반복적으로 들려왔다. 리외는 머리를 흔들었다. 확실한 것은 매일의 노동 속에 있었고 그 외의 것은 실낱들, 무의미한 몸짓들과 연결되어 있었다. 거기서 멈출 수는 없었다. 중요한 것은 자신의 일을 충실히 수행하는 것이었다.

조제프 그랑이 방문했다는 기별을 받았을 때, 의사 리외는 그런 생각에 잠겨 있었다. 그랑은 시청 직원으로서 매우 다양한 일을 수행하면서도, 정기적으로 통계과와 호적과에 배치되어 일했다. 그래서 사망자 수를 합산하는 일을 맡게 되었고, 또 천성적으로 친절한 사람이라 합산한 결과를 기록한 서류의 사본 한 부를 직접 리외에게 갖다주기로 약속했었다.

의사가 보니 그랑이 이웃인 코타르와 함께 들어오고 있었다. 그가 종이 한 장을 흔들면서 말했다.

"숫자가 늘어나고 있어요, 선생님. 사십팔 시간 동안 사망자가 열한 명이에요."

리외가 코타르에게 인사하며 몸은 좀 어떠냐고 물었다. 그랑은 코타르가 의사 선생님께 감사드리고 폐를 끼친 데 대해 사과도 드리고 싶어 했다고 설명했다. 그러나 리외는 통계표를 들여다보고 있었다.

"자, 이제 이 질병의 이름을 제대로 밝힐 건지 결정해야겠군요. 지금까지는 제자리걸음만 했거든요. 연구소에 가야 하는데 함께 가시죠." 리외가 말했다.

"그래요, 맞아요." 그랑이 의사의 뒤를 따라 계단을 내려가면서 말했다. "무엇이든 자기 이름으로 불러야죠. 그런데 병명이 뭔가요?"

"그건 말씀드릴 수가 없군요. 말씀드린다고 해서 선생에게 도움이 될 것도 아니고요."

"그것 보세요." 시청 직원이 미소를 지었다. "그게 그렇게 쉬운 일은 아니에요."

그들은 아름 광장 쪽으로 갔다. 코타르는 여전히 말이 없었다. 길이 사람들로 붐비기 시작했다. 우리 고장의 황혼이 어느새 어둠에 밀려 달아나듯 물러나고, 아직 선명하게 보이는 지평선 위로 샛별들이 떠오르고 있었다. 잠시 후 거리에 가로등이 켜지면서 하늘이 어둑어둑해졌고 사람들의 말소리도 한 음정 높아진 것 같았다.

"죄송합니다." 아름 광장의 모퉁이에 이르자 그랑이 말했다. "저는 전차를 타야겠어요. 제 저녁 시간은 신성불가침이에요. 우리 고향에서는 '오늘 일을 내일로 미루지 말라……'고 하죠."

리외는 이미 그랑의 이상한 버릇에 주목한 바 있었다. 그는 몽텔리마르 출신으로, 그곳의 경구들을 인용한 후 '꿈같은 시절'이라든가 '환상적인 조명' 같은 출처 불명의 진부한 문구들을 덧붙이는 버릇이 있었다.

"아!" 코타르가 말했다. "정말 그래요. 저녁만 먹었다 하면 저 사람을 집에서 불러낼 수가 없다니까요."

리외는 그랑에게 시청 일을 하느냐고 물었다. 그랑은 그건 아니고 개인적인 일이라고 대답했다.

"아!" 무슨 말이건 해야겠기에 리외가 다시 물었다. "그래, 잘되어가나요?"

"여러 해 전부터 하고 있으니까 아무래도 그렇죠. 그렇지만 다른 의미에서 보면 별 진전이 없다고 할 수도 있어요."

"도대체 어떤 일인데요?" 리외가 걸음을 멈추며 물었다.

그랑은 커다란 귀 위로 둥근 모자를 눌러쓰면서 뭐라고 중얼거렸다. 그것이 개성의 발현과 관련된 일이라는 것을 리외는 아주 어렴풋이 눈치챌 수 있었다. 그러나 시청 직원은 어느새 그들에게서 멀어져, 무화과나무가 늘어선 마른Marne 대로를 종종걸음으로 거슬러올라가고 있었다. 연구소 문 앞에서 코타르가 리외에게 찾아뵙고 조언을 듣고 싶다고 말했다. 리외는 호주머니에 들어 있는 통계표를 만지작거리면서 진찰 시간에 오라고 했다가 곧 생각을 바꿔서, 내일 그 동네에 갈 일이 있으니 오후 늦게 들르겠다고 말했다.

코타르와 헤어지면서 의사는 자기가 그랑 생각을 하고 있음을 깨달았다. 그랑이 페스트 한가운데에 놓여 있는 상황을 상상해보았다. 십중팔구 별로 심각하지 않을 지금의 페스트가 아니라, 역사에 남을 만큼 대단한 페스트의 한복판에 있는 그랑을 말이다. '거기서도 살아남을 사람이야.' 그는 페스트가 허약한 사람은 살려주고 특별히 건강한 사람을 죽인다는 것을 읽은 기억이 났다. 계속 생각하다보니 그랑에게서 약간 신비로운 분위기가 느껴졌다.

사실 조제프 그랑은 얼핏 보기에도 시청의 하급직원에 지나지 않는 인물이었다. 외모도 그랬다. 옷은 커야 오래 입을 수 있다고 생각해 언제나 지나치게 큰 옷만 고르다보니 키 크고 마른 몸이 옷 속에서 떠다니는 것 같았다. 아래쪽 잇몸에는 이가 아직 대부분 그대로 있지만 위쪽 잇몸에는 하나도 없었다. 그래서 웃을 때 윗입술이 유난히 말려올라가 마치 유령의 입 같은 인상을 주었다. 이런 얼굴에 신학생 같은 몸가짐이며 벽에 바짝 붙어 스치듯 걸어가다가 문 안으로 미끄러지듯 들어가는 재주, 지하실 냄새와 담배 냄새, 그리고 온갖 무의미한 표정들을 덧붙이면, 그에 대해서는 사무실 책상에 앉아 공중목욕탕 요금을 열심히 검토하거나 젊은 문서계 직원을 위해 가정용 쓰레기 수거와 관련된 새로운 세금 보고서에 들어갈 자료를 열심히 모으는 것 외의 다른 모습은 상상할 수 없음을 인정하게 될 것이다. 선입견을 갖지 않고 보더라도, 그는 일당 62프랑 30상팀을 받는 시청의 비정규직 직원이라는, 화려하지는 않지만 없어서는 안 될 직책을 수행하기 위해 이 세상에 태어난 사람 같았다.

그가 말한 바에 따르면, 그것이 그의 고용서류 '직책' 항목에 기재되어 있는 내용이었다. 이십 년 전 돈이 없어 대학을 중퇴하고 그 직책을 맡기로 했을 때 사람들이 해준 말도 있고 해서 그는 빠른 시일 안에 '정식 발령'이 나기를 기대했다. 임시 직책은 우리 시의 미묘한 행정 관련 사안들을 처리하는 그의 사무 능력을 얼마 동안 보여주기 위한 것에 불과했다. 그런 다음 정식으로 문서계 직원이 되면 넉넉하게 생활하는 데 아무 문제가 없을 거라고 사람들이 분명히 그에게 말했다는 것이다. 야심 때문에 그런 것은 아니라고 그는 우울한 미소를 지으며 단언했다. 그러나 정직하게 돈을 벌어 안락한 생활을 누릴 수 있다는 전망과 그렇게 하면 하고 싶은 일을 후회 없이 마음껏 해볼 수 있다는 가능성에 마음이 몹시 끌렸다. 그가 그 직책을 수락한 것은 그런 명예로운 이유, 이를테면 이상理想에 대한 충직함 때문이었다.

그런 잠정적인 상태가 오랜 기간 계속되었다. 물가는 엄청나게 오른 반면, 그랑의 봉급은 전반적으로 인상될 때 몇 번 따라 오르긴 했지만 여전히 미미한 수준이었다. 그는 그것에 대해 리외에게 하소연했다. 하지만 알아주는 사람이 아무도 없는 것 같았다. 그랑의 특이한 점, 또는 적어도 그의 특징 중 하나가 바로 그것이었다. 사실 자신도 확신하지 못하니 그 권리를 내세우지는 못하더라도, 적어도 약속받은 부분에 대해서는 강조할 수 있지 않을까. 그러나 그를 채용한 국장이 오래전에 죽은데다 그 자신도 약속받은 말을 정확하게 기억하지 못했다. 요컨대 조제프 그랑은 자신의 입장을 표현할 적절한 단어를 찾아내지 못했다.

리외도 주목했던 사실이지만, 그것이 우리의 시민 그랑의 면모를 가장 잘 보여주는 특징이었다. 청원서를 쓰거나 아니면 상황에 따라 청탁이라도 해야 했는데 한 번도 그러지 못한 것도 실제로는 그런 특징 때문이었다. 그의 말에 따르면 '권리'라는 용어는 그 권리를 확신하지 못해서 사용할 수 없었고, '약속'이라는 용어는 마치 자기 몫을 요구하는 것 같고 결과적으로 자신이 맡고 있는 보잘것없는 직책과는 어울리지 않게 무례한 면이 있는 것 같아서 사용할 수 없었다. 또한 '호의' '청원' '감사'와 같은 용어들은 개인적으로 자존심이 상해서 사용하지 못했다. 이렇듯 적절한 용어가 생각나지 않은 까닭에, 우리의 시민은 나이가 지긋해질 때까지 그 보잘것없는 직책을 계속 수행하게 되었다. 게다가 이것도 그가 의사 리외에게 한 말이지만, 생활비는 수입에 맞추면 되니 어쨌든 생계비는 충분히 확보된다는 것을 살다보니 깨달았다. 그리하여 그는 우리 시장이 즐겨 쓰는 말이 적절하다는 사실을 인정하기에 이르렀다. 우리 시의 대사업가인 시장은 결국(그는 '결국'이라는 표현을 강조했는데, 이 표현이 논증의 무게를 전부 싣고 있었다), 그러니까 결국 굶어 죽는 사람을 지금까지 한 번도 본 적이 없다고 힘주어 말했던 것이다. 어쨌든 조제프 그랑은 거의 고행에 가까운 생활을 함으로써 결국 물질에 대한 근심에서 해방될 수 있었다. 그러나 그는 여전히 적절한 단어를 찾고 있었다.

어떤 의미에서 보면 그의 생활은 모범적이라고 할 수 있었다. 그는 선의에서 나오는 용기를 여전히 간직하고 있는 인물이었는데, 그런 인물은 우리 도시는 물론이고 다른 곳에도 흔치 않았다. 그리 많지는 않지만 그가 자신에 관해 털어놓은 내용을 보면, 사실 오늘날에는 거의 찾아볼 수 없는 선의와 애착이 엿보였다. 그는 자신에게 남아 있는 유일한 혈육이며 이 년에 한 번씩 프랑스에 가서 만나는 누이와 조카들을 사랑한다는 사실을 부끄러워하지 않고 시인했다. 자신이 아직 젊었을 때 부모님이 돌아가셨는데, 그 생각을 하면 슬퍼진다는 것도 인정했다. 또 오후 다섯시쯤 자기 동네에 부드럽게 울리는 종소리를 듣는 것을 무엇보다 좋아한다는 것도 부정하지 않았다. 그러나 그런 단순한 감정을 표현하기 위해 사소한 단어 하나를 골라내는 것도 그에게는 무척이나 힘든 일이었다. 이 어려움이 결국 그의 가장 큰 근심거리였다.

"아! 선생님, 나 자신을 잘 표현하는 방법을 배울 수 있으면 좋겠어요." 그는 리외를 만날 때마다 이렇게 말하곤 했다.

그날 저녁 시청 직원이 멀어지는 모습을 바라보면서, 의사는 그가 하고 싶었던 말이 무엇인지를 갑자기 깨달았다. 아마도 그는 책, 아니면 그와 비슷한 뭔가를 쓰고 있었던 것이다. 연구소에 도착했을 때까지도 리외는 그 사실 때문에 안도감을 느꼈다. 그는 그 느낌이 터무니없다는 것을 알고 있었다. 그러나 존경할 만한 그런 괴벽에 열중하는 겸손한 관리들이 있는 이 도시에 정말로 페스트가 퍼질 수 있다는 사실을 도무지 믿을 수 없었다. 더 정확히 말해, 페스트가 퍼지는 가운데 그런 괴벽의 여지가 존재한다는 것을 상상할 수 없었다. 그래서 우리 시민들에게는 실질적으로 페스트가 오래 지속되지 않을 거라고 그는 생각했다.

이튿날, 리외는 무례하다는 말을 들을 정도로 고집을 부린 끝에 도청에 보건위원회를 소집하기에 이르렀다.

"시민들이 불안에 떨고 있는 건 사실입니다." 리샤르가 인정했다. "그런데다 워낙 말들이 많다보니 모든 것이 과장되고 있습니다. 도지사가 나에게 '원한다면 서둘러 합시다. 하지만 말이 안 나면 좋겠습니다'라고 말하더군요. 어쨌든 도지사는 사람들이 근거 없이 불안에 떤다고 굳게 믿고 있습니다."

베르나르 리외는 도청으로 가면서 카스텔을 자기 차에 태웠다.

"도내에 혈청이 하나도 없다는 건 알고 있나요?" 카스텔이 리외에게 물었다.

"알고 있습니다. 의약품 보관소에 전화를 했어요. 소장이 깜짝 놀라더군요. 파리에서 가져오도록 조치해야겠어요."

"오래 걸리지 않으면 좋겠군요."

"전보는 벌써 쳐놓았습니다." 리외가 대답했다.

도지사는 친절하긴 했지만 신경이 곤두서 있었다.

"시작하겠습니다." 그가 말했다. "사태를 요약해서 말씀드릴까요?"

리샤르는 그런 것은 쓸데없다고 생각했다. 의사들은 사정을 다 알고 있으니 어떤 조치를 취하는 것이 적절할지를 알아내는 것이 관건이었다.

"문제는, 이 병이 페스트냐 아니냐를 알아내는 것입니다." 늙은 의사 카스텔이 단도직입적으로 말했다.

의사 두세 명이 탄성을 질렀다. 다른 사람들은 망설이는 것 같았다. 도지사는 소스라치게 놀라 반사적으로 문 쪽을 향해 몸을 돌렸다. 마치 이 어처구니없는 말이 복도로 새어나가지 않도록 문이 잘 닫혀 있는지 확인하려는 것 같았다. 리샤르는 불안에 휩쓸려서는 안 된다는 것이 자기 생각이라고 잘라 말했다. 삶에서도 그렇지만 과학에서도 추측은 언제나 위험하며, 현재 우리가 말할 수 있는 것은 사타구니의 합병증을 동반한 열병이라는 사실밖에 없다는 것이었다. 카스텔이 누런 콧수염을 말없이 씹고 있다가 맑은 눈을 들어 리외를 쳐다보았다. 그리고 친절한 눈길로 참석자들을 둘러보고는 자기는 그것이 페스트라는 사실을 잘 알고 있으며, 그 사실이 공식적으로 인정되면 당연히 가혹한 조치를 취할 수밖에 없을 거라고 지적했다. 그는 동료들이 주저하는 것도 사실은 그 점 때문이라는 것을 잘 알고 있었으므로, 그들이 안심할 수 있도록 페스트가 아니라고 인정하고 싶은 마음도 있었다. 도지사는 안절부절못하더니, 어쨌든 좋은 추론방법은 아니라고 말했다.

"중요한 것은 추론방법이 좋으냐 나쁘냐가 아니라, 그것으로 우리가 무슨 생각을 하게 되느냐 하는 점입니다." 카스텔이 말했다.

리외가 아무 말도 하지 않고 가만히 있자 사람들이 그의 의견을 청했다.

"이것은 장티푸스와 같은 성격의 열병이지만 림프절 멍울과 구토증을 동반하고 있습니다. 저는 멍울 부위를 절개하고 분석 실험을 요청했습니다. 연구소에 따르면 페스트균 덩어리 같은 것이 발견되었다고 합니다. 좀더 보충해서 말씀드려야 할 것은 균의 특수한 변화 양상이 페스트의 전형적인 양상과 일치하지는 않는다는 사실입니다."

리샤르는 바로 그 점 때문에 주저하게 된다며, 며칠 전에 일련의 분석 실험을 시작했으니 적어도 그 결과가 나올 때까지 기다려야 할 거라고 강조했다.

잠시 가만히 있다가 리외가 말했다. "세균으로 인해 비장脾臟이 사흘 만에 네 배로 커지고 장간막의 멍울이 오렌지만큼 커져서 죽처럼 물렁물렁해지면, 정말 한시도 망설여서는 안 됩니다. 감염되는 가정이 점점 늘고 있습니다. 확장 추세로 미루어볼 때, 질병이 멈추지 않고 계속 확산될 경우 염려스럽지만 이 개월 이내에 시민의 반 정도가 사망할 가능성이 있습니다. 따라서 이것을 페스트라고 부르든 성장열이라고 부르든 그것은 그다지 중요하지 않습니다. 중요한 것은 시민의 절반이 사망하는 것을 막아내는 일입니다."

리샤르는 사태를 지나치게 비관적으로 봐서는 안 되고, 자기 환자들의 가족이 아직 무사한 것을 보면 전염성도 증명된 것이 아니라고 생각하고 있었다.

"하지만 다른 사람들이 죽었죠." 리외가 지적했다. "물론 전염성이 확실한 건 절대 아닙니다. 그랬다면 사망자 수가 무한히 늘어나서 인구가 엄청나게 줄었을 겁니다. 사태를 비관적으로 생각하자는 게 아니라, 예방 조치를 취하자는 것입니다."

그러나 리샤르는 병이 저절로 멈추지 않을 경우 병을 멈추게 하려면 법률에 규정된 대로 엄격한 예방 조치를 취해야 하고, 그러려면 그 병이 페스트라는 사실을 공식적으로 인정해야 하는데, 그 점을 절대적으로 확신하지 못하는 이상 결과적으로 신중하게 생각할 수밖에 없다는 점을 지적하고 상황을 정리하려고 했다.

"법률에 규정된 조치가 심각한가 심각하지 않은가는 문제가 되지 않습니다." 리외가 힘주어 말했다. "문제는 시민의 절반이 사망하는 일을 막는 데 그 조치가 필요한가 하는 것입니다. 그 밖의 것은 행정적인 문제입니다. 그리고 우리 제도에 도지사가 있는 것은 바로 그런 문제를 해결하기 위해서입니다."

"그렇습니다." 도지사가 말했다. "그러나 저로서는 그 병이 페스트라는 전염병이라고 여러분들이 공식적으로 인정해주기를 바랍니다."

"우리가 페스트라고 인정하지 않아도 그 병으로 시민의 절반이 사망할 위험은 여전히 남아 있습니다." 리외가 말했다.

리샤르는 약간 신경질적인 태도로 말을 가로막았다.

"증상을 묘사한 데서도 알 수 있듯이, 사실 우리 동료 리외 씨는 그 병이 페스트라고 생각하고 있습니다."

리외는 증상을 묘사한 것이 아니라 자신이 본 것을 묘사했다고 대꾸했다. 그가 본 것은 림프절 멍울과 반점, 헛소리와 사십팔 시간 내에 사망할 정도로 치명적인 고열이었다. 이 전염병이 예방 조치를 엄격하게 취하지 않아도 종식될 거라고 단언한 데 대해 리샤르 씨가 책임을 질 수 있다는 것인가?

리샤르는 주저하다가 리외를 바라보았다.

"의견을 솔직하게 말씀해주시죠. 이 병이 페스트라고 확신하시나요?"

"문제를 잘못 제기하셨습니다. 이건 용어 문제가 아니라 시간 문제니까요."

"그러니까 선생님의 생각은 결국 이것이 페스트가 아닐지도 모르지만 페스트 발생시와 동일한 예방 조치가 적용되어야 한다는 것이군요." 도지사가 말했다.

"제 의견이 꼭 필요하시다면, 그것이 바로 제 의견입니다."

의사들이 의견을 주고받았고, 마침내 리샤르가 말했다.

"그러므로 우리는 이 병이 페스트인 것처럼 대응하는 데 대한 책임을 져야겠군요."

모두들 그 표현에 열렬히 동의했다.

"당신도 같은 의견이신가요, 친애하는 동업자 양반?" 리샤르가 물었다.

"표현은 아무래도 상관없습니다." 리외가 말했다. "다만 시민의 절반이 사망할 위험이 없는 것처럼 행동해서는 안 된다는 것을 말씀드리고 싶습니다. 그러지 않으면 머지않아 그렇게 될 테니까요."

모두들 인상을 찌푸리고 있는 가운데 리외는 그곳을 떠났다. 얼마

후, 튀김 냄새와 오줌 냄새가 풍기는 변두리 동네에서 어떤 여자가 사타구니가 피투성이인 채로 죽을 듯이 소리치며 그를 쳐다보고 있었다.

회의가 소집된 다음날, 열병은 더욱 확산되었다. 신문들이 그 열병에 대해 보도하기는 했지만 몇 가지 사항을 암시하는 데 그친 것으로 미루어보면 가벼운 논조였다. 어쨌든 이틀 뒤 리외는 흰색의 작은 벽보들을 볼 수 있었다. 도청에서 그것들을 시내의 가장 으슥한 구석에 재빨리 붙여놓은 것이다. 벽보에서 당국이 사태를 직시하고 있다는 증거를 찾아보기는 어려웠다. 엄격한 조치가 취해지지 않은 것으로 보아, 여론을 자극하지 않으려는 생각에 많은 것을 포기한 것 같았다. 실제로 포고문의 머리말은 다음과 같이 알리고 있었다. 전염된다고는 아직 말할 수 없지만 오랑 시에 악성 열병이 몇 건 발생했다. 그 사례들이 실제로 우려할 만한 특징적 증상을 보여주는 것은 아니다. 당국은 시민들이 냉정을 잃지 않으리라 믿어 의심치 않는다. 그럼에도 불구하고 신중을 기하기 위해, 그리고 모든 시민들이 이해해주리라 생각하고, 도에서는 몇 가지 예방 조치를 취하기로 했다. 시민들이 이해하고 협조해준다면, 이 조치들로 전염병의 위협을 미연에 방지할 수 있을 것이다. 도에서 쏟는 이러한 노력에 시민들이 적극 협조해주리라는 것을 도지사는 조금도 의심하지 않는다.

그 뒤를 이어 벽보에는 전반적인 대책들이 적혀 있었는데, 그중에는 하수구에 독가스를 주입하는 과학적 쥐잡기라든가 식수 공급을 엄격하게 감독하는 조항도 있었다. 시민들에게 극도의 청결을 권유하고, 몸에 벼룩이 있는 사람은 시의 보건소에 출두하게 했다. 또한 의사의 진단이 내려진 경우 가족들은 의무적으로 신고하고 환자를 병원의 특별실에 격리하는 데 동의해야 했다. 그 병실은 환자를 최단 시일 내에 최대한 치료할 수 있는 설비를 갖추고 있다는 것이었다. 환자의 방과 운반 차량은 몇 가지 부가조항에 따라 의무적으로 소독을 받아야 했다. 나머지 조항들은 환자 주변 사람들에게 위생 감독을 받도록 권하는 데 그치고 있었다.

의사 리외는 벽보를 보다가 불쑥 몸을 돌려 진료실 쪽으로 걸어갔다. 조제프 그랑이 기다리고 있다가 그를 보자 두 팔을 들었다.

"네." 리외가 말했다. "알고 있어요. 사망자 수가 증가하고 있지요."

전날 밤 시내에서 환자 십여 명이 죽은 것이다. 의사는 자기가 코타르를 찾아갈 생각이니 어쩌면 저녁때 볼 수 있을 거라고 그랑에게 말했다.

"잘 생각하셨어요." 그랑이 말했다. "선생님이 오시면 그 사람이 좋아할 거예요. 벌써 좀 변한 것 같다니까요."

"뭐가 변했는데요?"

"친절해졌어요."

"전에는 그렇지 않았나요?"

그랑은 망설였다. 코타르가 친절하지 않았다고 말할 수는 없었다. 그런 표현은 적절하지 않을 테니 말이다. 코타르는 말없이 틀어박혀 지내는, 약간 산돼지 같은 모습의 사내였다. 자기 방, 싸구려 식당, 상당히 비밀스러운 외출, 코타르의 생활은 그것이 전부였다. 그는 공식적으로는 포도주와 리쾨르를 파는 주류 판매원이었다. 이따금 고객인 듯한 사람 두세 명이 그를 찾아왔다. 저녁이면 가끔 집 맞은편에 있는 극장에 가곤 했다. 시청 직원은 코타르가 특히 갱 영화를 좋아한다는 것까지 알게 되었다. 그러나 그 판매원은 모든 면에서 외톨이였고 다른 사람을 믿지 않았다.

그런데 그 모든 면이, 그랑의 말에 의하면, 많이 변했다는 것이다.

"뭐라고 말해야 할지 잘 모르겠지만, 제가 받은 느낌으로는 사람들에게서 애써 호감을 얻어내어 전부 자기편으로 만들려는 것 같아요. 저에게 말도 자주 걸고 외출하자고 청하기도 하는데, 번번이 거절할 수가 없었어요. 게다가 그 사람에게 흥미도 있고요. 제가 그 사람의 목숨을 구했잖아요."

자살을 시도한 이후, 코타르를 찾아온 사람은 아무도 없었다. 거리에서나 거래처에서 그는 기회가 닿는 대로 남의 호감을 사려고 애썼다. 식료품 가게 주인들과 이야기할 때 그만큼 상냥한 사람도 없었고 담뱃가게 여주인의 이야기를 그만큼 흥미롭게 들어주는 사람도 없었다.

그랑이 설명했다. "그 담뱃가게 여자는 진짜 독사예요. 코타르에게 그 말을 해줬더니, 내가 잘못 알고 있다면서 그 여자에게도 좋은 면이 있고 그것을 찾아낼 줄 알아야 한다고 대답하더군요."

코타르는 그랑을 데리고 두세 번 시내의 호화로운 식당과 카페에 갔다. 실제로 그는 그런 곳에 자주 드나들기 시작했던 것이다.

"여기 오면 기분이 좋아져요." 그는 말하곤 했다. "손님들도 품위 있고요."

종업원들이 코타르에게 특별 대접을 하는 것이 그랑의 눈에 띄었는데, 그가 팁을 지나치게 많이 주는 것을 보고 그 이유를 알게 되었다. 코타르는 종업원들이 팁을 받고 친절하게 대해주는 것에 무척 민감한 것 같았다. 어느 날 지배인이 그를 배웅하면서 외투 입는 것을 도와주자 코타르는 그랑에게 이렇게 말했다.

"저 사람 괜찮은 친구예요. 증언을 해줄 수도 있겠어요."

"무엇을 증언한다는 거죠?"

코타르가 주저하며 대답했다.

"아니, 뭐, 내가 나쁜 사람이 아니라는 것 말이에요."

게다가 그는 변덕이 심했다. 어느 날 식료품 가게 주인이 평소보다 불친절하게 굴자 엄청나게 화를 내며 집으로 돌아왔다.

"딴 놈들하고 한패가 되었어요, 그 건달 같은 자식이." 그는 몇 번씩이나 말했다.

"누구하고 말이에요?"

"딴 놈들 모두하고요."

그랑은 담뱃가게에서 이상한 장면을 목격한 적도 있었다. 활발하게 대화를 나누던 중 담뱃가게 여주인이 알제에서 한창 떠들썩하던, 해변에서 아랍인을 죽인 젊은 사무원이 체포된 사건에 대해 이야기했다.

"그런 건달들은 모조리 감옥에 집어넣어야 정직한 사람들이 숨쉬고 살 수 있을 거예요." 여주인이 말했다.

그러자 코타르가 갑자기 흥분해서, 이렇다 할 말 한마디 없이 가게 밖으로 뛰쳐나가는 바람에 그 여자는 하던 말을 멈춰야 했다. 그랑과 여주인은 그가 사라지는 모습을 멍하니 바라볼 수밖에 없었다.

그런 일이 있은 후, 그랑은 리외에게 코타르의 성격에서 변한 점을 여러 가지 더 알려주었다. 코타르는 '큰 놈이 작은 놈을 잡아먹기 마련이다'라는 문장을 제일 좋아했다. 이 문장이 잘 말해주듯이, 그는 항상 매우 자유주의적인 의견을 갖고 있었다. 그런데 얼마 전부터는 오랑의 보수파 신문만 사서 보았다. 그가 공공장소에서 신문을 읽는 데는 약간 과시적인 면이 있는 게 아닐까 하고 생각하지 않을 수 없었다. 또한 회복된 지 며칠 안 되었을 때의 일인데, 그랑이 우체국에 가려고 하자 자신은 먼 곳에 사는 누이동생에게 매달 백 프랑씩 우편환을 보내고 있는데 그것을 대신 부쳐달라고 부탁한 적이 있었다. 그런데 그랑이 나가려고 하자 코타르가 다음과 같이 말했다.

"이백 프랑을 보내주세요. 그러면 깜짝 놀라겠죠. 그애는 내가 자기 생각을 전혀 하지 않는다고 믿고 있지만, 사실은 그애를 많이 사랑하거든요."

마지막으로 코타르와 그랑은 흥미로운 대화를 나눈 적이 있었다. 저녁마다 무슨 일을 그렇게 열심히 하는지 코타르가 궁금증을 이기지 못하고 물어와서 그랑이 대답하지 않을 수 없었던 것이다.

"알았어요." 코타르가 말했다. "책을 쓰시는군요."

"그렇게 생각해도 되지만, 그것보다는 좀더 복잡한 거예요."

"아!" 코타르가 외쳤다. "나도 당신처럼 그런 일을 하면 좋을 텐데."

그랑이 놀란 표정을 짓자, 코타르는 예술가가 되면 여러 문제가 해결될 거라고 더듬거리며 말했다.

"왜요?" 그랑이 물었다.

"그거야, 누구나 다 알고 있는 사실이지만 예술가는 다른 사람들보다 권리가 더 많잖아요. 예술가한테는 여러 가지를 묵인해주니까요."

벽보를 읽은 날 아침 리외가 그랑에게 말했다. "저런, 그 사람도 다른 사람들처럼 쥐 사건 때문에 머리가 이상해진 모양이군요. 그런 거겠죠, 뭐. 아니면 열병에 걸릴까봐 겁이 나서 그렇던가요."

그랑이 대답했다.

"그런 것 같진 않아요. 선생님. 제 생각을 말씀드리면……"

쥐 청소차가 털털거리는 소리를 요란하게 내면서 창문 아래로 지나갔다. 리외는 목소리가 들릴 때까지 잠자코 있다가, 그랑에게 그의 생각이 무엇이냐고 별생각 없이 물었다. 그러자 그랑은 심각한 표정으로 리외를 쳐다보며 말했다.

"그 사람은 뭔가 후회하고 있는 것 같아요."

의사는 어깨를 으쓱했다. 형사 말마따나 신경쓸 일이 한두 가지가 아니었다.

오후에 리외는 카스텔과 이야기를 나누었다. 혈청이 도착하지 않았던 것이다.

"그런데 혈청이 도움이 되긴 할까요? 이 세균은 좀 이상해서요." 리외가 물었다.

"오!" 카스텔이 말했다. "내 생각은 좀 달라요. 그놈들은 항상 뭔가 달라 보이지만 근본적으로는 같거든요."

"그렇게 생각하시는군요. 우리는 이 모든 것에 대해 정말 아는 게 아무것도 없어요."

"물론 그건 내 추측일 뿐이에요. 하지만 다른 사람들도 모르기는 마찬가지 아닐까요?"

하루종일, 페스트를 생각할 때마다 가벼운 현기증이 느껴지더니 점점 더 심해지는 것 같았다. 의사는 결국 자신이 겁내고 있다는 것을 인정할 수밖에 없었다. 그는 사람들이 가득한 카페에 두 번이나 들어갔다. 코타르처럼 사람들의 온기가 그리웠던 것이다. 그것이 어리석은 행동이라는 것을 리외는 잘 알고 있었다. 그러나 그 덕분에 코타르를 방문하기로 한 약속을 기억해낼 수 있었다.

저녁에 코타르는 식탁 앞에 있었다. 리외가 들어섰을 때, 식탁 위에는 탐정소설이 한 권 펼쳐져 있었다. 그러나 이미 상당히 늦은 시각이었고 어둠이 깔리고 있어서 책을 읽기는 어려웠을 것이다. 코타르는 책을 읽기보다는 조금 전까지 희미한 저녁빛 속에 앉아서 틀림없이 생각에 잠겨 있었을 것이다. 리외는 코타르에게 어떻게 지내느냐고 물었다. 그러자 그는 자리에 앉으면서, 잘 지내긴 하지만 자기에게 관심 갖는 사람이 아무도 없다는 것을 확신할 수 있으면 더 좋아질 것 같다고 투덜댔다. 리외가 항상 혼자 지낼 수는 없다고 깨우쳐주었다.

"오! 그런 게 아니라, 괜히 참견하면서 귀찮게 구는 사람들을 말하는 거예요."

리외는 잠자코 있었다.

"분명히 말씀드리지만 제 얘기는 아니고, 읽고 있던 이 소설 이야기예요. 어떤 불쌍한 사내가 있었는데, 어느 날 아침에 갑자기 체포된 거예요. 그 사람은 자신이 요주의 인물이었다는 사실을 전혀 모르고 있었어요. 그런데 사무실에서도 그에 대해 이야기를 했고 범죄자 카드에도 그의 이름이 올라가 있었죠. 그런 일이 옳다고 생각하세요? 남들이 그렇게 할 권리가 있다고 생각하세요?"

"경우에 따라 다르죠." 리외가 말했다. "사실 어떤 의미에서는 그럴 권리가 전혀 없어요. 하지만 그런 것은 사소한 문제예요. 너무 오랫동안 집안에 틀어박혀 있는 건 좋지 않아요. 외출을 해야 해요."

코타르는 흥분한 듯, 자기는 외출 외에는 하는 일이 없으며 필요하다면 온 동네 사람들이 증언해줄 수 있을 거라고 말했다. 심지어 동네 사람들 말고도 아는 사람이 꽤 있다고 했다.

"건축가 리고 씨라고 아세요? 그 사람도 제 친구입니다."

방안에 어둠이 짙어졌다. 변두리 거리가 활기를 띠었다. 가로등에 불이 켜지는 순간, 밖에서 나직하지만 안도감이 섞인 탄성이 들려왔다. 리외가 발코니로 나갔다. 코타르도 그의 뒤를 따랐다. 우리 시에서는 저녁마다 그렇듯이, 주변의 모든 거리에서 사람들이 웅성대는 소리, 고기 굽는 냄새, 유쾌하고도 향기로운 자유의 소음이 가벼운 미풍에 실려왔다. 젊은이들이 밀려와 떠들썩해진 거리에서 그 소음은 점점 더 커져갔다. 어둠, 보이지 않는 선박들에서 나는 요란한 소리, 바다와 지나가는 군중으로부터 올라오는 웅성거리는 소리. 리외가 잘 알고 있고 전에는 퍽 좋아했던 이 시간이 오늘은 그가 알고 있는 모든 것 때문에 마음을 짓누르는 것처럼 느껴졌다.

"불 좀 켤까요?" 그가 코타르에게 물었다.

불이 켜지자, 그 작은 사내가 눈을 깜박이며 그를 바라보았다.

"선생님, 제가 병이 나면 선생님 병원에서 치료해주실 수 있나요?"

"물론이죠."

그러자 코타르는 진료소나 병원에 입원한 사람을 체포하는 일이 있느냐고 물었다. 리외는 그런 일이 있기는 하지만 그건 환자의 상태에 달려 있다고 대답했다.

"저는 선생님을 믿습니다." 코타르가 말했다.

그러고 나서 그는 의사에게 시내까지 차를 얻어타고 가도 되겠느냐고 물었다.

시내에 나와보니 길에 지나다니는 사람이 벌써 많이 줄었고 불도 많이 꺼져 있었다. 아이들은 아직도 문 앞에서 놀고 있었다. 코타르가 세워달라고 해서 의사는 아이들 앞에 차를 세웠다. 아이들은 소리를 지르며 돌차기 놀이를 하고 있었다. 그중에서 검은 머리를 착 붙이고 가르마를 반듯이 탔지만 얼굴은 더러운 아이 하나가 맑지만 대담한 눈길로 리외를 빤히 쳐다보았다. 의사는 눈길을 돌렸다. 코타르가 인도에서서 의사의 손을 잡고 쉰 목소리로 힘겹게 말을 이어갔다. 그는 두세 번 뒤를 돌아보았다.

"사람들이 전염병 이야기를 하던데, 그게 정말인가요, 선생님?"

"사람들은 항상 무슨 말이든 하잖아요. 그게 당연하기도 하고요." 리외가 말했다

"맞아요. 열 명 정도만 죽어도 세상이 끝난 것처럼 굴지요. 우리에게 필요한 건 그런 게 아닐 텐데 말이에요."

벌써 자동차 엔진 돌아가는 소리가 들려왔다. 리외는 기어의 손잡이에 손을 올려놓고 있었다. 그러다가 그 아이를 다시 바라보았다. 아이는 눈길을 떼지 않고 계속 심각하면서도 침착한 표정으로 그를 쳐다보더니, 갑자기 이가 드러날 정도로 활짝 미소를 지었다.

"그럼 우리에겐 무엇이 필요할까요?" 아이에게 미소를 지으며 의사가 물었다.

코타르는 갑자기 자동차 문의 손잡이를 잡더니, 눈물과 분노로 가득찬 목소리로 다음과 같이 외치고는 달려가버렸다.

"지진입니다. 진짜 지진 말이에요."

지진은 일어나지 않았고, 리외는 그다음날을 시내 곳곳을 쫓아다니고, 환자 가족들과 이야기하고, 환자들과 옥신각신하면서 다 보내고 말았다. 자신의 직업이 그렇게 괴롭게 느껴진 적은 지금까지 한 번도 없었다. 그전까지는 환자들이 그를 믿고 몸을 맡겨서 쉽게 일할 수 있었다. 그런데 처음으로 환자들이 망설이고 병 깊숙이 몸을 감추며, 놀란 마음으로 경계하는 듯한 느낌을 받았다. 아직 익숙해지지 않은 싸움이었다. 그날 밤 열시쯤, 마지막으로 늙은 해수병 환자의 집 앞에 차를 세우고 좌석에서 몸을 일으키는데 무척 힘이 들었다. 리외는 어두운 거리와 캄캄한 밤하늘에 나타났다 사라졌다 하는 별들을 쳐다보며 시간을 끌었다.

늙은 해수병 환자는 침대 위에 앉아 있었다. 호흡이 전보다 나아진 것 같았고, 콩을 이 냄비에서 저 냄비로 옮겨 담으며 세고 있었다. 그가 반가운 표정을 지으며 의사를 맞이했다.

"의사 선생, 콜레라요?"

"그런 소식은 어디서 들으셨어요?"

"신문에서 읽었지. 라디오에서도 그러고."

"아니에요, 콜레라는 아닙니다."

노인은 몹시 흥분해서 말했다. "하여튼 해도 너무한다니까, 거드름 피우는 양반들 말이야!"

"그런 건 믿을 게 못 돼요." 의사가 말했다.

노인을 진찰한 후 이제 그는 보잘것없는 부엌 한가운데에 앉아 있었다. 그렇다. 그는 겁이 났던 것이다. 이 변두리 지역에서도 이튿날 아침이면 십여 명의 환자들이 림프절 멍울 때문에 허리를 펴지도 못한 채자기를 기다리리라는 것을 그는 알고 있었다. 멍울을 절개해서 효과를 본 경우는 두세 건에 지나지 않았다. 대개의 경우는 입원하게 될 텐데, 가난한 사람들에게 입원이라는 것이 무엇을 의미할지 그는 잘 알고 있었다. "이 사람이 실험 대상이 되는 건 싫어요"라고 어느 환자의 아내가 말한 적이 있었다. 환자는 실험 대상으로 이용되는 것이 아니라 죽게 될 것이다. 그뿐이다. 결정된 조치들이 불충분하다는 데는 의심의 여지가 없었다. '특수 시설을 갖춘' 병실이란 것도 다른 입원 환자들을 서둘러 옮긴 다음 창문을 밀폐하고 위생 차단선을 쳐놓은 병동 두 개에 불과하다는 것을 리외는 잘 알고 있었다. 전염병이 저절로 멈추지 않는 한, 행정 당국이 생각해낸 조치로는 이겨낼 수 없을 것 같았다.

그런데도 저녁때 나온 공식 발표에 따르면 상황은 여전히 낙관적이었다. 이튿날 랑스도크 통신은 시민들이 도청의 조치를 동요 없이 받아들였으며 이미 삼십여 명의 환자들이 발병 신고를 해왔다고 보도했다. 카스텔이 리외에게 전화를 걸어왔다.

"병동에 병상이 몇 개나 되나요?"

"팔십 개입니다."

"시내에 환자가 삼십 명 이상은 되겠죠?"

"겁이 나서 신고하지 않은 사람들도 있을 거고, 대부분은 시간이 없어서 신고하지 않았을 겁니다."

"장례식은 통제를 하고 있나요?"

"아니요. 제가 리샤르에게 전화를 걸어서, 말만 할 게 아니라 완벽한 조치가 필요하다고 했습니다. 전염병을 차단할 수 있도록 진짜 방벽을 치든가 아니면 그만두든가 해야 한다고 말이에요."

"그랬더니 뭐라고 하던가요?"

"자기에게는 권한이 없다고 하더군요. 제 생각에는 상황이 악화될 것 같습니다."

실제로 사흘 만에 병동 두 개가 다 차버렸다. 리샤르는 학교를 보조 병원으로 사용할 수 있으리라 생각하고 있었다. 리외는 백신을 기다리며 림프절 멍울을 절개했다. 카스텔은 옛날에 보던 책들을 다시 꺼내 들고 도서관에 가서 오래 머물렀다.

"쥐들은 페스트 또는 페스트와 매우 흡사한 어떤 것 때문에 죽었어요." 카스텔이 결론을 내렸다. "쥐들이 벼룩을 수만 마리나 퍼뜨려놓았기 때문에 제때에 막지 못하면 병이 기하급수적으로 퍼져나갈 겁니다."

리외는 아무 말도 하지 않았다.

그 무렵에는 시간이 멈춰 선 것만 같았다. 태양은 지난번 소나기 때문에 생긴 웅덩이의 물을 빨아올리고 있었다. 노란 햇빛이 넘쳐흐르는 아름다운 파란 하늘, 더위가 시작되는 가운데 부르릉거리며 날아가는 비행기들, 계절에 어울리는 그런 모든 것이 평온한 분위기를 자아냈다. 그러나 열병은 나흘 동안 네 단계에 걸쳐 놀라울 정도로 퍼져나갔다. 사망자가 열여섯 명에서 스물네 명, 스물여덟 명, 서른두 명으로 늘어났다. 나흘째 되던 날, 유아원에 보조 병원이 개설되었다는 보도가 나왔다. 그때까지 농담을 하며 불안감을 숨겨오던 시민들도 한층 더 낙담한 표정으로 말없이 거리를 오갔다.

리외는 마음을 먹고 도지사에게 전화를 걸었다.

"이번 조치로는 불충분합니다."

"통계수치를 보고받았는데 실제로 우려할 만한 상황이더군요." 도지사가 말했다.

"우려할 정도가 아니라 의심의 여지가 없습니다."

"중앙정부에 지침을 요청하겠습니다."

리외는 카스텔이 지켜보는 가운데 전화를 끊었다.

"지침을 기다리다니! 융통성이 있어야지 원."

"혈청은 어떻게 되었나요?"

"주중에 도착할 겁니다."

도청에서 리샤르를 통해, 식민지 수도에 지침을 요청하는 데 필요한 보고서를 작성해달라고 리외에게 의뢰해왔다. 리외는 병의 진행 상황을 임상적으로 기술하고 사망자 수를 기재했다. 같은 날 약 사십여 명이 사망했다. 도지사는 자기 말대로 모든 책임을 지기로 하고 그다음날부터 이미 공표한 조치들을 강화하기로 결정했다. 환자를 의무적으로 신고하고 격리하는 조치는 여전히 유지되었다. 환자가 발생한 집은 폐쇄하고 소독했으며, 가족들은 안전 격리 조치에 따라야 했다. 매장은 향후 결정될 조건에 따라 시 당국이 맡기로 했다. 하루가 지나자 혈청이 비행기 편으로 도착했다. 현재 치료중인 환자들에게는 충분했지만 병이 더 확산되면 충분치 않은 양이었다. 리외가 보낸 전보에 대해서는 응급용 재고가 바닥나서 새로 제조를 시작했다는 답변이 왔다.

그사이에도 봄은 주변 교외 지역으로부터 시장으로 도착하고 있었다. 인도를 따라 늘어선 꽃장수들의 바구니에서 수천 송이 장미꽃들이 시들어가면서 풍기는 달콤한 향이 온 시내에 떠돌았다. 얼핏 보면 아무것도 변한 것이 없었다. 전차는 러시아워에 여전히 만원이었고, 낮에는 텅 비고 더러웠다. 타루는 그 작달막한 노인을 관찰했고, 노인은 고양이들에게 가래침을 뱉어댔다. 그랑은 수수께끼 같은 작업을 하기 위해 저녁마다 집으로 돌아갔다. 코타르는 쳇바퀴 돌듯 맴돌았고, 수사검사 오통 씨는 여전히 자신의 동물원을 이끌고 다녔다. 늙은 해수병 환자는 콩을 옮겨 담았고, 신문기자 랑베르도 가끔 눈에 띄었는데 태연하면서도 호기심 많은 표정이었다. 저녁마다 거리는 변함없이 인파로 가득찼고 극장 앞에는 사람들이 길게 줄을 섰다. 게다가 전염병도 수그러드는 듯했다. 며칠 동안 사망자 수는 십여 명에 불과했다. 그러더니 갑자기 그 수가 급격히 늘었다. 사망자 수가 다시 삼십 명 선으로 늘어난 날, 베르나르 리외는 도지사가 건네준 전보 공문을 읽으며 "이 사람들이 겁을 먹었군요"라고 말했다. 전보에는 다음과 같이 적혀 있었다. '페스트 사태를 선언하고 도시를 폐쇄하라.'

제2부

그 순간부터 페스트는 우리 모두의 문제가 되었다고 말할 수 있다. 그때까지 시민들은 이 이상한 사건 때문에 놀라고 불안해하기는 했지만 평소 하던 대로 자기 자리를 지키며 맡은 일을 그대로 했고, 아마 계속해서 그렇게 했을 것이다. 그러나 시의 출입문이 봉쇄되자, 서술자를 포함해 모든 시민들이 똑같은 난관에 봉착했으며 알아서 적응해야 한다는 사실을 깨달았다. 그렇게 해서 예컨대 사랑하는 사람과의 이별 같은 개인적인 감정이 초반 몇 주부터 갑자기 모든 사람들이 공유하는 감정이 되었고, 그 오랜 유배 기간 동안 공포심과 더불어 사람들을 고통스럽게 하는 주된 감정이 되었다.

시의 출입문이 폐쇄되면서 몇 가지 주목할 만한 결과가 초래되었는데, 그중 하나가 사람들이 전혀 예상하지 못한 상태에서 갑자기 이별하게 되었다는 점이다. 어머니와 자식, 부부, 연인 들은 며칠 전 역 플랫폼에서 잠시 헤어지는 거라 생각하고 당부의 말 두세 마디를 건네며 작별 인사를 주고받았다. 인간이라면 으레 가지는 어리석은 믿음에 사로잡혀 며칠 혹은 몇 주가 지나면 다시 보게 되리라 확신했기 때문에, 그들은 작별을 하면서도 일상의 걱정거리들을 완전히 내려놓지 못했다. 그러다가 다시 만나지 못하고 소식을 전하지도 못한 채, 어떻게 해볼 도리 없이 졸지에 생이별을 하게 된 것이다. 도청의 결정사항이 공표되기 몇 시간 전에 도시는 이미 폐쇄되었고, 당연한 일이지만 개인 사정을 참작할 수는 없었다. 그 질병이 갑자기 유행하면서 생겨난 첫 결과로, 우리 시민들은 마치 개인적인 감정을 느끼지 못하는 사람처럼 행동하도록 강요받은 것이다. 포고령이 발효되고 처음 몇 시간 동안 도청은 전화 때문에 또는 공무원들을 찾아와 사정을 호소하는 민원인들로 골머리를 앓았다. 하나같이 절실하고 또 하나같이 검증할 수 없는 사정들이었다. 사실 우리의 상황이 타협의 여지가 없으며 '타협'이라든가 '특전' '예외'라는 단어가 더이상 아무 의미도 없다는 사실을 납득하기까지는 여러 날이 걸렸다.

우리는 편지를 쓰는 사소한 기쁨조차 누릴 수 없었다. 한편으로는 실제로 정상적인 통신수단으로 다른 지역과 더이상 연락을 취할 수 없기도 했고, 다른 한편으로는 편지를 통해 병이 전염되는 것을 방지하기 위해 서신 교환을 전면 금지하는 새로운 포고령이 내려졌던 것이다. 초기에는 몇몇 특권층은 도시 입구를 지키는 보초들과 흥정하여 편지를 외부에 전할 수 있었다. 그때는 전염병이 막 퍼지기 시작하던 때여서 보초들도 동정심을 느끼는 게 당연했다. 그러나 얼마 지나지 않아 보초들마저 사태의 심각성을 깨닫고 파장이 어디까지 미칠지 예측할 수 없는 그런 행동을 하려 들지 않았다. 초기에는 시외전화가 허용되었지만, 공중전화 부스로 사람들이 몰려들고 회선에 과부하가 걸리자 며칠 동안 완전히 중단되었다가, 나중에는 사망이나 출산, 결혼 같은 급한 용건이 있는 경우에만 엄격히 제한적으로 허용되었다. 그래서 우리가 이용할 수 있는 통신수단은 전보밖에 없었다. 정신과 마음과 육체로 맺어졌던 사람들이 예전에 느꼈던 연대감을 대문자로 된 열 마디 전보 속에서 찾을 수밖에 없게 된 것이다. 그런데 실제로 전보에서 쓸 수 있는 문구들은 곧 다 써버렸기 때문에, 오랫동안 함께해온 생활이라든가 고통스럽고 열렬했던 사랑도 '난 잘 있어. 당신을 생각해. 사랑해'처럼 상투적인 문구를 주기적으로 교환하는 것으로 급격히 축소되고 말았다.

몇몇 사람은 그래도 외부와 연락을 취하려고 고집스럽게 편지를 쓰고 여러 가지 수단을 끊임없이 생각해냈으나 그런 수단들도 결국 부질없는 것으로 밝혀지기 일쑤였다. 설령 그 방법이 성공했다 하더라도 답장을 받지 못하니 우리로서는 아무것도 알 수 없었다. 그래서 몇 주동안 똑같은 편지를 끊임없이 다시 쓰고 똑같은 소식과 똑같은 호소의 말을 다시 베껴쓸 수밖에 없었다. 그 결과 어느 정도 시간이 지나자, 처음에는 우리의 마음에서 매우 생생한 아픔으로 솟아나던 그 말들도 무의미해지고 말았다. 우리는 우리의 삶이 고달프다는 것을 알리려고 그 죽은 말들을 기계적으로 베끼고 있었던 것이다. 그래서 아무런 결실도 맺지 못하고 고집스럽게 내뱉는 독백이나 벽에 대고 말하는 무미건조한 대화보다는 상투적인 전보 문구가 차라리 더 나은 것처럼 여겨졌다.

　며칠 후 아무도 이 도시를 빠져나갈 수 없으리라는 것이 확실해지자, 사람들은 전염병이 생기기 전에 도시 밖으로 나간 사람들이 돌아올 수 있는지를 문의하자는 데 생각이 미쳤다. 도청에서는 며칠을 숙고한 끝에 가능하다는 답변을 내놓았다. 다만 귀환한 자는 어떤 경우에도 도시 밖으로 다시 나갈 수 없으며, 들어오는 것은 자유지만 나갈 자유는 없다는 것을 명확히 했다. 드물긴 했지만 사태를 대수롭지 않게 여기고 이 기회를 이용하라고 가족들에게 권한 사람도 있었다. 신중함보다 가족을 보고 싶다는 욕망이 앞섰던 것이다. 그러나 페스트 때문에 발이 묶인 그 사람들은 자칫하면 가족을 위험에 빠뜨리게 된다는 사실을 곧 깨닫고 이별을 감수할 수밖에 없었다. 병이 한창 기승을 부릴 때, 고문하는 듯한 죽음의 공포보다 인간적인 감정이 더 강했던 예는 단 한 건밖에 없었다. 그것은 우리가 흔히 기대하듯 고통을 초월해 서로에게 사랑을 쏟아붓던 연인들의 경우가 아니라, 아주 오랫동안 결혼생활을 해온 늙은 의사 카스텔과 그의 아내의 경우였다. 전염병이 시작되기 며칠 전에 카스텔 부인이 이웃 도시에 간 것이다. 그 가정은 남들에게 본보기가 될 정도로 행복한 가정도 아니었다. 서술자의 입장에서 말하자면, 그 부부는 십중팔구 지금까지의 결혼생활이 만족스러웠는지도 확실히 알지 못했다. 다만 느닷없이 시작된 별거 생활이 길어지면서 그들은 서로 헤어져서 살 수 없음을, 그리고 갑자기 드러난 그 진실에 비하면 페스트는 하찮은 것임을 확신하게 되었던 것이다.

　그러나 이것은 예외적인 경우였고, 대부분의 경우 별거 상태는 전염병이 사라져야 끝날 것 같았다. 그래서 우리 모두는 우리의 삶을 이루고 있던 감정, 더구나 우리가 잘 알고 있다고 생각했던 감정(이미 말했듯이 오랑 시민들은 단순한 열정의 소유자들이다)에서 전에는 몰랐던 새로운 면모를 발견했다. 배우자를 전적으로 믿어온 남편들이나 연인들은 자기들이 질투심에 사로잡혀 있다는 사실을 알게 되었다. 사랑을 가볍게 여기던 남자들은 다시 성실해졌다. 어머니와 함께 살면서 어머니를 거들떠보지도 않던 아들들이 기억 속에 자꾸 떠오르는 어머니 얼굴의 주름살 하나에도 염려하고 후회했다. 완벽할 정도로 갑작스러운데다 언제 끝날지 예견할 수도 없는 그 이별에 망연자실한 채, 우리는 그토록 가까이 있었는데 어느새 그토록 멀어진 존재, 그리고 이제 우리의 삶 하루하루를 다 차지해버린 존재에 대한 추억에 저항하지 못했다. 사실 우리는 이중의 고통—우리 자신의 고통 그리고 집에 없는 사람들, 즉 자식, 아내 또는 연인이 겪는 고통을 상상 속에서 함께 겪고 있었다.

다른 상황이었다면 우리 시민들은 야외 생활도 하고 좀더 활동적으로 움직이면서 해결책을 찾을 수 있었을지도 모른다. 그러나 페스트 때문에 아무것도 할 게 없어서 그 침울한 도시를 맴돌다보니 하루하루 추억을 곱씹으며 부질없는 유희에 빠져들 수밖에 없었다. 발길 닿는 대로 산책을 하다보니 언제나 같은 길을 지나게 되었고, 도시가 작은 탓에 그들이 산책하는 길은 대개의 경우 이제는 함께하지 못하는 사람과 전에 함께 다녔던 바로 그 길이었던 것이다.

이처럼 우리 시민들은 페스트로 인해 유배流配를 가장 먼저 경험하게 되었다. 서술자는 당시 자신이 느낀 바를 모든 사람의 이름으로 여기에 기록해도 무방하다고 확신하고 있다. 그것을 다른 모든 시민들과 동시에 느꼈기 때문이다. 그렇다. 우리 마음속에 줄곧 남아 있던 텅 빈 느낌, 그 구체적인 감정, 과거로 돌아가거나 반대로 시간의 흐름을 재촉하고 싶던 저 터무니없는 욕망, 불화살 같던 기억, 그것이 바로 유배의 감정이었다. 이따금 상상에 빠져 집에 돌아와 초인종 소리나 계단을 올라오는 귀에 익은 발소리를 즐겁게 기다려보기도 했고, 기차가 운행되지 않는다는 사실을 잊으려고 애써보기도 했으며, 일정을 조정해 평소 저녁 급행열차를 타고 온 여행자가 동네에 도착할 시간에 집에 남아 있기도 했다. 그러나 당연한 일이지만 그런 유희는 지속될 수 없었다. 기차가 오지 않는다는 사실을 명확히 깨닫는 순간은 언제든 오기 마련이었다. 그리하여 이별이 앞으로도 계속될 수밖에 없으니 시간과 타협하도록 노력해야 한다는 것을 우리는 알게 되었다. 그때부터는 결국 죄수 상태로 되돌아와 과거만 돌아보고 지내는 수밖에 없었다. 몇몇 사람은 미래를 바라보며 살려고 마음먹었다가도, 그런 상상을 믿었다가는 상처받고 말리라는 것을 느끼고 가능한 한 빨리 그런 마음을 포기해버렸다.

우리 시민들은 특히 이별의 기간이 얼마나 될지 예측해보는 습관이 들었는데, 그 습관도 빠르게, 심지어 공공연히 포기하고 말았다. 왜냐고? 예를 들어 가장 비관적으로 생각하는 사람들이 그 기간을 육 개월로 정하고, 앞으로 다가올 그 기간 동안 겪게 될 쓰라린 고통을 미리 다 맛보고, 그 시련에 대응해 용기를 있는 대로 북돋우고, 그토록 오랫동안 질질 끄는 고통에도 굴하지 않고 안간힘을 다해 버티고 있었다고 해보자. 그러다가 우연히 친구를 만나거나, 신문에 실린 의견을 읽거나, 순간적으로 의혹이 생기거나, 불현듯 통찰력이 생겨서 그 병이 육

개월 이상, 어쩌면 일 년, 또는 그 이상 갈지도 모른다는 생각을 하지 않을 수 없었기 때문이다.

당시 용기와 의지, 인내심이 얼마나 급격히 허물어졌던지, 그들은 그 수렁에서 결코 빠져나올 수 없을 것 같은 느낌을 받았다. 그래서 해방의 날은 결코 생각하지 않고 더이상 미래도 바라보지 않은 채, 말하자면 항상 두 눈을 내리깔고 지낼 수밖에 없었다. 그러나 당연한 일이지만, 고통을 숨기고 방어자세를 취하면서 싸움을 포기하는 그런 신중한 방법도 별다른 효과가 없었다. 어떤 대가를 치르더라도 피하고 싶었던 의기소침한 상태는 면할 수 있었지만, 그와 동시에 앞으로 다가올 재회를 상상하면서 페스트를 잊을 수 있는 수많은 순간들을 사실상 포기하게 되었던 것이다. 그 결과 그들은 심연과 정상頂上 중간에 좌초되어 매일같이 정처 없이 헤매고 메마른 추억 속에 버림받은 채, 산다기보다는 차라리 떠다니면서 고통의 대지 속에 뿌리박지 않고는 힘을 얻을 수 없는, 방황하는 유령처럼 살았다.

이처럼 그들은 죄수나 유형수라면 모두 겪게 되는 깊은 고통을 맛보았다. 아무짝에도 쓸모없는 기억을 간직하고 살아야 했던 것이다. 그들은 끊임없이 과거를 생각했지만, 그 과거에서조차 후회의 쓰라림밖에는 맛보지 못했다. 사실 그들은 지금 자기들이 기다리고 있는 그 사람과 할 수 있었을 때 하지 못해 아쉬운 모든 것을 가능하면 과거에 덧붙일 수 있기를 바랐을 것이다. 또한 죄수의 삶이긴 하지만 상대적으로 행복하다고 할 수 있는 이 모든 상황에 자기 곁에 있지 않은 사람들을 결부시켜 생각하고 있었다. 있는 그대로의 상태에 만족할 수가 없었던 것이다. 현재는 견딜 수 없고, 과거는 혐오스럽고, 미래마저 박탈당한 처지여서, 우리는 인간에 대한 정의감이나 증오심 때문에 감옥에 갇혀 지내야 하는 자들과 비슷했다. 그 견딜 수 없는 휴가에서 벗어나는 유일한 방법은, 결국 상상 속에서 기차를 다시 달리게 하고 울리지 않는 초인종을 연거푸 누름으로써 시간을 메우는 길뿐이었다.

유배라고는 하지만 대개의 경우 자기 집에서 겪는 유배였다. 서술자가 경험한 것도 보통 사람들이 겪은 그런 유배에 불과했다. 그러나 신문기자 랑베르나 그 외의 다른 사람들처럼, 여행차 왔다가 페스트 때문에 예기치 않게 억류되어 사랑하는 사람들과 이별하고 고향에서 멀리 떨어져 있게 됨으로써 이별의 고통이 증폭된 사람들을 잊어서는 안 된다. 유배에 처해지지 않은 사람이 없다고 해도, 그들이 가장 심하게 유배된 자들이었다. 왜냐하면 그들은 시간과 관련된 고통을 다른 사람들과 똑같이 겪으면서 동시에 공간에도 얽매여 있어서, 페스트에 감염된 객지와 잃어버린 고향을 갈라놓는 벽에 끊임없이 부딪히고 있었기 때문이다. 자기들만 아는 저녁과 고향의 아침을 소리 없이 외쳐 부르며 먼지로 뒤덮인 시가지를 온종일 헤매고 다니는 사람들은 아마 그런 사람들이었을 것이다. 그들은 제비가 나는 모습, 해질녘의 이슬방울, 또는 인적 없는 거리에 때때로 태양이 뿌려놓는 이상한 햇살 같은 무의미한 징조와 당혹스러운 메시지들을 가지고 고뇌를 키워가고 있었다. 항상 모든 것을 보장해주는 바깥세계에는 눈을 감아버리고 너무나 생생하게 느껴지는 자신의 꿈만을 고집스레 어루만지며, 그들은 어떤 광선, 두세 개의 언덕, 좋아하는 나무와 여자들의 얼굴이 그 무엇으로도 대체할 수 없는 하나의 풍토를 이루고 있는 고향땅의 이미지를 온 힘을 다해 찾고 있었다.

마지막으로 가장 흥미롭기도 하고 또 서술자가 이야기하기에 어쩌면 다른 사람들보다 적합한 위치에 있는, 연인들에 관해 구체적으로 이야기해보고자 한다. 연인들은 여러 가지 다른 걱정거리 때문에 괴로워했는데, 그중에서도 후회의 감정에 주목하지 않을 수 없다. 실제로 그런 상황에 놓이자 그들은 자신의 감정을 열광적으로 그리고 객관적으로 고찰할 수 있었다. 대개의 경우 그 과정에서 그들의 실수가 뚜렷이 드러났다. 그중에서도 지금 자기와 떨어져 있는 그 사람의 행적을 정확하게 상상할 수 없다는 것이 실수를 깨닫는 가장 좋은 계기가 되었다. 그들은 그 사람이 어떻게 시간을 보내는지 모른다는 사실을 유감스럽게 생각했다. 그것을 알려고 하기는커녕 사랑하는 사람이 시간을 어떻게 보내는지 아는 것이 모든 기쁨의 근원일 수는 없다고 생각하는 척했던 경솔함을 스스로 책망했다. 그 순간부터 시간을 거슬러올라가면서 사랑을 더듬어보고 불완전했던 점을 검토하는 것은 어려운 일이 아니었다. 평상시 의식적이든 아니든 우리는 사랑이 더 나아질 수 있다는 것을 알면서도 우리의 사랑이 보잘것없다는 점도 다소 담담하게 인정하고 있었다. 그러나 추억은 훨씬 더 제멋대로다. 외부로부터 밀려들어와 도시 전체를 강타한 그 불행은, 극히 당연한 결과지만 분노할 수밖에 없는 부당한 고통을 가져오는 것으로 그치지 않았다. 그 불행은 우리로 하여금 스스로 괴로워하게 만들고, 우리 스스로 고통에 동의하게 만들었다. 그것이 바로 우리의 관심을 딴 데로 돌리고 사태를 은폐하기 위해 그 질병이 사용하는 수단 중 하나였다.

이렇듯 우리는 하늘을 마주보며 하루하루를 외롭게 살아갈 수밖에 없었다. 이 전반적인 포기 상태로 인해 결국에 가서는 사람들의 성격이 단련될 수도 있었지만, 처음에는 오히려 경박해졌다. 예를 들어 시민들 중 일부는 해가 뜨고 비가 오는 것에 따라 마음이 변하는 등, 또다른 노예 상태에 빠져들었다. 그들의 표정을 보면, 그들은 난생처음으로 날씨의 영향을 직접적으로 받는 것 같았다. 황금빛 햇살이 잠시 비치기만 해도 얼굴이 밝아지고, 비 오는 날이면 표정과 생각에 두꺼운 베일이 드리웠다. 몇 주 전만 해도 그들은 이처럼 허약하지 않았고, 이처럼 어처구니없는 노예 상태에 놓여 있지도 않았다. 왜냐하면 그들만 이 세계와 대면해 있는 것도 아니고, 어떤 의미에서는 그들과 함께 사는 사람이 그들의 우주 앞에 자리잡고 있었기 때문이다. 그러나 이 순간부터는 그와는 정반대로 그들은 하늘의 변덕에 내맡겨졌다. 말하자면 까닭 없이 괴로워하고 까닭 없이 희망을 품었다.

이런 극도의 고독 속에서 이웃의 도움을 기대할 수 있는 사람은 결국 아무도 없었고 저마다 홀로 자신의 걱정에 사로잡혀 있었다. 어쩌다 속내 이야기를 털어놓거나 자기 감정과 관련된 어떤 사실을 말한 뒤 대답을 듣게 되면, 그 대답이 어떤 것이든 대부분의 경우 그것 때문에 마음에 상처를 입었다. 그러면 그 사람은 상대방과 자신이 서로 다른 이야기를 했다는 것을 알게 되었다. 사실 그는 오랜 시간을 두고 마음속으로 곱씹으며 괴로워하던 끝에 심정을 표현했고, 그가 전달하고자 한 이미지는 기대와 열정의 불 속에서 오랫동안 익혀온 것인데, 상대방은 그것을 시장에 가면 살 수 있는 싸구려 괴로움이나 연속극에서 볼 수 있는 우울증 같은 상투적인 감정일 거라고 상상했다. 호의적이든 적대적이든 그 대답은 빗나가기 마련이어서 단념하는 수밖에 없었다. 더이상 침묵을 견딜 수 없게 된 사람들은 남들이 진심이 담긴 진정한 말을 할 줄 모르게 된 이상 자기도 시장에서 쓰는 말투를 체념하여 받아들이고는, 단순히 보고하거나 지엽적인 일화를 전하는 상투적인 방식, 말하자면 일간지의 기사와 비슷한 방식으로 이야기하게 되었다. 가장 절실한 고통이 흔히 일상 대화에서 쓰는 상투적인 표현으로 드러나는 게 보통이었다. 페스트의 포로가 된 사람들은 그런 대가를 치르고서야 비로소 수위의 동정을 얻고 옆 사람의 관심을 끌 수 있었다.

그러나, 이것이 가장 중요한 점인데, 아무리 불안하고 고통스러워도, 또 텅 빈 마음을 견뎌내기가 아무리 어려워도, 초기에는 그래도 상황이 나은 편이었다. 사실 냉정을 잃기 시작한 바로 그 순간 시민들의 생각은 자기들이 기다리는 사람에게로 완전히 기울어 있었다. 모두가 하나같이 고뇌에 빠져 있는 가운데, 그들은 사랑의 이기적인 성격 덕분에 스스로를 보호할 수 있었고, 페스트를 생각할 때도 페스트 때문에 이별이 끝도 없이 계속될까봐 염려스럽다는 정도였다. 그래서 전염병이 한창일 때도 그들은 건전한 여유 같은 것을 누리고 있었다. 사람들은 그것을 침착함으로 착각했다. 절망감 때문에 공포심을 느끼지 않게 되었으니 불행에도 장점이 있었던 것이다. 예를 들어 그들 중에서 누가 병으로 목숨을 잃는다 해도, 대개의 경우 그 병을 조심할 여유조차 없었다. 유령 같은 존재와 나누던 기나긴 마음속 대화에서 빠져나오자마자, 그는 지체 없이 대지의 가장 무거운 침묵에 내던져졌던 것이다. 그가 뭔가를 할 시간적 여유는 전혀 없었다.

갑자기 닥친 이 유배 생활에 적응해보려고 시민들이 애쓰는 동안, 페스트 때문에 시의 출입문에는 보초들이 경비를 서고 오랑을 향해 오던 선박들도 항로를 바꾸었다. 시가 폐쇄된 이후 시내로 들어온 차량은 한 대도 없었다. 그날부터 자동차들이 시내를 뱅뱅 돌고 있는 듯한 느낌이 들었다. 대로의 높은 곳에서 내려다보면 항구도 이상야릇하게 보였다. 평소 활기가 넘치고 연안에서 가장 번화한 항구 중 하나로 통하던 그곳에서 갑자기 활기가 사라지고 말았다. 항구에는 검역중인 선박이 여전히 여러 척 눈에 띄었다. 그러나 부두에 멈춰 서 있는 커다란 기중기들, 옆으로 누워버린 화물 운반차, 한적하게 쌓여 있는 술통이나 부대 자루들을 보면 페스트 때문에 무역이 죽어버렸다는 사실이 여실히 드러났다.

이런 익숙지 않은 광경에도 불구하고, 우리 시민들은 어떤 일이 닥쳤는지 제대로 이해하지 못한 것이 분명했다. 이별이나 두려움 같은 감정을 공통적으로 느끼면서도 그들은 계속해서 개인적 관심사를 무엇보다 중시했다. 그 질병을 현실적으로 받아들인 사람은 아직 아무도 없었다. 대부분의 사람들은 자신의 습관을 방해하거나 이해관계에 해를 끼치는 것에 특히 민감했다. 그래서 짜증도 나고 화도 났지만, 그런 감정을 가지고 페스트와 맞설 수는 없었다. 예를 들어 그들이 보인 첫 반응은 행정 당국을 비난하는 것이었다. 신문이 여론을 반영해 '예정된 조치를 완화할 수 없는가?'라고 비판하자, 도지사는 예상외의 답변을 내놓았다. 지금까지 신문이나 랑스도크 통신사는 전염병에 관한 통계를 공식적으로 통보받지 못했었다. 지사는 매일 통계를 통보할 테니 매주 보도해달라고 통신사측에 부탁했다.

그렇다고 해서 대중이 즉각적으로 반응을 보인 것은 아니었다. 페스트 발생 삼 주 차에 사망자가 302명 발생했다는 보도가 있었지만, 그 보도로는 사람들이 짐작할 수 있는 것이 별로 없었다. 그중에는 페스트로 사망하지 않은 사람도 있을 수 있고, 또 평상시에 이 도시에서 일주일에 몇 명이나 사망하는지를 아는 사람은 아무도 없었다. 이 도시의 인구는 20만 명이었는데, 사람들은 그 사망률이 정상적인지 아닌지 알지 못했다. 흥미로운 통계임에도 불구하고 사람들은 그런 유형의 정확성에 결코 관심을 기울이지 않았다. 말하자면 대중에게는 비교항이 없었다. 사망자 수가 증가한 것을 확인하고 나서야 비로소 여론도 진실을 깨달았다. 오 주 차에는 321명, 육 주 차에는 345명이 사망했다. 어쨌든 그 증가율은 사실을 잘 설명해주고 있었다. 그러나 그런 증가

율도 충분치 않았던지 시민들은 불안해하면서도, 유감스러운 사건인 것은 분명하지만 그래도 일시적일 거라고 생각했다.

그들은 여전히 거리를 돌아다니고 카페 테라스에 자리잡고 앉아 있었다. 전체적으로 보면 그들은 겁쟁이는 아니었다. 그들은 한탄하기보다는 농담을 더 많이 주고받았고, 틀림없이 지나가버릴 거라며 불편한 점들을 기분좋게 받아들이는 척했다. 겨우 체면은 차린 것이다. 그러나 월말이 가까워지자, 그리고 좀더 나중에 이야기하겠지만 기도 주간이 되었을 무렵에는 심각한 변화가 여럿 생겨 우리 시의 모습이 바뀌었다. 먼저 차량 운행 및 식량 보급과 관련해 도지사가 일련의 조치를 취했다. 식량 보급이 제한되었고 휘발유는 배급제가 되었다. 심지어 절전도 실시되었다. 생활필수품만 육로와 항공 편으로 오랑에 반입되었다. 그런 식으로 교통량이 점점 줄어들더니 결국에는 차량 운행이 거의 완전히 중단되었고, 사치품을 취급하는 가게는 나날이 문을 닫았다. 다른 가게들 역시 문 앞에 손님들이 줄지어 서 있어도 매진되었다는 게시문을 진열창에 내걸었다.

이렇게 해서 오랑 시의 모습은 독특해졌다. 보행자 수가 현저히 늘었고, 가게나 사무실이 문을 닫는 바람에 할 일이 없어진 사람들이 평소 같으면 한산한 시간인데도 거리와 카페를 가득 메웠다. 그들은 아직까지는 실업자가 아니라 휴가중이었다. 그리하여 예를 들어 오후 세시경이면 오랑 시는 맑은 하늘 아래 공개행사를 진행하기 위해 교통을 차단하고, 시민들이 축제에 참여하려고 가게 문을 닫고 거리에 쏟아져나온, 축제중인 도시 같은 착각을 불러일으켰다.

당연히 영화관들은 이 전반적인 휴가 상태를 틈타 큰돈을 벌었다.

그런데 도내로 들어오던 필름 배급이 중단되고 말았다. 이 주가 지나자 영화관들끼리 필름을 교환할 수밖에 없었고, 또 얼마 후에는 영화관들이 똑같은 영화를 상영하기에 이르렀다. 그래도 영화관의 수입은 줄어들지 않았다.

끝으로 포도주를 비롯하여 주류가 가장 많이 거래되는 도시답게 비축해놓은 재고량이 상당했기 때문에 카페 역시 손님들의 수요를 충족시킬 수 있었다. 실제로 술 소비량이 엄청나게 늘었다. 어느 카페에서 '양질의 포도주가 세균을 죽입니다'라고 써붙이자, 전염병을 예방하는 데 술이 효과적이라는 것을 이미 상식처럼 받아들이던 대중에게 그 생각은 더욱 확고해졌다. 매일 새벽 두시쯤이면 상당수의 술꾼들이 카페에서 쫓겨나와 거리를 메우고 낙관적인 이야기를 주고받았다.

그러나 이 모든 변화는 어떤 의미에서는 너무 특이했고 또 너무 빨리 이루어져서, 그것이 정상적인 변화이고 지속될 것으로 생각하기란 쉬운 일이 아니었다. 그 결과 우리는 계속해서 우리의 개인적인 감정들을 우선시하고 있었다.

시가 폐쇄되고 이틀 후, 의사 리외는 병원에서 나오다가 코타르를 만났는데, 그의 얼굴을 보니 매우 만족스러워 보였다. 안색이 좋아 보인다고 리외가 덕담을 건넸다.

"네, 아주 잘 지내고 있습니다." 작은 사내가 말했다. "그런데 선생님, 그놈의 빌어먹을 페스트가, 참! 점점 심각해지네요."

의사가 그렇다고 인정하자, 코타르는 밝은 어조로 확인하듯 말했다.

"이제 와서 페스트가 멈출 리 없어요. 모든 것이 뒤죽박죽될 겁니다."

그들은 잠시 함께 걸어갔다. 코타르는 자기 동네의 어떤 큰 식료품

상이 비싸게 팔 생각으로 식료품을 매점하고 있었는데, 그를 병원에 데려가려고 가보니 침대 밑에 통조림이 쌓여 있었다는 이야기를 했다. "그 친구는 병원에서 죽었어요. 페스트에는 돈도 소용없어요." 이처럼 코타르는 전염병에 대해 사실인지 거짓인지 모를 이야기를 많이 알고 있었다. 예를 들면, 어느 날 아침 시내 중심가에서 페스트 증세를 보이던 어떤 남자가 병 때문에 이상해졌는지 밖으로 뛰쳐나와 처음 만나는 여자를 와락 껴안더니, 자신이 페스트에 걸렸다고 외쳤다는 것이다.

"그럼요!" 단정적으로 말하는 태도와는 어울리지 않게 상냥한 어조로 코타르가 말했다. "모두 미치고 말 거예요. 틀림없어요."

조제프 그랑이 의사 리외에게 개인적인 속내를 털어놓은 것도 그날 오후였다. 책상 위에 리외의 아내 사진이 있는 것을 보고 그가 의사를 바라보았다. 리외는 자기 아내가 도시 밖에서 요양중이라고 대답했다. "어떤 의미에서는 다행이네요"라고 그랑이 말했다. 의사도 어쩌면 잘된 일인지도 모른다고 하면서 아내가 낫기를 바랄 수밖에 없다고 대답했다.

"아! 이해가 됩니다." 그랑이 말했다.

그러고는 그를 알게 된 후 처음으로 말을 많이 하기 시작했다. 단어를 선택하느라 여전히 애를 쓰긴 했지만, 자기가 하고 있는 이야기를 오래전부터 생각해두기라도 한 것처럼 그때마다 적합한 말들을 찾아내곤 했다.

그는 이웃에 사는 한 가난한 처녀와 아주 젊어서 결혼했다. 공부를 그만두고 취직한 것도 결혼하기 위해서였다. 아내 잔도 그렇지만 그도 동네 밖으로 나가본 적이 전혀 없었다. 그는 잔의 집에 가서 그녀를 만나곤 했는데, 그녀의 부모는 말도 없고 서투르기만 한 그 구혼자를 약간 비웃었다. 그녀의 아버지는 철도 노동자였다. 일이 없을 때는 항상 창문 옆 구석자리에 앉아, 커다란 두 손을 허벅지에 얹고 생각에 잠긴 채 활기찬 거리를 바라보았다. 어머니는 언제나 살림하느라 바빴고 잔이 어머니를 거들었다. 잔은 체구가 몹시도 가냘파서 그랑은 그녀가 길을 건널 때면 늘 불안한 마음이 들었다. 그럴 때면 차들마저 지나치게 커 보였다. 어느 날 잔이 크리스마스 선물 가게의 진열창을 감탄 어린 시선으로 바라보다가 "참 아름다워요!"라고 말하며 그랑에게 몸을 기댔다. 그는 그녀의 손목을 꼭 쥐었다. 그렇게 결혼이 결정되었다.

그랑의 말에 따르면, 나머지 이야기는 아주 단순했다. 모든 사람들이 결혼하고, 아직 어느 정도는 사랑하고, 일을 한다. 그러나 열심히 일하다보면 사랑하는 법을 잊게 된다. 국장이 그랑에게 한 약속을 지키지 않아서 잔도 일을 해야 했다. 여기에서 그랑이 하고 싶었던 말을 이해하려면 약간의 상상력이 필요했다. 피로가 겹쳐서 그는 되는대로 내버려두었고, 점점 입을 다물게 되었으며, 젊은 아내에게 사랑받고 있다는 확신을 줘야 하는데 그러질 못했다. 일하는 남자, 가난, 서서히 막혀가는 미래, 저녁 식탁을 둘러싼 침묵, 그런 세계에 열정을 위한 여지란 없기 마련이다. 아마 잔도 고통스러웠을 것이다. 그래도 그녀는 떠나지 않았다. 사람은 고통받는 줄도 모르고 오랫동안 고통을 겪기도 하니 말이다. 그렇게 몇 해가 지났다. 나중에 그녀는 떠나고 말았다. 물론 말없이 떠난 것은 아니었다. '당신을 무척 사랑했어요. 그렇지만 이제 나도 피곤하군요…… 떠나는 것이 기쁘지는 않아요. 하지만 새출발을 하는 데 꼭 행복할 필요는 없잖아요.' 이것이 그녀가 그랑에게 남긴 편지의 대략적인 내용이었다.

이번에는 조제프 그랑이 고통을 겪을 차례였다. 리외가 지적했듯이, 그도 새 출발을 할 수 있었을 것이다. 그러나 자신이 없다는 점이 문제였다.

간단히 말하면, 그는 여전히 아내를 생각하고 있었다. 그가 원한 것이 있다면, 그녀에게 편지라도 써서 자신을 변호해보고 싶다는 것이었다. "하지만 그게 어렵더군요." 그가 말했다. "그런 생각을 한 지는 오래되었어요. 서로 사랑할 때는 말을 하지 않아도 이해할 수 있어요. 그런데 항상 사랑할 수 있는 건 아니잖아요. 적당한 시기에 할말을 생각해내서 아내를 붙잡아야 했는데 그러질 못했어요." 그랑은 체크무늬가 있는 손수건 비슷한 것에 코를 풀었다. 그러고는 콧수염을 닦았다. 리외는 그를 바라보고 있었다.

"죄송합니다, 선생님." 그랑이 말했다. "하지만 뭐랄까요…… 선생님은 믿음이 가요. 선생님과는 이야기를 할 수 있으니까요. 그래서인지 마음이 조금 떨리는군요."

확실히 그랑은 페스트와는 엄청나게 멀리 떨어져 있었다.

그날 저녁, 리외는 아내에게 시가 폐쇄되었다, 자기는 잘 지내고 있다, 계속 몸조리를 잘하길 바란다, 그녀를 생각하고 있다, 라고 전보를 쳤다.

시가 폐쇄되고 삼 주 후, 리외는 병원에서 나오다가 자기를 기다리고 있는 한 젊은 남자를 만났다.

"저를 기억하시겠습니까?" 그 젊은이가 물었다.

그를 알 듯도 했지만 리외는 머뭇거리며 망설였다.

"이 일이 터지기 전에 찾아뵈었지요." 그가 말했다. "아랍인들의 생활조건을 취재하려고 말입니다. 제 이름은 레몽 랑베르입니다."

"아! 맞아요." 리외가 말했다. "이제 특종거리를 얻었겠네요."

젊은이는 신경이 날카로워 보였다. 그는 기사 때문이 아니라 부탁할 것이 있어서 왔다고 말했다.

"죄송합니다." 그가 말을 이어갔다. "하지만 이 도시에는 아는 사람이 한 명도 없어서요. 우리 신문사 주재원은 안됐지만 바보 멍청이예요."

리외는 시내 중심가에 있는 보건소에 몇 가지 지시할 사항이 있었다. 그래서 기자에게 그곳까지 함께 걸어가자고 청했다. 그들은 흑인 구역의 좁은 골목길을 따라 내려갔다. 저녁때가 다가오고 있었다. 예전에는 이 시간이면 시내가 떠들썩했는데 지금은 이상하게도 적막하게 느껴졌다. 여전히 황금빛으로 물들어 있는 하늘에 울려퍼지는 나팔 소리만 군인들이 직무를 수행하고 있다는 것을 알려주었다. 무어 양식의 집들이 이어지는 가운데 파란색, 황갈색, 보라색 벽들 사이로 난 가파른 길들을 따라가면서 랑베르는 몹시 흥분한 상태로 말했다. 파리에 그의 아내가 있었다. 사실을 말하자면, 정식으로 결혼한 건 아니지만 아내나 다름없었다. 오랑 시가 폐쇄되자마자 그는 아내에게 전보를 쳤다. 처음에는 일시적인 일이려니 생각해 그녀와 서신을 교환할 방법을 찾았다. 그러나 오랑의 동료 기자들은 할 수 있는 게 아무것도 없다고 말했고, 우체국에서는 상대도 하지 않고 돌려보냈다. 도청의 한 여비서는 면전에서 그를 비웃었다. 두 시간이나 줄을 서서 기다린 끝에 마침내 '모든 일이 순조로움. 곧 만나요'라고 쓴 전보를 접수할 수 있었다.

그런데 아침에 일어나면서 문득 이 사태가 얼마나 지속될지 알 수 없다는 데 생각이 미쳤다. 그는 떠나야겠다고 마음먹었다. 기자이다보니 여러 가지 편의가 있어서, 도청의 비서실장을 소개받아 접촉할 수 있었다. 그에게 자신은 오랑과 아무 관계도 없고 여기에 머물러 있을 이유도 없는데 우연히 있게 되었으니, 나가서 격리 수용되더라도 일단은 나가도록 허용해주는 것이 당연하다고 말했다. 그러자 비서실장은 사정은 잘 알겠지만 예외를 만들 수는 없고, 검토는 해보겠지만 상황이 심각해서 뭐라고 확답할 수 없다고 했다.

"나는 이 도시 사람이 아니라니까요." 랑베르가 말했다.

"그렇겠죠. 어쨌든 전염병이 오래 계속되지 않기나 기대해봅시다." 비서실장이 대꾸했다.

결국 리외는 랑베르에게 오랑에서 흥미로운 기삿거리를 얻을 수도 있고, 잘 생각해보면, 어떤 일이든지 좋은 측면이 있다고 위로 삼아 말해주었다. 랑베르는 어깨를 으쓱해 보였다. 그들은 시내의 중심가에 도착했다.

"선생님, 잘 아시겠지만 그건 터무니없는 일이에요. 저는 기사를 쓰려고 태어난 게 아니에요. 그것보다는 여자와 살기 위해 태어난 것 같아요. 그게 정상 아닌가요?"

어쨌든 그게 더 맞는 것 같다고 리외는 말했다.

중심가의 대로에는 평소보다 군중이 적었다. 몇몇 행인들은 멀리 있는 집을 향해 발걸음을 재촉하고 있었다. 웃는 사람은 아무도 없었다. 리외는 그날 발표된 랑스도크 통신사의 보도 때문일 거라고 생각했다. 이십사 시간이 지나면 시민들은 다시 희망하기 시작하지만, 당일에는 통계 수치가 너무나 기억에 생생했던 것이다.

"만난 지 얼마 안 됐지만 그녀와는 마음이 잘 맞아요." 랑베르가 밑도 끝도 없이 말했다.

리외는 말없이 잠자코 있었다.

"제가 지루한 이야기를 늘어놓았군요." 랑베르가 말을 이었다. "저는 그냥 제가 그 몹쓸 병에 걸리지 않았다는 확인서를 선생님이 한 장 써주실 수 있는지 여쭤보고 싶었어요. 그게 도움이 될 것 같아서요."

리외는 고개를 끄덕였다. 조그만 아이 하나가 달려오더니 그의 다리 위로 넘어졌다. 그가 천천히 아이를 일으켜주었다. 그들은 다시 걷기 시작해 아름 광장에 이르렀다. 먼지가 잔뜩 묻어 지저분한 공화국의 여신상 주위로, 무화과나무 가지들과 종려나무 가지들이 먼지를 희끄무레하게 뒤집어쓴 채 움직이지 않고 늘어져 있었다. 그들은 여신상 아래에 이르러 걸음을 멈추었다. 리외가 뿌연 먼지로 뒤덮인 발을 번갈아가며 땅에 툭툭 털었다. 그가 보니 랑베르는 펠트 모자를 약간 뒤로 젖혀 쓴 채, 넥타이 아래 와이셔츠의 단추를 풀어헤치고 면도도 제대로 하지 않은 모습이었다. 신문기자의 표정은 고집스럽고 뚱해 보였다.

마침내 리외가 말했다. "그 마음은 알겠지만, 별로 설득력 있어 보이지는 않습니다. 사실 선생이 병에 걸렸는지 안 걸렸는지 모를뿐더러, 안다고 해도 진찰실에서 나가 도청에 들어가는 사이에 전염되지 않는다고 보장할 수도 없거든요. 그러니 그 확인서는 써드릴 수 없을 것 같습니다. 게다가……"

"게다가요?" 랑베르가 물었다.

"게다가 확인서를 써드려도 소용이 없을 겁니다."

"왜요?"

"이 도시에는 선생과 같은 처지에 놓인 사람이 수천 명인데, 그 사람들이 전부 도시 밖으로 나가도록 내버려둘 수는 없거든요."

"페스트에 걸리지 않은 사람도요?"

"그건 충분한 이유가 못 됩니다. 터무니없다는 건 잘 알고 있어요. 하지만 우리 모두가 같은 상황에 놓여 있어요. 상황을 있는 그대로 받아들여야 합니다."

"하지만 저는 이곳 사람이 아니잖아요!"

"안됐지만 선생도 이제부터는 다른 사람들과 마찬가지로 이곳 사람이 되는 겁니다."

랑베르가 흥분해서 말했다.

"맹세컨대, 이건 인도적인 문제입니다. 서로를 잘 이해하는 두 사람에게 이런 이별이 무엇을 의미하는지 선생님은 아마 이해하지 못하실 겁니다."

리외는 바로 대답하지 않고 잠시 기다렸다가, 자기 생각에는 잘 이해하고 있는 것 같다고 말했다. 그는 랑베르가 아내와 다시 만나고 사랑하는 사람들이 모두 재결합하기를 진심으로 원하지만, 포고령과 법률이 있고 또 페스트가 있으니, 마땅히 해야 할 일을 하는 것이 자신에게 주어진 역할이라고 말했다.

"아니요." 랑베르가 씁쓸하게 말했다. "선생님은 이해하지 못하세요. 선생님은 이성에 따라 말씀하시고 추상의 세계에 살고 계시잖아요."

의사는 눈을 들어 공화국의 여신상을 쳐다보다가, 자기가 이성에 따라 말하고 있는지는 잘 모르지만 명백한 사실에 근거해서 말하고 있으며 그 둘이 반드시 같은 것은 아니라고 말했다. 신문기자는 넥타이를 고쳐맸다.

"그 말씀은 그러니까 어떻게든 저 혼자 해결해야 한다는 뜻인가요?" 그가 도전적인 어조로 덧붙였다. "하지만 전 이 도시에서 나가고 말 겁니다."

의사는 그의 심정을 이해할 수는 있지만 자기와는 무관한 일이라고 말했다.

"아니에요, 관계가 있어요." 갑자기 랑베르가 큰 소리로 외쳤다. "제가 선생님을 찾아온 건 이번 결정에 선생님이 큰 역할을 했다는 말을 들었기 때문이에요. 선생님이 하신 일이니까 적어도 한 건쯤은 해결해주실 수 있지 않을까 생각한 거죠. 그런데 어떻게 되든 신경도 안 쓰시는군요. 다른 사람의 사정은 생각하지 않고, 헤어진 사람들을 고려하지도 않으세요."

리외는 어떤 의미에서는 그 말이 사실이며, 그런 사정까지 고려할 마음은 없었다고 인정했다.

"아! 알겠어요." 랑베르가 말했다. "공익에 대해 말씀하시려는 거군요. 그러나 개인들이 행복해야 공익도 이루어지는 겁니다."

"글쎄요." 의사는 다른 생각을 하다가 깨어난 사람처럼 말했다. "이런 면도 있고 저런 면도 있겠지요. 속단해서는 안 됩니다. 그리고 화내지 말고 좀 진정하면 좋겠습니다. 선생이 이 난관에서 벗어날 수 있다면 나도 정말 기쁠 겁니다. 다만 나로서는 직무상 해서는 안 될 일이 있다는 거죠."

랑베르는 초조한지 머리를 흔들었다.

"알았습니다, 화내서 죄송합니다. 선생님의 시간을 너무 많이 빼앗

왔네요."

리외는 일이 어떻게 진행되는지 알려달라면서, 자기를 원망하지 말라고 부탁했다. 확신컨대 그들은 서로 일치하는 면이 있다는 것이었다. 랑베르는 갑자기 당황한 것 같았다.

"저도 그렇게 생각합니다." 그가 잠시 침묵을 지키더니 말했다. "그래요. 제 뜻과는 다를지 모르지만, 또 선생님이 하신 말씀에도 불구하고, 그럴 거라는 생각이 듭니다."

그는 망설였다.

"그러나 선생님의 말씀에 동의할 수는 없습니다."

그는 펠트 모자를 이마 위로 눌러쓰고 빠른 걸음으로 걸어갔다. 장 타루가 묵고 있는 호텔로 그가 들어가는 것이 보였다.

잠시 후, 의사는 머리를 흔들었다. 신문기자가 행복에 대해 초조해하는 것도 일리는 있었다. 그러나 '선생님은 추상의 세계에 살고 계시잖아요'라는 그의 비난은 정당한가? 페스트가 더욱 기승을 부려 사망자 수가 일주일에 평균 오백 명에 이르는 요즘, 병원에서 보낸 그날들이 정말로 추상적이었을까? 그렇다, 불행에는 추상적이고 비현실적인 부분이 있기 마련이다. 그러나 추상이 우리를 죽이기 시작할 때는 추상에 신경을 써야 한다. 그리고 그것이 그리 쉬운 일이 아니라는 것을 리외는 알고 있을 뿐이었다. 예를 들어, 임시 병원(이제는 세 곳이 됐다)을 책임지고 관리하기란 쉬운 일이 아니었다. 그는 사람을 시켜 진찰실 맞은편 방에 접수실을 꾸몄다. 땅을 파 크레졸액을 탄 물을 채워 연못 같은 것을 만들고, 그 가운데에는 벽돌로 작은 섬을 만들었다. 환자가 그 섬으로 이송되면 재빨리 옷을 벗기고 옷은 물속에 떨어뜨렸다. 환자의 몸을 씻기고 물기를 말리고 까칠까칠한 환자복으로 갈아입힌 다음, 리외에게 넘겼다가 다시 병실로 옮겼다. 어쩔 수 없이 초등학교의 실내체육관까지 이용하게 되었는데, 그곳에 놓인 침대 오백 개는 이제 환자로 거의 꽉 차 있었다. 리외는 아침에 직접 환자를 접수한 후 백신 주사를 놓고 림프절의 멍울을 절개한 다음, 한번 더 통계를 검토하고 오후에는 자기 병원으로 돌아가 진찰을 했다. 저녁이 되어서야 겨우 왕진을 나갔다가 집으로 돌아왔다. 전날 밤 리외의 어머니가 며느리에게서 온 전보를 건네주면서 보니 아들의 손이 떨렸다.

"네, 떨리네요." 그가 말했다. "꾹 참고 하다보면 안정되겠죠."

그는 건강하고 강단도 있었다. 사실을 말하면 아직 피곤하지도 않았다. 그러나 이를테면 왕진 가는 것이 고역이 되어버렸다. 유행성 열병이라는 진단을 내리면 그 환자를 당장 격리하라는 것과 다름없었다. 가족들은 환자가 완치되거나 죽기 전에는 다시 만날 수 없다는 것을 알았기 때문에 바로 그 순간 추상과 난관이 시작되었다. "한 번만 봐주세요, 선생님!" 타루가 묵고 있던 호텔 객실 담당 청소부의 어머니 로레 부인이 그렇게 말했다. 그것은 무슨 뜻이었을까? 당연히 그도 동정심을 갖고 있었다. 그러나 동정심은 그 누구에게도 도움이 되지 않았다. 전화를 걸어야만 했고, 곧이어 구급차의 사이렌이 울렸다. 초기에는 이웃들이 창문을 열고 내다보더니, 얼마 지나지 않아 서둘러 창문을 닫았다. 그러고 나면 싸움과 눈물과 설득, 요컨대 추상이 시작되었다. 고열과 불안으로 들끓는 아파트에서 그런 터무니없는 장면이 벌어지고, 리외는 병자가 이송된 후에야 자리를 뜰 수 있었다.

처음에는 전화만 걸고 구급차는 기다리지 않은 채 다른 환자를 보러 달려가곤 했다. 그러나 어떻게 될지 뻔히 아는 이별보다는 차라리 페스트와 마주하는 것이 낫다고 생각하는지 가족들은 그가 가고 나면 문을 닫고 열어주지 않았다. 고함을 지르고, 명령을 내리고, 경찰이 개입하고, 나중에는 군인까지 동원되어 환자를 체포하듯 데려가기에 이르렀다. 그래서 초기 몇 주 동안은 구급차가 올 때까지 환자 옆에 남아 기다릴 수밖에 없었다. 그후에는 왕진할 때 의사 한 명이 자원봉사 감독관 한 명을 대동하게 됨에 따라 리외는 다른 환자에게로 달려갈 수 있었다. 그러나 초기에는 로레 부인 집에 갔던 날과 비슷한 일이 매일 저녁 되풀이되었다. 부채와 조화造花로 장식해놓은 조그마한 아파트에 들어서면 환자의 어머니가 웃는 듯 마는 듯한 표정으로 그를 맞이하며 이렇게 말했다.

"요새 한창 입에 오르내리는 그 열병이 아니면 좋겠어요."

그는 침대시트와 환자의 속옷을 들추고 배와 허벅지에 생긴 붉은 반점과 부어오른 림프절을 말없이 들여다보았다. 어머니는 딸의 다리 사이를 보다가 참지 못하고 비명을 질렀다. 매일 저녁, 치명적인 징후들이 빠짐없이 다 나타나 있는 배를 보고 어머니들은 추상적인 표정을 지으며 그렇게 울부짖었다. 매일 저녁, 사람들은 리외의 팔을 붙잡고 쓸데없는 말과 약속과 눈물을 쏟아냈다. 매일 저녁, 구급차가 사이렌을 울리면 사람들은 고통스러워하고 발작적인 반응을 보였지만 그 또한 아무 소용이 없었다. 저녁마다 비슷한 일들이 반복되고, 리외는 그런 광경이 끝없이 되풀이되는 것 외에는 아무것도 기대할 수 없었다. 그렇다, 페스트는 마치 추상처럼 단조로웠다. 달라진 것이 하나 있다면 그것은 리외 자신이었다. 그날 저녁 공화국의 여신상 아래에서 그는 그 사실을 느꼈다. 랑베르가 들어간 호텔의 문을 계속 바라보면서, 그는 자기 마음을 가득 채우기 시작한 이해하기 어려운 무관심만을 의식하게 된 것이다.

황혼녘에 시민들이 거리로 쏟아져나와 돌아다니던 그 몇 주를 기진맥진한 상태로 보낸 끝에, 리외는 더이상 동정심에 맞서 싸울 필요가 없다는 것을 깨달았다. 동정심이 아무 소용이 없게 되면 동정하는 것도 피곤해지는 법이다. 몹시 힘든 나날을 보내면서, 자신의 마음이 서서히 닫히고 있다는 느낌만이 리외에게는 위로가 되었다. 그러면 임무가 수월해진다는 것을 잘 알고 있기 때문에 기뻤다. 새벽 두시에 아들을 맞이하면서 그의 어머니는 자기를 바라보는 아들의 공허한 눈길을 보고 마음이 아팠다. 그녀는 그것을 유감스럽게 생각했지만, 당시에 리외가 받을 수 있는 위안은 그것밖에 없었다. 추상과 싸우기 위해서는 약간 추상을 닮을 필요가 있다. 그러나 어떻게 랑베르가 그것을 느낄 수 있겠는가? 랑베르에게 추상이란 자기의 행복을 가로막는 모든 것이었다. 그리고 사실 어떤 의미에서는 그 신문기자가 옳다는 것을 리외는 알고 있었다. 그러나 추상이 행복보다 더 강력할 수 있으며, 오직 그 경우에만 추상에 관심을 기울여야 한다는 것 또한 리외는 알고 있었다. 앞으로 랑베르에게 일어날 일이 그것이었고, 나중에 랑베르가 고백한 이야기를 통해 리외는 그 사실을 자세히 알 수 있었다. 이런 식으로 리외는 우리 시민들의 삶을 오랜 기간에 걸쳐 전적으로 지배했던, 개인의 행복과 페스트라는 추상 사이에 벌어진 우울한 투쟁을 새로운 차원에서 계속해나갈 수 있었다.

어떤 사람들이 추상을 보는 곳에서 다른 사람들은 진리를 보았다. 전염병이 다시 만연한 탓도 있고 또 파늘루 신부의 열렬한 강론 탓도 있어서 페스트가 발생한 첫 달은 암울한 분위기로 막을 내렸다. 파늘루 신부는 미셸 영감이 발병했을 때 도와준 예수회 소속 신부로, 오랑의 지리학회지에 자주 논문을 기고하여 이미 이름이 알려져 있었고, 그의 금석문 복원은 권위가 있었다. 그는 현대 개인주의에 대해 일련의 강연을 하면서 그 분야의 전문가보다 더 많은 청중을 모은 일이 있었다. 그 강연에서 그는 현대의 방종과 지난 몇 세기 동안 드러난 반反계몽주의와는 거리가 먼 엄격한 기독교 신앙의 열렬한 옹호자로 자처하면서, 혹독한 진실을 청중에게 가차없이 털어놓았다. 그의 명성은 거기서 비롯되었다.

그달 말경, 우리 시의 고위 성직자들은 그들 나름대로 페스트와 싸우기로 결정하고 집단 기도 주간을 기획했다. 대중의 신앙심을 고취하기 위해 마련된 이 행사는 페스트 환자였던 성聖 로크에게 장엄미사를 봉헌하고 일요일에 폐막될 예정이었다. 파늘루 신부는 그 미사에서 강론을 요청받은 상태였다. 그는 성 아우구스티누스와 아프리카 교회에 대한 연구로 교단에서 각별한 지위를 얻고 있었는데, 약 이 주 전부터 그 연구에서 간신히 빠져나올 수 있었다. 그는 천성적으로 격하고 열정적이어서 자신에게 맡겨진 사명을 기꺼이 받아들였다. 예정된 날짜보다 훨씬 전부터 강론에 관해 이런저런 말들이 오갔고, 그 강론은 나름대로 이 시기의 역사를 가늠할 수 있는 중요한 사건으로 기록되었다.

기도 주간 내내 군중이 몰려들었다. 평상시에 오랑 시민들의 신앙심이 특별히 깊었던 것은 아니었다. 예를 들어, 일요일 아침에는 해수욕을 하러 가는 사람들 때문에 미사를 봉헌하는 사람들의 수가 심각하게 줄어들 정도였다. 그렇다고 느닷없이 개종하라는 계시를 받았기 때문도 아니었다. 군중이 몰려든 이유는 시가 폐쇄되고 항구가 차단되어 해수욕이 불가능해진 탓도 있었고, 그들이 자신에게 닥친 이 놀라운 사건을 마음속 깊은 곳에서는 아직 인정하지 못하면서도 어떤 변화가 생긴 것만은 분명히 느끼는 매우 특별한 정신 상태에 놓여 있었기 때문이다. 그러면서도 질병은 곧 멈출 것이고 자기들은 물론 가족들도 그 병에 걸리지 않을 거라는 기대도 여전했다. 따라서 뭔가를 반드시 해야 한다는 생각은 아직 하지 않고 있었다. 그들에게 페스트는 예기치 않게 찾아온 것처럼 언젠가는 떠날 불쾌한 방문객에 불과했다. 그들은 공포에 사로잡히긴 했지만 절망하지는 않았다. 페스트가 그들의 생활양식 그 자체처럼 보이는 순간, 그리고 그들이 지금까지 영위해왔던 존재방식을 잊게 될 순간은 아직 도래하지 않았던 것이다. 결론적으로 그들은 기다리고 있었다. 다른 여러 가지 문제에서도 그랬지만, 그들은 페스트 때문에 종교에 대해서도 이상한 사고방식을 갖게 되었다. 그것은 열정이나 무관심과는 거리가 먼, '객관성'이라는 용어로 정의하면 충분한 사고방식이었다. 기도 주간에 참가한 대부분의 사람들은, 예를 들어 의사 리외 앞에서 어떤 신자가 "어쨌든 해를 끼치지는 않을 테니까요"라고 한 말을 자신의 마음을 표현한 것으로 간주할 수 있었을 것이다. 타루도 이런 경우에 중국인들은 페스트 귀신 앞에서 북을 두드린다고 수첩에 적은 다음, 실제로 북이 의학적 예방 조치보다 더 효과적인지는 결코 알 수 없다고 지적했다. 그러고는 그 문제에 대해 결론을 내리려면 페스트 귀신이 존재하는지를 알아야 하는데, 그 점에 대해서는 아무것도 모르기 때문에 우리의 의견은 모두 무의미할 뿐이라고 덧붙였다.

어쨌든 우리 시의 대성당은 기도 주간 내내 신자들로 거의 만원을 이루었다. 처음 며칠 동안은 성당에 들어가지는 않고 성당 문 앞에 늘어선 종려나무와 석류나무 정원에 시민들이 많이 남아 있었다. 그들은 그곳에서 거리까지 밀물처럼 흘러나오는 축원과 기도 소리에 귀를 기울였다. 이윽고 그들도 점차 앞사람들을 따라 성당에 들어가기로 마음먹고 신자들의 화답송에 머뭇거리며 끼어들었다. 일요일에는 군중이 엄청나게 밀려와 성당의 중앙홀을 가득 메웠고, 성당 앞 광장과 마지막 계단까지 군중으로 넘쳐났다. 그 전날부터 하늘이 컴컴해지더니 비가 억수같이 쏟아졌다. 밖에 있는 사람들은 우산을 펴들고 서 있었다.

향냄새와 축축하게 젖은 옷 냄새가 성당 안에 떠도는 가운데 파늘루 신부가 설교단으로 올라갔다.

신부는 보통 키에 다부진 체격이었다. 커다란 두 손으로 설교단 가장자리의 나무틀을 꽉 잡고 섰을 때, 그는 쇠테 안경 밑에 불그스레한 양쪽 뺨이 두 개의 얼룩처럼 달려 있는 두툼하고 시꺼먼 형체로만 보였다. 그의 목소리는 힘차고 열정적이었고 멀리까지 울려퍼졌다. 그가 "형제 여러분, 여러분은 불행 속에 있습니다. 형제 여러분, 여러분은 당연히 불행을 겪어야 합니다"라는 문장을 열렬한 어조로 끊어서 말하기 시작하자, 일종의 파문 같은 것이 청중 사이를 뚫고 나가 성당 앞 광장까지 이르렀다.

논리적으로 보면 그다음 문장은 비장했던 첫 문장과 그리 잘 연결되는 것 같지는 않았다. 시민들은 다음 대목을 듣고 난 후에야 비로소 그것이 일련의 수사에 불과하며, 신부가 능란한 웅변술로 강론의 전체 주제를 일격을 가하듯 단번에 제시했음을 알게 되었다. 파늘루 신부는 그 문장에 이어 바로 출애굽기에 나오는, 이집트에서 발생했던 페스트와 관련된 구절을 인용하며 다음과 같이 말했다. "이 재앙이 역사에 처음 나타난 것은 하느님의 적들을 처부수기 위함이었습니다. 파라오가 하느님의 섭리를 거역하므로 페스트가 그를 굴복시켰습니다. 유사 이래 하느님께서 내리신 재앙은 오만한 자들과 눈먼 자들을 하느님의 발밑에 꿇어앉혔습니다. 이 점을 잘 생각해보고 무릎을 꿇으십시오."

밖에는 비가 더욱 거세졌다. 모두가 절대적으로 침묵을 지키는 가운데, 채색 유리창을 두드리는 빗소리로 인해 이 마지막 한마디의 의미가 한층 심오해지면서 얼마나 강하게 울려퍼졌던지, 몇몇 청중은 잠시 머뭇거리다가 의자에서 미끄러져 내려와 기도대에 무릎을 꿇었다. 다른 사람들도 따라 해야 한다고 생각했는지, 곁에 있는 사람들부터 시작해 곧 한 명도 빠짐없이 차례로 무릎을 꿇었다. 의자 삐걱거리는 소리만 몇 번 났을 뿐, 다른 소리는 전혀 들리지 않았다. 그러자 파늘루 신부가 다시 몸을 일으키며 깊이 숨을 쉬고는 점점 더 강한 어조로 말을 이어나갔다. "그렇습니다, 오늘 여러분에게 페스트가 닥친 것은 반성할 때가 되었기 때문입니다. 정의로운 사람들은 두려워할 필요가 없습니다. 그러나 악한 사람들이 떠는 것은 당연합니다. 우주라는 거대한 곳간에서 짚과 낟알을 가려낼 때까지 재앙은 인류라는 밀을 무자비하게 타작할 것입니다. 낟알보다는 짚이 더 많을 것이고, 부름을 받는 자는 많지만 선택된 자는 많지 않을 것입니다. 하느님은 이 불행을 원하지 않으셨습니다. 이 세상은 너무 오랫동안 악과 타협해왔습니다. 이 세상은 너무 오랫동안 하느님의 자비에 안주하고 있었습니다. 회개하는 것으로 충분했습니다. 그러면 모든 것이 허용되었습니다. 사람들은 회개하는 것이라면 자신 있다고 생각했습니다. 때가 되면 틀림없이 회개하게 되겠지, 그러니까 그때까지는 손쉬운 방식으로 제멋대로 살아가자, 그 밖의 것은 자비로우신 하느님께서 알아서 해결해주실 거야, 그렇게 생각한 것입니다. 그런데 그런 식으로 계속될 수는 없었습니다. 그토록 오랫동안 이 도시의 시민들을 연민의 표정으로 굽어보시던 하느님께서도 기다림에 지치고 영원한 희망 가운데 실망하여 마침내 외면하시고 말았습니다. 우리는 하느님의 빛을 잃고 이제 오래도록 페스트의 암흑 속에 놓이게 된 것입니다!"

성당 안에서 어떤 사람이 성미 급한 말처럼 콧바람 소리를 냈다. 신부는 잠깐 뜸을 들였다가 더 낮은 목소리로 말을 이어갔다. "『황금 전설』에 이런 이야기가 나옵니다. 롬바르디아의 홈베르트 왕 시대에 이탈리아는 페스트로 인해 황폐해졌습니다. 얼마나 맹위를 떨쳤던지 산 사람이 죽은 사람을 매장하기 어려울 정도였습니다. 페스트는 특히 로마와 파비아에서 맹위를 떨쳤습니다. 선한 천사가 나타나 사냥용 창을 든 악한 천사에게 집집마다 다니며 문을 두드리라고 명했습니다. 문을 두드린 수만큼 그 집에서는 사망자가 생겼다고 합니다."

이 대목에서 파늘루는 비의 장막 뒤에 있는 뭔가를 가리키려는 듯 성당 앞 광장 쪽으로 짧은 두 팔을 뻗었다. "형제 여러분!" 그가 힘차게 말했다. "그런 죽음의 사냥이 지금 우리가 살고 있는 거리에서 자행되고 있습니다. 보십시오, 루시퍼처럼 아름답고 악 그 자체처럼 찬란한 페스트의 천사가 여러분의 집 지붕 위에 서서, 오른손으로는 붉은 창을 머리 위로 치켜들고 왼손으로는 여러분의 집을 가리키고 있습니다. 지금 이 순간, 그의 손가락이 여러분의 집 문을 향하고 창은 나무 대문을 두드리고 있을지도 모릅니다. 지금 이 순간, 페스트가 여러분의 집에 들어가 여러분이 돌아오기를 방에 앉아 기다리고 있을지도 모릅니다. 페스트는 조심스럽고 참을성 있게, 마치 이 세상의 질서 자체인 것처럼 확고하게 그곳에 있습니다. 똑똑히 알아두십시오. 지상의 그 어떤 힘으로도, 심지어 인간의 공허한 지식으로도 여러분은 페스트가 뻗치는 손을 피할 수 없습니다. 여러분은 피로 물든 고통의 타작마당에서 두들겨맞고 짚과 함께 버려질 것입니다."

여기서 신부는 재앙의 비장한 이미지를 더 광범위하게 소개했다. 그는 거대한 나무토막이 도시의 하늘에서 빙빙 돌다가 닥치는 대로 후려

갈기고, 피로 물든 채 다시 솟아올라 마침내 '진리를 수확하게 될 씨를 뿌리기 위해' 피와 인간의 고통을 흩뿌리는 광경을 상기시켰다.

이렇게 길게 이야기한 다음, 파늘루 신부는 강론을 멈추었다. 머리카락이 이마 위로 흘러내려와 있었고, 양손을 통해 몸의 떨림이 설교대에 그대로 전달되고 있었다. 그러다가 그는 더 낮은 음성으로, 그러나 비난하는 어조로 말을 이어갔다. "그렇습니다, 반성할 시간이 되었습니다. 여러분은 주일에 하느님을 찾아뵙기만 하면 주중에는 무슨 일을 해도 괜찮다고 믿었습니다. 몇 번 무릎을 꿇는 것으로 무관심에서 비롯된 죄의 대가를 충분히 치렀다고 생각했습니다. 그러나 하느님은 미지근한 분이 아니십니다. 가끔 찾아뵙는 그런 관계로는 하느님의 지칠 줄 모르는 애정을 만족시킬 수 없습니다. 하느님은 여러분을 더 오랫동안 보고 싶어하십니다. 그것이 여러분을 사랑하는 하느님의 방식이며, 사실 그것이 사랑하는 유일한 방식입니다. 바로 그런 이유로 하느님은 여러분이 찾아오기를 기다리다 지쳐서, 유사 이래 재앙이 죄지은 도시를 빠짐없이 찾아갔던 것처럼 여러분에게 재앙이 찾아들도록 내버려두신 겁니다. 카인과 그의 후손들, 노아의 대홍수 이전 사람들, 소돔과 고모라 사람들, 파라오와 욥, 그리고 저주받았던 모든 사람들과 마찬가지로, 이제 여러분은 무엇이 죄인지 알고 있습니다. 그리고 그들이 그랬듯이, 여러분은 이 도시가 여러분과 재앙을 한데 가둬놓고 벽을 쌓은 그날부터 존재와 사물을 새로운 눈으로 바라보고 있습니다. 이제야 비로소 본질로 돌아가야 한다는 사실을 알게 된 것입니다."

이제 축축한 바람이 대성당의 중앙홀까지 불어와, 큰 촛대의 불꽃이 너울거리며 지직거렸다. 짙은 촛농 냄새와 기침 소리, 재채기 소리가 파늘루 신부에게까지 들려왔다. 신부는 높이 평가받은 바 있는 교묘한 말솜씨를 발휘해 다시 강론으로 돌아와 조용한 음성으로 말을 이어갔다. "제가 어떤 결론에 이를지 많은 분들이 궁금해하고 계시다는 것을 잘 알고 있습니다. 저는 여러분을 진리로 이끌어가고자 하며, 제가 말씀드린 이 모든 것에도 불구하고 여러분이 기쁨을 누릴 수 있도록 가르쳐드리고자 합니다. 충고나 애정 어린 손길로 선을 향해 이끌던 시대는 이미 지나갔습니다. 오늘날 진리는 하나의 명령입니다. 붉은 창이 여러분에게 구원의 길을 제시하고 그곳으로 가도록 부추깁니다. 형제 여러분, 만물에 선과 악, 분노와 연민, 페스트와 구원을 마련하신 하느님의 자비가 마침내 드러나는 곳이 바로 이곳입니다. 여러분을 죽이는 이 재앙이 여러분을 고양시키고 여러분에게 길을 제시하고 있습니다.

오래전 아비시니아의 기독교도들은 페스트를 하느님께서 주신 것으로, 영생에 도달할 수 있는 효과적인 방법으로 생각했습니다. 병에 걸리지 않은 사람은 확실하게 죽을 수 있도록 페스트 환자의 이불로 몸을 감싸기도 했습니다. 구원을 향한 그와 같은 광기 어린 열정은 어쩌면 바람직하지 않은지도 모릅니다. 거기에는 유감스럽게도 오만에 가까운 조급함이 엿보입니다. 인간이 하느님보다 더 서둘러서는 안 됩니다. 하느님께서 완전하게 구축해놓으신 불변의 질서를 더 빨리 완성하겠다고 주장하는 모든 행위는 이단에 이르기 마련입니다. 그러나 아비시니아의 기독교도들이 보여준 예는 나름 교훈이 있습니다. 더 나은 혜안을 가진 우리의 영혼에게 이 예는 온갖 고통 속에 놓인 감미로운 영생의 불빛을 돋보이게 합니다. 그 불빛은 황혼의 어두운 길을 밝혀 해방에 이르게 합니다. 그 불빛에는 악을 완벽하게 선으로 변화시키는 하느님의 의지가 드러납니다. 그 불빛은 죽음과 불안과 아우성의 길을 통해 오늘 우리를 본질적인 침묵으로, 모든 생명의 원칙으로 이끌어주고 있습니다. 형제 여러분, 제가 여러분에게 드리고 싶었던 것이 바로 이 거대한 위안입니다. 이곳에서 징벌의 말씀을 듣는 데 그치지 말고, 부디 위안의 말씀을 듣고 가시기 바랍니다."

파늘루 신부의 강론이 끝난 것 같았다. 밖에는 비가 그쳐 있었다. 수증기와 햇살이 뒤섞인 하늘에서 빛이 한층 생생하게 광장으로 쏟아져 내렸다. 사람들의 말소리, 자동차 지나가는 소리, 깨어난 도시가 내는 온갖 소리가 거리에서 올라왔다. 청중은 소리를 죽인 채 조심스럽게 소지품을 챙겼다. 그런데 신부가 다시 말을 이어서, 페스트는 본래 하느님이 내려주시는 것이라는 점과 그 재앙의 징벌적 성격을 밝힌 이상 자기로서는 더이상 할말이 없으며, 이와 같은 비극적 주제와 어울리지 않는 웅변으로 강론을 끝맺고 싶지는 않다고 말했다. 그가 볼 때 여기에 모인 청중은 모든 것을 이해한 것 같았다. 그러나 그는 마르세유에 페스트가 창궐했을 때 연대기 작가 마티외 마레가 지옥에 빠져 구원도 희망도 없이 살고 있다고 한탄했던 사실을 환기시켰다. 마티외 마레는 하느님을 보지 못한 장님에 불과했던 것이다! 그와 반대로 파늘루 신부는 모든 사람에게 베풀어진 하느님의 구원과 기독교의 희망을 오늘만큼 생생하게 느껴본 적이 없었다. 매일같이 겪고 있는 참상과 죽어가는 사람들이 지르는 비명에도 불구하고, 그는 우리 시민들이 그 어떤 희망보다 기독교의 말씀, 사랑의 말씀만을 하늘을 향해 외치기를 원했다. 나머지는 하느님이 알아서 하시리라.

그 강론이 우리 시민들에게 영향을 미쳤는지에 대해서는 정확하게 말하기 어렵다. 수사검사 오통 씨는 의사 리외에게 파늘루 신부의 설교가 '전혀 흠잡을 데 없었다'고 말했다. 하지만 모든 사람의 의견이 그렇게 명확하지는 않았다. 다만 그 강론으로 인해 몇몇 사람들은 그때까지 막연했던 생각, 즉 알지도 못하는 어떤 죄 때문에 도저히 상상할 수 없는 유폐 상태에 처했다는 생각에 좀더 민감해졌다. 별 볼 일 없는 생활을 계속해가며 감금 상태에 적응하는 사람들도 있었고, 정반대로 그때부터 이 감옥에서 탈출할 생각만 하는 사람들도 있었다.

처음에 사람들은 외부와 단절되는 것을 몇 가지 습관적인 행위를 하지 못하게 될 때 겪는 일시적인 불편 정도로 생각하고 받아들였다. 그러나 솥뚜껑 같은 하늘 아래 여름이 달아오르고 자신이 일종의 감금 상태에 놓여 있음을 문득 의식하면서, 그들은 그러한 징역살이 때문에 삶 전체가 위협받고 있다는 것을 막연하게나마 느끼게 되었다. 그리하여 저녁이 되고 조금 선선해지면서 기력을 되찾으면 때때로 절망적인 행동을 하기에 이르렀다.

무엇보다도, 우연의 일치인지 아닌지는 잘 모르지만 바로 그 일요일부터 우리 시에 두려움 같은 것이 생겼다. 그 두려움은 상당히 널리 퍼졌고 또 상당히 심각했다. 시민들이 진짜로 자신의 상황을 의식하기 시작한 것이 아닌가 하는 생각이 들 정도였다. 그런 관점에서 보면 시의 분위기에 약간 변화가 있었다. 그러나 실제로 변한 것이 분위기인지 아니면 사람들의 마음인지, 그것이 문제였다.

며칠 후, 그랑과 함께 강론에 대해 이야기를 주고받으며 변두리 동네 쪽으로 가다가, 리외는 어둠 속에서 앞으로 나아가지 않고 비틀거리는 어떤 사람과 부딪쳤다. 바로 그때, 갈수록 늦게 점등되던 가로등에 갑자기 불이 켜졌다. 산책하는 사람들 등뒤로 높이 달려 있는 가로등 불빛에 한 남자가 갑자기 드러났는데, 눈을 감고 소리 없이 웃고 있었다. 말없이 웃고 있어서 이완되어 보이는 허연 얼굴 위로 굵은 땀방울이 흘러내렸다. 그들은 그냥 지나쳤다.

"미친 사람이에요." 그랑이 말했다.

리외가 그랑을 끌고 가려고 그의 팔을 잡았더니 그랑이 흥분해서 떨고 있는 것이 느껴졌다.

"머지않아 이 도시엔 미친 사람밖에 없을 겁니다." 리외가 말했다.

피곤한 탓인지 그는 목이 말랐다.

"뭘 좀 마실까요?"

그들이 들어간 조그만 카페는 카운터 위에 있는 전등 하나로 실내를 밝히고 있었는데, 불그스름하고 답답한 공기 속에서 사람들은 뚜렷한 이유도 없이 나지막한 목소리로 말하고 있었다. 카운터에 자리를 잡자 그랑은 놀랍게도 술을 한 잔 주문해서 단숨에 들이켜고는 자기는 술이 꽤 세다고 말했다. 그러고는 밖으로 나가자고 했다. 밖으로 나오자 리외는 밤이 신음 소리로 가득차 있는 듯한 느낌을 받았다. 가로등 위 어두운 하늘 어딘가에서 들려오는 둔탁한 휘파람 소리는 끊임없이 뜨거운 공기를 휘젓고 있는 보이지 않는 재앙을 연상시켰다.

"다행입니다, 다행이에요." 그랑이 말했다.

그게 무슨 뜻일까 하고 리외는 속으로 생각했다.

"다행히 나는 할 일이 있거든요." 그랑이 말했다.

"그래요, 잘됐네요." 리외가 말했다.

그러고는 휘파람 소리를 듣지 않을 생각으로 그랑에게 그 일에 만족하느냐고 물어보았다.

"글쎄요, 순조로운 편이에요."

"아직 한참 더 걸리나요?"

생기가 도는지 그랑의 목소리에 알코올의 열기가 묻어나왔다.

"모르겠어요. 하지만 문제는 그게 아니에요, 선생님. 얼마나 걸리느냐는 문제가 아니에요."

그가 팔을 흔드는 것을 어둠 속에서도 알아볼 수 있었다. 그랑은 할 말을 준비하는 듯하더니 별안간 수다스럽게 털어놓았다.

"선생님, 내가 원하는 것은 말이죠, 원고가 출판사에 도착하는 날 출판업자가 그것을 읽고는 자리에서 일어나 사원들에게 '여러분, 모자를 벗으시오!'라고 말해주는 거예요."

이 갑작스러운 고백을 듣고 리외는 깜짝 놀랐다. 그랑은 한 손을 머리로 가져가더니, 모자 벗는 시늉을 하며 팔을 수평으로 뻗었다. 저 높은 곳에서 이상한 휘파람 소리가 더 크게 들려오는 것 같았다.

"그럼요, 그건 완벽해야 해요." 그랑이 말했다.

문학계의 관례에 대해서는 아는 바가 거의 없었지만, 리외의 생각으로는 일이 그리 간단하지는 않을 것 같았다. 예를 들어 출판사 사람들이 사무실 안에서 모자를 쓰고 있을 것 같지는 않았다. 그러나 혹시 모를 일이어서 리외는 입을 다물었다. 그는 페스트가 내는 신비로운 소리에 자신도 모르게 귀를 기울였다. 그랑이 사는 동네에 가까워지고 있었다. 그 동네는 지대가 좀 높기 때문에 산들바람이 불어와 시원했고 시내의 소음도 말끔히 씻기고 없었다. 그랑이 계속 이야기를 했지만 다 알아들을 수는 없었다. 다만 지금 이야기하고 있는 그 작품이 이미 상당히 진척되었고, 그 작품을 완벽하게 만들기 위해 그가 매우 힘들고 고통스러워했다는 사실은 알 수 있었다. "며칠 저녁, 몇 주일을 꼬박 단어 하나 때문에…… 어떤 때는 단순한 접속사 하나 때문에." 그랑은 이 대목에서 말을 멈추고 의사의 외투에 있는 단추를 붙잡았다. 고르지 못한 치아 사이로 말이 떠듬떠듬 새어나왔다.

"생각해보세요, 선생님. 엄밀하게 말해서 '그러나'와 '그리고' 중에서 선택하는 건 상당히 쉬운 편이에요. 그런데 '그리고'와 '그다음에' 중에서 선택하는 건 더 어려워요. '그다음에'와 '이어서'가 되면 더 어려워지고요. 누가 뭐래도 제일 어려운 건 '그리고'를 넣어야 할지 말지를 알아내는 거예요."

"그렇군요. 무슨 말인지 알겠어요." 리외가 말했다.

그는 다시 걷기 시작했다. 그랑은 당황한 것 같았지만 다시 리외 곁으로 다가왔다.

"죄송해요." 그가 중얼거리며 말했다. "오늘 저녁엔 제가 왜 이러는지 모르겠어요!"

리외는 그의 어깨를 가볍게 툭 치고, 그를 돕고 싶다고 하면서 그의 이야기가 아주 재미있다고 말했다. 기분이 조금 좋아진 듯, 집 앞에 도착하자 그랑은 약간 망설이더니 잠시 들어가자고 청했다. 리외는 그러기로 했다.

주방에 들어가자 그랑은 리외에게 탁자 앞에 앉으라고 권했다. 탁자에는 종이가 널려 있었는데, 그 종이에는 깨알 같은 글씨가 가득 적혀 있고 삭제한 표시로 뒤덮여 있었다.

"네, 바로 이거예요." 리외가 눈짓으로 묻자 그랑이 말했다. "마실 것 좀 드릴까요? 포도주가 있어요."

리외는 괜찮다고 말했다. 그는 종이를 바라보고 있었다.

"보지 마세요." 그랑이 말했다. "첫 문장인데, 아주 힘들어요. 이만저만 힘든 게 아니에요."

그랑은 종이들을 바라보다가 더이상 참을 수 없었던지 한 장을 집어들고는 갓도 씌우지 않은 전등 앞에 대고 비춰보았다. 종이를 잡은 손이 떨고 있었다. 시청 직원의 이마가 땀으로 축축이 젖어 있는 것이 눈에 띄었다.

"앉아서 좀 읽어주세요." 리외가 말했다.

그랑은 리외를 바라보며 고맙다는 듯 미소를 지었다.

"네." 그가 말했다. "저도 그러고 싶군요."

그랑은 종이를 바라보며 잠시 뜸을 들이다가 자리에 앉았다. 그와 동시에 웅웅거리는 듯한 모호한 소리가 리외의 귀에 들려왔다. 재앙이 내는 휘파람 소리에 이 도시가 화답하는 것 같았다. 바로 그 순간 그는 발밑에 펼쳐져 있는 이 도시와, 이 도시로 이루어진 폐쇄된 세계, 그리고 이 도시가 어둠 속에서 억누르고 있는 무시무시한 아우성을 놀라울 정도로 날카롭게 지각할 수 있었다. 그랑의 목소리가 암암리에 높아졌다. "5월의 어느 화창한 아침에, 우아한 여인 한 명이 근사한 밤색 암말을 타고 불로뉴 숲의 꽃이 만발한 오솔길을 달리고 있었다." 다시 침묵이 찾아왔다. 그러자 분명치는 않지만 도시의 고통스러운 소음이 또 들려왔다. 그랑은 종이를 내려놓고도 여전히 그것을 들여다보고 있었다. 잠시 후 그가 눈을 들었다.

"어떻게 생각하세요?"

리외는 첫머리를 듣고 나니 어떻게 이어질까 궁금해진다고 대답했다. 그러나 그랑은 활기찬 어조로 그런 관점은 적절하지 못하다고 말했다. 그가 손바닥으로 원고를 탁 쳤다.

"이건 대충 써둔 것에 불과해요. 내가 머릿속에 그려놓은 장면을 완벽하게 만들어서 하나 둘 셋, 하나 둘 셋 하고 말을 타는 속도와 내 문장이 딱 들어맞게 되면 나머지는 더 쉬워질 겁니다. 그러면 환상이 처음부터 무척 강해서 '모자를 벗으시오!'라는 소리가 나오겠지요."

그러나 그렇게 되려면 아직 할 일이 많았다. 그는 이 문장을 이 상태 그대로 인쇄에 넘길 생각은 전혀 없었다. 간혹 만족스럽게 여겨질 때도 없지는 않지만 이 문장이 아직 현실과 완벽하게 일치하지 않는다는 것을 잘 알고 있고, 또 어떤 의미에서는 안이한 어조가 남아 있어서 상투적이지는 않더라도 상투적인 문장과 유사한 점이 있다는 것을 잘 알고 있었던 것이다. 어쨌든 그랑의 말은 대충 그런 의미였다. 그때 창 밑에서 사람들이 뛰어가는 소리가 들려왔다. 리외가 자리에서 일어났다.

"내가 그것을 어떻게 만들지 두고 보세요." 그랑이 말했다. 그러고는 창문 쪽으로 몸을 돌리고 덧붙였다. "이 일이 모두 끝난 뒤의 얘기지만요."

그런데 급하게 서두르는 발소리가 다시 들려왔다. 리외는 벌써 계단을 내려가고 있었다. 그가 거리로 내려오자 남자 두 명이 앞을 지나갔다. 시의 출입문 쪽으로 가고 있는 것이 분명했다. 시민들 중 일부가 더위와 페스트 사이에서 이성을 잃고 폭력적으로 변해서, 바리케이드로 만들어놓은 경비초소를 따돌리고 도시 밖으로 도망치려고 시도했던 것이다.

랑베르를 포함해 다른 사람들도 슬슬 조성되기 시작한 공포 분위기에서 벗어나려고 애를 썼다. 더 끈질기고 교묘하게 노력했지만 그렇다고 더 성공적이었던 것은 아니었다. 랑베르는 먼저 공식 절차를 밟아나갔다. 끈기 있게 하다보면 결국 모든 것을 해낼 수 있다는 것이 그의 지론이었다. 또 어떤 면에서 보면 곤란한 일을 해결하는 것이 그의 직업이기도 했다. 그래서 그는 관리와 유력인사들을 상당수 접촉했다. 능력으로 따지자면 평소에는 타의 추종을 불허할 사람들이었다. 그러나 그 문제에 관한 한 그들의 능력은 쓸모가 없었다. 은행이나 수출, 감귤이나 포도주 거래에 관한 일이라면 대부분의 경우 그들은 정확하게 생각했고 또 그 생각이 분명히 정리되어 있었다. 출신 학교도 믿을 만하고 열의가 넘치는 것은 물론이고, 소송이나 보험에 관한 해박한 지식까지 갖추고 있었다. 가장 인상적인 사실은 그들이 모두 호의적이었다는 점이다. 그러나 페스트에 대해서는 거의 아무것도 모르고 있었다.

그들 한 사람 한 사람 앞에서 기회가 닿을 때마다 랑베르는 자신의 입장을 하소연했다. 자기는 이 도시와 무관한 사람이니 특별 고려 대상이라는 것이 주된 요지였다. 신문기자가 만난 사람들도 그 점에 대해서는 대개 흔쾌히 인정했다. 그러나 그들은 다른 사람들도 대체로 같은 상황이고, 그의 경우가 그가 상상하는 것처럼 그리 특별하지는 않다고 지적했다. 그 지적에 대하여 랑베르는 그렇다고 해도 자기 논거의 핵심은 전혀 변하지 않는다고 응수했다. 그러면 사람들은 매우 경멸적인 어조로, 그러잖아도 소위 선례가 될 우려 때문에 특례조치를 허용하지 않아 행정 당국이 어려움을 겪고 있는데, 이를 허용하면 행정 방침도 바뀌는 거라고 대꾸했다. 랑베르가 리외에게 제시한 분류법에 따르면, 그런 식으로 이치를 따지는 사람들은 형식주의자 카테고리에 속했다. 그런가 하면 말 잘하는 사람들이 있어서 이런 상태는 오래갈 수 없다고 장담하고, 결정을 내려달라고 하면 충고를 아끼지 않으면서 이것은 일시적인 괴로움에 불과하다고 랑베르를 위로했다. 영향력 있는 사람들도 있어서, 찾아가면 요약해서 메모를 남겨놓으라고 하고는 그런 사례에 대해 규정을 정하겠다고 대답했다. 경박한 사람들은 숙박권을 주거나 저렴한 하숙집 주소를 알려주겠다고 제안했다. 체계적인 사람들은 카드에 적어놓으라고 하고는 그것을 잘 분류해두었다. 일이 많아 바쁜 사람들은 두 손을 들었고, 귀찮아하는 사람들은 눈을 돌렸다. 끝으로 대다수를 차지하는 보수적인 사람들은 다른 기관을 일러주거나 다른 방법을 찾아보라고 권했다.

신문기자는 사람들을 찾아다니느라 녹초가 되고 말았다. 인조가죽 의자에 앉아 세금이 면제되는 국채를 신청하라거나 식민지 군대에 지원하라고 권하는 광고를 읽으며 기다리다보니, 그리고 사무원들의 얼굴을 보면 문서 정리함이나 서류 선반을 보는 것만큼이나 일이 어떻게 진행될지 쉽게 예상할 수 있을 정도로 관공서를 출입하다보니, 그는 시청이나 도청이 어떤 곳인지 정확하게 알 수 있었다. 그가 쓰라린 어조로 리외에게 말한 것처럼, 그리고 다니느라 사태의 진면목을 모르고 있었던 것이 이점이라면 이점이었다. 실제로 그는 페스트가 확산되는 것에 대해 생각조차 하지 않았다. 시간이 더 빨리 흐르기를 기대할 수는 없지만, 시민들이 처한 그 상황에서는, 죽지만 않으면 하루하루 시간이 흐를 때마다 시련이 끝나는 시점에 그만큼 가까워지는 것이라 할 수 있었다. 리외는 그런 관점이 틀린 것은 아니지만 지나친 일반론이라고 생각하지 않을 수 없었다.

한때 랑베르도 희망을 품은 적이 있었다. 도청에서 신원조회 서류를 보내 빈칸을 정확하게 기입할 것을 요청했던 것이다. 서류는 신분, 가족관계, 과거와 현재의 수입, 이력에 관한 질문으로 구성되어 있었다. 그가 받은 느낌으로는 원거주지로 송환할 사람들을 조사하는 것 같았다. 어떤 기관에서 주워들은 부정확한 정보 때문에 그 느낌은 더욱 확고해졌다. 좀더 구체적으로 탐문한 후에 서류를 보내온 기관을 찾아냈는데, 그 기관에서는 '만일의 경우에 대비해' 정보를 수집하는 거라고 했다.

"어떤 경우 말입니까?" 랑베르가 물었다.

그러자 그 기관에서는 혹시 페스트에 걸리거나 사망하는 경우 가족에게 사망 통지도 하고, 또 병원비를 시 예산에서 부담해야 할지 아니면 친척들이 내줄 수 있을지 파악하기 위한 거라고 그에게 알려주었다. 이 일로 미루어보건대, 그가 자기를 기다리고 있는 그 여인과 완전히 절연된 것은 아니라는 사실은 분명했다. 사회가 그들에게 관심을 기울이고 있으니 말이다. 그렇다고 해서 그 사실로 위로받지는 못했다. 더 주목할 만한 사실 그리고 랑베르도 결과적으로 주목하게 된 사실은, 재난이 절정일 때에도 한 기관이 여전히 일을 하고 있으며, 그 목적으로 설치된 기관이라는 이유만으로 종종 최고 행정기관도 모르게 후일을 위한 조치를 주도적으로 취할 수 있다는 사실이었다.

그후에 이어진 시기가 랑베르에게는 가장 수월하기도 하고 또 가장 어렵기도 한 시기였다. 그것은 마비된 시기였다. 그는 온갖 기관을 다 찾아다녔고 온갖 수단을 다 동원해봤지만, 당장 그 방향으로는 해결책이 없고 꽉 막힌 상태였다. 그래서 그는 이 카페에서 저 카페로 헤매고 다녔다. 아침에는 미지근한 맥주 한 잔을 앞에 놓고 어느 테라스 좌석에 앉아, 병이 곧 멈춘다는 징조라도 찾을 수 있지 않을까 기대하며 신문을 읽었고, 행인들의 얼굴을 보다가 그 얼굴에 드러난 서글픈 표정을 보고 혐오감을 느끼며 외면했다. 또 맞은편 상점들의 간판이나 더 이상 팔지 않는 이름난 아페리티프 광고를 수도 없이 읽은 다음 자리에서 일어나, 누렇게 먼지가 내려앉은 거리를 발길 닿는 대로 걸어다녔다. 혼자 산책하다가 카페에 들어가고 카페에서 식당으로 옮겨다니다보면 저녁때가 되었다. 그러던 어느 날 저녁, 리외가 보니 랑베르가 어느 카페의 문 앞에서 들어갈까 말까 망설이고 있었다. 이윽고 마음을 먹은 듯, 그가 홀의 맨 구석에 가서 앉았다. 그때는 상부의 명령에 따라 카페에서도 불 켜는 시각을 가능한 한 뒤로 늦추던 시기였다. 황혼이 마치 회색 물결처럼 실내를 가득 채우고, 장밋빛 노을이 유리창에 어려 있었다. 대리석 식탁은 짙어지기 시작한 어둠 속에서 희미하게 빛났다. 아무도 없는 홀 한가운데에서 랑베르는 길 잃은 유령처럼 보였다. 리외가 생각하기에는 그때가 그가 자포자기한 순간이었다. 또한 이 도시에 갇힌 모든 사람들이 자포자기한 순간이기도 했다. 해방의 순간을 앞당기기 위해서는 뭔가 하지 않으면 안 되었다. 리외는 몸을 돌렸다.

랑베르는 역에서도 많은 시간을 보냈다. 플랫폼에 접근하는 것은 금지되어 있었다. 그러나 대합실은 외부와 연결된 채 개방되어 있어서 더운 날이면 거지들이 그늘지고 시원한 곳을 찾아 그곳에 자리를 잡곤 했다. 랑베르는 그곳에 가서 옛날 열차 시간표라든가 침을 뱉지 말라는 표지판, 승객이 준수해야 할 규칙들을 읽어보곤 했다. 그런 다음 구석에 가서 앉았다. 실내는 어두컴컴했다. 구식 살수기를 본뜬 팔각 울타리 안에, 낡은 쇠난로가 벌써 몇 달째 식은 채 놓여 있었다. 벽에 붙은 광고는 방돌이나 칸에서 누릴 수 있는 즐겁고 자유로운 생활을 선전하고 있었다. 랑베르는 그곳에서 극도로 궁핍한 상태에서 느끼는 일종의 끔찍한 자유를 맛보았다. 당시에 가장 견디기 힘들었던 이미지는, 적어도 그가 리외에게 말한 바에 의하면, 파리에 대한 이미지였다. 오래된 석조 건물들과 강변의 풍경, 팔레루아얄의 비둘기들, 북역, 팡테옹 근처의 인적 없는 구역, 그리고 자신이 그렇게 사랑하는 줄 미처 몰랐던 다른 장소들이 랑베르를 사로잡아 그는 아무 일도 할 수 없었다. 그러나 리외가 생각하기에 랑베르는 그런 기억을 사랑의 기억과 동일시하는 것 같았다. 랑베르가 자신은 새벽 네시에 일어나 파리를 즐겨 생각한다고 말한 날, 의사는 자기 경험에 비추어 랑베르가 좋아하는 것은 두고 온 아내 생각에 잠기는 것이라고 어렵지 않게 해석할 수 있었다. 바로 그때가 그가 그녀를 소유할 수 있는 시간이었다. 보통 새벽 네시면 사람들은 아무 일도 하지 않으며, 비록 배반의 밤이라 하더라도 모두 잠을 잔다. 그렇다, 그 시간에는 모두 잠을 잔다. 그리고 잠을 자면 안심이 된다. 왜냐하면 사랑하는 사람을 끝없이 소유하는 것, 또는 한동안 헤어지게 되었을 경우 다시 만나는 날까지 그 꿈도 없는 잠 속에 사랑하는 사람을 빠뜨려놓을 수 있기를 바라는 것이 불안한 사람이 마음에 품는 거대한 욕망이기 때문이다.

강론이 있은 지 얼마 되지 않아 더위가 시작되었다. 6월 말이 된 것이다. 철 지난 비가 내려 인상 깊었던, 강론이 있었던 일요일이 지나고 그다음 날, 하늘과 집 위에서 폭발하듯 단숨에 여름이 되었다. 하루종일 뜨거운 바람이 강하게 불더니 벽들이 다 말라버렸다. 태양은 제자리에 박혀 있었다. 더위와 햇빛의 물결이 하루종일 도시에 넘쳐흘렀다. 거리의 아케이드와 아파트를 제외하면, 도시 그 어디에서도 눈부신 태양을 피할 수 없을 것 같았다. 태양은 거리 구석구석에까지 쫓아와 시민들이 발길을 멈추면 사정없이 후려쳤다. 희생자 수가 일주일에 거의 칠백 명에 이를 정도로 급증한 시점에 첫더위가 왔기 때문에, 시민들은 절망감 비슷한 것에 사로잡혔다. 변두리 지역의 평평한 길들과 테라스가 있는 집들 사이에도 활기가 줄어들었다. 주민들이 문 앞에서 살다시피 하는 그런 동네도 문이 전부 닫히고 덧문마저 잠겨 있어서, 페스트를 막으려는 것인지 햇빛을 막으려는 것인지 알 수가 없었다. 그런데도 어떤 집에서는 신음 소리가 새어나왔다. 전에는 그런 일이 생기면 호기심 많은 사람들이 거리로 나와 귀기울이는 모습이 자주 눈에 띄었다. 그러나 그토록 오랫동안 불안에 떨다보니 마음이 무감각해졌는지, 이제 사람들은 마치 신음 소리가 인간의 타고난 언어였던 것처럼 지나쳐버리거나 그 옆에서 그냥 살았다.

시의 출입문에서 소요가 발생하면 헌병들은 무기를 사용할 수밖에 없었고 그런 소요로 인해 암암리에 동요 분위기 같은 것이 생겼다. 부상자가 생겼을 뿐인데도 시내에는 사망자가 발생했다는 소문이 돌았다. 더위와 공포 때문에 모든 것이 과장되었다. 어쨌든 불만은 계속 늘어갔다. 당국은 최악의 사태가 발생할 것을 염려했고, 실제로 재앙 때문에 억류된 시민들이 폭동을 일으킬 경우에 대비하여 대응조치를 신중하게 검토했다. 신문에 공표된 포고문에서는 외출금지령을 거듭 강조하면서 위반하면 징역형에 처한다고 위협했다. 시내에서는 순찰대가 순찰을 돌았다. 더위로 달아오른 인적 없는 거리에서 포장된 도로를 울리는 말발굽 소리가 먼저 들리고, 곧이어 길 양쪽의 창문들이 모두 닫혀 있는 가운데 기마순찰대가 지나가는 모습이 자주 눈에 띄었다. 순찰대가 지나가고 나면 불신하는 듯한 무거운 침묵이 위기에 처한 도시를 다시 짓눌렀다. 최근에는 벼룩을 옮길 가능성이 있는 개와 고양이를 사살하라는 명령이 떨어져서, 임무를 부여받은 특수팀에서 발포하는 소리가 이따금 들려왔다. 그 메마른 총소리 때문에 도시에는 긴장된 분위기가 조성되었다.

우리 시민들은 잔뜩 겁이 나 있던 터라 더위와 침묵 속에서 벌어지는 이 모든 일들을 더욱 심각하게 받아들였다. 계절의 변화를 알리는 하늘의 빛깔과 흙냄새를 모든 사람들이 처음으로 민감하게 느꼈다. 날이 더워지면 전염병이 더욱 기승을 부린다는 것을 알고 모두 두려워했지만, 동시에, 여름이 되었다는 것을 누구나 알 수 있었다. 저녁 하늘을 나는 명매기의 울음소리가 도시 위에 더욱 가냘프게 들려왔다. 우리 고장에서는 6월의 석양빛에 비쳐 지평선이 저멀리 물러난 것처럼 보이는데, 그 울음소리는 그것과는 이미 어울리지 않았다. 꽃들도 봉오리 상태가 아니라 활짝 핀 상태로 시장에 도착했다. 아침에 팔고 나면 먼지가 자욱하게 내려앉은 인도 위에 꽃잎들이 수북이 떨어져 있었다. 봄기운이 다했음을 분명히 알 수 있었다. 봄은 여기저기 사방에서 수천 송이의 꽃으로 아낌없이 피었다가, 이제는 페스트와 더위에 이중으로 짓눌려 천천히 스러지고 으깨어지고 있었던 것이다. 그 여름 하늘 그리고 먼지와 권태에 물들어 창백하게 바래가는 그 거리들은 매일같이 무겁게 쌓여가는 백여 구의 시체와 마찬가지로 모든 시민들에게 위협적인 의미로 다가왔다. 태양이 끊임없이 작열하면, 졸음과 휴가의 맛이 깃들던 그 시간에도 전처럼 물과 육체의 향연을 즐기기란 불가능했다. 폐쇄된 침묵의 도시에서 그 향연들은 공허한 울림을 발하며 행복한 계절의 구릿빛 광채를 잃어버리고 말았다. 페스트의 태양이 모든 색채를 앗아가고 모든 기쁨을 사라지게 만들었다.

그것이 전염병이 가져온 혁명과도 같은 변화들 중 하나였다. 보통 시민들은 즐거운 마음으로 여름을 맞이했다. 그때가 되면 도시가 바다를 향해 열리면서 젊은이들을 해변에 쏟아놓았다. 그런데 이번 여름에는 바다에 접근하는 것이 금지되어 사람들은 그런 육체적 기쁨을 누리지 못했다. 그런 상황에서 무엇을 할 수 있을까? 당시 우리의 삶을 가장 충실하게 전해준 사람 역시 타루였다. 그는 페스트가 진행되는 추이를 지켜보면서, 라디오에서 사망자 수를 일주일에 몇백 명이라는 식으로 보도하지 않고 하루에 92명, 107명, 120명이라는 식으로 보도하기 시작한 시점이 그 병의 전환점이었다고 지적했다. '신문과 당국은 페스트에 관해 아주 교활하게 장난을 치고 있다. 910명보다는 130명이 훨씬 적은 수이기 때문에 그들은 페스트를 몇 점 차로 이기고 있는 것으로 생각한다.' 그는 전염병이 보여준 비장하거나 연극적인 측면도 언급했다. 예를 들면, 겉창이 모두 닫힌 인적 없는 거리에서 어떤 여자가 갑자기 타루의 머리 위 창문을 열고는 크게 두 번 소리를 지르고는, 짙은 어둠에 잠긴 방의 겉창을 다시 닫았다는 것이다. 또 약국에서 박하사탕이 동이 났는데, 그 이유는 많은 사람들이 혹시 전염될까봐 예방 삼아 박하사탕을 사먹기 때문이라고 기술하고 있다.

그는 자기가 좋아하는 인물들도 계속 관찰했다. 거기서 우리는 고양이와 장난치던 자그마한 노인도 비극적인 상황을 경험했다는 사실을 알 수 있다. 실제로 어느 날 아침 총소리가 몇 번 나더니, 타루가 기술하듯이 총알들이 가래침처럼 날아가 고양이들을 거의 다 죽였고, 남은 고양이들은 겁에 질려 그 거리를 떠나고 말았다. 바로 그날, 노인은 늘 나오는 시간에 발코니에 나왔다가 좀 놀라더니 몸을 숙여 길을 양쪽 끝까지 유심히 살펴보고는 할 수 없다는 듯 기다리기 시작했다. 발코니의 철책을 손으로 몇 번 두드려보기도 하고, 종잇조각을 조금 찢기도 하고, 들어갔다가 다시 나오기도 했다. 어느 정도 시간이 지난 뒤,

그는 화를 내며 갑자기 안으로 들어가 창문을 쾅 닫아버렸다. 그런 광경이 며칠 동안 계속되었다. 노인의 얼굴에서 슬픔과 혼란을 점점 더 뚜렷이 읽을 수 있었다. 일주일 후, 타루는 그 노인이 나타나기를 기다렸지만 소용이 없었다. 굳게 닫힌 창문들로 노인이 느낀 슬픔을 충분히 짐작할 수 있었다. '페스트 기간에는 고양이에게 침을 뱉지 말 것.' 이것이 수첩에 적혀 있는 결론이었다.

한편, 저녁에 호텔로 돌아오면 타루는 어두운 얼굴로 로비를 왔다갔다하는 야간 경비원과 어김없이 마주쳤다. 그 경비원은 사람을 만나기만 하면, 이런 일이 일어날 줄 미리 알고 있었다고 끊임없이 되뇌었다. 불행한 일이 일어날 거라고는 했지만 그때는 지진이라고 하지 않았느냐고 타루가 환기시키자, 그 늙은 경비원은 타루에게 이렇게 대답했다. "아! 차라리 지진이면 좋겠어요! 지진은 한번 흔들리면 더이상 말이 필요 없으니까…… 사망자와 생존자를 세고 나면 그것으로 끝이잖아요. 그런데 이 망할 놈의 병은! 그 병에 걸리지 않은 사람까지도 마음으로 병을 앓게 한다니까요."

호텔 지배인도 고통스럽기는 마찬가지였다. 초반에는 도시가 폐쇄되면서 여행객들이 도시를 빠져나가지 못하고 계속 호텔에 머물렀다. 그러나 기간이 길어지자, 많은 여행객들이 점차 친구 집에 머무르는 것을 선호하게 되었다. 그런데 우리 도시로 새로 여행 오는 사람은 없었기 때문에 호텔을 가득차게 만든 바로 그 이유로 인해 그때부터는 호텔이 텅텅 비게 되었다. 타루는 계속 남아 있는 몇 안 되는 투숙객 중 한 사람이었다. 지배인은 기회만 있으면 놓치지 않고, 자기가 마지막 손님 한 사람에게까지 친절하게 대하는 사람이 아니었다면 벌써 오래전에 호텔 문을 닫았을 거라고 말하곤 했다. 그리고 전염병이 얼마나 계속될지 한번 추정해보라고 타루에게 자주 물었다. "이런 병은 추위와 상극이라더군요." 타루가 말했다. 그러자 지배인은 미치겠다는 투로 말했다. "하지만 이곳은 진짜로 추운 경우가 없어요, 선생님. 어쨌든 그러려면 아직도 몇 달은 더 있어야 하고요." 게다가 그는 앞으로도 상당 기간 동안 사람들이 이 도시로 여행을 오지 않을 거라 확신하고 있었다. 페스트 때문에 관광산업이 파탄지경에 이른 것이다.

올빼미 신사 오통 씨가 한동안 보이지 않더니, 이번에는 훈련받은 강아지 같은 두 아이만 데리고 식당에 나타났다. 사정을 알아보니, 그의 아내가 친정어머니를 간호했지만 결국 돌아가셨고, 아내는 지금 격리되어 있었다.

"마음에 안 들어요." 지배인이 타루에게 말했다. "격리중이든 아니든 그 여자도 감염되었을 수 있잖아요. 결과적으로 저 사람들도 마찬가지고요."

타루는 그에게 그런 관점에서 보면 모든 사람이 다 의심스럽다고 지적했다. 그러나 지배인은 단호했고, 그 문제에 대해 매우 확고한 관점을 갖고 있었다.

"아니에요, 선생님. 선생님이나 저는 의심스러울 게 없지만, 저 사람들은 그렇지 않죠."

그러나 오통 씨는 그런 사소한 일로 변할 사람이 아니었고, 이번 페스트도 그에게는 헛수고를 한 셈이었다. 그는 전과 똑같은 태도로 식당에 들어왔고, 아이들보다 먼저 자리에 앉았으며, 기품 있지만 냉담한 어조로 아이들에게 말하는 것도 여전했다. 어린 아들만 모습이 좀 달라져 있었다. 누나도 마찬가지로 검은 옷차림에 약간 더 땅딸막한 모습이어서 마치 아버지의 작은 그림자처럼 보였다. 오통 씨를 좋아하지 않는 야간 경비원이 한번은 타루에게 이렇게 말했다.

"아! 저 사람은 죽을 때도 정장을 입고 있을 거예요. 옷을 갈아입힐 필요도 없어요. 곧장 가면 되는 거죠."

파늘루 신부의 강론과 관련된 기록도 있는데, 거기에는 다음과 같은 논평이 붙어 있었다. '나는 그런 열정을 이해할 수 있고 호의적으로 생각한다. 재앙이 시작될 때와 끝날 때, 사람들은 항상 약간의 수사를 동원하기 마련이다. 재앙이 시작될 때는 아직 습관이 유지되고 있어서 그렇고, 재앙이 끝날 때는 이미 습관이 회복되어서 그렇다. 사람들은 불행의 순간에 이르러서야 비로소 진실에, 즉 침묵에 익숙해진다. 기다려보자.'

끝으로 타루는 의사 리외와 오랫동안 대화를 나누었다며 결과가 좋았다고만 적어놓고는, 화제를 돌려 리외 어머니의 맑은 밤색 눈에 대해 언급하고, 그렇게 선의가 넘치는 눈은 항상 페스트보다 강하기 마련이라고 이상하게 단언하듯 기록하고 있었다. 마지막에는 리외가 치료하고 있는 늙은 해수병 환자에 대해 제법 긴 분량을 할애했다.

면담이 끝난 뒤 타루는 의사와 함께 그 노인을 보러 갔었다. 노인은 조소를 띤 채 손을 비비며 타루를 맞이했다. 그는 완두콩이 담긴 냄비 두 개 위로 몸을 굽히고 등을 베개에 기댄 채 침대 위에 앉아 있었다. "아! 또 한 분이 오셨군." 타루를 보더니 노인이 말했다. "환자보다 의사가 더 많다니, 세상이 거꾸로 됐소그려. 병이 빨리 퍼지니까 그런 거지? 신부님 말이 맞아, 그럴 만하고말고." 그다음날 타루는 미리 알리지 않고 그를 다시 찾아갔다.

그의 수첩에 따르면, 해수병 노인의 직업은 잡화상이었는데, 쉰 살이 되자 그는 할 만큼 했다고 생각하고 자리를 잡고 누워서 다시는 침대를 떠나지 않았다. 그러나 그의 해수병은 일어나서 움직여도 괜찮은 병이었다. 그는 소액의 연금 덕에 일흔다섯이 될 때까지 별걱정 없이 지내고 있었다. 시계를 보면 못 참는 성격이었고, 실제로 집에 시계가 하나도 없었다. "시계는 비싸기만 하고 어리석은 물건이오." 그가 말했다. 그는 시간을, 특히 그가 유일하게 중요하게 여기는 식사 시간을 냄비 두 개를 가지고 어림짐작했다. 그가 잠에서 깨어날 때 냄비 중 하나에는 완두콩이 가득 담겨 있었다. 그는 규칙적으로 완두콩을 다른 냄비로 하나씩 부지런히 옮겨 담았다. 그런 식으로 냄비에 근거해 생활에 필요한 지표를 찾아냈다. "냄비를 열다섯 번 채울 때마다 한 끼를 먹으면 돼. 아주 간단해"라고 그가 말했다.

그의 아내에 따르면, 그는 아주 젊어서부터 그런 소명의 기미를 보였다. 그는 일이나 친구, 카페, 음악, 여자, 산책, 그 어느 것에도 흥미를 느끼지 못했다. 집안일로 알제에 갈 수밖에 없었던 단 하루를 제외하면 오랑 밖으로 나가본 적이 없었다. 하지만 그때도 더 멀리 가지 못하고 오랑에서 제일 가까운 역에서 내려 첫차를 타고 집으로 돌아오고 말았다.

그의 칩거 생활에 타루가 놀란 표정을 짓자, 그는 타루에게 대충 다음과 같이 설명해주었다. 종교에 따르면 인생의 전반기는 상승기이고 후반기는 하강기인데, 하강기에 이르면 그 인생은 이미 자기 것이 아니다, 언제 죽을지 모르니 그 인생에서는 아무것도 할 수 없다, 그러니 아무것도 하지 않는 것이 최선이다. 그는 모순도 겁내지 않았다. 조금 뒤에 타루에게 신은 존재하지 않는 것이 분명한데, 왜냐하면 신이 존재한다면 신부는 필요 없기 때문이라고 말했던 것이다. 이어지는 몇 가지 이야기를 듣고, 타루는 그 노인이 속해 있는 교구에서 자주 헌금을 모금했고, 그의 철학은 그때의 기분과 밀접하게 연관되어 있다는 사실을 깨달았다. 그러나 그 노인이 어떤 사람인지는 그가 타루에게 여러 번 되풀이해 표명한 그의 뿌리 깊은 소원을 통해 짐작해볼 수 있었다. 그의 소원은 아주 오래 살다 죽는 것이었다.

'그는 성자聖者일까?' 타루는 스스로 질문을 제기하고 이렇게 대답했다. '그렇다, 성스러움이 습관의 총체라면 말이다.'

동시에 타루는 페스트가 휩쓸고 있는 우리 도시의 하루를 상당히 자세히 묘사하기 시작했다. 그것을 통해 이번 여름 동안 우리 시민들의 행동과 생활이 정확히 드러났다. 그는 '술꾼들 외에는 아무도 웃는 사람이 없다. 그런데 술꾼들은 지나치게 웃는다'라고 기록하고는 다음과 같이 묘사했다.

'새벽이면 아직 인적 없는 도시에 산들바람이 분다. 밤의 죽음과 낮의 고통 사이에 있는 그 시간에는 페스트도 잠시 쉬고 숨을 돌리는 것 같다. 가게의 문은 모두 닫혀 있다. 그러나 그중 몇 곳에 붙어 있는 '페스트로 인해 폐점'이라는 게시문은 다른 가게와 달리 이 가게의 문이 열리지 않을 거라는 사실을 알려주고 있다. 신문팔이들은 조느라 뉴스를 외쳐대지는 않지만, 길모퉁이에 등을 기댄 채 몽유병자처럼 신문을 가로등 앞으로 내밀고 있다. 잠시 후 첫 전차 소리를 듣고 깨어나면 도시 전역으로 흩어져 '페스트'라는 글자가 도드라진 신문들을 내밀고 다닐 것이다. '가을에도 페스트가 유행할 것인가? B교수는 부정적으로 대답.' '페스트 발생 94일째, 사망자 124명.'

용지난이 점점 심각해져서 몇몇 간행물들은 지면을 줄일 수밖에 없었다. 그런데도 〈역병통신〉이라는 신문이 창간되었다. 그 신문은 '병의 진행 상황을 객관적이고 양심적으로 시민들에게 보도하고, 향후 상황을 전망하는 데 가장 권위 있는 의견을 제공하며, 유명인이든 아니든 재앙에 대항하여 싸우고자 하는 모든 사람들을 기사를 통해 격려하고 주민의 사기를 북돋우며 당국의 지시사항을 전달하는, 한마디로 말해 우리에게 닥친 불행과 효과적으로 싸워나가기 위해 선의를 가진 모든 사람들을 결집시키는 것'을 사명으로 내세웠다. 그러나 얼마 못 가 페스트 예방 효과가 확실하다는 신제품들을 광고하는 데 그치고 말았다.

신문들은 아침 여섯시경이면 문 열기 한 시간 전부터 가게 앞에 줄을 서서 기다리던 사람들에게 팔리기 시작하고, 뒤이어 교외에서부터 만원이 되어 들어오는 전차들 속에서 팔린다. 전차는 유일한 교통수단이 되어, 사람들이 승강구 계단과 바깥 난간까지 터질 듯이 타고 있어서 그런지 힘겹게 겨우 달리는 형편이다. 신기한 것은 그런 와중에도 승객들은 전염을 피하려고 하나같이 가능한 한 서로 등을 돌리고 있다는 점이다. 전차가 설 때마다 남녀 승객이 쏟아져나오는데, 그들은 떨어져서 혼자 있으려고 서두른다. 기분이 나쁘다는 이유만으로도 자주 싸움이 벌어지는데, 그런 기분 나쁜 상태는 계속되고 있다.

첫 전차들이 지나가고 나면, 도시는 조금씩 잠에서 깨어난다. 카페들이 문을 열고, 카운터에는 '커피 매진' '설탕 지참' 등의 게시문이 붙어 있다. 이어서 상점들이 문을 열고 거리에 활기가 돈다. 동시에 태양이 떠오르고, 더위가 7월의 하늘을 차츰 납빛으로 만든다. 할 일 없는 사람들이 대로에 나가보는 시간이 바로 이때다. 대부분의 사람들은 사치를 과시함으로써 페스트를 쫓으려고 애쓰는 것 같다. 매일 오전 열한시경이면 간선도로에 청춘 남녀들이 줄지어 지나간다. 큰 불행 속에서도 삶에 대한 열정이 증가하고 있음을 느낄 수 있다. 질병이 퍼져나가면 도덕관념도 느슨해지기 마련이다. 무덤 근처에서 벌어진 밀라노의 사투르누스 축제를 여기서도 보게 될 형편이다.

정오가 되면 식당은 눈 깜짝할 사이에 가득찬다. 자리를 얻지 못한 사람들이 식당 문 앞에 모여들고 순식간에 작은 무리가 형성된다. 더위가 심해지면서 하늘은 빛을 잃기 시작한다. 길은 햇볕으로 타들어가고, 식사하려는 사람들은 길가에 드리워진 커다란 차양 그늘 아래에서 차례를 기다린다. 사람들이 식당으로 몰려드는 것은 그곳에서 식사 문제가 간단히 해결되기 때문이다. 그러나 식당에서도 전염에 대한 불안감은 여전히 남아 있다. 손님들은 몇 분 동안 자기 식기를 꼼꼼히 닦는다. 얼마 전까지만 해도 '우리 식당에서는 식기를 끓는 물에 소독합니다'라고 광고하는 식당이 여럿 있었는데, 차츰 광고를 모두 중단했다. 어떻게 해도 손님들이 올 수밖에 없는 상황이었던 것이다. 게다가 손님들은 최고급이나 고급 술, 가장 비싼 안주부터 시작해서 걷잡을 수 없이 돈을 쓴다. 심지어 어떤 식당에서는 손님 한 명이 속이 거북한 나머지 창백해진 얼굴로 몸을 일으켜 비틀거리며 서둘러 출구로 나가는 바람에 난장판이 된 적도 있는 모양이다.

오후 두시경이면 도시는 차츰 한산해진다. 그때야말로 침묵과 먼지와 태양과 페스트가 거리에서 만나는 시각이다. 커다란 회색 집들을 따라 더위가 끝없이 흐른다. 인구도 많고 시끌벅적한 이 도시 위로 저녁이 불붙은 듯 무너져내려올 때가 되어서야 기나긴 감금의 시간이 끝난다. 더위가 시작되던 처음 며칠 동안은 까닭은 알 수 없으나 저녁에 인적이 드물어지곤 했다. 그러나 이제 선선한 기운이 돌면서 희망까지는 아니지만 일종의 안도감이 깃든다. 그러면 너 나 할 것 없이 거리로 나와 이야기를 하며 기분전환을 하거나, 싸우거나, 서로를 탐한다. 7월의 붉은 하늘 아래 쌍쌍의 남녀들과 함성을 가득 실은 도시가 숨가쁜 밤을 향해 표류한다. 매일 저녁, 계시를 받았다는 한 노인이 펠트 모자에 나비넥타이를 매고 대로에 나와 군중을 헤치고 다니며 "하느님은 위대하시다. 하느님에게 오라"고 반복해서 외쳐도 소용이 없다. 모두들 자신이 잘 알지 못하는 그 무엇, 신보다 더 급박한 것으로 여겨지는 그 무엇을 향해 서둘러 나아간다. 초기에는 이번 질병도 다른 질병들과 같다고 생각했기 때문에 종교가 제 역할을 할 수 있었지만, 심상치 않다는 것을 알게 되자 향락을 떠올린 것이다. 낮 동안 사람들의 얼굴에 어려 있던 모든 불안은 뜨겁고 먼지투성이인 황혼녘이 되면 일종의 격렬한 흥분으로, 모든 시민을 흥분시키는 서투른 자유로 귀착되고 만다.

나 또한 그들과 마찬가지다. 그러나 그게 어떻단 말인가! 나 같은 인간에게 죽음은 아무것도 아니다. 죽음은 그들이 옳다는 것을 보여주는 하나의 사건이다.'

타루가 리외에게 면담을 요청했는데, 그 내용도 타루의 수첩에 기록되어 있었다. 타루를 기다리던 날 저녁, 의사는 식당 구석에 놓인 의자에 얌전히 앉아 있는 어머니를 바라보고 있었다. 어머니는 집안일을 끝내고 나면 남는 시간을 그곳에서 보내곤 했다. 그녀는 두 손을 무릎 위에 포개놓고 기다리고 있었다. 리외는 어머니가 기다린 사람이 자기라고 확신하지 못했다. 그러나 그가 나타나면 어머니의 얼굴에 어떤 변화가 생기곤 했다. 그럴 때는 고달픈 인생 탓에 얼굴에 새겨진 말 없는 모든 것에 생기가 도는 것 같았다. 그런 다음 어머니는 다시 침묵에 잠겼다. 그날 저녁 어머니는 창문 너머로 이제 인적이 끊긴 거리를 내다보고 있었다. 야간 조명이 삼분의 이가량 줄어들었다. 그래서 이따금 매우 희미한 불빛이 도시의 어둠 속으로 약간의 빛을 반사했다.

"페스트 기간 동안 전기를 계속 제한할 모양이지?" 리외 부인이 물었다.

"그럴 것 같아요."

"겨울까지 계속되지 않으면 좋겠는데. 그러면 너무 쓸쓸할 거야."

"그러게요." 리외가 말했다.

어머니의 시선이 이마에 와 닿는 것이 느껴졌다. 최근 며칠 동안 불안한 상태에서 과로를 해서 얼굴이 야윈 것을 그도 알고 있었다.

"오늘은 일이 잘 안 됐니?" 리외 부인이 물었다.

"아! 평소와 똑같아요."

평소와 똑같다! 말하자면 파리에서 보내온 새 혈청은 기존의 혈청보다 효과가 적은 것 같았고 통계수치는 상승하고 있었다. 이미 감염된 가족이 아닌 다른 사람들에게 혈청을 예방 접종할 가능성은 여전히 없었다. 일반 시민들에게까지 혈청을 사용하려면 대량으로 생산해야 할지도 몰랐다. 림프절 멍울이 딱딱하게 굳는 계절이라도 되었는지 대부분 칼로도 잘 절개되지 않았고 멍울 때문에 환자들은 고문이라도 받는 것처럼 아파했다. 전날 밤 도시에는 전염병이 새로운 양상으로 변했음을 보여주는 사례가 두 건 발생했다. 이제 페스트는 폐병 형태가 된 것이다. 바로 그날, 의사들은 기진맥진한 상태에서 회의를 열어, 갈피를 못 잡고 갈팡질팡하는 도지사에게 폐병 양상의 페스트가 입에서 입으로 전염되는 것을 막기 위한 새로운 조치를 요구했고 승낙을 얻어냈다. 항상 그렇듯이, 여전히 아무것도 알 수 없었다.

그는 어머니를 바라보았다. 아름다운 밤색 눈동자를 보니 애정 어린 옛 시절이 떠올랐다.

"무서우세요, 어머니?"

"내 나이가 되면 무서워하지 않게 된단다."

"해는 길고, 저는 집에 없으니 말이에요."

"네가 돌아올 거라는 걸 알고 있으니 기다리는 것은 아무래도 상관없어. 네가 집에 없을 때는 네가 뭘 하고 있을까 생각해보기도 하고. 어멈한테서는 무슨 소식이라도 있니?"

"네, 지난번 전보에 따르면 잘 지내고 있대요. 하지만 안심시키려고 하는 말인 줄 알고 있는데요 뭐."

초인종이 울렸다. 의사는 어머니에게 미소를 짓고 문을 열러 갔다. 층계참의 희미한 불빛이 비쳐서 그런지 타루는 회색 옷차림을 한 커다란 곰처럼 보였다. 리외는 타루를 사무용 책상 앞에 앉히고 자신은 안락의자 뒤에 그냥 서 있었다. 책상 위의 등 하나가 방을 밝혔고, 그들은 그 등을 사이에 두고 있었다.

"선생님하고는 단도직입적으로 이야기할 수 있을 것 같습니다." 타루가 갑자기 이렇게 말했다.

리외는 말없이 고개를 끄덕였다.

"보름이나 한 달이 지나면 선생님은 이곳에서 아무 도움이 안 될 겁니다. 사태가 선생님의 능력을 넘어서는 거죠."

"그렇습니다." 리외가 말했다.

"보건위생과의 조직이 잘못되어 있어요. 선생님에겐 인력도 시간도 없고요."

리외는 그렇다고 한번 더 인정했다.

"도청에서 시민봉사대 같은 것을 조직해서 건강한 남자들을 구조작업 전반에 강제로 참여시킬 계획이라는 말을 들었는데요."

"잘 알고 계시는군요. 그런데 벌써부터 불만이 많아서 도지사가 망설이고 있어요."

"왜 자원봉사자를 모집하지 않나요?"

"해봤는데 신통치 않았어요."

"별다른 확신 없이 공식적인 통로로 모집해서 그래요. 그들에게는 상상력이 부족해요. 그렇게 해서는 절대로 재앙에 맞설 수 없어요. 생각해낸 대책이라는 것이 기껏해야 코감기나 치료할 수준이니까요. 그들이 하는 대로 내버려두었다가는 그들이나 우리나 모두 죽고 말 겁니다."

"그럴지도 모르죠." 리외가 말했다. "그래도 그들이 중노동이라고 할 만한 일에 죄수들을 동원하는 방안을 고려했다는 것은 말씀드려야겠군요."

"일반인이 하면 더 좋을 텐데요."

"나도 같은 생각이에요. 그런데 왜 그렇게 생각하세요?"

"사형을 싫어하거든요."

리외는 타루를 바라보며 물었다.

"그래서요?"

"그래서 자원보건대를 조직해보려고요. 저에게 그 일을 맡겨주시고 당국은 빼면 어떨까요? 당국도 할 일이 태산 같잖아요. 여기저기에 친구들이 좀 있는데 그들이 핵심 멤버가 될 수 있을 거예요. 물론 나도 참여할 거고요."

"잘 알았습니다." 리외가 말했다. "즐거운 마음으로 받아들이죠. 의

사라는 일을 하다보면 여러 사람의 협조가 필요하거든요. 도청의 동의를 얻는 건 제가 책임질게요. 도청으로서는 선택의 여지가 없기도 하고요. 하지만……"

리외는 생각을 해보았다.

"잘 알고 계시겠지만, 그 일을 하다가 생명을 잃을 수도 있어요. 어쨌든 알려드려야 해서 말씀드리는 겁니다. 잘 생각해보신 건가요?"

타루는 회색 눈을 들어 그를 바라보고 있었다.

"선생님, 파늘루 신부의 강론에 대해 어떻게 생각하세요?"

자연스럽게 질문이 나왔고 리외도 자연스럽게 대답했다.

"난 너무 병원에서만 살아서 그런지 집단 징벌 같은 개념은 별로 좋아하지 않아요. 그런데 잘 아시다시피, 기독교인들은 실제로는 전혀 그렇게 생각하지 않으면서도 가끔 그런 식으로 말하죠. 보기보다는 좋은 사람들이에요."

"하지만 선생님도 파늘루 신부처럼 페스트에도 나름의 이점이 있어서 사람을 각성하게 하고 생각하게 만든다고 여기시나요?"

리외는 답답하다는 듯 머리를 흔들었다.

"세상의 모든 병이 다 그래요. 그러나 이 세상의 악에서 진실인 것은 페스트의 경우에도 마찬가지로 진실입니다. 페스트 덕에 성장하는 사람도 몇 명 있을 수 있겠죠. 하지만 페스트 때문에 겪게 되는 비참함과 고통을 보고도 페스트를 용인한다면, 그런 사람은 미쳤거나 눈이 멀었거나 아니면 비겁한 사람임이 분명해요."

리외가 어조를 거의 높이지 않았는데도 타루는 그를 진정시키려는 듯 손짓을 했다. 그는 미소를 짓고 있었다.

"좋습니다." 리외가 어깨를 으쓱하면서 말했다. "아직 대답을 안 하셨는데, 잘 생각해보신 건가요?"

타루는 안락의자에 좀 편안하게 자리를 잡으면서 머리를 불빛이 비치는 쪽으로 내밀었다.

"선생님은 신을 믿으시나요?"

또 질문이 자연스럽게 나왔다. 그러나 이번에는 리외가 망설였다.

"아뇨, 믿지 않습니다. 그런데 믿지 않는다는 것이 무슨 의미일까요? 나는 어둠 속에 있고, 어둠 속에서 분명하게 보려고 애쓰고 있어요. 그것을 유별나다고 생각하지 않은 지도 벌써 오래되었고요."

"선생님과 파늘루 신부가 다른 점이 그것 아닌가요?"

"그런 것 같지는 않습니다. 파늘루 신부는 학자예요. 사람이 죽는 것을 충분히 많이 보진 못했던 거죠. 그래서 진리를 확신하고 말하는 겁니다. 하지만 아무리 하찮은 시골 신부라도, 교구민에게 종부성사를 하고 임종하는 사람의 숨소리를 들어봤다면 나처럼 생각할 겁니다. 그런 신부라면, 재앙의 탁월한 특성을 증명하려고 하기 전에 치료부터 할 거예요."

리외가 일어섰다. 이제 그의 얼굴은 어둠 속에 잠겼다.

"대답하고 싶지 않으신 것 같으니 이제 그만두죠." 그가 말했다.

타루는 의자에 꼼짝 않고 앉은 채 미소를 지었다.

"대답 대신 질문 하나 해도 될까요?"

이번에는 의사가 미소를 지으며 말했다.

"수수께끼를 좋아하시는군요. 어디, 말씀해보시죠."

"좋아요." 타루가 말했다. "선생님은 신도 믿지 않으면서 그렇게 헌신적인 이유가 뭔가요? 선생님의 대답을 들으면 혹시 제가 대답하는 데 도움이 될지도 모르죠."

의사는 어둠 속에 그대로 머문 채 그 대답은 이미 했다면서, 만약 전능한 신의 존재를 믿었다면 그런 수고는 신에게 맡기고 사람을 치료하는 일을 그만둘 거라고 말했다. 그러나 자신을 완전히 포기하는 사람은 없기 때문에 이 세상 누구도, 심지어 신을 믿는다고 생각하는 파늘루 신부까지도 그런 전능한 신을 믿지는 않는다고 말했다. 그리고 적어도 그 점에서 리외 자신도 있는 그대로의 창조된 세계를 거부하고 투쟁함으로써 진리의 길을 걷고 있다고 생각한다고 말했다.

"아! 그것이 선생님의 직업관이군요?" 타루가 말했다.

"대충은요." 의사가 다시 밝은 곳으로 얼굴을 내밀며 말했다.

타루가 부드럽게 휘파람을 불었고, 의사는 그를 바라보았다.

"그래요." 리외가 말했다. "그렇게 하려면 자부심이 필요하다고 생각하시겠죠. 나도 자부심이 있긴 하지만 꼭 필요한 만큼밖에는 없습니다. 정말이에요. 이 모든 것이 끝난 후에 어떤 일이 나를 기다리고 있을지, 어떤 일이 일어날지는 나도 몰라요. 지금으로서는 환자들이 있으니 그들을 치료해야 한다는 겁니다. 그런 다음에 그들도 나도 깊이 생각해볼 겁니다. 하지만 가장 급한 일은 그들을 치료하는 것입니다. 힘닿는 데까지 그들을 보호하는 거죠. 그게 다예요."

"무엇에 대해 보호하는 거죠?"

리외는 창문 쪽으로 돌아섰다. 더 짙고 응축된 수평선을 보면서 저 멀리 바다가 있으려니 짐작할 수 있었다. 피로감이 느껴졌다. 그와 동시에 이상한 사람이긴 하지만 우정이 느껴지는 이 남자에게 좀더 마음을 털어놓고 싶은 불합리한 욕구가 느닷없이 생겨서 그것을 억제하려고 애를 썼다.

"모르겠어요, 타루. 그것에 대해서는 정말 모르겠어요. 내가 이 직업에 들어선 건, 말하자면 추상적으로 생각했던 겁니다. 직업이 필요했고, 다른 직업도 그렇지만 이 직업도 젊은 사람이 한번 해볼 만한 괜찮은 직업이었으니까요. 또 어쩌면 나 같은 노동자의 자식에게는 특별히 어려운 직업이어서 그랬는지도 모릅니다. 그러고 나서는 사람이 죽는 모습을 봐야만 했습니다. 죽기를 거부하는 사람이 있다는 걸 아시나요? 어떤 여자가 죽는 순간에 '안 돼!'라고 외치는 것을 들은 적이 있나요? 나는 있습니다. 그때 나는 깨달았어요. 죽음에 익숙해질 수는 없다는 것을요. 그때는 나도 젊어서 내가 세계의 질서 자체를 혐오한다고 생각했지요. 그후에 한층 더 겸허해지긴 했습니다. 다만, 사람이 죽는 모습을 보는 건 여전히 익숙해지지 않더군요. 그 이상은 모르겠습니다. 그러나 결국……"

리외는 말을 그치고 다시 자리에 앉았다. 입안이 마르는 느낌이었다.

"그리고요?" 타루가 나지막하게 물었다.

"결국……" 의사는 말하려다가 타루를 주의깊게 바라보며 또 머뭇거렸다. "당신 같은 사람이면 이해할 수 있을 거라고 생각하는데, 그렇죠? 세계의 질서가 죽음에 의해 규정되는 이상, 신이 침묵하고 있는 하늘을 바라볼 일이 아니라, 신을 믿지 않고 온 힘을 다해 죽음과 싸우는 것이 어쩌면 신에게도 더 좋을지 모른다는 겁니다."

"네." 타루가 고개를 끄덕였다. "이해할 수 있습니다. 그러나 선생님의 승리는 언제나 일시적인 것입니다. 더 말할 것도 없는 일이죠."

리외의 얼굴이 어두워졌다.

"항상 그렇죠. 나도 알고 있습니다. 그렇다고 투쟁을 멈출 수는 없잖아요."

"물론입니다. 그래선 안 되죠. 그렇지만 페스트가 선생님에게 어떤 의미일지 상상이 되는군요."

"알아요." 리외가 말했다. "끝없는 패배지요."

타루는 잠시 의사를 바라보더니, 일어나 무거운 걸음으로 문 쪽으로 걸어갔다. 리외가 그를 따라갔다. 의사가 그의 곁으로 다가가자 자기 발을 내려다보는 것 같던 타루가 리외에게 물었다.

"선생님, 이 모든 것을 누가 가르쳐주던가요?"

대답이 바로 나왔다.

"가난에서 배웠지요."

진료실 문을 열고 복도로 나와서 리외가 타루에게, 변두리 지역에 있는 환자에게 왕진을 가야 해서 자기도 내려갈 거라고 말했다. 타루가 같이 가겠다고 하자 의사도 좋다고 했다. 복도 끝에서 리외의 어머니를 만났다. 의사는 어머니에게 타루를 소개했다.

"친구예요."

리외의 어머니가 말했다. "오! 만나서 참 반가워요."

그녀가 자리를 뜨자, 타루는 다시 한번 그녀 쪽으로 몸을 돌렸다. 의사가 층계참에서 자동 스위치를 켜보았지만 작동하지 않았다. 계단은 어둠 속에 잠겨 있었다. 새로운 절전 조치 때문인가보다 생각했지만 알 수 없었다. 얼마 전부터 이미 집이나 거리의 모든 것이 고장나 있었다. 어쩌면 그저 수위들과 시민들이 더이상 아무것에도 신경쓰지 않기 때문인지도 몰랐다. 그때 뒤에서 타루의 목소리가 울려와서 의사는 더 생각해볼 겨를이 없었다.

"선생님, 우스꽝스럽다고 생각하실지도 모르지만 한마디만 더 할게요. 선생님의 판단에 전적으로 동의합니다."

리외는 어둠 속에서 혼자 어깨를 으쓱했다.

"그것에 대해서는 정말이지 아무것도 모르겠습니다. 혹시 뭔가 아는 게 있으신가요?"

"오!" 타루가 태연히 말했다. "저는 알아야 할 게 별로 없어요."

의사가 발을 멈추었다. 타루가 뒤따라오다가 층계에서 미끄러졌다. 타루는 리외의 어깨를 잡고 바로 섰다.

"인생을 다 안다고 생각하세요?" 리외가 물었다.

어둠 속에서 여전히 침착한 목소리에 실려 대답이 들려왔다.

"네."

길에 들어서고 보니 상당히 늦은 시간임을 알 수 있었다. 열한시쯤된 것 같았다. 조용한 가운데 바스락거리는 소리만 도시에 가득차 있었다. 아주 멀리서 구급차의 사이렌 소리가 들려왔다. 그들은 차에 올라탔다. 리외가 시동을 걸었다.

"내일 병원에 와서 예방주사를 맞아야 할 겁니다." 리외가 말했다. "그렇지만 그 일에 착수하기 전에 마지막으로, 살아남을 확률이 삼분의 일밖에 안 된다는 사실도 생각해보세요."

"선생님도 잘 아시겠지만 그런 계산은 의미가 없습니다. 백 년 전 페르시아의 한 도시에 페스트가 퍼졌을 때 시민들이 다 죽었지만, 시체를 씻기던 사람만 살아남았죠. 쉬지 않고 일을 했는데도 말이에요."

"삼분의 일밖에 안 되는 기회를 놓치지 않았던 것뿐입니다." 갑자기 리외가 더 무딘 목소리로 말했다. "사실 그 문제에 대해서는 우리가 알아야 할 게 아직 많기도 하고요."

그들은 변두리 지역으로 들어섰다. 헤드라이트가 인적 없는 거리를 환하게 비추었다. 자동차가 멈춰 섰다. 차 앞에서 리외가 타루에게 들어가겠느냐고 물었고 그는 그러겠다고 대답했다. 하늘의 반사광이 그들의 얼굴을 비추었다. 리외가 갑자기 친근한 웃음을 터뜨렸다.

"그런데 타루, 이런 일에 관심을 갖는 이유가 뭐죠?" 그가 물었다.

"모르겠어요. 도덕관 때문인지도 모르죠."

"어떤 도덕관인데요?"

"이해하자는 거죠."

타루가 집 쪽으로 몸을 돌렸고 리외는 그들이 해수병 노인의 집에 들어설 때까지 그의 얼굴을 볼 수 없었다.

타루는 그다음날부터 일에 착수해 보건대를 조직했고 잇따라 다른 보건대가 여러 개 조직될 예정이었다.

그러나 서술자로서 이 보건대를 실제 이상으로 과대평가할 생각은 없다. 사실 오늘날 많은 시민들이 서술자의 입장이라면 보건대의 역할을 과장하고 싶은 유혹에 굴복할지도 모른다. 하지만 어떤 행동이 아무리 훌륭해도 그것을 지나치게 중요시하다보면 결국은 간접적으로나마 악에 강력한 찬사를 바치게 된다고 서술자는 믿는 편이다. 왜냐하면 그 경우 훌륭한 행동들이 그토록 대단한 이유는 단지 보기 드물기 때문이며, 악의와 무관심이 인간 행동의 더 흔한 동인이라는 것을 가정하게 되기 때문이다. 서술자가 공감할 수 없는 생각이 바로 그것이다. 세상의 악은 거의 다 무지에서 나오며, 양식良識이 없다면 선의도 악의와 마찬가지로 많은 피해를 입힐 수 있다. 인간은 악하지 않고 오히려 선한 존재지만, 사실 그것은 문제가 되지 않는다. 인간은 많이 알 수도 있고 모를 수도 있는데, 그것을 미덕이나 악덕이라고 부른다. 가장 절망적인 악덕은 자기가 모든 것을 알고 있다고 믿고 사람을 죽이는 것을 스스로 허용하는 무지의 악덕이다. 살인자의 영혼은 맹목적이며, 통찰력을 최대로 발휘하지 않으면 진정한 선도 아름다운 사랑도 없다.

바로 이런 이유 때문에, 타루의 주도로 만들어진 보건대가 아무리 만족스러워도 객관적으로 판단해야 한다. 또 이런 이유 때문에 서술자는 의지와 영웅심을 침이 마를 정도로 과도하게 찬양하지는 않을 것이며, 적절한 정도로만 의미를 부여할 것이다. 그러나 당시 페스트 때문에 고통을 겪고 탐욕적으로 변했던 시민들에 대해서는 계속 기술해나갈 것이다.

사실 보건대에 헌신했다고 해서 그들을 그렇게까지 찬양할 이유는 없다. 그들은 할 수 있는 일이 그것밖에 없다는 것을 알고 있었고, 당시에는 그런 결단을 내리지 않는 것이야말로 믿을 수 없는 일이었다. 보건대는 우리 시민들이 페스트에 더 깊숙이 관여하도록 도와주었고, 병이 눈앞에 있는 이상 그 병과 싸우기 위해 할 일은 해야 한다는 것을 부분적으로나마 믿게 만들었다. 그렇게 페스트가 일부 사람들에게 수행해야 할 의무가 되자, 페스트는 마침내 실체를 드러냈다. 다시 말해 모든 사람의 문제가 된 것이다.

잘된 일이다. 그런데 어떤 교사가 2 더하기 2가 4라는 것을 가르친다고 해서 그를 칭찬하지는 않는다. 사람들은 그가 교사라는 훌륭한 직업을 선택한 것에 대해 칭찬하는 것인지도 모른다. 그러니 타루와 다른 사람들이 교사라는 직업을 선택한 것이 아니라 2 더하기 2가 4라는 것을 증명하기로 한 것이 칭찬받을 만한 일이었다고 말하자. 그리고 그들의 선의가 교사나 교사와 똑같은 마음을 갖고 있는 모든 사람들에게 공통된 것이며, 다행히 명예롭게도 세상에는 선의를 가진 사람들이 생각보다 훨씬 많다는 것을 추가로 지적해두자. 이것이 적어도 서술자가 확신하고 있는 점이다. 서술자도 잘 알고 있듯이, 그 사람들이 생명의 위험을 무릅쓰고 있다고 반박하는 사람도 있을 수 있다. 그러나 역사를 살펴보면 2 더하기 2가 4라고 감히 말한 사람이 사형에 처해진 시기가 항상 있다. 교사들은 이러한 사실을 잘 알고 있다. 그런데 문제는 그런 논리를 펼쳤을 때 어떤 보상을 받는지, 아니면 어떤 징벌을 받는지 아는 것이 아니다. 문제는 2 더하기 2가 과연 4인지 아닌지를 아는 것이다. 당시 생명을 내걸었던 우리 시민들에게 문제는 그들이 페스트 속에 들어가느냐 마느냐, 페스트와 싸워야 하느냐 마느냐를 결정하는 것이었다.

그 무렵 우리 도시에는 새로운 도덕가들이 많이 생겨나, 아무것도 소용없고 무릎을 꿇는 수밖에 없다고 말하며 돌아다녔다. 타루와 리외, 그리고 그들의 친구들은 이렇게 대답할 수도 있고 저렇게 대답할 수도 있었지만, 결론은 어김없이 그들이 잘 알고 있는 사실로 귀결되었다. 어떤 방법으로든 싸워야 하며 무릎을 꿇어서는 안 된다는 것이었다. 문제는 최대한 많은 사람을 살리는 것, 그들이 돌이킬 수 없는 이별을 경험하지 않게 하는 것이었다. 그렇게 하려면 방법은 하나밖에 없었다. 바로 페스트와 싸우는 것이었다. 그런데 이런 진리에 이르렀다고 해서 칭찬받을 일은 아니었다. 그럴 수밖에 없었던 것이다.

그러므로 늙은 의사 카스텔이 되는대로 재료를 구한 다음, 현장에서 혈청을 제조하는 데 신념과 열정을 쏟아부은 것도 당연한 일이었다. 도시를 휩쓸고 있는 세균들이 전통적으로 정의된 페스트균과는 약간 차이가 있었기 때문에, 리외와 카스텔은 세균을 배양해서 만든 혈청이 외부에서 가져온 혈청보다 더 효과적이기를 기대했다. 카스텔은 첫번째 혈청을 빨리 생산할 수 있기를 바랐다.

또한 영웅적인 점이라고는 전혀 없는 그랑이 보건대에서 서기 비슷한 역할을 맡았는데, 그것이 당연해 보인 것도 바로 그런 이유 때문이다. 타루가 조직한 보건대 중 일부는 인구 과밀 지역에서 예방 사업에 주력하고 있었다. 그들은 그 지역에 필요한 위생 환경을 도입하려고 애썼고, 소독반이 다녀가지 않은 헛간이나 지하실의 수를 세어 보고했다. 보건대의 다른 팀은 의사의 호별 왕진을 돕고 페스트 환자의 이송을 책임졌다. 나중에는 전문 인력이 없는 경우 환자나 사망자를 태운 차량을 직접 운전하기도 했다. 이 모든 일에는 등록하고 통계를 내는 작업이 필요했는데, 그랑이 그 일을 맡아주었다.

그런 점에서 볼 때, 그랑이야말로 리외나 타루 이상으로 보건대에 생명력을 불어넣은 조용한 미덕을 실질적으로 대표하는 인물이라고 서술자는 평가하고 있다. 원래 성품이 그렇듯이, 그는 선의를 가지고 주저 없이 자기가 맡겠다고 나섰다. 다른 일을 하기에는 너무 늙었으니 작은 일에 도움이 되면 좋겠다는 정도의 의견만 피력한 것이다. 오후 여섯시부터 여덟시까지 시간이 있다고 했다. 리외가 진심 어린 마음으로 감사의 뜻을 표하자, 그는 놀란 듯이 말했다. "가장 힘든 일도 아니잖아요. 페스트가 돌고 있으니 스스로 보호해야 하는 건 분명하고요. 아! 모든 것이 이렇게 단순하면 좋으련만!" 그러고는 다시 자신의 문장 이야기를 꺼냈다. 저녁에 카드 작성하는 일이 끝나면, 리외는 그랑과 이야기를 나누곤 했다. 나중에는 타루도 대화에 끼어들었고, 그랑이 친구들에게 자기 속내를 기쁜 마음으로 털어놓는다는 것이 점점 더 확연히 드러났다. 페스트가 한창인 가운데 그랑이 꾸준히 수행한 그 작업을 리외와 타루도 흥미롭게 지켜보았다. 그들도 결국 거기에서 일종의 휴식을 얻었던 것이다.

"말 탄 여인은 어떻게 됐어요?" 타루가 자주 물어보았다. 그러면 그랑은 한결같이 "달리고 있죠, 달리고 있어요"라고 어색한 미소를 지으며 대답했다. 어느 날 저녁, 그랑은 말 탄 여인에 대해 '우아한'이라는 형용사를 완전히 포기하고 앞으로는 '날씬한'이라는 수식어를 사용하겠다고 말했다. "그것이 더 구체적이거든요." 그가 덧붙여 말했다. 한번은 이 두 명의 청중에게 다음과 같이 수정한 첫 문장을 읽어주었다. "5월 어느 화창한 아침에, 날씬한 여인 한 명이 근사한 밤색 암말을 타고 불로뉴 숲의 꽃이 만발한 오솔길을 달리고 있었다."

"어때요?" 그랑이 말했다. "그 여인이 더 잘 보이지 않나요? 그리고 '5월 어느 화창한 아침에'가 더 나은 것 같아요. '5월의'라고 하면 문장의 속도가 좀 늘어지는 것 같거든요."

그러고는 '근사한'이라는 형용사 때문에 무척 고심하는 것 같았다. 그의 말에 따르면, 그 단어로는 생생한 느낌을 전달할 수 없었다. 그래서 자기가 상상한 멋진 암말을 사진 찍듯 단번에 전달할 수 있는 표현을 찾고 있었다. '살이 오른'도 어울리지 않았다. 구체적이기는 하지만 약간 경멸적인 의미가 느껴졌다. '윤기가 도는'에 마음이 끌린 적도 있지만 리듬이 적당하지 않았다. 어느 날 저녁, 그가 의기양양한 태도로 '검은 밤색 암말'이라는 표현을 발견했다고 말했다. 그의 말에 따르면 검은색은 은근히 우아한 느낌을 준다는 것이었다.

"그건 안 돼요." 리외가 말했다.

"왜요?"

"'밤색'이라는 단어는 말의 품종을 의미하는 것이 아니라 색깔을 가리키니까요."

"어떤 색요?"

"글쎄요, 어쨌든 검은색은 아니죠!"

그랑은 충격을 받은 것처럼 보였다.

"감사합니다." 그가 말했다. "선생님이 계셔서 다행이에요. 얼마나 어려운 일인지 이제 선생님도 아시겠죠?"

"'굉장한'이라고 하면 어떨까요?" 타루가 물었다. 그랑이 그를 바라보며 생각에 잠겼다.

그가 말했다. "그렇군요. 그래요!"

차츰 미소가 되살아났다.

그런 일이 있고 얼마 후에는 '꽃이 만발한'이라는 표현이 거슬린다고 고백했다. 그가 아는 고장이라고는 오랑과 몽텔리마르뿐이었기 때문에, 그는 가끔 두 친구에게 꽃이 만발했을 때 불로뉴 숲의 오솔길은 어떤 모습인지 묻곤 했다. 솔직히 말하면 그들은 그 오솔길에서 꽃이 만발한 느낌을 받은 적이 한 번도 없었지만, 시청 직원이 얼마나 확신하던지 오히려 자기들의 기억이 의심스러웠다. 그랑은 친구들이 확실하게 알지 못하는 것을 이상하게 여겼다. "볼 줄 아는 사람은 예술가뿐 이지요." 한번은 그가 몹시 흥분해 있는 모습이 의사의 눈에 띄었다. '꽃이 만발한'을 '꽃으로 가득찬'으로 바꿔놓았던 것이다. 그가 두 손을 비볐다. "마침내 그것들이 보이고 느껴져요. 여러분, 모자를 벗으세요!" 그가 의기양양하게 문장을 읽었다. "5월 어느 화창한 아침에, 날씬한 여인 한 명이 굉장한 밤색 암말을 타고 불로뉴 숲의 꽃으로 가득찬 오솔길을 달리고 있었다." 그러나 큰 소리로 읽어보니 '불로뉴, 숲, 꽃', 이 세 단어가 연결되는 것이 귀에 거슬려 그랑은 말을 약간 더듬었다. 그는 낙심한 표정으로 주저앉았다. 그러고는 가야겠다고 의사에게 양해를 구했다. 좀더 생각해볼 필요가 있었다.

나중에 알게 된 사실이지만, 바로 그 무렵 그는 사무실에서 다른 데 정신이 팔린 듯한 기색을 보였다. 감축된 인원으로 엄청나게 많은 일을 처리해야 할 시점이어서 시청에서는 그것을 유감스럽게 여겼다. 그가 속해 있는 과에서는 그것 때문에 피해를 보고 있었다. 일하라고 봉급을 주는데 맡은 일도 제대로 하지 않는다고 국장이 그를 심하게 야단쳤다. 국장이 그에게 말했다. "맡고 있는 사무 외에 보건대에서 자원봉사를 하는 것 같은데, 그건 상관하지 않겠소. 하지만 당신이 맡은 사무는 경우가 달라요. 이런 가혹한 상황에서 당신이 도움이 되는 제일 좋은 방법은 맡은 일을 잘해내는 거요. 그러지 않으면 다른 것은 아무 쓸모가 없소."

"그 말이 맞죠." 그랑이 리외에게 말했다.

"네, 그 말이 맞아요." 의사도 동의했다.

"하지만 정신이 산만해서 문장을 어떻게 마무리해야 할지 모르겠어요."

그는 '불로뉴'라는 단어를 없애려고 생각했다. 그렇게 해도 누구나 이해할 수 있을 것 같았다. 그러나 그렇게 하면 실제로는 '오솔길'에 걸려야 하는 구절이 '꽃'에 걸리는 것처럼 보였다. 그래서 '꽃으로 가득찬 숲의 오솔길'로 쓰는 것도 고려해보았다. 그러나 '숲'이 수식어와 명사 사이에 놓이면서 공연히 둘을 분리해놓은 느낌이어서 살 속에 가시가 박힌 것 같았다. 어느 날 저녁에는 실제로 그의 안색이 리외보다 더 피곤해 보일 정도였다.

그렇다, 그는 그 작업을 하느라 정신을 온통 빼앗겨 피곤했다. 그러면서도 보건대에서 필요로 하는 합산과 통계 일도 꾸준히 해내고 있었다. 매일 저녁 끈기 있게 카드를 정리하고 거기에 곡선 도표를 첨부해, 느리긴 해도 가능한 한 정확하게 상황을 제시하려고 애썼다. 그는 리외가 일하고 있는 병원으로 자주 찾아와서, 사무실이나 의무실에 책상을 하나 내어달라고 부탁하고는 서류를 가지고 자리에 앉곤 했다. 시청의 자기 책상 앞에 앉아 있는 것과 똑같은 모습으로, 그는 소독약 냄새와 질병 자체에서 풍겨나오는 냄새 때문에 텁텁해진 공기 속에서 서류를 흔들어 잉크를 말리곤 했다. 그럴 때면 말 탄 여인도 더이상 생각하지 않고, 해야 할 일만 성실하게 해내려고 노력했다.

그렇다, 영웅이라고 부를 만한 예나 모델이 제시되기를 정 원한다면, 그리고 이 이야기 속에 그런 영웅이 한 사람은 반드시 있어야 한다면, 서술자는 이 영웅, 보잘것없고 눈에 띄지도 않으며, 약간의 선량한 마음과 언뜻 보기에는 우스꽝스러운 이상밖에 가진 것이 없는 이 영웅을 제시하고자 한다. 그럼으로써 진리에 진리 본연의 것을, 2 더하기 2

는 4라는 답을, 그리고 영웅주의에는 행복에 대한 고귀한 요구의 앞자리가 아니라 바로 그 뒷자리라는 본래의 지위를, 즉 부차적인 지위를 부여할 수 있을 것이다. 그럼으로써 이 연대기에도 연대기의 특성, 즉 두드러지게 악하지도 않고 또 흥행물처럼 저속하고 자극적이지 않은, 선량한 감정으로 이루어진 보고서라는 성격을 부여할 수 있을 것이다.

페스트에 감염된 이 도시에 외부로부터 후원과 격려가 답지하고 그 사실을 신문과 라디오를 통해 알게 되었을 때 의사 리외가 한 생각은 적어도 이런 것이었다. 항공편이나 육로로 전달되는 구호물자와 함께, 동정 어린 논평이나 감탄조의 논평이 매일 저녁 전파나 신문을 통해 이 고립된 도시로 쏟아져들어왔다. 그러나 서사시 같은 어투나 수상식의 연설 같은 어투 때문에 의사는 매번 짜증이 났다. 그런 따뜻한 마음이 거짓이 아니라는 것쯤은 그도 알고 있었다. 그런 마음은 인간들이 자신을 인류와 연결해주는 어떤 것을 표현하고자 할 때 사용하는 상투어로 표현될 수밖에 없었다. 그러나 그런 언어로는 예를 들어 그랑이 매일같이 기울이고 있는 작은 노력들을 드러낼 수 없기에, 페스트 속에서 그랑 같은 사람이 의미하는 바를 도저히 설명할 수 없었다.

이따금 자정에 인적이 끊긴 도시를 둘러싼 깊은 침묵 속에서 잠시 눈이라도 붙여볼까 하고 자리에 누우면서 의사는 라디오의 스위치를 돌려보곤 했다. 그러면 세계의 저 끝에서, 수천 킬로미터를 가로질러서, 누구인지는 모르지만 서투르게나마 연대의식을 표현하려고 애쓰는 우정의 목소리가 들려왔다. '오랑! 오랑!' 그러나 그 음성은 연대의식을 표현하면서도 동시에 직접 겪어보지 않으면 진정으로 고통을 나눌 수 없다는 끔찍한 무력감을 증명하듯 보여주고 있었다. 후원하는

목소리가 바다를 건너와도 소용없고, 리외가 주의를 기울여봐도 소용
없었다. 목소리가 곧 웅변조로 높아지면서, 그랑과 그 웅변가를 서로
낯선 사람으로 만들어버리는 본질적인 거리가 더욱 뚜렷이 드러났다.
'오랑! 오랑! 천만의 말씀.' 리외는 생각했다. '함께 사랑하거나 함께
죽는 거야, 그 외에 다른 방법은 없어. 그런데 그들은 너무 멀리 떨어
져 있단 말이야.'

페스트가 절정에 이르기 전, 다시 말해 재앙이 이 도시를 공격해 완전히 점령하려고 온 힘을 끌어모으는 동안 있었던 일들 중에 꼭 기록해둬야 할 것이 남아 있는데, 그것은 랑베르처럼 마지막으로 남은 개인들이 행복을 되찾기 위해, 또 페스트로 인해 자신의 몫이 훼손되지 않도록 마지막까지 오랫동안 단조롭고도 절망적인 노력을 기울였다는 사실이다. 그들은 자신을 위협하는 굴욕을 그런 식으로 거부한 것이므로 비록 그들의 거부가 다른 것만큼은 효과가 없을지 몰라도 그것은 나름대로 충분히 의미가 있고, 또 허영과 모순 속에서도 당시 우리 각자의 마음속에 깃들어 있던 자랑스러운 어떤 것을 증명해주고 있다는 것이 서술자의 의견이다.

랑베르는 페스트에 굴복하지 않으려고 온갖 노력을 기울였다. 리외에게 말한 바에 따르면, 합법적인 방법으로는 도시 밖으로 빠져나갈 수 없다는 것이 확실해졌기 때문에 그는 다른 방법을 써보기로 했다. 신문기자는 먼저 카페 웨이터들부터 수소문하기 시작했다. 카페 웨이터들은 언제나 모든 일을 다 알고 있는 법이다. 처음에 그가 접촉한 웨이터들은 그런 시도를 할 경우 받게 되는 엄한 형벌에 대해 특히 잘 알고 있었다. 한번은 선동가 취급을 받기도 했다. 리외의 집에서 코타르를 만나고 나서야 비로소 일이 좀 풀렸다. 그날 랑베르는 리외에게 관청에 갔다가 허탕 쳤던 이야기를 또다시 하고 있었다. 며칠 후 코타르는 거리에서 랑베르를 만났는데, 그를 자연스럽게 대했다. 그즈음에는 누구를 만나도 그렇듯 자연스러웠다.

"아무 진척이 없나요?" 코타르가 물었다.

"네, 없어요."

"관청에 기대할 수는 없을 거예요. 도무지 이해하질 못하니까요."

"정말 그래요. 그래서 다른 방법을 찾고 있는데 어렵네요."

"아! 알겠습니다." 코타르가 말했다.

코타르는 조직을 하나 알고 있었다. 랑베르가 그 말을 듣고 깜짝 놀라자, 자신은 오래전부터 오랑의 카페라는 카페는 전부 출입하고 있는데, 그곳의 친구들을 통해 그런 일을 하는 조직이 있다는 것을 알게 되었다고 말했다. 사실 코타르는 수입에 비해 지출이 많아지는 바람에 배급 물자 암거래에 가담하고 있었다. 담배와 값싼 술을 구해 되팔았는데, 가격이 끊임없이 오르면서 많진 않지만 돈을 벌고 있었다.

"확실한가요?" 랑베르가 물었다.

"그럼요, 나에게 권한 사람도 있었는걸요."

"그런데 응하지 않았다는 건가요?"

"의심하지 마세요." 코타르는 호인 같은 표정을 지으며 말했다. "나는 떠날 생각이 없어서 그런 거니까요. 그럴 만한 이유도 있고요."

그는 잠시 가만히 있다가 덧붙여 물었다.

"무슨 이유인지 궁금하지 않으세요?"

"나하고는 상관없는 일일 것 같은데요." 랑베르가 말했다.

"사실 어떤 의미에서는 상관이 없지요. 하지만 또다른 의미에서는…… 어쨌든 단 한 가지 분명한 사실이 있다면 페스트가 돌면서 이곳에서 지내는 것이 훨씬 편해졌다는 거예요."

랑베르가 그의 말허리를 자르며 물었다.

"어떻게 하면 그 조직을 만날 수 있을까요?"

"아! 쉬운 일은 아닌데, 함께 가시죠." 코타르가 말했다.

오후 네시였다. 도시는 무더운 하늘 아래 서서히 달구어졌다. 가게들의 차양은 전부 내려져 있었다. 도로에는 인적이 없었다. 코타르와 랑베르는 아케이드 거리로 들어서서 오랫동안 말없이 걸었다. 그 시간은 페스트가 눈에 띄지 않는 시간들 중 하나였다. 그렇게 조용하고 색채도 없고 움직임도 없는 것은 여름이기 때문일 수도 있고 재앙 때문일 수도 있었다. 공기가 답답한 것이 페스트의 위협 때문인지 아니면 먼지와 타는 듯한 더위 때문인지는 알 수 없었다. 페스트를 찾아내려면 관찰하고 깊이 생각해보아야 했다. 왜냐하면 페스트는 부정적인 징후들을 통해서만 드러나기 때문이다. 페스트와 친밀감을 느끼고 있던 코타르는 예를 들어 보통때 같으면 있지도 않은 서늘한 기운을 찾아 복도 문턱에 배를 깔고 엎드린 채 헐떡이고 있어야 할 개들이 보이지 않는다는 사실을 랑베르에게 지적했다.

그들은 팔미에 대로로 들어서서 아름 광장을 가로질러 마린 구역 쪽으로 내려갔다. 왼쪽에 있는 초록색 칠을 한 카페에서는 노란 천으로 된 두꺼운 차양을 비스듬히 쳐놓고 더위를 피하고 있었다. 코타르와 랑베르는 그곳으로 들어가며 이마의 땀을 닦았다. 그들은 초록색 철판으로 된 테이블 앞에 놓인 정원용 접이식 의자에 앉았다. 홀은 완전히 비어 있었고, 파리들이 공중에서 윙윙거렸다. 덜거덕거리는 카운터 위에 놓인 노란 새장 안 횃대에는 털이 다 빠진 앵무새 한 마리가 힘없이 앉아 있었다. 벽에는 전투 장면을 그린 낡은 그림들이 걸려 있었는데, 때가 잔뜩 끼고 거미줄이 빽빽이 쳐져 있었다. 모든 철판 테이블에, 그리고 랑베르 앞에도 닭똥이 말라붙어 있었다. 웬 닭똥일까 의아해하는데, 부스럭거리는 소리가 나더니 멋진 수탉 한 마리가 컴컴한 구석에서 껑충대며 나왔다.

그 순간 더위가 더 심해지는 것 같았다. 코타르가 웃옷을 벗고 철판을 두드렸다. 그러자 기다란 파란색 앞치마에 파묻힌 것 같은 키 작은 사내가 안에서 나와 코타르를 보자마자 멀리서 인사를 했다. 그리고 세게 발길질을 해서 수탉을 쫓아버리고는 가까이 다가와서, 수탉이 꼬꼬댁거리는 가운데, 무엇을 마시겠느냐고 물어보았다. 코타르는 백포도주를 주문한 뒤, 가르시아라는 사람에 대해 물었다. 조그만 사내는 카페에서 그 사람을 보지 못한 지 벌써 며칠 되었다고 했다.

"오늘 저녁에는 올 것 같은가요?"

"글쎄요!" 사내가 말했다. "그 사람 일을 속속들이 알 수는 없죠. 하지만 그 사람이 오는 시간은 손님이 잘 알고 계시지 않나요?"

"잘 알죠. 그렇게 중요한 일은 아니고, 소개해줄 친구가 한 명 있어서 그러는데."

종업원은 젖은 손을 앞치마 자락에 닦았다.

"손님도 그 사업을 하시는군요?"

"그래요." 코타르가 대답했다.

조그만 남자가 코를 훌쩍이며 말했다.

"그럼 오늘 저녁에 다시 와보세요. 그 사람에게 아이를 보내볼게요."

밖으로 나오면서 랑베르는 그 사업이라는 게 뭐냐고 물어보았다.

"암거래죠 뭐. 시의 출입문을 통해 물건을 들여와 비싼 값에 파는 거예요."

"그렇군요, 공모자들이 있군요?" 랑베르가 말했다.

"바로 그겁니다."

저녁에 와보니 차양은 걷혀 있고, 앵무새는 새장 안에서 재잘거리고, 테이블마다 남자들이 셔츠 바람으로 둘러앉아 있었다. 그중 한 사람은 밀짚모자를 뒤로 젖혀 쓰고 흰 와이셔츠를 풀어헤치고 있어서 새까맣게 그을린 가슴이 드러나 보였다. 코타르가 들어오자 그가 몸을 일으켰다. 햇볕에 그을린 반듯한 얼굴, 검고 작은 눈, 하얀 치아에, 손가락에 반지를 두세 개 끼고 있었고 나이는 서른쯤 되어 보였다.

"안녕하세요?" 그가 말했다. "카운터에서 한잔하시죠."

그들은 말없이 한 잔씩 마셨다.

"나갈까요?" 가르시아가 말했다.

그들은 항구를 향해 내려갔다. 가르시아가 무슨 용건이냐고 물었다. 랑베르를 소개하려는 것은 사업 때문이 아니고 이른바 '외출' 때문이라고 코타르가 그에게 말했다. 가르시아는 담배를 피우며 똑바로 걸어 갔다. 그는 랑베르가 옆에 있는 것을 모른다는 듯이 랑베르를 '그 사 람'이라고 지칭하면서 몇 가지를 물었다.

"뭐 때문에 그런대요?"

"프랑스에 아내가 있어."

"아!"

잠시 말이 없다가 다시 물었다.

"그 사람 직업이 뭐예요?"

"신문기자."

"말이 많은 직업이군요."

랑베르는 잠자코 있었다.

"친구라니까." 코타르가 말했다.

그들은 말없이 걸어갔다. 부둣가까지 왔지만 큼직한 철책이 쳐져 있 어서 접근할 수가 없었다. 그래서 정어리 튀김을 파는 자그마한 간이 식당 쪽으로 향했다. 냄새가 그들에게까지 풍겨왔다.

"어쨌든 그 일은 내 일이 아니고 라울 담당이에요. 쉽지는 않겠지만 한번 찾아볼게요." 가르시아가 결론을 내렸다.

"아! 그 친구 숨어 있어?" 코타르가 활기를 띠며 물었다.

가르시아는 대답하지 않았다. 그가 간이식당 근처에서 발을 멈추더 니 처음으로 랑베르 쪽으로 고개를 돌리고 말했다.

"모레 열한시에, 도시 꼭대기에 있는 세관 건물 모퉁이로 오세요."

자리를 뜰 듯하더니 그가 두 사람에게로 몸을 돌리고 말했다.

"비용이 들 거예요."

확인하는 투였다.

"물론이죠." 랑베르가 고개를 끄덕였다.

잠시 후, 신문기자가 코타르에게 고맙다고 말했다.

"아, 천만에요!" 그가 유쾌하게 대답했다. "도와드릴 수 있어서 제가 기쁜걸요. 그리고 신문기자시니까 언젠가 저에게 갚을 날이 있겠죠."

이틀 후, 랑베르와 코타르는 대로를 따라 올라갔다. 도시 꼭대기를 향해 뻗어 있는 그 대로에는 그늘이 없었다. 세관 건물의 일부가 의무실로 변해 있었고, 정문 앞에는 사람들이 서 있었다. 면회가 허용되지 않았지만 혹시나 하는 심정에서 또는 한두 시간 지나면 아무 도움이 안 될 정보라도 얻어볼까 하고 찾아온 사람들이었다. 어쨌든 인파가 모여 있다보니 사람들의 왕래가 잦았다. 추측건대 가르시아는 랑베르와 만날 장소를 결정할 때 이런 사항을 고려한 것 같았다.

"떠나려고 이렇게 고집을 부리다니, 이상한 일이군요." 코타르가 말했다. "어쨌든 진행되는 일이 참 흥미로워요."

"나는 별로 재미없는데요." 랑베르가 대답했다.

"오! 물론 위험부담이 있긴 하죠. 하지만 따지고 보면 페스트가 돌기 전에도, 복잡한 사거리를 건너갈 때는 그 정도의 위험은 있었거든요."

그때 리외의 자동차가 그들이 있는 곳에 와서 멈췄다. 타루가 운전을 하고 리외는 반쯤 졸고 있는 것 같았다. 그가 잠에서 깨어나더니 서로 인사를 시키려고 했다.

"아는 사람이에요." 타루가 말했다. "같은 호텔에 묵고 있거든요."

그는 랑베르에게 시내까지 태워다주겠다고 제안했다.

"괜찮아요. 우린 여기서 약속이 있어요."

리외가 랑베르를 바라보았다.

"맞아요." 랑베르가 말했다.

코타르가 놀란 어조로 말했다. "아! 의사 선생님도 알고 계시나요?"

"저기 수사검사가 오네요." 타루가 코타르에게 알려주었다.

코타르의 안색이 변했다. 정말로 오통 씨가 힘차고 절도 있는 걸음 걸이로 그들을 향해 다가오고 있었다. 그가 그들 앞을 지나가며 모자를 벗었다.

"안녕하십니까, 검사님!" 타루가 말했다.

검사는 차 안의 사람들에게 인사하고, 뒤쪽에 있는 코타르와 랑베르를 보며 정중하게 고개를 숙였다. 타루가 연금생활자와 신문기자를 소개했다. 검사는 잠깐 하늘을 쳐다보다가 한숨을 쉬고는, 고난의 시기라고 말했다.

"타루 씨, 예방 조치를 실시하는 데 전념하고 계시다고 들었습니다. 고마운 마음을 어떻게 전해야 할지 모르겠습니다. 의사 선생님, 어떻게 생각하세요. 병이 더 퍼질 것 같은가요?"

리외는 그러지 않기를 바라야 할 거라고 대답했다. 그러자 검사는 하느님의 뜻은 측량할 길이 없으니 항상 희망을 가져야 한다고 되풀이해서 말했다. 타루는 그에게 이번 일 때문에 더 바빠졌느냐고 물었다.

"우리가 보통법이라고 부르는 것과 관련된 사건은 오히려 줄고 있습니다. 요즘은 새 조치를 위반한 심각한 사건들만 심리하고 있어요. 기존의 법이 이렇게 잘 지켜진 경우는 없었습니다."

"그건 상대적으로 기존의 법이 더 낮기 때문일 거예요." 타루가 말했다.

검사는 하늘을 쳐다보던 시선을 거두고 여태까지의 꿈꾸는 듯한 태도에서 돌변했다. 그리고 싸늘한 표정으로 타루를 훑어보았다.

"그래서 어쨌다는 겁니까?" 그가 말했다. "법이 중요한 게 아니라 처벌이 중요한 거예요. 우리로서는 어쩔 도리가 없습니다."

"저 사람이 제일 원수야." 검사가 떠나자 코타르가 말했다.

차가 움직이기 시작했다.

잠시 후, 가르시아가 오는 것이 보였다. 그는 알은척도 하지 않고 그들에게 다가와 인사 대신에 "기다려야겠어요!"라고 말했다.

주위의 군중은 대부분 여자였는데, 입도 열지 않고 기다리고 있었다. 거의 모두가 바구니를 든 채, 앓고 있는 친지에게 음식을 전할 수 있지 않을까 하는 헛된 희망을 품거나 더 나아가 그 음식이 환자들에게 도움이 되지 않을까 하는 터무니없는 생각을 하고 있었다. 정문에는 보초들이 무장한 채 지키고 있었고, 때때로 이상한 비명소리가 정문과 병동 사이에 있는 마당을 가로질러 들려왔다. 그러면 기다리던 사람들이 불안한 표정을 지으며 의무실 쪽으로 얼굴을 돌렸다.

그 광경을 보고 있는데, 등뒤에서 낮지만 분명하게 "안녕하십니까?"라고 인사하는 소리가 들려왔다. 세 남자는 몸을 돌렸다. 날씨가 더운데도 라울은 매우 말끔한 옷차림을 하고 있었다. 키가 크고 건장한 체격에 짙은 색의 더블 정장 차림이었고, 챙이 말려올라간 펠트 모자를 쓰고 있었다. 얼굴은 상당히 창백했다. 밤색 눈에 입을 꽉 다물고 있던 라울이 빠르고 정확하게 말했다.

"시내 쪽으로 내려갑시다. 가르시아, 자네는 그만 가봐도 돼."

가르시아가 담배에 불을 붙이는 동안 그들은 자리를 떴다. 그들은 중간에서 걷는 라울의 걸음걸이에 맞춰 빨리 걸어갔다.

"가르시아한테서 이야기 들었습니다." 라울이 말했다. "불가능한 일
은 아닙니다만 어쨌든 만 프랑은 들 겁니다."

랑베르는 좋다고 대답했다.

"마린 거리의 스페인 식당에서 내일 점심이나 같이 하죠."

랑베르가 알았다고 하자, 라울은 악수를 하며 처음으로 미소를 지었
다. 그가 떠나자 코타르가 양해를 구했다. 자신은 내일 시간이 나지 않
는데다 이제는 랑베르 혼자서도 해나갈 수 있다는 것이었다.

그다음날 신문기자가 스페인 식당에 들어서자, 손님들이 모두 고개
를 돌려 그가 지나가는 것을 바라보았다. 햇볕에 바싹 마른 누렇고 좁
은 길 아래쪽에 위치한 이 컴컴한 지하 식당에는 남자 손님들만 드나
들었고, 대부분 스페인계였다. 라울이 안쪽 테이블 앞에 앉아 있다가
손짓을 했다. 랑베르가 그쪽으로 다가가자, 손님들은 호기심을 잃고
다시 접시로 얼굴을 돌렸다. 라울의 테이블에는 수염이 덥수룩하고 어
깨가 엄청나게 넓은데다 얼굴은 말상에 머리숱이 듬성듬성한, 키가 크
고 몸이 야윈 남자 한 명이 앉아 있었다. 걷어올린 와이셔츠 소매 아래
로 시커먼 털로 뒤덮인 길고 가느다란 두 팔이 보였다. 그는 랑베르를
소개받고 고개를 세 번 끄덕였다. 그의 이름은 한 번도 입에 오르지 않
았고 라울은 그를 '우리 친구'라고만 불렀다.

"우리 친구가 당신을 도울 수 있을 것 같다고 하는군요. 이 친구가
당신을……"

웨이트리스가 랑베르의 주문을 받으러 오자 라울이 말을 멈췄다.

"이 친구가 당신을 우리 동료 두 사람과 연결해줄 거고, 그 두 사람

176

이 매수해놓은 보초들에게 당신을 소개해줄 겁니다. 그런데 그게 다가 아니고, 보초들이 적절한 때를 알아내 결정해야 합니다. 가장 간단한 방법은 출입문 근처에 사는 보초의 집에서 며칠 밤 묵는 겁니다. 그러나 그전에, 우리 친구가 필요한 사람을 만나게 해드릴 겁니다. 일이 잘되면 이 친구에게 비용을 지불하면 됩니다."

그의 친구는 말상의 머리를 또 한번 끄덕였다. 그러면서도 토마토와 피망 샐러드를 쉬지 않고 게걸스럽게 먹어치웠다. 그러더니 스페인어 억양이 조금 섞인 목소리로 랑베르에게 이틀 뒤 아침 여덟시에 대성당 정문 앞에서 만나자고 제안했다.

"또 이틀 뒤군요." 랑베르가 지적하듯 말했다.

"쉬운 일이 아니죠." 라울이 말했다. "친구들을 찾아야 하니까요."

말상의 남자가 또 한번 고개를 끄덕였다. 알겠다고는 했지만 랑베르는 맥이 좀 풀렸다. 나머지 식사 시간은 이야깃거리를 찾으며 흘러갔다. 그러다가 그 말상의 남자가 축구 선수라는 것을 알게 된 후부터 대화가 수월해졌다. 랑베르도 축구를 많이 했던 것이다. 그리하여 프랑스 선수권 대회, 영국 프로팀의 실력, W형 전술에 대한 이야기가 나왔다. 식사가 끝날 즈음, 말상의 남자는 무척 신이 나서 랑베르에게 말을 놓아가며, 축구팀에서 센터하프만큼 중요한 자리는 없다는 것을 설득하려고 했다. "센터하프는 알다시피 선수들에게 역할을 배분하는 사람이지. 역할을 배분하는 것, 그게 바로 축구야." 랑베르는 항상 센터포워드를 맡았지만 그와 의견이 같았다. 라디오 방송이 나오고 나서야 토론이 가까스로 중단되었다. 감상적인 멜로디가 잔잔하게 반복되더니 어제 페스트 희생자가 137명이었다고 보도했다. 자리에 있던 사람들 중 반응을 보인 사람은 아무도 없었다. 말상의 남자가 어깨를 으쓱하고는 자리에서 일어났다. 라울과 랑베르도 따라 일어섰다.

헤어지면서 센터하프가 랑베르의 손을 힘껏 잡으며 말했다.

"내 이름은 곤잘레스야."

랑베르에게는 그 이틀이 한없이 길게 느껴졌다. 그는 리외에게 가서 일의 진행 상황을 상세히 이야기했다. 그런 다음 리외가 왕진 가는 데 따라나섰다. 어느 집 문 앞에서 그가 의사에게 작별 인사를 했다. 그 집에서는 페스트 증상을 보이는 환자가 의사를 기다리고 있었다. 복도에서 뛰어가는 소리와 목소리가 들려왔다. 의사가 왔다고 가족에게 알리는 소리였다.

"타루가 늦지 않으면 좋겠는데." 리외가 중얼거렸다.

그는 피곤해 보였다.

"병이 너무 빨리 퍼지나요?" 랑베르가 물었다.

리외는 그런 것은 아니라고 하면서, 통계 곡선의 상승세가 좀 수그러들었다고 말했다. 다만 페스트에 맞서 싸울 수단이 제한적이었다.

"물자가 부족해요." 그가 말했다. "세계 어느 나라의 군대든 물자가 부족하면 대체로 인력으로 보충하는데, 우리에게는 인력도 부족하죠."

"외부에서 의사들과 보건대원들이 왔잖아요."

"네, 의사 열 명과 보건대원 백여 명이 왔죠. 보기에는 많아 보이지만 현재의 상황이나 겨우 감당할 정도예요. 전염병이 더 퍼지면 그 인원으로는 충분치 않을 겁니다." 리외가 말했다.

리외는 안에서 나는 소리에 귀를 기울이다가, 랑베르에게 미소를 지으며 말했다.

"일을 성사시키려면 서둘러야겠어요."

한순간 랑베르의 얼굴에 어두운 그늘이 스쳐지나갔다.

"아시겠지만 그것 때문에 떠나려는 건 아니에요." 그가 낮은 목소리로 말했다.

리외가 알고 있다고 대답했지만, 랑베르는 계속해서 말했다.

"내가 비겁하다고는 생각하지 않아요. 적어도 대부분의 경우에는 말이에요. 비겁하지 않다는 것을 확인할 기회도 있었고요. 하지만 몇 가지 생각은 정말 견딜 수가 없어요."

의사는 그를 똑바로 바라보며 말했다.

"부인을 다시 만날 겁니다."

"그럴지도 모르죠. 하지만 이런 상태가 계속될 거고, 그동안 그녀가 늙을 것을 생각하면 견딜 수가 없어요. 나이 서른이면 사람이 늙기 시작하는데 모든 것을 누려야지요. 이해하실지 모르겠지만요."

이해할 것 같다고 리외가 중얼거리는데 타루가 들어왔다. 무척 신이 나 있었다.

"파늘루 신부에게 같이 일하자고 지금 막 부탁하고 오는 길이에요."

"뭐라고 하던가요?" 의사가 물었다.

"잠시 생각하더니, 그러겠다고 했어요."

"기분 좋은데요." 의사가 말했다. "그분이 그래도 강론보다는 나은 인물이라는 걸 알았으니 말이에요."

"사람은 다 그래요." 타루가 말했다. "기회를 주기만 하면 되죠."

그가 미소를 지으며 리외를 향해 눈을 끔벅했다.

"기회를 제공하는 것이 평생 내가 할 일이고요."

"죄송합니다." 랑베르가 말했다. "저는 그만 가봐야겠어요."

약속한 날인 목요일, 랑베르는 여덟시 오 분 전에 대성당 정문 앞으로 갔다. 공기는 아직까지 그런대로 선선했다. 하늘에는 흰구름들이 조그맣고 둥근 모양으로 떠다니지만, 조금 있으면 열기가 올라와 그 구름들을 단번에 삼켜버릴 것이다. 잔디밭은 말라붙어 있었지만, 거기서 올라오는 냄새에서는 미약하나마 습기가 느껴졌다. 동쪽에 있는 집들 뒤로 태양이 떠올라 광장을 장식하고 있는, 온몸에 금도금을 한 잔다르크 동상의 투구를 밝게 비추었다. 괘종시계가 여덟시를 알렸다. 인적 없는 정문 앞에서 랑베르는 몇 걸음을 옮겼다. 성당 안에서 희미하게 들리는 성가에 실려 오래된 지하실 냄새와 향냄새가 풍겨왔다. 갑자기 성가 소리가 멈췄다. 검은 옷을 입은 조그만 형체 십여 개가 성당에서 나오더니 시내를 향해 종종걸음으로 걸어갔다. 랑베르는 초조해지기 시작했다. 또다른 검은 형체들이 큰 계단을 올라와 정문 쪽으로 다가왔다. 그는 담배에 불을 붙였지만, 여기서는 담배를 피우는 것이 허용되지 않을지도 모른다는 생각이 들었다.

여덟시 십오분이 되자, 대성당의 오르간이 잔잔하게 연주하기 시작했다. 랑베르는 어두컴컴한 궁륭 아래로 들어갔다. 잠시 후, 자기 앞을 지나갔던 검은 형체들을 본당에서 볼 수 있었다. 그들은 성당 한구석에 마련된 일종의 임시 제단 앞에 모여 있었고, 제단에는 시내의 어느 공장에서 급하게 만든 성 로크 상이 안치되어 있었다. 무릎을 꿇고 있어서 그런지 그 형체들은 더 오그라들었고, 마치 응고된 그림자 조각처럼 회색 배경 속으로 사라지는 것처럼 보였다. 여기저기에 떠다니는 듯한 안개보다 약간 더 짙은 정도였다. 그 형체들 위로 오르간의 변주

곡이 끝없이 울리고 있었다.

랑베르가 밖으로 나와보니, 곤잘레스가 벌써 계단을 내려가 시내로 향하고 있었다.

"자네가 가버린 줄 알았네." 그가 신문기자에게 말했다. "그런 일이 자주 있거든."

여덟시 십 분 전에 그곳에서 멀지 않은 다른 장소에서 친구들을 만나기로 했는데, 이십 분을 기다려도 나타나지 않았다고 곤잘레스가 설명했다.

"무슨 일이 생긴 게 분명해. 우리가 하는 일이 항상 그리 쉽게 성사되는 것은 아니잖아."

다음날 같은 시각에 전몰용사 기념비 앞에서 다시 만나자고 그가 제안했다. 랑베르는 한숨을 쉬며 펠트 모자를 뒤로 젖혀 넘겼다.

"이런 일은 아무것도 아니야." 곤잘레스가 웃으면서 말했다. "한번 생각해봐. 골을 넣으려면 그전에 작전도 짜고, 속공도 하고, 패스도 해야 하잖아."

"그야 물론이죠." 랑베르가 말했다. "하지만 축구 시합은 한 시간 반이면 끝나잖아요."

항구를 굽어보는 낭떠러지를 따라가면 약간 안쪽에 일종의 산책로가 있고, 그 산책로에서 바다가 내려다보이는 유일한 장소에 오랑의 전몰용사 기념비가 있었다. 그다음날, 랑베르가 약속 장소에 제일 먼저 와서 전사자 명단을 주의깊게 읽고 있는데, 몇 분 뒤 남자 두 명이 다가와 무심한 표정으로 그를 쳐다보았다. 그러더니 산책로 난간에 팔꿈치를 괴고는 텅 비어 황량한 항구를 정신이 팔린 듯 바라보았다. 키가 같았고, 파란 바지에 소매가 짧은 선원용 셔츠를 입고 있었다. 신문 기자는 약간 떨어진 곳에 있는 벤치에 앉아 그들을 여유 있게 바라보았다. 그들이 채 스무 살이 되지 않았다는 것을 확실히 알 수 있었다. 그때, 곤잘레스가 미안하다고 하면서 걸어오는 것이 보였다.

"우리 친구들이 저기 있네." 그가 말했다. 그리고 그를 두 젊은이에게 데리고 가서, 마르셀과 루이라고 소개했다. 앞에서 보니 두 젊은이는 닮은 데가 상당히 많았다. 아마도 형제 같았다.

"자, 이제 인사도 끝났으니 일을 해결해야지." 곤잘레스가 말했다.

그러자 마르셀인지 루이인지가 자기들이 경비를 서는 차례가 이틀 후에 시작해서 일주일간 계속되는데, 제일 적합한 날을 골라야 할 거라고 말했다. 네 명이 서쪽 출입구를 지키는데 다른 둘은 직업군인이었다. 그들을 끌어들일 수는 없었다. 믿을 수도 없고, 또 그랬다가는 비용이 더 들 수도 있었다. 그러나 밤이 되면 이따금 그들이 익히 알고 있는 어느 바의 뒷방에 가서 몇 시간씩 머무는 일이 있었다. 그러니 출입문 가까이에 있는 자기들 집에 와서 머무르다가 자기들이 데리러 오기를 기다리는 것이 어떻겠냐고 마르셀인지 루이인지가 랑베르에게 제안했다. 그러면 빠져나가는 일은 식은 죽 먹기일 거라는 얘기였다. 그런데 얼마 전부터 시 외부에 경비초소를 이중으로 설치한다는 말이 있으니 일을 서둘러야 했다.

랑베르는 좋다고 한 뒤, 남은 담배 몇 대를 그들에게 권했다. 둘 중 말을 하지 않고 있던 청년이 곤잘레스에게 비용 문제는 해결되었는지, 선금을 받을 수 있는지 물었다.

"아니, 그럴 필요 없어. 이 사람은 친구야. 계산은 출발할 때 하기로 하지." 곤잘레스가 말했다.

모두 한번 더 만나기로 했다. 곤잘레스는 이틀 뒤 스페인 식당에서 저녁을 먹자고 제안했다. 거기서 보초들의 집으로 갈 수 있을 거라는 것이었다.

"첫날밤에는 내가 옆에 있어주지." 그가 랑베르에게 말했다.

이튿날, 랑베르는 자기 방으로 올라가다가 호텔의 층계에서 타루와 마주쳤다.

"리외를 만나러 가는 길인데, 같이 가실래요?" 타루가 물었다.

"방해가 되지 않을지 모르겠군요." 좀 망설이다가 랑베르가 대답했다.

"그렇지 않을 거예요. 저에게 그쪽 이야기를 많이 하더군요."

신문기자는 생각해보았다.

"저녁식사 후에 시간이 되면, 늦어도 좋으니 호텔 바로 두 분이 함께 오시죠."

"리외의 상황도 그렇고 페스트 상황도 봐야겠네요." 타루가 말했다.

밤 열한시에 리외와 타루가 작고 좁은 바에 들어섰다. 서른 명 정도 되는 손님들의 팔꿈치가 서로 닿을 정도였다. 손님들은 매우 큰 소리로 이야기를 하고 있었다. 페스트에 감염된 침묵의 도시에서 돌아와서 그런지 두 사람은 좀 어리둥절해져서 발을 멈추었다. 아직 술을 파는 것을 보고 그 흥분 상태를 이해할 수 있었다. 랑베르는 카운터 끝의 등받이 없는 의자에 앉아 그들에게 손짓을 했다. 타루가 큰 소리로 떠드는 옆 사람을 슬쩍 밀어 자리를 만든 후에, 두 사람은 랑베르의 양옆에 가서 섰다.

"술을 싫어하진 않죠?"

"천만에요, 그 반대죠." 타루가 대답했다.

리외는 술잔에서 풍기는 쌉싸름한 향료 냄새를 맡아보았다. 너무 소란해서 이야기하기가 쉽지 않았다. 랑베르는 술을 마시느라 정신이 없는 듯했다. 그가 취했는지는 아직 판단할 수 없었다. 그들이 있는 그 좁은 공간의 나머지 자리에 놓인 테이블 두 개 중 하나에 해군 장교 한 명이 양팔에 여자를 끼고 앉아 얼굴이 빨간 뚱보 남자에게 카이로에서 유행했던 장티푸스에 대해 이야기하고 있었다. "원주민 수용소를 만들어 그곳에 환자용 천막을 설치했어. 그 둘레에 보초선을 쳐놓고, 가족들이 민간요법으로 만든 약을 몰래 반입하려고 하면 총을 쐈지. 가혹하긴 했지만 그렇게 해야 했어." 다른 테이블에는 멋지게 차려입은 청년들이 앉아 있었는데, 그들의 대화는 알아들을 수 없었다. 높은 곳에 올려놓은 축음기에서 쏟아져나오는 〈세인트 제임스 인퍼머리〉의 선율에 휩쓸려들어갔기 때문이다.

"잘되어갑니까?" 리외가 목소리를 높여 물었다.

"되어가고 있어요." 랑베르가 대답했다. "일주일이면 될지도 모르겠어요."

"유감이군요." 타루가 외쳤다.

"왜요?"

타루는 리외를 바라보았다.

"오! 여기 계속 있으면 우리에게 도움이 될 거라고 생각해 그렇게 말하는 거예요. 하지만 떠나고 싶어하는 그 심정을 너무나 잘 알 것 같습니다." 리외가 말했다.

타루가 술을 한 잔씩 더 돌렸다. 랑베르는 자기가 앉아 있던 의자에서 내려와 처음으로 타루를 똑바로 바라보았다.

"제가 어떤 도움이 될까요?"

"글쎄요." 서두르지 않고 천천히 술잔에 손을 내밀면서 타루가 말했다. "우리 보건대 일에 도움이 되겠죠."

랑베르는 고집스럽게 사유하는 평소의 얼굴 표정을 지으며 다시 의자에 앉았다.

"어떻게 생각하세요? 보건대 활동이 사람들에게 도움이 되는 것 같지 않나요?" 잔을 비운 뒤 타루는 이렇게 말하며 랑베르를 주의깊게 바라보았다.

"도움이 많이 되죠." 신문기자가 대답하고는 술을 마셨다.

리외가 보니 그의 손이 떨리고 있었다. 이제 정말 완전히 취했구나 하는 생각이 들었다.

그다음날, 랑베르는 입구에 의자를 꺼내놓고 조그맣게 무리를 지어 앉아 초록빛과 황금빛으로 물든 저녁 한때를 즐기고 있는 사람들 사이를 뚫고 두번째로 스페인 식당 안으로 들어갔다. 이제야 겨우 더위가 수그러들기 시작했다. 사람들이 담배를 피우고 있어서 냄새가 매캐했다. 식당 안은 거의 비어 있었다. 랑베르는 곤잘레스와 처음 만났던 안쪽 테이블에 가서 앉았다. 웨이트리스에게는 기다렸다가 주문하겠다고 말했다. 저녁 일곱시 삼십분이었다. 남자들이 차츰 식당 안으로 들어와 자리를 잡았다. 음식이 나오기 시작하자, 매우 낮고 둥근 천장 아래로 식기 부딪치는 소리와 낮게 이야기하는 목소리가 가득찼다. 여덟시가 되었는데도 랑베르는 여전히 기다리고 있었다. 불이 켜졌다. 새손님들이 들어와 그의 테이블에 앉았다. 그는 식사를 주문했다. 여덟시 삼십분에 식사를 마쳤지만 곤잘레스도, 두 젊은이도 오지 않았다. 그는 담배를 여러 대 피웠다. 홀이 서서히 비기 시작했다. 밖은 빠르게 어두워졌다. 바다에서 미지근한 바람이 불어와 창문의 커튼이 슬쩍 들리곤 했다. 아홉시가 되자 홀은 텅 비었고, 웨이트리스가 놀란 표정을 지으며 보고 있는 것을 랑베르도 알 수 있었다. 그는 계산을 하고 밖으로 나왔다. 식당 맞은편 카페의 문이 열려 있었다. 랑베르는 카페 카운터 좌석에 앉아 식당 입구를 지켜보았다. 아홉시 삼십분에 호텔로 돌아가면서, 주소도 모르는데 어떻게 해야 곤잘레스를 다시 만날 수 있을까 하고 이리저리 궁리해보았지만 별다른 방도가 떠오르지 않았다. 모든 절차를 다시 밟아야 할 것을 생각하니 가슴이 답답했다.

나중에 리외에게 말한 바에 따르면, 바로 그 순간 구급차가 어둠 속을 질주하는 가운데, 그는 자기와 아내를 갈라놓은 장벽에서 벗어나기 위한 탈출구를 찾으려고 완전히 매달리는 바람에 그동안 아내를 잊고 있었다는 사실을 깨달았다. 그러나 모든 길이 또다시 꽉 막히자, 아내가 그의 욕망 한가운데에 다시 자리를 잡았다. 그 고통이 어찌나 갑작스럽고 폭발적이었던지, 타는 듯 혹독한 아픔에서 벗어나기 위해 그는 호텔 쪽으로 달리기 시작했다. 그러나 그 뜨거운 아픔은 여전히 남아 관자놀이를 파먹듯 쑤셔댔다.

그다음날, 그가 아침 일찍 리외를 찾아와 어떻게 하면 코타르를 만날 수 있느냐고 물었다.

"제가 할 수 있는 일은 처음부터 절차를 다시 밟아가는 것뿐이에요." 그가 말했다.

"내일 저녁에 오세요." 리외가 말했다. "이유는 잘 모르겠는데 타루가 코타르를 불러달라고 하더군요. 열시에 코타르가 올 테니, 열시 삼십분에 이곳으로 오시죠."

이튿날 코타르가 의사에게 왔을 때, 타루와 리외는 리외의 담당 구역에서 예기치 않게 완치된 사례 한 건에 대해 이야기하고 있었다.

"열 명 중에 한 명꼴이에요. 운이 좋았던 거죠." 타루는 말했다.

"아! 그건 페스트가 아니었어요." 코타르가 말했다.

페스트가 틀림없었다고 두 사람은 코타르에게 확인해주었다.

"그럴 리가 없어요. 그 사람은 나았잖아요. 나만큼이나 잘 알고 계시겠지만, 페스트는 용서가 없어요."

"대개는 그렇죠. 하지만 끈기 있게 하다보면 뜻밖의 일도 생겨요." 리외가 말했다.

코타르가 웃었다.

"그럴 것 같지 않은데요. 오늘 저녁에 발표된 숫자 들으셨지요?"

타루가 연금생활자를 너그러운 시선으로 바라보면서, 희생자 수는 알고 있고 상황이 매우 심각하다고 말했다. 하지만 그것은 무엇을 증명하는가? 그것은 더 강력한 대책이 필요하다는 사실을 증명한다는 것이었다.

"아! 그런 대책은 벌써 시행하고 계시잖아요."

"맞아요, 하지만 그 대책을 각자 자신과 관련지어야 합니다."

코타르가 영문을 몰라하며 타루를 쳐다보았다. 타루는 너무 많은 사람들이 아무 일도 하지 않고 있다며, 페스트는 모든 사람과 관련된 문제이니 각자 자기 의무를 다해야 한다고 말했다. 보건대의 문은 누구에게나 개방되어 있다는 것이었다.

"좋은 생각이긴 하네요." 코타르가 말했다. "하지만 아무 소용 없을 겁니다. 페스트가 너무 강하니까요."

"우리가 할 일을 다 하고 나면, 알게 되겠죠." 타루가 끈기 있는 어조로 말했다.

그동안 리외는 책상 앞에 앉아서 진료 카드를 옮겨쓰고 있었다. 타루는 계속 연금생활자를 바라보고 있었고, 코타르는 의자에 앉아 불안해하고 있었다.

"코타르 씨, 우리와 함께하지 않는 이유라도 있나요?"

코타르는 불쾌한 표정으로 의자에서 일어나 둥근 모자를 집어 들고 말했다.

"그건 나하고는 상관없는 일이에요."

그런 다음 도전적인 태도로 말을 이어갔다.

"뿐만 아니라 난 말이에요, 페스트 안에서 사는 게 더 편해요. 내가 왜 페스트를 퇴치하는 데 끼어들어야 하는지 그 이유를 모르겠군요."

타루는 갑자기 진실의 계시를 받은 듯 이마를 탁 쳤다.

"아! 그렇지. 깜빡 잊었네요. 페스트가 아니었으면 당신은 체포되었겠죠."

코타르가 움찔하더니 넘어질 뻔했다는 듯 의자를 꽉 붙잡았다. 리외는 옮겨쓰던 손을 멈추고, 심각하면서도 흥미롭다는 표정으로 그를 바라보았다.

"그걸 누가 말해줬어요?" 연금생활자가 외쳤다.

타루는 놀란 듯 말했다.

"당신이 말했잖아요. 적어도 의사 선생님하고 나는 그렇게 이해했는데요."

코타르는 갑자기 자신도 어쩔 수 없는 분노에 휩싸여 알아들을 수 없는 말들을 중얼거렸다.

"진정하세요. 의사 선생님이나 나나 당신을 고발할 사람은 아니니까요. 당신 사건은 우리하고는 아무 상관 없어요. 우리도 경찰을 좋아해 본 적이 한 번도 없고요. 자, 좀 앉으세요."

연금생활자는 의자를 보고 조금 망설이다가 앉았다. 잠시 후에 그가 한숨을 쉬고는 말했다.

"오래된 일을 다시 끄집어낸 거예요. 다 잊었다고 생각하고 있었는데 어떤 놈이 흘린 거죠. 나를 소환하더니 수사가 끝날 때까지 대기하라고 하더군요. 그래서 결국 체포될 거라는 걸 알게 되었죠."

"심각한 죄인가요?" 타루가 물었다.

"그건 보기에 따라 달라요. 어쨌든 살인은 아니에요."

"징역형인가요, 강제노역형인가요?"

코타르는 몹시 풀이 죽어 보였다.

"징역이겠죠, 운이 좋으면……"

그러나 잠시 후에 다시 흥분하며 말했다.

"그건 실수였어요. 누구나 실수를 하잖아요. 그것 때문에 잡혀가서 집에서 멀어지고, 익숙한 생활도 못하게 되고, 알고 지내는 모든 사람들과 헤어져야 하는 건 생각만 해도 끔찍해요."

"그래서 목을 맬 생각이 든 거군요?" 타루가 물었다.

"그래요, 분명 어리석은 짓이었지만요."

리외가 처음으로 입을 열어, 그의 불안한 마음을 잘 이해하고 있으며, 모든 일이 잘 풀릴 거라고 코타르에게 말했다.

"오! 내가 알고 있는 건 지금으로서는 두려울 게 하나도 없다는 거예요."

"알았어요, 우리 보건대에는 안 들어오겠군요." 타루가 말했다.

코타르는 두 손으로 모자를 돌리다가, 불안해하며 타루 쪽으로 시선을 돌렸다.

"나를 원망하진 마세요."

"물론이에요. 하지만 적어도 병균을 일부러 퍼뜨리지는 마세요." 타루가 미소를 지으며 말했다.

코타르는 자기가 페스트를 원한 것이 아니라 페스트가 그냥 생겨난 거고, 지금 페스트 덕분에 자기 일이 잘 마무리되었다고 해서 그것이 자기 탓은 아니지 않으냐고 이의를 제기했다. 랑베르가 문 앞에 왔을 때 그는 목청을 돋워 이렇게 덧붙이고 있었다.

"게다가 내 생각에 당신들은 아무 성과도 얻지 못할 겁니다."

랑베르가 물어보니, 코타르도 곤잘레스의 주소를 모르고 있었다. 하지만 그 작은 카페에 같이 가줄 수는 있다고 했다. 이튿날 만나기로 약속을 잡았다. 리외가 결과를 알고 싶다고 하자, 랑베르는 주말 밤 아무때나 타루와 함께 자기 방으로 오라고 했다.

아침이 되자 코타르와 랑베르는 그 작은 카페에 가서, 저녁때나 아니면 그다음날 만나자는 메모를 가르시아에게 남겼다. 그날 저녁, 기다려봤지만 가르시아는 나타나지 않았다. 그다음날, 가르시아가 와 있었다. 그는 랑베르의 이야기를 말없이 들었다. 그는 저간의 사정을 모르고 있었지만, 호별 조사 때문에 구역 전체에 이십사 시간 동안 통행이 금지되었다는 것은 알고 있었다. 곤잘레스와 두 젊은이가 바리케이드를 넘지 못했을 가능성도 있었다. 그가 할 수 있는 일이라고는 다시 한번 라울과 연결해주는 것이 전부였다. 물론 그것도 이틀 안으로는 어려운 일이었다.

"알았어요." 랑베르가 말했다. "처음부터 다시 시작해야 하는군요."

이틀 뒤, 어느 길모퉁이에서 라울은 가르시아가 추측한 대로 아랫동네의 통행이 금지되었었다고 확인해주었다. 다시 곤잘레스와 접촉해야 했다. 이틀 뒤, 랑베르는 그 축구 선수와 점심을 먹었다.

"참 바보 같은 일이군." 곤잘레스가 말했다. "다시 만날 방법을 정해놨어야 하는 건데."

랑베르도 같은 의견이었다.

"내일 아침에 애들한테 가서 조정해보기로 하세."

이튿날, 그들은 집에 없었다. 그래서 그다음날 정오에 리세 광장에서 만나자는 메모를 남겨놓았다. 랑베르는 호텔로 돌아갔지만 안색이 좋지 않아, 그날 오후에 타루가 그를 보고 충격을 받을 정도였다.

"일이 잘 안 풀려요?" 타루가 그에게 물었다.

"자꾸 처음부터 다시 시작해야 해서 그래요." 랑베르가 말했다.

그가 초대 날짜를 바꿨다.

"오늘 저녁에 오세요."

그날 저녁 그들이 랑베르의 방에 들어가보니 랑베르는 침대에 누워 있었다. 그가 일어나서 미리 준비해둔 술잔에 술을 따랐다. 리외는 잔을 받으면서 일은 잘 진행되느냐고 물었다. 그러자 신문기자는 한 바퀴 돌아 다시 원점으로 돌아왔다면서, 곧 마지막 약속을 하게 될 거라고 말했다. 그가 술을 마시고는 덧붙였다.

"물론 그들은 오지 않을 거고요."

"그렇게 미리 단정할 필요는 없어요." 타루가 말했다.

"아직 이해하지 못하셨군요." 랑베르가 어깨를 으쓱하며 대꾸했다.

"뭘요?"

"페스트 말이에요."

"아!" 리외가 말했다.

"그래요, 페스트는 자꾸 다시 시작하게 만드는 것이라는 사실을 이해하지 못하신 거예요."

랑베르가 방구석으로 가서 조그만 축음기의 뚜껑을 열었다.

"무슨 곡이에요? 내가 아는 곡 같은데." 타루가 물었다.

랑베르는 〈세인트 제임스 인퍼머리〉라고 대답했다.

판이 반쯤 돌아갔을 때, 멀리서 총소리가 두 번 들려왔다.

"개 아니면 탈주자겠죠." 타루가 말했다.

잠시 후, 판이 다 돌아갔다. 구급차의 사이렌 소리가 점점 커지며 뚜렷이 들리다가 호텔 방의 창문 밑을 지나서 점점 작아지더니, 마침내 완전히 사라졌다.

"이 판은 재미없어요." 랑베르가 말했다. "게다가 오늘은 벌써 열 번이나 들었고요."

"그 정도로 그 곡을 좋아해요?"

"아, 갖고 있는 게 이것밖에 없어서요."

그리고 조금 있다가 말했다.

"말씀드렸잖아요, 다시 시작하는 거라고요."

그는 리외에게 보건대가 어떻게 진행되고 있는지 물었다. 현재 다섯 팀이 활동하고 있는데, 그들은 몇 팀이 더 조직되기를 바라고 있었다. 신문기자는 침대에 앉아 손톱 손질을 하느라 정신이 없는 것처럼 보였다. 리외는 침대 가장자리에 웅크리고 앉아 있는, 자그마하고 힘있게 생긴 그의 옆모습을 주의깊게 바라보았다. 그러다가 그가 자기를 바라보고 있다는 사실을 문득 깨달았다.

"선생님," 그가 말했다. "저도 보건대에 대해 많이 생각해봤어요. 그런데 제가 선생님과 함께하지 않는 데는 나름대로 이유가 있어요. 다른 일 같으면 제 몫 정도는 적극적으로 해낼 수 있을 텐데 말이에요. 스페인 전쟁에 종군한 적도 있거든요."

"어느 편이었죠?" 타루가 물었다.

"패배한 사람들 편이었죠. 그후에 생각을 좀 했어요."

"무엇에 대해서요?" 타루가 물었다.

"용기에 대해서요. 인간이 위대한 행동을 할 수 있다는 건 이제 저도 알고 있어요. 하지만 위대한 감정이 없으면 저는 그 사람에게 아무 관심도 없어요."

"인간이 모든 것을 다 할 수 있다는 느낌이 드는군요." 타루가 말했다.

"천만에요, 인간은 고통을 참지 못하고 오랫동안 행복할 수도 없어요. 결국 가치 있는 일은 아무것도 못하는 거죠."

그는 두 남자를 바라보다가 계속 말했다.

"타루, 당신은 사랑을 위해 죽을 수 있나요?"

"모르겠어요. 하지만 지금은 그럴 수 없을 것 같군요."

"바로 그거예요. 당신은 관념을 위해서는 죽을 수 있어요. 맨눈으로

도 뻔히 보이거든요. 그런데 나는 관념 때문에 죽는 사람들은 지긋지
긋해요. 나는 영웅주의를 믿지 않아요. 내가 아는 한 영웅주의는 어렵
지도 않고, 또 영웅주의가 사람을 죽일 수도 있다는 것을 배웠어요. 내
가 관심있는 건, 사는 것 그리고 사랑하는 것을 위해 죽는 것이에요."

리외는 신문기자의 말을 주의깊게 듣고 있었다. 리외가 계속 그를
바라보며 부드럽게 말했다.

"인간은 관념이 아니에요, 랑베르."

랑베르는 침대에서 뛰어내려왔다. 흥분해서 얼굴이 상기되어 있었다.

"사랑을 외면하는 그 순간부터 인간은 하나의 관념, 어설픈 관념에
불과해요. 정확히 말하면, 우리는 더이상 사랑할 줄 모르게 된 거죠.
선생님, 단념하고 사랑할 수 있기를 기다립시다. 정말로 그럴 수 없다
면, 영웅놀이는 그만두고 모든 사람들이 해방되기를 기다리자고요. 나
는 그 이상은 하지 않겠어요."

리외가 갑자기 피곤한 표정을 지으며 몸을 일으켰다.

"당신 말이 옳아요, 랑베르. 절대적으로 옳아요. 당신이 지금 하려는
일을 나는 결코 막지 않을 거예요. 당신이 하려는 일은 내가 봐도 정당
하고 좋은 일이니까요. 하지만 이것만은 말해주고 싶어요. 이 모든 것
은 영웅주의와는 아무 상관이 없어요. 이건 성실성의 문제예요. 비웃
을지 모르지만, 페스트와 싸우는 유일한 방법은 성실성입니다."

"성실성이 대체 뭔가요?" 랑베르가 갑자기 심각한 표정으로 물었다.

"일반적인 의미에서는 잘 모르겠어요. 하지만 나를 예로 들면, 성실
성은 내 직분을 완수하는 거예요."

"아!" 랑베르가 화를 내며 말했다. "나는 내 직분이 뭔지 잘 모르겠

어요. 어쩌면 내가 사랑을 택한 것이 정말 잘못일 수도 있겠군요."

리외는 그를 마주보았다.

"아니에요. 당신은 잘못한 게 없어요." 그가 힘주어 말했다.

랑베르는 생각에 잠긴 눈으로 그들을 바라보았다.

"내 생각에 두 분은 이 모든 일에서 손해 볼 게 하나도 없을 거예요. 선한 편에 선다는 건 더 쉬운 일이고요."

리외는 잔을 비우고 말했다.

"자, 할 일이 있어서요."

그가 나갔다.

타루도 그의 뒤를 따라 밖으로 나가려다가 생각이 바뀐 듯 신문기자에게 몸을 돌리며 말했다.

"리외의 부인이 여기서 수백 킬로미터 떨어진 요양소에 있다는 거 아세요?"

랑베르는 깜짝 놀란 듯한 몸짓을 해 보였지만, 타루는 이미 나가고 없었다.

이튿날 아침 일찍 랑베르는 의사에게 전화를 걸었다.

"이 도시를 떠날 방법을 찾을 때까지 선생님과 함께 일해도 괜찮을까요?"

수화기 저쪽에서 잠시 침묵이 흐르더니 대답이 들려왔다.

"좋아요, 랑베르. 고마워요."

제3부

페스트의 포로들은 그런 식으로 일주일 내내 최선을 다해 투쟁했다. 그들 중 랑베르를 비롯한 몇 사람은 우리가 알다시피 아직도 자유인인 것처럼 행동했고, 아직도 선택할 수 있다고 상상하기도 했다. 그러나 8월 중순이던 그 당시, 페스트는 실질적으로 모든 것을 뒤덮어버렸다고 말할 수 있을 정도였다. 개인의 운명은 더이상 있을 수 없었고, 페스트라는 집단적인 사건과 모든 사람들이 공유하는 감정만 존재했다. 가장 두드러진 것은 이별과 유배의 감정으로 거기에는 두려움과 반항심이 내포되어 있었다. 그런 이유 때문에 서술자는 더위와 질병이 절정에 달했던 당시의 전반적인 상황, 그리고 대표적인 예로 죽지 않고 살아 있던 우리 시민들의 폭력성, 사망자의 매장 방식, 헤어져 있던 연인들이 겪은 고통 같은 것을 기술해두는 것이 적절할 거라 생각한다.

그해의 한가운데였던 바로 이 시기에 페스트에 휩싸인 그 도시로 며칠 동안 바람이 불었다. 그 도시가 세워진 고원에는 자연적인 장애물이 하나도 없는 까닭에 바람이 거친 기세 그대로 거리로 들이닥쳐서 오랑 시민들은 특히 바람을 두려워했다. 도시를 시원하게 해줄 비가 몇 달 동안 단 한 방울도 내리지 않아서 뿌연 먼지가 도시를 뒤덮었고, 층층이 내려앉은 먼지가 바람을 받아 비늘처럼 벗겨졌다. 바람 때문에 먼지와 종이가 파도처럼 휩쓸리면서 전보다 줄어든 산책자들의 다리에 부딪혔다. 그들이 몸을 숙인 채 손수건이나 손으로 입을 가리고 서둘러 지나가는 모습이 눈에 띄었다. 저녁이면 사람들은 마지막이 될지도 모르는 그날 하루를 가능한 한 길게 끌어보려고 산책로로 모여들기는커녕, 작은 무리를 지어 집이나 카페로 서둘러 돌아갔다. 그래서 며칠 동안 황혼 무렵이면(그 계절에는 황혼이 훨씬 더 일찍 시작되었다) 거리에는 인적이 끊기고 바람만 연이어 신음 소리를 냈다. 물결이 높이 일고, 여전히 보이지 않는 바다에서는 해초 냄새와 소금 냄새가 올라왔다. 바람 소리만 비명처럼 울리는 가운데, 뿌옇게 먼지를 덮어쓴 채 바다 냄새에 절어 있는 그 인적 없는 도시는 불행에 빠진 섬처럼 신음하고 있었다.

지금까지는 도심보다 인구밀도가 높고 형편도 어려운 변두리 지역에서 희생자가 많이 발생했다. 그런데 갑자기 페스트가 바싹 다가와 상업지역에 자리를 잡은 듯했다. 주민들은 전염병의 씨가 바람을 타고 날아왔다고 바람 탓을 했다. 호텔 지배인은 '바람이 카드를 뒤섞어버린다'고 말했다. 사정이 어찌되었든 간에 중심가 사람들은 페스트의 음울하고도 편견 없는 호출에 공명하며 밤중에 창문 아래를 달려가는 구급차의 사이렌 소리를 매우 가까운 곳에서, 그것도 점점 더 자주 들으며 그들의 차례가 왔다는 것을 느끼고 있었다.

시내에서도 피해가 극심한 구역의 출입을 통제하고 직무상 불가피한 사람 외에는 구역 밖으로 나가지 못하게 하는 조치가 내려졌다. 그때까지 그 지역에 살던 사람들로서는 그것이 자기들을 골탕 먹이려고 내린 가혹한 조치라고 생각하지 않을 수 없었다. 그래서 자기들과 비교해 다른 지역 주민들을 모든 면에서 자유민이라도 되는 것처럼 여겼다. 반면에 다른 지역 주민들은 힘든 순간에도 자기들보다 자유롭지 못한 사람들이 있다는 생각에 위안을 얻었다. 당시에 희망을 하나 품을 수 있다면, 그것은 '언제나 나보다 자유롭지 못한 사람이 있다'는 문장으로 요약될 수 있었다.

거의 같은 시기에, 특히 시의 서쪽 출입문 근처 별장 지역에서 화재가 자주 발생했다. 조사 결과, 예방 차원에서 격리되었던 사람들이 돌아와 가족에게 닥친 죽음과 불행을 보고 이성을 잃은 나머지 페스트를 태워 죽인다는 환상에 빠져 자기 집에 불을 지른 것으로 밝혀졌다. 방화를 저지하기는 매우 힘들었다. 방화 시도가 빈번했던데다, 거센 바람 탓에 지역 전체가 끊임없이 위험에 빠졌다. 당국에서 실시하는 주택 소독으로도 전염의 위험을 완벽하게 제거할 수 있다고 아무리 설명해도 소용이 없었다. 그 순진한 방화자들을 극형에 처한다는 법령을 공포하지 않을 수 없었다. 그런데 그 불쌍한 사람들이 방화 기도를 포기하게 된 것은 감옥에 간다는 생각 때문이 아니라, 모든 시민들이 공통적으로 확신하던 바이지만 시의 감옥에서 확인된 극히 높은 사망률로 미루어볼 때 징역형은 사형이나 마찬가지라는 생각 때문이었다는 것은 의심의 여지가 없다. 물론 그런 믿음에 근거가 없는 것도 아니었다. 이유는 명백하지만, 페스트는 군인이나 수도승, 죄수처럼 단체 생활을 하는 사람들을 끈질기게 공격하는 것 같았다. 격리된 죄수들이 일부 있긴 하지만 감옥도 하나의 공동체였다. 그 사실은 우리 시의 감옥에서 죄수 못지않게 간수들도 그 병에 많이 희생당했다는 사실에서 분명히 확인할 수 있다. 페스트라는 상위의 관점에서 보면 교도소장에서 말단 죄수에 이르기까지 모든 사람이 유죄 선고를 받은 처지였으니, 어쩌면 감옥에서 처음으로 절대적인 정의가 구현된 셈이다.

당국은 공무 수행중에 순직한 간수들에게 훈장을 수여함으로써 평등한 세계에 위계질서를 도입하려고 시도했지만 소용없었다. 계엄령이 선포되어 있었고 어떤 의미에서 보면 간수들은 동원된 것이나 마찬가지여서, 사후에 무공훈장을 수여했다. 죄수들은 어떠한 항의도 하지 않았지만, 군 관계자들은 그것을 좋게 받아들이지 않았고 일반 대중에게 혼동을 일으킬 우려가 있다고 지적했다. 당연한 지적이었다. 당국에서는 그들의 주장을 인정하고 가장 간단한 방법은 사망한 간수들에게 방역 표창장을 주는 거라고 생각했다. 그러나 벌써 받은 사람들의 경우에는 이미 벌어진 일이었으므로 훈장을 회수하는 것은 생각할 수 없는 일이었는데도 군 관계자들은 계속해서 그들의 관점을 주장하고 있었다. 또다른 측면에서 보면, 전염병이 유행하는 시기에 그와 같은 방역 표창장은 누구나 하나씩 받기 마련이어서 무공훈장을 수여함으로써 얻게 되는 사기 진작의 효과가 없다는 것도 단점이었다. 모든 사람이 불만이었다.

게다가 교도소 당국은 종교계처럼 대처할 수 없었고, 또 종교계만큼은 아니지만 군 당국이 대처한 것처럼 할 수도 없었다. 도시에는 수도원이 단 두 개 있었는데, 수도사들은 신앙심이 독실한 가정에 임시로 분산되어 머물렀다. 마찬가지로 군 당국에서도 사정이 허락될 때마다 부대들을 병영에서 분리해 소규모로 학교나 공공건물에 주둔시켰다. 이렇듯 질병은 얼핏 보면 포위된 자로서 느끼는 연대의식을 시민들에게 강요하는 것처럼 보이면서도 동시에 전통적 군집관계를 파괴하고 사람들을 저마다 고독에 잠기게 했다. 이로 인해 혼란이 초래되었다.

바람이 거세게 부는데다 이런 상황까지 겹치다보니 사람들의 정신에도 불이 옮겨붙은 것이 아닐까 하는 생각이 들 정도였다. 이번에는 밤사이에, 무장한 소규모 집단이 몇 번씩이나 시의 출입문에 공격을 해왔다. 총격전이 벌어져 부상자가 생겼고, 탈출에 성공하는 경우도 있었다. 경비초소가 강화되자 탈출 시도는 곧 중지되었다. 그러나 탈출 시도만으로도 도시에 혁명 비슷한 분위기가 조성되어, 폭력 사태가 몇 번 야기되었다. 화재 때문에 또는 보건상의 이유로 폐쇄된 집들이 약탈을 당했다. 사실 그런 행위들이 계획적으로 이루어졌다고 추정하기는 어려웠다. 대개의 경우 돌발사태가 벌어지자 여태껏 점잖았던 사람들이 비난받을 행위를 하게 되고, 그 행위를 다른 사람들이 바로 모방했던 것이다. 그리하여 슬픔 때문에 집주인이 넋을 놓고 있는 가운데, 아직도 불타고 있는 집으로 미친듯이 뛰어드는 사람들도 있었다. 집주인이 가만히 있자 구경꾼들이 너 나 할 것 없이 그들을 따라 뛰어들었다. 어두운 거리에서, 사그라지는 불길 때문에 그리고 어깨에 짊어진 물건이나 가구 때문에 변형된 그림자들이 사방팔방으로 도망치는 모습이 화재의 불빛에 비쳐 보였다. 이런 사건들 때문에 당국은 어쩔 수 없이 폐스트령을 계엄령과 유사한 것으로 여기고, 이에 준하여 법률을 적용할 수밖에 없었다. 절도범 두 명이 총살되었지만, 그렇다고 해서 다른 사람들이 충격을 받았는지는 의문이다. 사망자가 그렇게 많은 상황에서 사형 집행 두 건은 눈에 띄지도 않았기 때문이다. 그것은 물방울 하나가 바다에 떨어진 것에 불과했다. 사실 그와 비슷한 광경이 상당히 자주 반복되었지만 당국은 개입할 엄두도 내지 못했다. 모든 사람들에게 충격을 준 유일한 조치는 등화관제인 것 같다. 밤 열한시부터 도시가 완전히 어둠에 잠긴 채 돌처럼 변해버린 것이다.

하늘에 달이 떠 있는 가운데, 도시에는 허연 벽들과 쭉 뻗은 거리들이 열을 지어 늘어서 있고 거리에는 나무의 검은 그림자 하나 보이지 않았다. 산책하는 사람의 발걸음 소리도, 개 짖는 소리도 들리지 않았다. 침묵에 빠진 그 대도시는 꼼짝하지 않는 묵직한 입방체들의 집합에 불과했고, 그 입방체들 사이에서 잊힌 자선가나 청동 속에서 영원히 질식해버린 옛 위인들의 흉상만이 돌이나 쇠로 된 그 가짜 얼굴을 가지고, 인간이었지만 이제는 파괴되어버린 어떤 이미지를 환기시키려고 말없이 애쓰고 있었다. 답답한 하늘 아래, 생명이 죽어버린 교차로에는 보잘것없는 우상들이 지배하고 있었다. 그 야만적이고 무감각한 우상들은 우리가 들어서 있는 부동不動의 지배, 또는 적어도 그 지배의 궁극적인 질서, 즉 페스트와 돌과 어둠이 마침내 입을 다물게 만들어버린 지하 묘지의 질서를 썩 잘 보여주었다.

그러나 밤은 모든 사람들의 가슴속에도 있었고, 매장에 관한 전설이 그렇듯이, 매장에 관한 진실도 우리 시민들의 마음을 진정시키지 못했다. 매장 이야기를 하지 않고 지나갈 수 없어서 서술자로서 죄송할 따름이다. 이 점에 대해 서술자를 비난하리라는 것을 잘 알고 있지만, 서술자를 유일하게 정당화할 수 있는 점은 그 기간 내내 매장이 끊이지 않았고, 모든 시민들과 마찬가지로 서술자도 어떤 의미에서는 매장 문제를 염려할 수밖에 없었다는 점이다. 어쨌든 서술자가 그런 의식에 취미가 있어서 매장 이야기를 하는 것은 아니다. 서술자는 오히려 산 사람들과 교제하는 것, 예를 들면 해수욕 같은 것을 더 좋아한다. 그러나 해수욕은 금지되어 있었고, 산 사람들은 죽은 사람들에게 굴복당하지나 않을까 하루종일 두려워했다. 그것은 명백한 사실이었다. 물론 보지 않으려고 애써 눈을 가리고 거부할 수도 있지만, 명백한 사실은 무서운 힘을 가지고 있어서 결국에는 모든 것에 승리를 거두고 만다. 예를 들어 사랑하는 사람들을 매장해야 하는 날, 무슨 수로 매장을 거부할 수 있겠는가?

초기의 장례식에서 특징적이었던 것은 신속성이었다! 모든 형식은 간소화되었고, 장례 의식은 대체로 폐지되었다. 환자들은 가족과 떨어진 곳에서 죽었고 밤을 새우는 의례도 금지되었으므로, 저녁에 죽은 사람은 혼자 밤을 보냈고, 낮에 죽은 사람은 즉시 매장되었다. 당연히 가족들에게 통지를 했지만, 가족이 고인과 함께 산 경우 예방 차원에서 격리되어야 했기 때문에 대부분의 경우 장례식에 올 수 없었다. 가족이 고인과 함께 살지 않은 경우에는 염이 끝나고 입관되어 묘지로 떠나는 지정된 시각에 참석할 수 있었다.

리외가 맡고 있던 임시 병원에서 그 절차가 이루어졌다고 가정해보자. 원래 학교였던 그 건물 본관 뒤에는 출구가 하나 있었다. 복도에

면한 커다란 창고에 관들이 놓여 있었다. 관 하나가 이미 뚜껑이 닫힌 채 복도에 놓여 있는 것이 가족들의 눈에 보인다. 곧이어 사람들은 가장 중요한 일, 즉 서류에 가족 대표의 서명을 받는다. 그 일이 끝나면 시신을 자동차에 싣는데, 덮개가 있는 화물차일 때도 있고 개조한 대형 구급차일 때도 있었다. 가족들이 아직 운행이 허용되고 있는 택시를 타면, 택시는 외곽 도로를 전속력으로 달려 묘지에 도착한다. 묘지 입구에서 헌병이 장례 행렬을 세우고 공식 통과 서류에 고무도장을 찍는다. 그 서류가 없으면 우리 시민들은 이른바 마지막 거처조차 얻을 수 없다. 헌병이 옆으로 비켜서면 차량들은 네모난 터 앞에 도착한다. 그 터에는 많은 구덩이들이 메워지기를 기다리고 있다. 신부가 시신을 맞이한다. 성당에서 장례식을 치르는 것이 금지되었기 때문이다. 기도를 올리는 동안 관을 꺼내 밧줄에 감아서 구덩이 밑바닥에 내려놓으면 신부가 성수채를 흔드는데, 그사이에 벌써 첫번째 흙이 관뚜껑 위에서 튀어오른다. 소독을 해야 하기 때문에 구급차는 조금 먼저 떠나고, 삽으로 흙을 퍼서 던지는 소리가 점점 무뎌지는 가운데 가족들은 택시를 타러 몰려간다. 십오 분 후, 그들은 집에 도착한다.

이처럼 모든 일은 최대한 신속하고 위험을 최소화하는 방향으로 진행되었다. 이런 방식 때문에 적어도 초기에는 가족들이 느끼는 자연스러운 감정이 훼손된 것이 분명했다. 그러나 페스트가 유행하는 기간에는 그런 감정들을 고려할 수 없었다. 무엇보다 효율성이 우선시되었다. 게다가 초기에는 품위 있게 땅에 묻히고 싶다는 욕망이 생각 이상으로 널리 퍼져 있어서 시민들이 그런 처리 방식에 괴로워했지만, 시간이 지나면서 식량 보급 문제가 어려워지자 주민들의 관심은 다행히 좀더 즉

각적인 문제로 기울었다. 먹기 위해 줄을 서고 교섭을 하고 서류를 갖추는 일에 정신이 팔린 나머지, 사람들은 주변 사람들이 어떻게 죽어가는지, 앞으로 자기들이 어떻게 죽을지 생각해볼 틈조차 없었다. 그 결과 고통스럽게 느껴져야 할 물질적 어려움이 나중에는 오히려 고맙게 여겨졌다. 만약 질병이 앞에서 언급한 것처럼 그렇게 널리 퍼지지만 않았다면, 일은 그런대로 잘 해결되었을지도 모른다.

당시에 관이 더욱 귀해지고, 수의를 만들 천과 묘지도 부족해졌다. 뭔가 방법을 찾아야 했다. 가장 간단한 방법은, 역시 효율성 때문이지만, 장례를 합동으로 치르고 필요한 경우 병원과 묘지를 오가는 횟수를 늘리는 것이었다. 리외의 병원을 예로 들면, 당시 관이 다섯 개 있었다. 관이 다 차면 구급차에 싣고 묘지에 가서 관을 비웠고, 무쇳빛 시신들은 들것에 실린 채 그런 용도로 개조한 헛간에서 매장될 차례를 기다렸다. 비워낸 관은 소독약을 뿌려 다시 병원으로 가져왔다. 이런 작업이 필요한 만큼 몇 번이고 반복되었다. 그렇게 그 조직은 매우 훌륭하게 역할을 수행했고, 도지사는 만족해했다. 심지어 그는 리외에게, 페스트를 기록한 옛 문헌에 따르면 시체 운반 수레를 검둥이들이 끌고 갔는데, 요컨대 그 조직이 그런 수레들보다 낫다고 말했다.

"네, 그렇습니다." 리외가 말했다. "매장 방식은 같지만, 우리는 그래도 카드를 작성하고 있습니다. 발전한 것은 의심의 여지가 없습니다."

행정적으로는 성공했을지 모르지만 현행 절차에서 확인되는 유쾌하지 못한 면모 때문에 도청에서는 장례식에 친척들을 배제할 수밖에 없었다. 친척들은 묘지 정문까지만 올 수 있었고, 그것도 공식적으로 허용된 것은 아니었다. 최후의 의식과 관련해 사정이 좀 달라졌던 것이다. 묘지 맨 끝, 유향나무들로 가려져 있는 공터에 커다란 구덩이를 두 개 파놓았다. 남자용 구덩이와 여자용 구덩이였다. 이런 점에서 보면 행정 당국은 관습을 존중하고 있었다. 마지막 수치심마저 포기하게 된 것은 사태가 악화된 훨씬 뒤의 일이었다. 품위는 무시하고, 남녀 구분 없이 뒤섞고 포개어 묻기 시작한 것이다. 다행히 그런 극도의 혼란은 재앙의 최종 단계에서 나타났다. 우리와 관련되는 이 시기에는 구덩이 가 구별되어 있었고, 도청에서는 그 점에 큰 관심을 갖고 있었다. 구덩 이 밑바닥에 두껍게 깔아놓은 생석회가 끓어오르면서 김을 내뿜었다. 구덩이 가장자리에 작은 산처럼 쌓아놓은 생석회에서는 거품이 나와 대기 속에서 터지곤 했다. 구급차가 시신을 옮겨오면 들것으로 줄을 지어 옮기고, 사람들은 옷 하나 걸치지 않은 채 약간 뒤틀려 있는 시신 들을 구덩이 밑바닥에 거의 나란히 쏟아부은 뒤 그 위에 생석회를 덮 었다. 그러고 나서 다음에 들어올 시신들을 위해 일정한 높이까지만 흙을 덮었다. 다음날엔 가족들을 호출해 장부에 서명하게 했는데, 바 로 이 점이 예컨대 사람과 개 사이에 있을 수 있는 차이점이었다. 인간 의 죽음은 항상 관리가 가능했다.

이런 모든 작업에는 인력이 필요했고 그 인력은 언제나 모자라기 일 보 직전이었다. 간호사들과 무덤 파는 인부들이 페스트로 많이 사망했 던 것이다. 이들을 처음에는 정식으로 채용하다가 나중에는 임시변통 으로 구했는데, 아무리 조심해도 언젠가는 전염되고 말았다. 그러나 곰곰이 생각해보면, 전염병이 돈 기간 내내 그 일을 할 인력이 부족한 적이 한 번도 없었다는 사실에 가장 놀라게 된다. 위험했던 시기는 페 스트가 절정에 이르기 직전이었다. 당시 의사 리외의 불안에는 그럴 만한 근거가 있었다. 간부이건 소위 막노동꾼이건 인력이 충분치 않았던 것이다. 그러나 페스트가 사실상 도시 전체를 장악한 순간부터 그런 과도함 자체가 매우 편리한 결과를 초래했다. 페스트 때문에 모든 경제 활동이 중단되었고 실업자가 엄청나게 많이 발생한 것이다. 대부분의 경우 실업자들로 간부직을 충원할 수는 없었지만, 막노동의 경우에는 일이 쉽게 해결되었다. 그 시기부터 사람들은 궁핍함이 실제로는 공포보다 더 강력하다는 사실을 늘 확인할 수 있었고, 위험 정도에 따라 보수를 지불했기 때문에 그 사실이 더욱 두드러졌다. 보건과에서는 취업 희망자 명단을 확보하고 있다가 결원이 생기면 명단 맨 위에 있는 사람에게 통지하곤 했는데, 그사이에 변고가 생긴 경우가 아니면 그들은 어김없이 모습을 드러냈다. 도지사는 유기수든 무기수든 이런 일에 죄수를 동원하는 것을 오랫동안 망설여왔는데, 이런 식으로 그런 극단적 조치를 실시하지 않고도 버틸 수 있었다. 실업자들이 있는 한 견딜 수 있다고 그는 생각하고 있었다.

이럭저럭 8월 말까지는 우리 시민들은, 예법에는 맞지 않을지 모르지만 적어도 행정 당국이 성심성의껏 의무를 수행하고 있다고 생각할 만큼 질서 있게 최후의 거처로 갈 수 있었다. 최후의 수단을 사용할 수밖에 없었던 이야기를 하기 위해서는 이어서 발생한 사건들을 약간은 미리 말할 필요가 있다. 8월부터 페스트가 유행하는 상태 그대로 안정기로 접어들면서, 희생자들의 누적 총수가 우리의 조그만 묘지에 수용할 수 있는 한계를 훨씬 초과해버렸다. 시체를 매장하기 위해 담 한쪽을 헐고 주변 공터 쪽으로 공간을 확장했지만 별 도움이 되지 않아, 빠른 시일 내에 다른 방법을 찾아야만 했다. 우선 밤에 매장하기로 결정했는데, 덕분에 여러 가지 사항을 고려하지 않고 넘어갈 수 있었다. 구급차에도 시체를 점점 더 많이 쌓을 수 있었다. 변두리 지역에서 규칙을 위반하고 등화관제 시간 이후 밤늦게 산책하는 사람들이나 직업상 밖에 나와 있는 사람들은, 때때로 크지 않은 소리로 사이렌을 울리며 후미진 밤거리를 전속력으로 달리는 길쭉한 흰색 구급차들을 만나곤 했다. 시신들은 서둘러 구덩이에 던져졌다. 사람들은 점점 더 깊게 판 구덩이에 시신들이 완전히 자리잡기도 전에 삽으로 생석회를 떠서 시체의 얼굴 위에 으깼고, 흙으로 아무렇게나 덮어버렸다.

그런데도 얼마 지나지 않아 다른 곳에 더 넓은 터를 물색해야만 했다. 도지사의 포고령에 따라 영구 임대 묘지의 소유권을 수용收用하고 그곳에서 발굴된 유골을 전부 화장터로 보냈다. 곧 페스트로 인한 사망자들까지 화장터로 보내야 했다. 그러자니 도시 출입문 밖 동쪽에 있는 옛 화장터를 이용해야 했다. 경비초소도 더 먼 곳으로 이동시켰는데, 시청 직원 한 명이 전에 바닷가 절벽을 따라 운행하다가 이제는 운행하지 않는 전차를 다시 이용하자고 건의해서 당국의 일은 훨씬 수월해졌다. 이를 위해 유람차와 전기기관차의 좌석을 들어내 내부를 개조하고, 선로를 화장터까지 우회시켜 화장터가 노선의 기점이 되었다.

늦여름 내내, 그리고 가을비가 내리는 가운데, 한밤중이면 승객을 태우지 않은 이상한 전차들이 절벽을 따라 덜컹거리며 지나가는 광경이 사람들의 눈에 띄었다. 마침내 시민들도 그것이 무엇인지 알게 되었다. 절벽에 접근하지 못하도록 순찰을 돌아도, 사람들은 파도 위로 불쑥 튀어나온 바위 위로 슬그머니 기어올라가, 전차가 지나갈 때 유람차 안으로 꽃을 던지곤 했다. 그러면 꽃과 시체를 실은 전차가 한층 더 심하게 흔들리는 소리가 여름밤에 들려왔다.

어쨌든 처음 며칠 동안 아침이면 시 동쪽 구역 위로 짙고 구역질나는 연기가 떠돌았다. 의사들의 의견에 따르면 그 연기는 불쾌하긴 하지만 해롭지는 않았다. 그러나 지역 주민들은 페스트가 그런 식으로 하늘에서 자기들에게 떨어진다고 확신하고 곧바로 그곳을 떠나겠다고 위협하고 나섰다. 복잡한 배관 장치를 통해 연기를 다른 곳으로 돌리고 나서야 그들은 진정되었다. 다만 바람이 몹시 부는 날에는 동쪽에서 어렴풋하게나마 냄새가 풍겨와, 그들이 새로운 질서 속에 놓여 있으며, 페스트의 불길이 매일 저녁 그들이 바치는 공물을 탐욕스레 먹어치우고 있다는 사실을 새삼 상기시키곤 했다.

이런 것들이 전염병 때문에 초래된 극단적인 결과였다. 그러나 전염병이 그후에 더욱 기승을 부리지 않은 것만 해도 천만다행이었다. 각 기관의 기발한 대응책이나 도청의 조치도 속수무책이고 심지어 화장터의 수용 능력을 넘어서는 상황이 초래될 수도 있었기 때문이다. 리외가 알기로, 그럴 경우 당국은 시체를 바다에 던지는 절망적인 해결책도 고려하고 있었다. 그는 시체에서 나온 끔찍한 거품이 파란 바닷물 위에 떠다니는 광경을 어렵잖게 상상할 수 있었다. 또한 사망자가 계속 증가하면 아무리 우수한 조직도 견딜 수 없을 것이고, 도청에서 아무리 애를 써도 시체가 첩첩이 쌓여 거리에서 썩을 것이며, 공공장소에서 죽어가는 사람들이 당연히 증오심과 어리석은 희망이 뒤섞인 심정으로 산 사람들에게 매달리는 광경을 보게 되리라는 것 또한 그는 알고 있었다.

명확한 사실이든 우려했던 일이든, 어쨌든 그런 것들 때문에 우리 시민들의 마음에서는 유배의 감정과 이별의 감정이 지워지지 않았다. 이 점과 관련해 서술자로서는 예를 들어 옛날이야기에서처럼 용기를 북돋워주는 영웅이라든가 눈부신 행위와 같은, 정말로 눈길을 끌 만한 것이 이 연대기에는 하나도 없다는 사실이 얼마나 유감스러운지 모르겠다. 재앙만큼 보잘것없는 것은 없고, 큰 불행은 오래 지속되기 때문에 단조롭게 느껴진다. 그런 불행을 겪은 사람들은 페스트 치하에서 보낸 끔찍한 날들을 화려하고 잔혹한 커다란 불길처럼 기억하는 것이 아니라, 발아래 놓인 모든 것을 짓밟아버리는 끝없는 답보 상태로 기억하는 것이다.

아니다, 전염병이 유행하던 초기에 의사 리외를 사로잡았던 이미지, 사람을 흥분시키는 그런 고양된 이미지는 페스트와 아무 상관이 없었다. 페스트는 무엇보다도 신중하고 완전무결하며 순조롭게 기능하는 하나의 행정이었다. 말이 나온 김에 덧붙이자면, 그렇기 때문에 서술자는 아무것도 배반하지 않기 위해, 특히 자기 자신을 배반하지 않기 위해 객관성을 고집했던 것이다. 기본적으로 어느 정도 일관된 관계를 제시할 필요가 있는 경우를 제외하면, 서술자는 예술적 효과를 만들어내 뭔가를 변형시키고 싶지 않았다. 그리고 그 시기의 커다란 고통, 가장 보편적인 동시에 가장 심각했던 고통은 바로 이별의 감정이었으며, 솔직히 말해 그 단계에서 이별의 감정에 대해 다시 기록해두는 것이 양심상 필요한 일이었다 할지라도, 객관성을 확보하기 위해 그 당시 고통이라는 것이 이미 비장감을 상실하고 있었다는 사실 또한 언급할 수밖에 없다.

우리 시민들, 적어도 이별로 인해 가장 고통받았던 사람들은 그런 상황에 익숙해졌을까? 익숙해졌다고 말하면 그것은 결코 정확한 표현이 아닐 것이다. 그들이 육체적으로나 정신적으로 헐벗음 때문에 괴로워했다고 말하는 편이 더 정확할 것이다. 페스트 발생 초기만 해도 그들은 잃어버린 사람을 뚜렷이 기억하고 그리워했다. 그러나 사랑하는 사람의 얼굴과 웃음, 나중에 알고 보니 그 사람이 행복해했던 어떤 날, 이런 것들은 모두 분명하게 기억났지만, 그들이 그 사람을 다시 그려보는 바로 그 순간에, 또 이제는 그렇게도 먼 곳이 되어버린 그 장소에서 그 사람이 무엇을 하고 있는지 상상하기는 어려웠다. 결론적으로 그 시기에 그들은 기억력은 있었지만 상상력이 충분하지 않았다. 페스트가 둘째 단계로 접어들자 기억조차 희미해졌다. 얼굴을 잊어버린 것이 아니라, 같은 이야기이지만, 얼굴에 살이 없어져 마음속에서 그 얼굴을 알아볼 수 없게 된 것이다. 그러므로 사랑과 관련해 초기 몇 주 동안에는 환영만 상대한다고 괴로워하는 경향이 있었다면, 그후에는 추억 속에 간직해온 희미한 색깔마저 잃어버림으로써, 환영도 예전보다 살이 빠질 수 있다는 사실을 깨닫게 되었다. 기나긴 이별을 겪자 그들은 전에 누렸던 친밀함을 더이상 상상하지 못했고, 언제라도 손을 얹을 수 있었던 한 존재가 어떻게 그들 곁에 있을 수 있었는지도 더이상 상상하지 못했다.

이런 관점에서 보면, 그들은 보잘것없기 때문에 그만큼 더 효과적이었던 페스트의 질서 속에 들어가 있었다. 우리 도시에서는 이제 그 누구도 고양된 감정을 느끼지 못했다. 사람들은 하나같이 단조로운 감정만 느꼈다. "이제 끝날 때도 됐는데" 하고 시민들은 되뇌었다. 재앙 기간에 집단적 고통이 끝나기를 바라는 것은 당연하기도 하고, 또 실제로도 그것이 끝나기를 바랐던 것이다. 이렇게 말한다고 해서 거기서 초기의 열정이나 쓰라린 감정을 찾을 수 있는 것은 아니었다. 그것은 우리에게 여전히 선명하게 남아 있지만 빈약하기만 했던 이성에 따라 되뇌는 말에 불과했다. 초기 몇 주 동안 이어졌던 사나운 열정이 수그러들자 의기소침한 상태가 뒤따랐는데, 그런 상태를 체념으로 해석하는 것은 잘못일지도 모르지만, 일종의 일시적 동의가 아니라고 할 수는 없었다.

우리 시민들은 순종했고, 흔히 말하듯 적응했는데, 달리 할 수 있는 방법이 없었다. 물론 불행한 사람, 고통스러워하는 사람의 태도는 여전히 남아 있었지만, 그것을 더이상 애석하게 여기지 않았다. 그런데 예를 들어 의사 리외는 바로 그것이 불행이며, 습관이 되어버린 절망은 절망 자체보다 더 나쁜 것이라고 생각하고 있었다. 예전에 그들은 이별 상태에 있어도 실제로 불행하지는 않았다. 그들의 고통에는 광채 같은 것이 있었는데 그것이 꺼져버린 것이다. 이제는 길모퉁이나 카페, 친구 집에서 사람들이 평온하면서도 무심한 표정을 짓고 있는 것을 볼 수 있었는데, 눈빛이 얼마나 권태로운지 그들 때문에 시 전체가 마치 대합실 같았다. 직업이 있는 사람들은 페스트와 보조를 맞춰, 꼼꼼하긴 하지만 생기라곤 전혀 없는 태도로 일을 해나갔다. 모두 겸손해졌다. 처음으로, 헤어진 사람들은 헤어져 있는 사람에 대해 이야기하는 데 거리낌이 없었고, 다른 사람들이 쓰는 말투를 쓰기도 하고, 자기들의 이별을 전염병의 통계수치와 연결해 검토해보기도 했다. 그때까지는 자신의 고통을 집단적 불행과 완강히 분리해 생각해왔지만, 이제는 두 문제를 함께 생각하게 되었다. 그들은 기억도 희망도 없이 현재 속에 자리잡고 있었다. 사실 그들에게는 모든 것이 현재로 변했다. 페스트가 모든 사람에게서 사랑을 나눌 힘을, 심지어 우정을 나눌 힘조차 앗아갔다는 사실에는 의심의 여지가 없었다. 사랑에는 어느 정도 미래가 요구되는데, 우리에게는 순간들만 남은 것이다.

물론 이 모든 것에서 절대적인 것은 아무것도 없었다. 왜냐하면 헤어진 사람들이 모두 그런 상태에 다다른 것은 사실이지만, 덧붙여 말하건대 모두가 동시에 그렇게 된 것은 아니었고, 또 일단 새로운 무감각 상태에 빠져들었다가도 각성 상태가 갑자기 섬광처럼 돌아와 더 새롭고 더 고통스러운 감수성을 되찾기도 했기 때문이다. 그런 각성 상태에서 그들은 잠시 현실을 잊고, 페스트가 사라지기라도 한 것처럼 미래의 계획을 세워보는 순간들이 필요했다. 그런 상태에서는 은총이라도 받은 듯, 질투할 대상이 없는데도 질투심이 물어뜯는 것 같은 고통을 느껴야 했다. 어떤 사람들은 주중의 어떤 날이나 일요일 그리고 토요일 오후에 갑자기 깨어나 마비 상태에서 벗어나곤 했다. 지금은 곁에 없는 사람들과 함께하던 시절에 그 시간들을 어떤 의식 같은 것에 온전히 바쳤기 때문이다. 또 하루가 저물어갈 무렵 그들은 우수에 사로잡혀 옛 기억이 되살아날 것 같은 느낌이 들기도 했지만 그 느낌이 항상 충족되는 것은 아니었다. 저녁 시간은 신자들에게는 양심을 점검하는 시간이었지만, 점검할 것이라고는 공허밖에 없는 죄수나 유배된 사람들에게는 가혹한 시간이었다. 그 시간이 되면 그들은 잠시 유보 상태로 있다가, 결국은 무기력 상태로 다시 돌아가 페스트 속에 틀어박혔다.

이미 짐작했겠지만, 이런 일은 그들이 갖고 있던 가장 개인적인 것을 포기하는 것을 의미했다. 페스트 초기에는 남들이 볼 땐 아무 가치도 없는 하찮은 것이지만 자기에게는 매우 중요한 것들이 그리도 많다는 사실에 놀랐고, 그럼으로써 예전에 개인 생활을 했다면 이제는 반대로 남들이 관심 갖는 것에만 관심을 가졌고, 남들이 생각하는 대로 생각했으며, 사랑마저도 그들에게는 가장 추상적인 모습으로 나타났다. 얼마나 페스트에 사로잡혀 있었던지 이제는 꿈속에서나 겨우 희망을 품을 정도였고, '그놈의 림프절 멍울, 이제 좀 끝났으면!' 하고 생각하고는 자기가 놀랄 정도였다. 그러나 사실 그들은 이미 잠들어 있었고, 그 기간 전체가 하나의 기나긴 잠에 불과했다. 도시는 눈뜬 채 잠을 자는 사람들로 가득차 있었는데, 겉에서 보면 다 아문 것처럼 보이던 상처가 한밤중에 갑자기 다시 터져버리는 드문 순간에만 그들은 자기 운명에서 벗어날 수 있었다. 그래서 잠을 자다가 벌떡 일어나, 염증이 생긴 입술을 무심결에 다시 건드려 순식간에 고통을 다시 생생하게 느끼고, 고통을 느끼는 것과 동시에 잃어버린 사랑 때문에 얼굴을 찡그리게 되었던 것이다. 그랬다가 아침이 되면 그들은 다시 재앙 속으로, 다시 말해 타성에 빠진 삶 속으로 돌아가곤 했다.

이별한 사람들이 어떤 모습이었느냐고 묻는 사람도 있을 것이다. 사실 그 답은 간단하다. 아무 모습도 아니었으니까. 아니면 그들이 모든 사람들과 같은 모습, 극히 일반적인 모습이었다고 말할 수도 있다. 그들은 이 도시의 평온한 면모와 소란스럽고 유치한 면모를 동시에 지니고 있었다. 겉모습은 냉정해졌지만 비판적 감각은 상실했던 것이다. 예를 들어, 그들 중 가장 현명한 사람들까지도 다른 사람들과 마찬가지로 신문을 읽거나 라디오 방송을 들으며 페스트가 빨리 끝날 거라고 믿을 만한 근거를 찾는 척하거나, 어떤 신문기자가 지겨워서 하품을 하며 되는대로 쓴 논설을 읽고 허황된 희망을 품거나 근거 없는 공포를 느끼는 것을 볼 수 있었다. 그러지 않으면 맥주를 마시거나, 병자를 돌보거나, 게으름을 피우거나, 기진맥진할 정도로 일을 하거나, 카드를 정리하거나, 아무 레코드판이나 집어들고 축음기를 돌리곤 했다. 다시 말해 그들은 더이상 아무것도 선택하지 않았다. 페스트 때문에 가치판단력을 상실했던 것이다. 옷이나 식료품을 사면서 질을 따지는 사람이 아무도 없는 데서도 그런 사실이 엿보였다. 사람들은 모든 것을 구분 없이 한 덩어리로 받아들였다.

마지막으로, 이별한 사람들에겐 특권 같은 것이 있어서 그것이 초기에 호기심을 불러일으키고 그들을 지켜주었는데, 이제는 더이상 그런 특권이 없었다. 그들은 사랑의 에고이즘과 더불어 거기서 끌어냈던 이점을 상실하고 말았던 것이다. 적어도 이제 상황은 명백했다. 모든 사람이 다 재앙과 관련되어 있었다. 우리 모두가 시의 출입문에서 울리는 총소리와 우리의 삶이나 죽음에 박자를 맞춰 찍어대는 고무도장 소리 한가운데에서, 화재와 기록 카드, 공포와 수속 절차 한가운데에서, 화장터의 무시무시한 연기와 구급차의 한가로운 사이렌 소리 속에서 치욕적인 죽음을 기다리며 사망자 명부에 기록되기를 기다리고 있었다. 우리 모두가 자신도 모르는 사이에 놀랄 만한 재회와 평화의 시간을 똑같이 기다리면서 똑같은 유배의 빵으로 식사를 하고 있었던 것이다. 우리의 사랑은 여전히 거기에 있었을 테지만, 사랑은 사용할 수 없었고, 지니고 다니기에는 무거웠으며, 마음속에서는 무기력했고, 범죄나 유죄판결처럼 무익한 것에 불과했다. 사랑은 이미 기약 없는 인내, 고집스러운 기다림에 불과했다. 이런 관점에서 보면, 몇몇 시민들의 태도는 시내 어디에나 있는 식료품 가게 앞에 길게 줄을 선 행렬을 연상시켰다. 그것은 끝도 없고 환상도 없는 똑같은 체념이었고 똑같은 인내심이었다. 다만 이별의 감정을 이해하려면 식료품 구입자의 감정보다 천 배 이상 확대해서 생각해야 할 것이다. 왜냐하면 당시 이별의 고통은 모든 것을 집어삼킬 수 있는 또하나의 굶주림이었기 때문이다.

어쨌든 이 도시에서 이별한 사람들이 처해 있던 정신 상태를 정확하게 알고 싶은 사람이 있다면, 남녀가 거리로 쏟아져나오는 동안 나무 한 그루 없는 도시 위에서 영원히 지속되는 것처럼 보이는 먼지 자욱한 황금빛 석양을 다시 한번 상기할 필요가 있다. 왜냐하면 당시 도시의 일반적인 언어였던 차량 소리와 기계 소리가 사라진 가운데, 아직 해가 비치는 테라스 쪽으로 올라오는 소리는, 이상하게도, 발소리와 둔탁한 목소리가 빚어내는 거대한 웅성거림밖에 없었기 때문이다. 무겁게 덮인 하늘에서 들리는 재앙의 휘파람 소리에 리듬을 맞춰 수많은 구두창들이 고통스럽게 미끄러지는 소리, 저 끝없고 숨막히는 제자리걸음 소리가 온 시가지를 차츰 가득 채우며 당시 우리의 마음속에서 사랑을 대신했던 맹목적인 고집에 저녁마다 가장 충실하고 가장 음울한 목소리를 부여했던 것이다.

제4부

9월과 10월 두 달 동안, 페스트는 도시를 자신의 발아래에 굴복시키고 있었다. 제자리걸음밖에 할 것이 없었기 때문에, 끝없이 이어진 수주일 동안 수십만 명의 사람들이 계속해서 제자리걸음을 했다. 하늘에서는 안개와 무더위와 비가 차례로 이어졌다. 남쪽에서 날아온 찌르레기와 개똥지빠귀 무리가 도시를 우회해 하늘 높이 조용히 날아갔다. 파늘루 신부가 휘파람 소리를 내며 하늘에서 빙빙 도는 이상한 나무토막이라고 했던 재앙이 새들을 멀리 쫓아버린 것만 같았다. 10월 초에는 소나기가 억수같이 쏟아져 거리를 쓸고 지나갔다. 그동안에는 터무니없는 제자리걸음 외에 더 중요한 일은 아무것도 일어나지 않았다.

그즈음 리외와 그의 친구들은 자신들이 얼마나 지쳐 있는가를 알게 되었다. 사실 보건대 사람들은 더이상 피로를 견뎌낼 수 없었다. 자신이 친구들과 자기 자신에 대해 이상하게 점점 더 무관심해지는 것을 보고 의사 리외는 그 사실을 깨달았다. 예를 들면, 그들은 지금까지 페스트에 관한 소식이라면 어떤 것이든 매우 깊은 관심을 보여왔는데, 이제는 전혀 그렇지 않았다. 랑베르는 얼마 전부터 자기가 묵고 있던 호텔에 설치된 예방격리소를 임시로 관리하고 있었는데, 자신이 몇 명을 담당하는지 완벽하게 알고 있었다. 그는 느닷없이 병의 징후를 보이는 사람들을 즉각적으로 후송하기 위해 자신이 만들어놓은 시스템에 관련된 사항은 세세한 것까지 훤히 알고 있었다. 예방 차원에서 격리된 사람들에게 미치는 혈청의 효과에 대한 통계도 잘 기억하고 있었다. 그러나 일주일 동안 페스트 희생자가 몇 명 발생했는지, 실제로 페스트가 더 심해지는지 아니면 줄어드는지는 알지 못했다. 그런데도 그는 곧 탈출할 수 있으리라는 희망을 간직하고 있었다.

다른 사람들로 말하면, 밤낮으로 일에 몰두할 뿐, 신문을 읽지도 라디오를 듣지도 않았다. 누가 어떤 결과를 알려주면 관심 있는 척했지만 실제로는 멍한 상태에서 무관심한 태도로 들었다. 그런 무관심은 고된 노동에 지칠 대로 지쳐서 일상적인 의무나 겨우 수행할 뿐 결정적인 작전도 휴전의 날도 더이상 바라지 않는 대규모 전쟁의 전투원에게서나 상상할 수 있는 것이었다.

페스트와 관련된 통계 업무는 그랑이 계속 맡고 있었지만, 그 통계가 의미하는 전반적인 결과에 대해서는 틀림없이 그랑도 말하지 못했을 것이다. 타루나 랑베르, 리외가 피로를 잘 견딘 것과 달리 그는 건강이 좋았던 적이 없었다. 그런데도 시청 보조 직원이라는 직책과 리외의 사무실 일, 그리고 자신의 야간 작업을 동시에 수행하고 있었다.

그런 탓에 지속적인 탈진 상태에 놓여 있었지만 두세 가지 고정관념, 예를 들어 페스트가 끝나면 적어도 일주일 동안 휴가를 얻어서, '모자를 벗으시오'라는 말이 나올 정도로 자기가 하고 있는 일을 한번 적극적으로 해보겠다는 생각으로 간신히 버티고 있었다. 그러다가 갑자기 감상에 빠지기도 했다. 그럴 때면 즐거운 어조로 리외에게 잔에 대해 이야기하면서, 지금 그녀는 어디에 있을까, 신문을 읽으면서 자기 생각을 하고 있을까 궁금해했다. 어느 날 리외는 자신도 모르는 사이에 아내에 대해 무척 평범한 어조로 이야기를 하고는 깜짝 놀랐다. 그때 그가 이야기를 한 상대가 바로 그랑이었다. 그때까지는 그 누구에게도 그런 이야기를 한 적이 없었다. 전보에서 아내는 늘 괜찮다고만 하는데 그것을 얼마나 믿어야 할지 몰라서 그는 요양소의 담당 의사에게 전보를 쳐보기로 결심했다. 답신을 통해 환자의 상태가 악화되었다는 소식과 함께, 더이상 악화되지 않도록 최선을 다하겠다는 약속을 받았다. 그는 그 소식을 혼자 간직하고 있었다. 그랑에게 그 소식을 털어놓게 된 것은 피곤 때문이었다고밖에 설명할 길이 없다. 시청 직원이 잔 이야기를 한 뒤 그녀에 대해 묻는 바람에 리외가 대답을 한 것이다. "잘 아시겠지만, 그런 병은 이제 아주 잘 낫잖아요." 그랑이 말했다. 리외도 그렇다고 동의했다. 다만 헤어진 기간이 좀 길어지기 시작했고, 자기가 곁에 있으면 아내가 병을 이겨내는 데 도움이 될 텐데 지금 아내는 정말 외로울 거라고 말했다. 그러고는 입을 다물고, 그랑의 질문에만 마지못해 대답했다.

다른 사람들도 같은 상황이었다. 타루는 잘 견뎌내고 있었으나, 그의 수첩을 들여다보면 호기심의 깊이는 여전해도 다양성은 사라지고 없었다. 실제로 그 기간 동안, 그는 코타르에게만 흥미를 느끼는 것 같았다. 호텔이 예방격리소로 바뀐 뒤부터 그는 결국 리외의 집에서 살게 되었는데, 저녁때 그랑이나 의사가 그날의 결과를 전해도 거의 듣지 않았다. 그는 자기가 전반적으로 관심을 기울이던 오랑의 사소한 일상생활로 금세 화제를 바꾸곤 했다.

카스텔이 리외에게 혈청이 준비되었다고 알려주러 왔다. 그날 오통 씨의 어린 아들이 병원으로 이송되어 왔다. 리외가 보기에는 절망적이라 그들은 그 아이에게 혈청을 시험해보기로 결정했다. 그후에 리외는 늙은 친구에게 최근의 통계를 알려주다가 그가 안락의자에 깊숙이 앉아 곤히 잠들어 있는 것을 보았다. 평소에는 부드러우면서도 신랄한 표정 때문에 얼굴에서 영원한 젊음이 느껴졌는데, 갑자기 긴장이 풀리자 반쯤 열린 입술 사이로 침이 흐르면서 피로와 노쇠의 기미가 엿보였다. 리외는 목이 조여드는 느낌을 받았다.

리외는 자신이 얼마나 피곤한지를 그런 약한 모습들을 통해 알 수 있었다. 그는 자신의 감정을 통제할 수 없었다. 대개의 경우 긴장된 채 딱딱하게 메말라 있던 감성이 이따금 풀어지면서 그는 더이상 통제할 수 없는 감정에 휩싸이곤 했다. 대비책이라고는 그 딱딱한 상태 속으로 피신해 자기 안에 형성되어 있던 매듭을 더욱 조이는 것뿐이었다. 그도 잘 알고 있는 사실이지만, 그렇게 하는 것이 계속 견딜 수 있는 가장 좋은 방법이었다. 게다가 그는 환상도 많지 않았고, 또 여태까지 품고 있던 환상마저 피곤해서 다 잃어버리고 말았다. 언제 끝날지 알 수 없는 그런 시기에 자신이 해야 할 역할은 더이상 병을 치료하는 것이 아니라는 사실을 알고 있었던 것이다. 그의 역할은 진단하는 것이었다. 그의 일은 발견하고, 보고, 기록하고, 등록하고, 그런 후에 선고를 내리는 것이었다. 환자의 아내들이 그의 손목을 붙잡고 울부짖었다. "선생님, 좀 살려주세요!" 그러나 그는 살리기 위해 거기에 있는 것이 아니라 격리 명령을 내리기 위해 있었다. 그때 사람들의 얼굴에서 증오심을 읽었다고 한들 그게 무슨 소용이란 말인가? 어느 날 누군가 그에게 "인정이 없군요"라고 말했다. 천만에, 그는 인정이 넘치는 사람이었다. 그 인정 때문에, 살기 위해 태어난 사람들이 죽는 광경을 매일 스무 시간씩 참아낼 수 있었다. 그 인정 때문에 매일 다시 시작할 수 있었다. 그리고 이제 그에게는 다시 시작할 수 있을 만큼의 인정밖에 남지 않았다. 그 정도의 인정을 가지고 어떻게 사람의 생명을 살리겠는가?

그렇다, 그가 하루종일 나눠준 것은 도움이 아니라 정보였다. 물론 그런 것을 인간의 직분이라고 할 수는 없었다. 그러나 공포에 휩싸여 죽어가는 군중 속에서, 인간의 직분을 수행할 수 있을 만큼 여유로운 사람이 누가 있단 말인가? 피곤한 것이 차라리 다행이었다. 만약 리외에게 힘이 남아 있었다면, 어디에나 퍼져 있는 죽음의 냄새 때문에 감상적인 사람이 되고 말았을 것이다. 그러나 잠을 네 시간밖에 자지 못하면 감상적인 사람이 될 수 없다. 그때는 사태를 있는 그대로, 즉 정의의 눈으로, 끔찍하고 조롱하는 듯한 정의의 눈으로 보게 된다. 사형선고를 받은 다른 사람들도 그것을 여실히 느끼고 있었다. 페스트가 발생하기 전에 리외는 구원자 같은 대접을 받았다. 알약 세 개와 주사 한 대면 모든 것을 해결할 수 있었고, 사람들은 그의 팔을 잡고 복도까지 그를 배웅해줬다. 그것은 기분좋기도 하지만 위험하기도 했다. 그런데 이제는 반대로 그는 군인들과 함께 다녔고, 가족들이 문을 열게 만들려면 개머리판으로 두드려야 했다. 할 수만 있다면 그들은 리외를, 그리고 인류 전체를 자기들과 함께 죽음 속으로 끌고 들어가려 했을 것이다. 아! 인간은 다른 인간들 없이 지낼 수 없고, 리외도 그 불행한 사람들과 마찬가지로 모든 것을 박탈당한 사람이었으며, 그들의 집에서 나올 때 마음속에서 점점 커지던 동정심을 리외 자신도 다른 사람들과 마찬가지로 받아 마땅하다는 것은 진정코 거짓이 아니다.

끝없이 이어지던 그 몇 주 동안, 적어도 이런 생각들이 이별한 자라는 자신의 상황에 대한 생각과 더불어 의사 리외의 마음을 휘저어놓았다. 그가 친구들의 얼굴에서 읽어낸 것도 바로 그런 생각이었다. 재앙에 맞서 싸우는 사람들은 차츰 탈진 상태에 빠져들었는데, 탈진 상태가 초래하는 가장 큰 위험은 외부의 사건이나 타인의 정서에 대한 무심함이 아니라, 될 대로 되라는 식으로 내버려두는 어떤 태만함이었다. 당시 그들에게는 반드시 필요하지 않은 행동이나 힘에 부쳐 보이는 행동은 하지 않으려는 경향이 있었다. 그래서 자기들이 정해놓은 위생규칙을 소홀히 하고, 자기 몸에 실시해야 하는 수많은 소독규칙 중 몇 가지를 잊어버렸으며, 때로는 전염 예방 조치조차 취하지 않고 폐렴형 페스트 환자 곁으로 달려가는 일도 있었다. 감염된 집에 가야 한다는 것을 출발 직전에 알게 될 경우, 몸에 소독약을 뿌리러 정해진 장소로 되돌아가는 일이 피곤하게 여겨졌던 것이다. 페스트와 투쟁하는 것이 사람들을 페스트에 가장 취약하게 만든다는 점에서 그것은 정말 위험한 일이었다. 결국 그들은 운에 희망을 건 셈이었지만, 운을 바랄 수 있는 사람은 아무도 없었다.

그러나 그 도시에는 지친 것 같지도 않고 실망한 것 같지도 않으며 만족감을 고스란히 내보이는 사람이 한 명 있었다. 코타르였다. 그는 다른 사람들과 접촉을 유지하면서도 여전히 따로 떨어져 있었다. 그러면서도 타루의 일을 방해하지 않는 한도 내에서 가능한 한 자주 타루를 만나려고 했는데, 그것은 타루가 자기와 관련된 사건을 잘 알기도 했고, 또 그 조그만 연금생활자를 변함없이 따뜻하게 맞아주었기 때문이다. 타루에게서 발견할 수 있는 놀라운 점이기도 했지만, 그는 아무리 힘들어도 항상 호의가 넘치고 친절했다. 저녁에 피곤해서 죽을 지경이어도, 이튿날이면 기운을 되찾곤 했다. "그 사람하고는 말이 통해요." 코타르가 랑베르에게 말했다. "그는 진짜 사내니까요. 언제나 이해심이 깊고요."

이런 이유로, 이 시기에 타루가 수첩에 기록한 내용은 차츰 코타르라는 인물에게 집중되었다. 타루는 코타르가 전한 대로 또는 자기가 해석한 바를 통해 코타르의 반응과 생각을 일목요연하게 보여주려고 노력했다. 그는 그것을 '코타르와 페스트의 관계'라는 제목 아래 여러 페이지에 걸쳐 수첩에 제시하고 있는데, 서술자로서 그것을 여기에 간단히 소개하는 것이 좋을 듯하다. 그 조그만 연금생활자에 대한 타루의 전반적인 의견은 다음과 같이 요약할 수 있다. '그는 성장하는 인물이다.' 어쨌든 외관상으로 볼 때 그는 기분도 좋고 성장하고 있었다. 그는 사건이 진행되는 추세에 대해 불만이 없었고, 가끔 타루 앞에서 다음과 같은 몇 마디 말로 자신의 진정한 생각을 표현했다. "물론 더 나아지지는 않아요. 하지만 적어도 모든 사람이 함께 연루되어 있죠."

타루는 이렇게 덧붙였다. '물론 그도 다른 사람들과 마찬가지로 위협받고 있다. 그러나 중요한 것은 다른 사람들도 함께 위협받는다는 점이다. 그리고 확신컨대, 자기가 페스트에 걸릴 수 있다는 사실은 심각하게 생각하지 않는다. 그는 큰 병에 걸렸거나 심각한 불안에 사로잡힌 사람은 다른 병이나 불안에서 면제된다고 굳게 믿으며 살아가는 것 같다. 게다가 그 생각이 아주 어리석은 것도 아니다. 그는 나에게 이렇게 말한 적이 있다. "사람이 여러 가지 병에 한꺼번에 걸리지 않는다는 사실을 아세요? 가령 선생님이 중증의 암이나 심한 결핵같이 치유할 수 없는 중병을 앓고 있다면 페스트나 장티푸스는 절대로 걸리지 않을 겁니다. 그건 불가능하거든요. 사실은 그 정도가 아니에요. 암환자가 자동차 사고로 죽는 것도 본 적이 없으실 테니 말이에요." 사실이건 아니건, 그런 생각을 하면 코타르의 기분은 무척 좋아진다. 그가 원치 않는 것이 하나 있다면 그것은 다른 사람들과 떨어져 있는 것이다. 그는 혼자서 죄수가 되느니 다른 모든 사람들과 함께 포위되어 있는 편을 더 좋아한다. 페스트와 함께하면 내사內査, 서류, 정보 카드, 어떻게 될지 알 수 없는 예심, 임박한 체포 같은 것은 더이상 문제되지 않는다. 정확하게 말하면, 이제는 경찰도 없고, 과거의 범죄도 새로운 범죄도 없고, 죄인도 없다. 가장 자의적으로 행해지는 사면을 기다리는 죄수들만 있을 뿐이다. 그리고 죄수들 중에는 경찰도 포함되어 있다.' 여전히 타루의 해석에 따른 것이긴 하지만, 코타르는 시민들의 불안과 혼란의 징후를 만족스럽고도 너그럽고 이해심 깊은 태도로 응시할 자격이 있는 사람이었다. 그 태도는 '계속 떠들어봐. 나는 그것을 당신들보다 먼저 겪었어'라는 말로 표현될 수 있었다.

다른 사람들과 떨어져 있지 않으려면 양심적으로 행동하는 것이 유

한국 최초 노벨문학상 수상!

한강

역사적 트라우마를 정면으로 마주하고
인간 삶의 연약함을 드러내는 강렬하고 시적인 산문.

_노벨문학상 선정 이유

©전예슬

©정멜멜

한강

1970년 겨울에 태어났다. 1993년 『문학과사회』 겨울호에 시 「서울의 겨울」 외 4편을 발표하고 이듬해 서울신문 신춘문예에 단편소설 「붉은 닻」이 당선되면서 작품활동을 시작했다. 장편소설 『검은 사슴』 『그대의 차가운 손』 『채식주의자』 『바람이 분다, 가라』 『희랍어 시간』 『소년이 온다』 『흰』 『작별하지 않는다』, 소설집 『여수의 사랑』 『내 여자의 열매』 『노랑무늬영원』, 시집 『서랍에 저녁을 넣어 두었다』 등이 있다. 오늘의 젊은 예술가상, 이상문학상, 동리문학상, 만해문학상, 황순원문학상, 김유정문학상, 김만중문학상, 대산문학상, 인터내셔널 부커상, 말라파르테 문학상, 산클레멘테 문학상, 메디치 외국문학상, 에밀 기메 아시아문학상 등을 수상했으며, 노르웨이 '미래 도서관' 프로젝트 참여 작가로 위촉되었다. 2024년 한국 최초로 노벨문학상을 수상했다.

2024 노벨문학상
수상을 축하합니다

수상 소식을 알리는 연락을 처음 받고는 놀랐고,
전화를 끊고 나자 천천히 현실감과 감동이 느껴졌습니다.
수상자로 선정해주신 것에 감사드립니다.
하루 동안 거대한 파도처럼 따뜻한 축하의 마음들이
전해져온 것도 저를 놀라게 했습니다. 마음 깊이 감사드립니다.

_한강 작가가 서면으로 전한 수상 소감

한강은 모든 작품에서 역사적 트라우마와 보이지 않는
규범들을 정면으로 마주하며,
각각의 작품에서 인간 삶의 연약함을 드러낸다.
육체와 영혼, 산 자와 죽은 자의 연결에 대한
독특한 인식을 지니고 있으며, 시적이고 실험적인 문체로
현대 산문의 혁신가로 자리매김했다.

_노벨문학상 선정 이유

희랍어 시간 장편소설

말을 잃어가는 한 여자의 침묵과 눈을 잃어가는
한 남자의 빛이 만나는 찰나의 이야기

"이 소설과 함께 살았던 2년 가까운 시간,
소설 속 그와 그녀의 침묵과 목소리와 체온,
각별했던 그 순간들의 빛을 잊지 않고 싶다."
_'작가의 말'에서

검은 사슴 첫 장편소설

무엇인가를 갈망하는 것을 멈출 때
비로소 평화를 얻게 된다는 것을
나는 어렴풋이 깨닫고 있었다

"인간의 연약함을, 연약함으로 인한 고통을
운명의 깊이로 전환하는 소설이다."
_백지은(문학평론가)

디 에센셜 한강

작가가 직접 가려 뽑은 소설, 시,
산문을 한 권으로 만난다

"오직 쓰기만을 떠나지 않았고 어쩌면
그게 내 유일한 집이었다는 생각도 하게 되었다."
_'작가의 말'에서

일한 방법이라고 아무리 말해줘도 소용이 없었다. 그는 불쾌한 눈초리로 나를 쳐다보더니 말했다. "그런 조건이라면 다른 사람과 어울려 지낼 수 있는 사람은 아무도 없어요." 그러더니 "선생님은 괜찮아요, 제가 장담하죠. 하지만 모든 사람이 함께 있게 만드는 유일한 방법은 페스트를 더 떠맡기는 거예요. 주위를 한번 둘러보세요"라고 했다. 사실 나는 그가 무슨 말을 하는지, 그가 현재의 삶을 얼마나 편안하게 여기는지 잘 알고 있다. 길을 지나가면서, 한때 자신이 보였던 반응들을 어찌 그가 알아보지 못하겠는가? 세상 사람들을 전부 자기편으로 만들어보려는 시도, 길 잃은 사람에게 길을 알려줄 때 베푸는 친절, 다른 경우에 사람들이 그에게 드러냈던 불쾌한 기분, 고급 식당에 몰려가서 늦게까지 시간을 보내며 느끼는 즐거움, 매일같이 영화관 앞에 줄을 서고 온갖 공연장에서 댄스홀에 이르기까지 만원을 이루며 공공장소라면 그 어디라도 성난 파도처럼 퍼져나가는 무질서한 인파, 몸이 닿으면 뒤로 물러나면서도 사람들을 다른 사람들에게로, 팔꿈치를 팔꿈치에게로, 이성異性을 이성에게로 다가가게 하는 인간의 온기에 대한 열망, 코타르는 이 모든 것을 그들보다 먼저 경험했던 것이다. 그건 분명했다. 그러나 여자를 경험하는 것만은 예외였는데, 하긴 코타르처럼 생겨서야…… 그리고 내 생각에 그는 매춘부를 찾아갈 마음의 준비가 되었다고 느끼다가도 나쁜 취미를 붙여 나중에 피해를 볼까봐 포기하고 말았을 것 같다.

결론적으로 그에게는 페스트가 도움이 된 셈이었다. 페스트는 고독하지만 고독하기를 원치 않는 사람을 공범으로 삼는다. 그런 사람은 공범이 분명하며, 그것도 그렇게 된 것을 즐거워하는 공범이기 때문이다. 그는 눈에 띄는 모든 것, 즉 여러 가지 미신, 까닭 없는 두려움, 신경과민이다 싶을 정도의 불안감, 페스트에 관한 이야기는 되도록 하지 않으려고 하면서도 끊임없이 이야기하는 이상한 버릇, 그 병이 두통에서 시작된다는 것을 안 뒤부터 머리가 조금만 아파도 창백해지고 불안해지는 심정, 그리고 잠시 잊은 것을 무시한다고 여기고 바지 단추 하나만 잃어버려도 상심하는 초조하고 예민한, 요컨대 불안정한 감수성, 이 모든 것의 공범인 것이다.'

타루가 저녁에 코타르와 함께 외출하는 일이 잦아졌다. 돌아와서는 자기들이 어떻게 황혼 무렵이나 밤중에 어깨를 나란히 하고 거무스름한 군중 속에 섞인 채, 이따금 희미한 가로등 불빛을 받아 밝아졌다가 도로 어두워지는 무리에 휩쓸려, 차가운 페스트를 물리쳐줄 뜨거운 쾌락을 찾아 나아가는 인간들의 행렬을 따라가게 되었는가를 수첩에 밝혀놓았다. 코타르가 수개월 전 공공장소에서 찾던 것, 그가 꿈꾸어왔지만 만족스럽게 누릴 수 없었던 사치와 여유로운 생활, 즉 절제할 수 없는 향락을 이제는 시민 전체가 추구하고 있었다. 물가가 천정부지로 치솟던 그때만큼 사람들이 돈을 낭비한 적은 없었고, 대부분의 사람들에게 생활필수품이 부족한데도, 여분으로 남겨두었던 모든 것을 그때만큼 남김없이 탕진한 적도 없었다. 한가해지자 유희를 즐기는 사람들이 배로 늘었지만, 그들이 누리는 한가한 시간은 실업 상태에서 비롯된 것이었다. 타루와 코타르는 가끔 한 쌍의 남녀를 꽤 오랫동안 따라가보았다. 전에는 관계를 감추려고 애쓰던 그들이 이제는 굉장한 열정에 사로잡혀 조금 부주의해졌는지, 주위의 군중은 쳐다보지도 않고 서로 꼭 껴안고 거리를 돌아다녔다. 코타르는 감동한 듯, "아! 젊으니까

좋군!"이라고 말했다. 그러고는 집단적인 열기와 그들 주위에서 뿌려지는 많은 팁, 눈앞에서 전개되는 연애를 보고 밝은 표정을 지으며 큰 소리로 이야기했다.

그렇지만 타루가 보기에, 코타르의 태도에 악의라고는 거의 없었다. "난 그런 것을 그들보다 먼저 겪었어"라고 말할 때 그의 태도에는 승리감보다는 불행이 더 드러나 보였다. 타루는 이렇게 적어놓았다. '그는 하늘과 도시의 벽 사이에 갇힌 사람들을 사랑하기 시작한 것처럼 보인다. 예를 들어, 할 수만 있다면 그는 그들에게 그것이 생각만큼 끔찍하지 않다고 기꺼이 설명해주고 싶었으리라. "저들이 하는 말 들리시죠?" 그가 나에게 강조해서 말했다. "페스트가 끝나면 이걸 해야지, 페스트가 끝나면 저걸 해야지, 하는 소리 말이에요…… 그들은 편안하게 지내지 못하고 삶을 망치고 있어요. 자기들이 얼마나 유리한지 이해하지 못한 거죠. 체포되면 이런 것을 하겠다고 내가 말할 수 있을까요? 체포는 시작이지 끝이 아니에요. 반면에 페스트는…… 내 생각을 말해볼까요? 저 사람들은 되는대로 가만히 내버려두지 않아서 불행한 거예요. 다 근거가 있어서 하는 말이에요."'

'사실 그의 말에는 근거가 있다'고 타루는 덧붙였다. '그는 오랑 시민의 모순을 제대로 파악하고 있다. 시민들은 자기들을 친밀하게 만들어주는 따뜻함을 절실히 필요로 하면서도 서로에 대한 불신 때문에 그 따뜻함을 마음껏 누리지 못하고 멀어지고 있다. 이웃을 믿을 수 없다는 것을, 이웃 사람이 나도 모르는 사이에 페스트를 옮길 수 있고 방심한 틈을 타 감염시킬 수도 있다는 것을 너무나 잘 알고 있는 것이다. 코타르처럼, 사람을 사귀고 싶어하면서도 그 사람이 밀고자일 수도 있다고 생각하며 지내온 사람들은 그 감정을 이해한다. 페스트가 곧 자기 어깨를 낚아챌 수 있다고 생각하며 살아온 사람들의 심정에, 우리가 아직은 무사하다고 기뻐하는 그 순간에 페스트가 자기를 낚아챌 준비를 하고 있다고 생각하며 살아온 사람들의 심정에 충분히 공감하는 것이다. 이런 상황이 계속되는 한, 코타르는 공포 속에서도 편안하게 지낼 수 있다. 그러나 이 모든 것을 누구보다도 먼저 느꼈기 때문에 그는 불확실함에서 비롯된 잔인한 맛을 그들과 완전히 똑같이 느끼지 못할 수도 있다고 나는 생각한다. 결국 페스트에도 불구하고 아직 죽지 않은 우리와 함께 있기 때문에, 그는 자신의 자유와 생명이 파괴되기 일보 직전이라는 사실을 매일같이 절실히 느끼는 것이다. 그러나 자신은 그 공포를 이미 경험했기 때문에, 이번에는 다른 사람들이 그 공포를 경험하는 것이 당연하다고 그는 생각한다. 더 정확하게 말하면, 그럼으로써 그는 공포 속에 홀로 남겨졌을 때보다 공포를 더 쉽게 견디는 것 같다. 그가 잘못 생각하는 것이 바로 그것이고 그를 이해하기가 다른 사람의 경우보다 더 어려운 것도 바로 그것 때문이다. 그러나 바로 그 이유 때문에 다른 사람보다 그를 이해하기 위해 더 노력할 가치가 있다.'

타루의 수기는 코타르뿐 아니라 페스트에 사로잡힌 사람들에게서 동시에 발견되던 특이한 정신 상태를 가시적으로 보여주는 어떤 에피소드로 끝맺고 있다. 이 에피소드는 당시의 어려웠던 분위기를 거의 그대로 보여주는데, 서술자가 이 에피소드를 중요시하는 것도 바로 그것 때문이다.

그들은 〈오르페우스와 에우리디케〉를 상연하는 시립 오페라 극장에

갔다. 코타르가 타루를 초대한 것이다. 한 극단이 페스트가 시작되던 그해 봄에 이 도시로 공연을 왔다가 페스트 때문에 꼼짝 못하게 되자 어쩔 수 없이 오페라 극장과 협약을 맺고 매주 한 번씩 그 공연을 다시 할 수밖에 없었다. 그 결과 몇 달 전부터 시립 극장에서는 금요일마다 오르페우스의 감미로운 탄식과 에우리디케가 헛되이 부르는 목소리가 울려퍼졌다. 이 공연은 계속 인기를 누렸고 매번 대성공을 거두었다. 코타르와 타루는 제일 비싼 좌석에 앉아, 최고로 세련되게 차려입은 시민들로 초만원을 이룬 아래층 일반석을 내려다보았다. 막 도착한 사람들은 입장 시간을 놓치지 않으려고 애를 쓰는 게 역력했다. 무대 전면을 비추는 눈부신 조명 아래 악사들이 악기를 조용히 조율하는 가운데, 사람들이 이 줄에서 저 줄로 옮겨가며 우아하게 허리 굽혀 인사하는 모습이 자세히 보였다. 나지막한 소음이 들리는 가운데 점잖게 대화를 나누며, 사람들은 몇 시간 전 도시의 컴컴한 거리에서는 느끼지 못했던 침착함을 회복하고 있었다. 정장 차림이 페스트를 쫓아버린 것이다.

1막이 상연되는 동안 오르페우스는 자신의 처지를 능수능란하게 한탄했고, 튜닉 차림의 여자들도 오르페우스의 불행을 멋들어지게 설명했다. 사랑은 아리에타 형식으로 노래되었다. 청중은 정중하지만 열렬한 반응을 보였다. 2막에서 오르페우스가 노래하면서, 지옥의 주인을 눈물로 감동시키기 위해 악보에도 없는 떨리는 목소리로 조금 지나치다 싶을 만큼 비장한 어조로 호소한 것을 눈치챈 사람이 거의 없을 정도였다. 그의 발작적인 몸짓은 가장 신중한 사람들에게도 가수의 연기를 더욱 빛나게 하는 세련된 효과로 보였다.

널리 알려진 오르페우스와 에우리디케의 이중창(에우리디케가 사랑하는 연인에게서 떠나는 순간이다)이 3막에 등장하면서 놀라움 때문에 장내가 술렁거리기 시작했다. 마치 청중의 동요만을 기다리고 있었다는 듯, 더 정확히 말해 아래층 일반석에서 올라오는 웅성대는 소리가 자신이 느끼던 것을 확인해주기라도 한 듯, 가수는 고대 의상을 입은 채 손과 발을 벌리고 그로테스크한 몸짓을 하며 무대 앞쪽으로 걸어나오더니 목가적인 무대장치 한복판에서 쓰러지고 말았다. 무대장치는 처음부터 당시의 분위기와 어울리지 않았지만, 관객들은 그때 처음으로 목가적인 것이 얼마나 시대착오적인지를 끔찍할 정도로 깨달았다. 그와 동시에 오케스트라 연주가 멈추고 일반석 청중들이 자리에서 일어나 천천히, 처음에는 조용히, 마치 성당에서 미사를 마치고 나오듯이, 혹은 문상을 마치고 빈소에서 나오듯이, 여자들은 치마를 여미고 고개를 숙인 채, 남자들은 동반한 여자들의 팔꿈치를 잡고 보조의자에 걸리지 않도록 도와주면서 극장을 빠져나가기 시작했다. 그러다가 점차 동작이 급해지고 수군거림이 고함으로 변하더니, 관객들이 출구로 몰려 서두르다가 마침내 고함을 지르며 서로 밀쳐댔다. 코타르와 타루는 그 광경을 보며 자리에서 일어나 그대로 서 있을 수밖에 없었다. 그 광경은 당시 그들이 겪고 있던 삶의 이미지를 그대로 보여주었다. 무대 위에는 광대의 모습으로 분장한 채 쓰러진 페스트가 있고, 관람석에는 버려진 부채며 붉은 의자 위에 늘어진 레이스 달린 숄 같은, 이제는 아무 쓸모가 없는 사치가 있었다.

9월 초순 동안, 랑베르는 리외 곁에서 열심히 일했다. 남자 고등학교 앞에서 곤잘레스와 두 청년을 만나기로 한 날만 휴가를 청했다.

그날 정오에 곤잘레스와 신문기자는 키 작은 두 청년이 웃으며 다가오는 것을 보았다. 그들은 지난번에는 운이 나빴지만 그런 일쯤은 당연히 예상했던 바라고 말했다. 어쨌든 이번 주는 그들이 경비를 설 차례가 아니었다. 다음주까지 참고 기다려야 했다. 그때 다시 시작해보자는 것이었다. 랑베르는 그게 적절하겠다고 말했다. 그러면 만날 날짜를 다음 월요일로 하자고 곤잘레스가 제안했다. 이번에는 랑베르를 아예 마르셀과 루이의 집에 가 있게 하자는 것이었다. "자네하고 나하고 약속을 하지. 혹시 내가 안 오거든 자네가 저애들 집으로 바로 가게. 어디 사는지 가르쳐줄 테니 말이야." 그때 마르셀인지 루이인지가 지금 바로 랑베르를 데리고 가는 것이 가장 간단한 방법이라고 말했다. 랑베르가 까다롭지만 않으면 네 사람이 먹을 양식은 있고 그렇게 하면 그도 다 알게 될 거라고 했다. 곤잘레스가 좋은 생각이라고 말했다. 그들은 항구 쪽으로 내려갔다.

마르셀과 루이는 마린 구역 맨 끝에, 해안도로 쪽으로 난 시의 출입문 가까운 곳에 살고 있었다. 스페인식으로 지은 조그만 집이었는데, 벽이 두껍고 창에는 페인트칠을 한 나무 덧문이 달려 있었으며, 방은 어두침침하고 아무런 장식이 없었다. 청년들의 어머니가 쌀밥을 지어주었다. 늙은 스페인 여자였는데 웃는 얼굴에 주름이 많았다. 시내에서는 쌀이 떨어진 지 오래여서 곤잘레스가 깜짝 놀란 표정을 짓자, "시 출입문에서 적당히 마련해요"라고 마르셀이 말했다. 랑베르는 먹고 마셨고, 곤잘레스는 그가 진짜 친구라고 말했다. 그동안 신문기자는 앞으로 보내야 할 일주일에 대해서만 생각하고 있었다.

보초의 수를 줄이기 위해 보름 만에 교대하게 되어 실제로는 이 주일을 기다려야 했다. 그 보름 동안 랑베르는 몸을 아끼지 않고 쉴 틈 없이, 어떻게 보면, 두 눈을 감고 새벽부터 밤까지 일했다. 밤늦게 잠자리에 들면 깊은 잠에 빠졌다. 한가로이 지내다가 갑자기 힘든 일을 하다보니, 그는 꿈도 거의 없고 기력도 다 소진한 사람처럼 되어버렸다. 곧 있을 탈출에 대해서는 거의 언급하지 않았다. 일주일이 지나고 나서 리외에게 전날 밤 처음으로 취하도록 술을 마셨다고 털어놓았는데, 그것이 유일하게 특기할 만한 사실이었다. 그가 바에서 나왔을 때, 사타구니가 갑자기 부어오르고, 팔을 움직이면 겨드랑이 근처가 뻑뻑한 느낌이 들었다. 페스트라는 생각이 들었다. 당시에 그가 할 수 있는 행동이라고는 시에서 가장 높은 곳으로 뛰어올라가는 것 외에는 아무 것도 없었다. 리외가 말했을 때 그도 인정한 바지만, 분별 있는 행동이라고 할 수는 없었다. 바다는 여전히 보이지 않고 하늘은 좀더 잘 보이는 조그만 광장에서 그는 시의 벽 너머로 아내의 이름을 크게 외쳐 불렀다. 집에 돌아와 몸에 아무런 감염 증세가 없다는 것을 확인하자, 갑자기 발작을 일으킨 것이 부끄럽게 느껴졌다. 그렇게 행동한 것을 아주 잘 이해한다면서 리외가 덧붙였다. "어쨌든, 그렇게 하고 싶을 때가 있거든요."

"오늘 아침에 오통 씨가 당신에 관해 이야기를 하더군요." 랑베르가 가려는데 리외가 갑자기 덧붙여 말했다. "당신을 아느냐고 묻더니, '그럼 밀거래꾼들과 어울리지 말라고 충고 좀 해주세요. 요주의 인물로 감시받고 있어요'라고 했어요."

"그게 무슨 뜻일까요?"

"서둘러야 한다는 거죠."

"고맙습니다." 리외의 손을 잡으며 랑베르가 말했다.

문턱에서 그가 갑자기 몸을 돌렸다. 페스트가 발생한 이후 리외가 그의 미소를 본 것은 그때가 처음이었다.

"그런데 내가 떠나려는 걸 왜 막지 않으세요? 막을 수도 있잖아요."

리외는 으레 그러듯이 고개를 끄덕이더니, 그것은 랑베르 자신의 문제이고 랑베르는 행복을 선택한 것이며 자신은 그에게 반대할 논거가 없다고 말했다. 자신이 느끼기에 그는 이런 문제에 대해 무엇이 옳고 그른지를 판단할 능력이 없었다.

"그러면서 왜 서두르라고 하세요?"

이번에는 리외가 미소를 지었다.

"어쩌면 나 역시 행복을 위해 뭔가 하고 싶기 때문이겠죠."

그다음날, 함께 일을 하면서도 그들은 그 일에 대해 더이상 아무 말도 하지 않았다. 다음주에 랑베르는 마침내 그 조그만 스페인식 집으로 거처를 옮겼다. 랑베르를 위해 거실에 침대를 하나 들여놓았다. 젊은이들이 식사를 하러 오는 일도 없었고, 또 되도록 밖에 나가지 말라는 부탁도 있고 해서, 그는 대부분의 시간을 거실에서 혼자 지내거나 그들의 늙은 어머니와 이야기를 하며 보냈다. 그 여인은 몸이 야위었고 활동적이었으며 검은 옷을 입고 있었는데, 갈색 얼굴에 주름이 많고 머리칼은 무척 깨끗한 흰색이었다. 랑베르를 바라볼 때면 두 눈에 미소를 가득 담고 말없이 웃곤 했다.

한번은 그녀가 랑베르에게, 부인에게 페스트를 옮길지도 모르는데 두렵지 않으냐고 물었다. 하지만 그는 그런 경우는 극히 드문 반면 도시에 이대로 남아 있으면 영원히 헤어질 위험이 있으니 한번 시도해볼 만하다고 생각하고 있었다.

"그분은 상냥한 모양이죠?" 노파가 미소를 지으며 물었다.

"아주 상냥하죠."

"예뻐요?"

"그런 것 같아요."

"아! 그래서 그러시는군요." 그녀가 말했다.

랑베르는 생각해보았다. 그럴지도 모르지만 단지 그것 때문이라고 할 수는 없었다.

"하느님을 믿지 않으시나요?" 노파는 매일 아침 미사에 나가고 있었다.

랑베르가 믿지 않는다고 고백했더니, 노파는 또 그래서 그러시는군요, 하고 말했다.

"부인을 만나야 해요. 잘 생각하셨어요. 그러지 않으면 당신에게 뭐가 남겠어요?"

나머지 시간에는 아무 장식 없이 회만 바른 벽을 따라 빙빙 돌면서 못에 걸린 부채들을 만지거나, 식탁보 끝에 달린 양모로 된 둥근 술을 세어보곤 했다. 저녁때가 되면 젊은이들이 돌아왔다. 그들은 아직 때가 되지 않았다고 말할 뿐 별말을 하지 않았다. 저녁식사 후에 마르셀은 기타를 치곤 했고 그들은 함께 아니스 술을 마셨다. 랑베르는 생각하는 것처럼 보였다.

수요일에 마르셀이 들어오면서 말했다. "내일밤 자정이야. 준비하고 있으라고." 그들과 함께 근무하던 두 명 중 한 명이 페스트에 걸렸고 그 사람과 한방을 쓰던 다른 사람도 격리되었기 때문에 이삼일은 마르셀과 루이만 남게 될 거고, 밤사이에 세부사항들이 최종적으로 조율되면 그다음날에는 가능하리라는 것이었다. 랑베르는 고맙다고 말했다. "기분이 어떠세요?" 노파가 물었다. 좋다고 대답했지만 그의 생각은 다른 곳에 가 있었다.

이튿날, 하늘은 짓누르는 듯했고 습도가 높아서 숨막힐 듯 무더웠다. 페스트 관련 소식은 좋지 않았다. 그러나 스페인 노파는 여전히 태연했다. "이 세상엔 죄악이 있어요." 그녀가 말했다. "그러니 그럴 수밖에요!" 마르셀과 루이처럼, 랑베르도 웃통을 벗고 있었다. 그러나 어떻게 해봐도 어깨와 가슴으로 땀이 흘러내렸다. 겉창을 닫고 어두침침한 가운데 있어서 그런지 상반신이 갈색으로 보이고 번들거렸다. 랑베르는 말없이 방안을 빙빙 돌았다. 오후 네시에 그가 갑자기 옷을 입고 외출하겠다고 말했다.

"조심해, 오늘밤 자정이야. 준비는 다 되어 있어." 마르셀이 말했다.

랑베르는 의사 리외의 집으로 갔다. 리외의 어머니가 높은 지대의 병원에 가면 아들을 만날 수 있을 거라고 알려주었다. 군중이 전과 마찬가지로 초소 앞에서 서성대고 있었다. "저리 가요!" 눈이 튀어나온 하사가 소리쳤다. 사람들은 움직이긴 했지만 그 자리에서 맴돌 뿐이었다. "기다려봤자 소용없다니까요." 하사의 웃옷에도 땀이 배어 있었다. 다른 사람들도 같은 생각이었지만 살인적인 더위에도 불구하고 그들은 그 자리에 그대로 서 있었다. 랑베르가 통행증을 제시하자, 하사가 타루의 사무실을 가리켰다. 사무실 문은 마당 쪽을 향하고 있었다. 파늘루 신부와 마주쳤는데, 신부는 사무실에서 나오는 중이었다.

약품 냄새와 축축한 시트 냄새가 나는 작고 더러운 하얀 방에서, 타루가 검은색 나무 책상 앞에 앉아 셔츠 소매를 걷어올린 채 팔의 안쪽에서 흘러내리는 땀을 손수건으로 닦아내고 있었다.

"아직 안 떠났어요?" 그가 물었다.

"네, 리외와 이야기할 수 있을까요?"

"병실에 있어요. 하지만 리외에게 가지 않고 해결되면 더 좋겠군요."

"왜요?"

"과로하고 있어서 최대한 수고를 덜어주려고요."

랑베르는 타루를 바라보았다. 타루는 야위어 있었다. 피로 때문에 두 눈이 흐릿하고 안색이 좋지 않았다. 튼튼한 두 어깨를 동그랗게 움츠리고 있었다. 노크 소리가 나더니 흰 마스크를 쓴 간호사가 들어왔다. 그는 타루의 책상 위에 카드 뭉치 하나를 내려놓고는 마스크 때문에 숨이 막힌 목소리로 "여섯입니다"라고만 말하고 나갔다. 타루가 신문기자를 보더니, 카드를 부채 모양으로 펴서 보여주었다.

"어때요, 카드 근사하죠? 그런데 사망자 카드예요. 밤사이에 생긴 사망자들이죠."

그의 이마에 주름이 잡혔다. 그가 카드를 다시 정리했다.

"이제는 사망자 수를 세는 것밖에는 할 일이 없어요."

타루가 한 손으로 탁자를 짚고 일어섰다.

"곧 떠나죠?"

"오늘밤 자정이에요."

타루가 자기도 기쁘다며, 랑베르에게 몸조심하라고 말했다.

"진심으로 하시는 말씀인가요?"

타루가 어깨를 으쓱했다.

"내 나이가 되면 어쩔 수 없이 솔직해져요. 거짓말하는 건 너무 피곤하거든요."

"타루," 신문기자가 말했다. "죄송하지만 의사 선생님을 만나고 싶습니다."

"알고 있어요. 그분은 나보다 더 인간적이죠. 갑시다."

"그래서 그러는 건 아니에요." 랑베르가 어렵사리 말하고는 입을 다물었다.

타루가 그를 바라보았다. 그러더니 갑자기 미소를 지었다.

그들은 밝은 초록색으로 칠을 해서 그런지 벽에 마치 수족관 같은 빛이 떠도는 작은 복도를 따라 걸어갔다. 이중 유리문에 이상하게 움직이는 그림자들이 비쳤다. 그 유리문 바로 앞에서, 타루는 랑베르에게 벽장으로 도배를 해놓은 듯한 좁은 방으로 들어가라고 했다. 그리고 벽장을 열고 살균 소독기에서 흡수성 가제 마스크 두 개를 꺼내더니 랑베르에게 하나를 주면서 쓰라고 했다. 신문기자는 이것이 도움이 되느냐고 물었다. 그러자 타루는 그렇지는 않지만 다른 사람들에게 신뢰감을 준다고 대답했다.

그들은 유리문을 밀고 들어갔다. 넓은 방이었는데 계절에 상관없이 창문은 모두 닫혀 있었다. 벽 위쪽에서 환풍기가 윙윙거렸고 두 줄로 놓인 회색 침대들 위에서 곡선 형태로 된 환풍기 날개가 찌는 듯 빽빽한 공기를 휘젓고 있었다. 여기저기서 둔하거나 날카로운 신음 소리가 들려왔는데, 그 둘이 합쳐져서 하나의 단조로운 하소연처럼 들렸다. 창살을 대놓은 높은 유리벽을 통해 따가운 햇살이 쏟아져들어오는 가운데 흰옷을 입은 사람들이 천천히 움직였다. 숨막히는 더위 때문에 랑베르는 그 방이 불편하게 느껴졌다. 리외는 신음 소리를 내는 어떤 사람 위로 허리를 굽히고 있어서 알아보기가 어려웠다. 의사는 환자의 사타구니를 절개하고 있었고, 두 간호사가 침대 양쪽에서 환자를 꼼짝 못하게 붙들고 있었다. 리외는 몸을 일으키며 조수가 내민 쟁반 위에 수술도구를 내려놓고 잠시 잠자코 서서 환자를 바라보았다. 간호사들이 환자에게 붕대를 감아주고 있었다.

"새로운 일이 있나요?" 타루가 가까이 다가가자 그가 물었다.

"파늘루가 예방격리소에서 랑베르를 대신하기로 했는데, 벌써 일을 많이 했어요. 랑베르가 빠진 제3검역반은 재편성만 하면 되고요."

리외는 고개를 끄덕이며 알았다고 했다.

"가스텔이 첫 제품을 완성했어요. 시험해보자고 하더군요."

"아! 그거 잘됐네요." 리외가 말했다.

"그리고 여기 랑베르가 와 있어요."

리외가 돌아보았다. 그는 마스크 너머로 신문기자를 보고는 눈을 찌푸렸다.

"왜 여기 있어요?" 그가 물었다. "다른 곳에 가 있어야 하는 것 아니에요?"

타루가 오늘밤 자정이라고 말하자, 랑베르가 덧붙였다. "원칙적으로는요."

말을 할 때마다 가제 마스크가 불룩해지면서 입이 닿은 부분이 축축해졌다. 마치 동상들끼리 대화하는 것처럼 뭔가 비현실적인 느낌이 들었다.

"말씀을 나누고 싶어요." 랑베르가 말했다.

"별일 없으면 같이 나가죠. 타루의 사무실에서 기다리세요."

잠시 후, 랑베르와 리외는 리외의 자동차 뒷좌석에 앉았다. 타루가 운전을 했다.

시동을 걸면서 타루가 말했다. "휘발유가 없어요. 내일부터는 걸어다녀야겠어요."

"선생님." 랑베르가 말을 꺼냈다. "떠나지 않고 여러분과 함께 남고 싶습니다."

타루는 아무 반응도 보이지 않고 계속 운전했다. 리외는 피로에서 벗어나지 못하는 것 같았다.

"그럼 부인은요?" 그가 나지막한 목소리로 물었다.

랑베르는 다시 한번 생각해보았는데 자기 믿음에는 변함이 없지만 떠난다면 수치스러울 것 같다고 말했다. 그러면 남겨둔 아내를 사랑하는 것도 거북해지리라는 것이었다. 리외가 몸을 일으키며 확고한 목소리로, 그것은 어리석은 짓이고 행복을 택하는 건 부끄러운 일이 아니라고 말했다.

"맞아요. 하지만 혼자서만 행복한 것은 수치스러울 수 있어요." 랑베르가 말했다.

그때까지 한마디도 하지 않더니 타루는 그들 쪽을 쳐다보지도 않고, 만약 랑베르가 다른 사람의 불행을 함께 나눌 생각이라면 행복을 위한 시간은 더이상 얻지 못할 거라고 지적했다. 선택해야 한다는 것이었다.

"그게 아닙니다." 랑베르가 말했다. "나는 이 도시에서 이방인이니까 여러분과는 아무 상관이 없다고 생각해왔어요. 그러나 이제 내 경험에 비추어, 원하든 원치 않든 나도 이곳 사람이라는 것을 깨달았어요. 이 사건은 우리 모두와 관련되어 있으니까요."

말하는 사람이 아무도 없었다. 랑베르는 마음이 급해진 것 같았다.

"아, 잘 알고 계시잖아요! 그게 아니면 이 병원에서 뭘 하시는 건가요? 그러니까 여러분은 선택을 했고, 그래서 행복도 단념하셨잖아요?"

타루도 리외도 여전히 대답이 없었다. 리외의 집이 가까워질 때까지 오랫동안 침묵이 흘렀다. 그러자 랑베르가 더욱 힘주어 아까 한 질문을 되풀이했다. 리외만이 그에게로 얼굴을 돌렸다. 그는 가까스로 몸을 일으켰다.

"미안해요, 랑베르." 그가 말했다. "나도 잘 모르겠어요. 하지만 원하면 우리와 함께 남아 있어요."

자동차가 급커브를 도는 바람에 그는 입을 다물었다. 그러고는 앞을 보면서 말을 이었다.

"자기가 사랑하는 것을 돌보지 않아도 될 정도로 가치 있는 대상은 이 세상에 없어요. 하지만 나 역시 이유도 모른 채 사랑하는 것을 돌보지 않고 있죠."

그는 쿠션에 다시 몸을 기대었다.

"기정사실이니 어쩔 수 없죠." 그는 지친 듯 말했다. "사실은 사실대로 인정하고, 거기서 결론을 끌어내봅시다."

"무슨 결론을요?" 랑베르가 물었다.

"아!" 리외가 말했다. "병도 고치고 그것도 알아내고, 동시에 할 수는 없어요. 그러니 가능한 한 치료부터 빨리 합시다. 그게 가장 급한 일이에요."

자정에 타루와 리외가 조사해야 할 구역의 약도를 랑베르에게 그려주었다. 타루가 손목시계를 보았다. 고개를 들다가 그의 시선이 랑베르의 시선과 마주쳤다.

"알려주긴 했나요?"

신문기자가 시선을 돌렸다.

"메모를 적어 보냈어요." 그가 힘주어 말했다. "두 분을 뵈러 오기 전에요."

10월 말에 카스텔의 혈청이 처음으로 시험되었다. 사실 그 혈청은 리외의 마지막 희망이었다. 다시 실패하면 페스트가 몇 달 동안 오래도록 더 기승을 부리든 아니면 아무 이유 없이 사라지든 간에, 도시 전체가 변덕스러운 페스트의 지배를 받게 될 거라고 의사는 확신하고 있었다.

카스텔이 리외를 방문하기 바로 전날, 오통 씨의 아들이 병에 걸리는 바람에 가족 모두가 예방격리소에 들어가야 했다. 아이의 어머니는 격리소에서 나온 지 얼마 안 됐지만 또다시 격리되었다. 아들의 몸에서 증세를 발견하자마자 검사는 정해진 규정에 따라 리외를 불렀다. 리외가 도착해보니, 아버지와 어머니는 침대 발치에 서 있고 어린 딸은 멀리 떼어놓은 상태였다. 어린아이는 쇠약해진 단계여서 진찰을 받

을 때 신음 소리조차 내지 못했다. 고개를 들면서 의사는 검사의 시선
과, 뒤에서 손수건을 입에 댄 채 눈을 크게 뜨고 의사의 행동을 지켜보
던 어머니의 창백한 얼굴과 마주쳤다.

"역시 그거군요, 그렇죠?" 검사가 냉정한 목소리로 물었다.

"네." 리외는 다시 아이를 바라보며 대답했다.

어머니의 눈이 더 커졌다. 그러나 여전히 말은 없었다. 검사가 침묵
을 지키다가, 더 낮은 목소리로 말했다.

"선생, 규정대로 합시다."

리외는 여전히 손수건을 입에 대고 있는 아이 어머니를 보지 않으려
고 애썼다.

"곧 진행될 겁니다." 리외가 머뭇거리며 말했다. "전화만 걸면요."

오통 씨가 그를 배웅하겠다고 했다. 그러나 의사는 오통 씨의 아내
에게 몸을 돌리고 말했다.

"죄송합니다. 부인께서도 짐을 챙기셔야 할 것 같습니다. 왜 그런지
는 알고 계시죠?"

오통 씨 부인은 망연자실하여 바닥을 내려다보고 있었다.

"네." 그녀가 고개를 끄덕이며 말했다. "그러잖아도 그렇게 하려고
했어요."

그들과 헤어지기 전에 리외는 혹시 필요한 것이 없느냐고 묻지 않을
수 없었다. 검사 부인은 말없이 계속 그를 바라보고 있었다. 이번에는
검사가 눈길을 피했다.

"없습니다." 그렇게 말한 뒤 그는 침을 삼켰다. "하지만 우리 아이
좀 살려주십시오."

예방 격리는 처음에는 단순히 형식적인 절차에 불과했는데, 리외와 랑베르가 그것을 매우 엄격하게 체계화했다. 그들은 특히 가족 구성원들을 서로 분리시켜 격리해야 한다고 주장했다. 만약 가족 중 하나가 자신도 모르는 사이에 감염되었을 경우, 병이 번질 가능성을 줄여야 했던 것이다. 리외는 그러한 이유를 검사에게 설명했고, 검사는 일리가 있다고 생각했다. 그러나 검사와 그의 아내가 서로 마주보는 시선에서, 그 이별이 그들에게 얼마나 당혹스러운 일인지를 느낄 수 있었다. 오통 부인과 어린 딸은 랑베르가 관리하는 격리 호텔에 머물 수 있었다. 그러나 수사검사에게는 도청 당국이 도로관리과에서 천막을 빌려 시립 운동장에 짓고 있는 격리 수용소밖에 자리가 없었다. 리외가 양해를 구하자 오통 씨는 규칙은 모든 사람에게 평등하게 적용되어야 하며, 당연히 따라야 한다고 말했다.

오통 씨의 아들은 보조 병원으로 이송되어 예전에 교실이었던 곳에 수용되었다. 그곳에는 침대 열 개가 구비되어 있었다. 약 스무 시간이 지난 후, 리외는 절망적이라고 판단했다. 그 작은 몸은 전혀 저항하지 못하고 병균에 감염되어갔다. 림프절 멍울들이 이제 겨우 생겨나기 시작했는데도, 환자는 고통스러워하고 가냘픈 사지를 움직이지 못했다. 이미 진 것과 다름없었다. 리외가 카스텔의 혈청을 아이에게 시험해볼 생각을 하게 된 것도 그런 이유 때문이었다. 그날 저녁식사 후에 오랫동안 접종을 했지만, 아이는 단 한 번도 반응을 보이지 않았다. 이튿날 새벽, 결정적일지도 모를 이 실험 결과를 지켜보러 모두 아이 곁으로 모여들었다.

아이는 마비 상태에서 벗어나 시트 밑에서 경련하듯 몸을 뒤척이고 있었다. 리외와 카스텔, 타루는 새벽 네시부터 아이 곁에서, 병세가 진행되거나 정지되는 상황을 신중하게 살폈다. 타루는 침대 머리에서 육중한 몸을 약간 숙이고 있었다. 침대 발치에는 리외가 서 있고, 그 곁에는 카스텔이 겉으로 보기에는 아주 침착한 태도로 옛날 책을 읽으며 앉아 있었다. 옛 교실 안으로 햇살이 조금씩 퍼져갈 때 다른 사람들이 도착했다. 먼저 파늘루가 와서 침대 저편, 타루와 마주보는 쪽에 자리 잡고 벽에 기대섰다. 그의 얼굴에는 고통스러운 표정이 드러났고 매일같이 몸을 바쳐 일하느라 피곤해서 그런지 붉어진 이마에 주름살이 생겨 있었다. 다음으로 조제프 그랑이 왔다. 일곱시였는데, 서기는 숨을 헐떡거려서 미안하다고 하면서, 잠깐밖에 시간이 없는데 혹시 확실하게 밝혀진 사실이 있느냐고 물었다. 리외는 아무 말 없이 아이를 가리켰다. 아이는 얼굴을 일그러뜨리며 눈을 감고, 있는 힘을 다해 이를 다 물고는, 몸은 꼼짝하지 않으면서, 베갯잇도 씌우지 않은 베개 위에서 고개만 좌우로 이리저리 흔들고 있었다. 마침내 교실 안쪽에 그대로 걸려 있는 칠판에서 예전에 적은 방정식의 흔적을 읽을 수 있을 정도로 날이 밝았을 때 랑베르가 왔다. 그는 옆 침대 발치에 등을 기대더니 담배를 꺼냈다. 그러나 아이를 잠시 쳐다보고는 담뱃갑을 도로 호주머니에 넣었다.

카스텔이 앉은 자세 그대로 안경 너머로 리외를 바라보았다.

"애 아버지의 소식은 들은 게 있나요?"

"아니요, 격리 수용소에 있는 걸요." 리외가 말했다.

의사는 아이가 신음하고 있는 침대의 난간 막대를 힘껏 움켜쥐고 있었다. 그는 어린 환자에게서 눈을 떼지 않았다. 아이의 몸이 갑자기 뻣

뻣해지더니, 다시 이를 악물고 허리께를 약간 뒤로 젖히며 팔다리를 천천히 벌렸다. 군용 담요 아래 벌거벗은 작은 몸에서 모직 냄새와 시큼한 땀냄새가 올라왔다. 몸이 조금씩 이완되더니, 아이가 팔다리를 침대 한가운데로 모았다. 여전히 눈도 뜨지 않고 말도 하지 않았다. 숨은 더 가빠진 것 같았다. 리외와 타루의 시선이 마주쳤지만, 타루가 시선을 돌렸다.

공포스러운 그 병은 몇 달 전부터 사람을 가리지 않았기 때문에 그들은 아이들이 죽는 장면을 많이 보아왔다. 그러나 그날 아침처럼 고통스러워하는 모습을 순간순간 따라가며 지켜본 적은 한 번도 없었다. 물론 죄 없는 아이들에게 가해지는 고통은 그들에게 줄곧 실제의 모습 그대로, 다시 말해 하나의 부정한 사건으로 여겨졌다. 그러나 적어도 그전까지는 죄 없는 아이가 죽음의 고통을 겪는 모습을 그렇게 오랫동안 똑바로 바라본 적이 한 번도 없었기 때문에, 이를테면 추상적인 분노를 느꼈을 뿐이었다.

바로 그때, 위장을 물어뜯기라도 한 것처럼 아이가 가냘픈 신음 소리를 내며 다시 몸을 구부렸다. 끝없이 이어질 것 같던 그 몇 초 동안 아이는 몸을 접은 채 가만히 있더니, 연약한 몸이 페스트의 광풍에 꺾이고 반복적으로 밀려오는 신열의 폭풍에 무너지듯 오한으로 떨면서 경련을 일으켰다. 돌풍이 지나가자 몸이 약간 이완되었고, 열이 물러가면서 헐떡이는 아이를 독성 있는 축축한 모래사장 위에 던져놓은 것 같았다. 그곳에서는 휴식이 벌써 죽음과 같았다. 열이 타오르듯 물결치며 세번째로 다시 밀려와 아이의 몸을 약간 들어올리자, 아이는 몸을 바짝 웅크렸고, 자신을 태우는 불꽃 때문에 공포에 휩싸여 침대 밑으로 파고들면서 시트를 걷어차고 미친듯이 머리를 흔들었다. 불이 붙은 듯한 눈꺼풀 밑에서 굵은 눈물이 솟아나와 그의 납빛 얼굴 위로 흘러내리기 시작했다. 발작이 끝나자 아이는 기진맥진한 상태로 뼈만 남은 두 다리와 사십팔 시간 만에 살이 다 녹아버린 듯한 두 팔에 경련을 일으키면서, 엉망으로 헝클어진 침대 위에서 십자가에 못박힌 듯한 괴상한 자세를 취했다.

타루는 몸을 숙여 자신의 묵직한 손으로 눈물과 땀으로 범벅이 된 조그만 얼굴을 닦아주었다. 얼마 전부터 카스텔은 책을 덮고 환자를 바라보고 있었다. 그가 뭐라고 말을 시작했지만 목소리가 갑자기 이상하게 나와서 기침을 한 후에야 그 말을 끝낼 수 있었다.

"아침에 나타나던 일시적인 해열 현상도 없었죠, 리외?"

해열 현상은 없었지만 보통의 경우보다 훨씬 오래 견디고 있다고 리외가 대답했다. 파늘루는 약간 피곤한 듯 벽에 몸을 기대고 있다가 낮은 목소리로 이렇게 말했다.

"만약 죽게 되면, 고통만 더 겪는 거야."

리외가 갑자기 그에게로 몸을 돌리더니 무슨 말을 하려고 입을 벌리다가 다물었다. 자제하려고 애쓰는 게 역력했다. 그러다가 다시 시선을 아이에게로 돌렸다.

방안으로 들어오는 햇빛의 양이 늘어났다. 다른 침대 다섯 개에서 환자들이 몸을 뒤척이며 신음하고 있었지만, 미리 합의라도 한 것처럼 나지막한 신음 소리였다. 방 끝에 있는 환자 한 명만 고함을 질렀는데, 고통 때문이 아니라 오히려 놀라움 때문에 규칙적으로 작게 부르짖는 것 같았다. 환자들에게도 초기의 공포는 지나간 것처럼 보였다. 병을 대히는 그들의 태도에는 이제 일종이 동이 같은 것이 있었다. 오직 그 아이만 온 힘을 다해 몸부림치고 있었다. 리외는 가끔 필요해서라기보다는 아무것도 하지 못하는 무력감에서 벗어나기 위해 아이의 맥을 짚었다. 눈을 감으면 격동하고 있는 자신의 피와 아이의 동요하는 맥박이 뒤섞이는 것이 느껴졌다. 그러면 자신이 고통받고 있는 아이라도 된 것처럼 여겨져서, 아직 남아 있는 온 힘을 다해 아이를 지지해주려고 애썼다. 그러나 두 사람의 심장박동은 일 분 정도 일치했다가 다시 엇갈렸다. 아이는 그에게서 빠져나갔고, 그의 노력도 무의미 속으로 침몰하고 말았다. 그러면 그는 아이의 가냘픈 손목을 내려놓고 자기 자리로 돌아갔다.

회칠한 벽을 따라 햇빛은 장밋빛에서 노란빛으로 변해갔다. 유리창 뒤에서 아침이 달아오르며 타닥거리기 시작했다. 그랑이 다시 오겠다고 말하고 나갔지만 그 말을 제대로 들은 사람은 거의 없었다. 모두 기다리고 있었다. 아이는 여전히 눈을 감고 있었지만 조금 진정된 듯했다. 짐승의 발톱처럼 되어버린 두 손이 침대의 옆면을 가볍게 긁었다. 그 손들이 다시 올라가 무릎 근처의 시트를 긁더니, 아이가 갑자기 두 다리를 꺾고 허벅지를 배 쪽으로 끌어당기고는 움직이지 않았다. 이때 처음으로 아이가 눈을 뜨고 자기 앞에 있는 리외를 바라보았다. 회색 점토로 만든 것처럼 딱딱하게 굳은 아이의 얼굴 움푹한 곳에서 입이 벌어지더니, 거의 동시에 한마디 비명이 터져나오며 길게 이어졌다. 그 비명은 호흡할 때도 거의 변하지 않았고 단조로운 불협화음과도 같은 항의의 소리로 갑자기 온 방안을 가득 채웠다. 인간의 소리라고는 하기 힘든 그 비명은 마치 모든 인간들에게서 한꺼번에 솟구쳐나오는 듯했다. 리외는 이를 악물었고 타루는 고개를 돌렸다. 랑베르는 침대로 다가와 카스텔 옆에 섰고, 카스텔은 무릎 위에 펼쳐놓았던 책을 덮었다. 파늘루는 병 때문에 더럽혀진 입, 모든 시대의 비명으로 가득찬 아이의 입을 바라보았다. 그가 무릎을 꿇더니, 누가 내뱉는지는 알 수 없지만 끊임없이 들려오는 신음 소리를 따라, 약하지만 똑똑히 알아들을 수 있는 목소리로 "주님, 이 아이를 구해주소서!"라고 말했다. 그것을 부자연스럽게 여기는 사람은 아무도 없었다.

아이는 계속 소리를 질렀고, 주변에 있는 환자들도 몸을 심하게 움직였다. 방 저쪽 끝에서 계속 소리를 지르던 환자가 신음 소리를 점점 빨리하더니 급기야 정말로 비명을 질러댔고 다른 환자들의 신음 소리도 점점 커졌다. 흐느낌이 밀물처럼 방안으로 몰려와 파늘루의 기도를 삼켜버렸다. 리외는 침대 난간 막대를 붙들고는 피로와 혐오감에 취한 듯 눈을 감았다.

그가 다시 눈을 떠보니 타루가 곁에 와 있었다.

"그만 가봐야겠습니다. 더이상 못 참겠어요." 리외가 말했다.

그런데 다른 환자들이 갑자기 조용해졌다. 그제야 의사는 아이의 비명소리가 수그러들고 점점 약해지더니 마침내 멈췄다는 사실을 깨달았다. 방금 끝난 싸움의 머나먼 메아리처럼 그의 주위에서 신음 소리가 나지막이 다시 들려오기 시작했다. 싸움은 끝나 있었던 것이다. 카스텔이 침대를 돌아 다른 쪽으로 가더니 끝났다고 말했다. 아이는 입을 벌린 채 흐트러진 담요 위에 말없이 누워 있었다. 움푹 들어간 곳에 있어서 그런지 아이의 몸이 갑자기 더 작아진 것 같았고 얼굴에는 눈물 자국이 남아 있었다.

파늘루가 침대에 다가가 강복을 주는 몸짓을 했다. 그런 다음 신부복을 여미고 중앙 통로를 통해 밖으로 나갔다.

"모든 것을 다시 시작해야 하나요?" 타루가 카스텔에게 물었다.

늙은 의사가 고개를 끄덕이고는 어색한 미소를 지으며 말했다.

"어쩌면요. 어쨌든 이 아이는 오래 견뎠어요."

리외는 이미 방에서 나가고 있었다. 걸음걸이도 빠르고 표정이 심상치 않아서 신부 곁을 지나칠 때 신부가 팔을 내밀어 그를 붙잡았다.

"선생님." 신부가 말했다.

리외는 여전히 화난 표정으로 돌아서더니 격렬한 어조로 내뱉었다.

"아! 적어도 이 아이는 아무 죄가 없었습니다. 잘 알고 계시겠죠!"

그러고는 몸을 돌려 파늘루보다 먼저 교실 문을 지나 교정 구석으로 갔다. 그는 먼지가 수북이 내려앉은 나무 두 그루 사이의 벤치에 앉아 벌써 눈 속까지 흘러내린 땀을 닦았다. 계속 소리를 질러 가슴을 짓이기는 격한 응어리를 풀어내고 싶은 생각이 들었다. 더위가 무화과나뭇가지 사이로 천천히 내려왔다. 푸르렀던 아침 하늘에 희끄무레한 구름이 빠르게 끼면서, 공기는 아까보다 더 숨이 막혔다. 리외는 벤치에 몸을 기댔다. 나뭇가지들과 하늘을 바라보며 천천히 호흡을 고르며 조금씩 피로를 삼켰다.

"나에게 왜 그렇게 화를 내며 말씀하셨죠?" 뒤에서 목소리가 들려왔다. "내게도 그건 참을 수 없는 광경이었습니다."

리외가 파늘루 쪽으로 몸을 돌리고 대답했다.

"잘 알고 있습니다. 죄송합니다. 피곤해서 그만 어리석게 행동했습니다. 이 도시에서 반항심만 느끼게 되는 때가 있거든요."

"이해합니다." 파늘루가 중얼거렸다. "우리가 이해할 수 있는 한도를 넘어서니 반항심이 생길 겁니다. 하지만 어쩌면 우리는 이해할 수 없는 것을 사랑해야만 하는지도 모릅니다."

리외가 벌떡 일어났다. 그는 그러모을 수 있는 모든 힘과 열정을 다해 파늘루를 바라보다가 고개를 흔들었다.

"아닙니다, 신부님." 그가 말했다. "사랑에 대해 저는 생각이 좀 다릅니다. 이 세상에서 아이들이 고통받아야 한다면, 그런 세상은 죽을 때까지 사랑하지 않고 거부하겠습니다."

파늘루의 얼굴에 당황한 기색이 엿보였다.

"아! 선생님." 그가 서글프게 말했다. "방금 나는 은총이라는 것이 무엇인지를 깨달았습니다."

그러나 리외는 다시 벤치에 몸을 기댔다. 피로가 다시 밀려오는 가운데 그는 좀더 부드럽게 말했다.

"저에게 그런 깨달음이 없다는 것을 잘 알고 있습니다. 하지만 그런 문제로 신부님과 토론하고 싶지는 않습니다. 우리는 신성모독이나 기도를 넘어, 우리를 하나로 연결시켜주는 어떤 것을 위해 함께 일하고 있으니까요. 중요한 건 그것뿐입니다."

파늘루가 리외 곁에 와서 앉았다. 그는 깊이 감동받은 것 같았다.

그가 말했다. "그럼요, 그럼요. 선생도 나처럼 인간의 구원을 위해 일하고 있잖아요."

리외는 웃으려고 애를 썼다.

"인간의 구원은 저에게는 너무 거창한 단어입니다. 그렇게까지 과장하지는 않겠습니다. 제가 관심 갖는 것은 인간의 건강입니다. 그 어떤 것보다도 건강이에요."

파늘루가 머뭇거리며 말했다.

"선생님."

그러다가 입을 다물었다. 그의 이마에도 땀이 흘러내리기 시작했다. 그가 "다음에 또 뵙겠습니다"라고 중얼거리며 일어섰을 때, 그의 눈은 눈물에 젖어 반짝이고 있었다. 그가 자리를 뜨려 하자, 생각에 잠겨 있던 리외는 일어나서 그에게 한 걸음 다가가 말했다.

"한번 더 사과드립니다. 다시는 그러지 않겠습니다."

파늘루가 손을 내밀며 서글프게 말했다.

"하지만 나는 선생을 설득하지 못했습니다!"

"그게 중요할까요? 신부님도 잘 아시겠지만, 저는 죽음과 병을 몹시 싫어합니다. 그리고 신부님이 원하시든 원하시지 않든 간에 우리는 그것들을 겪어내고 그것들과 싸우기 위해 함께 있는 겁니다."

리외는 파늘루의 손을 다시 잡았다.

그리고 파늘루를 외면한 채 말했다. "보다시피 하느님도 이제 우리를 떼어놓을 수 없습니다."

보건대에 들어온 이후 파늘루는 병원과 페스트가 있는 장소들을 한시도 떠나지 않았다. 보건대원들 가운데서도 그는 자신이 있어야 할 자리, 다시 말해 최전선에 있었다. 죽음의 광경을 보지 않을 수 없었다. 혈청 주사를 맞으면 원칙적으로는 괜찮지만, 그렇다고 목숨을 잃을 염려가 없는 것은 아니었다. 겉으로 보면 그는 여전히 평정을 유지하고 있었다. 그러나 아이가 죽어가는 모습을 오랫동안 지켜본 그날부터 그는 변한 것 같았다. 점점 긴장하는 기색이 그의 얼굴에 드러났다. 그가 미소를 지으며 리외에게 요즘 '사제가 의사의 진찰을 받을 수 있는가?'라는 주제로 짧은 논문을 준비하고 있다고 말한 날, 의사는 그것이 파늘루가 말하는 것보다 훨씬 심각한 뭔가가 있다는 인상을 받았다. 의사가 논문의 내용을 알고 싶다고 하자, 파늘루는 남자들만 모이는 미사에서 강론을 할 예정인데 그 기회에 몇 가지 견해를 밝힐 거라고 알려주었다.

"선생님도 오시면 좋겠습니다. 관심 있는 주제일 테니까요."

신부가 두번째 강론을 한 날에는 바람이 세차게 불었다. 사실을 말하면, 청중은 첫번째 강론 때만큼 많지 않았다. 우리 시민들이 더이상 그런 것에 매력이나 새로움을 느끼지 못했기 때문이다. 시민들이 겪고 있는 어려운 상황 속에서 '새로움'이라는 단어는 의미가 없었다. 게다가 대부분의 사람들은 종교상의 의무를 완전히 저버리지도 않았고 종교상의 의무를 철저히 부도덕한 개인 생활에 꿰맞추지도 않았지만, 꾸준히 성당에 다니는 대신 비합리적인 미신에 빠져들었다. 그들은 미사에 참석하기보다는 성 로크의 메달이라든가 부적 같은 것을 몸에 지니고 다니기를 더 좋아했다.

시민들이 미신에 빠진 것을 보여주는 예로, 예언에 지나칠 정도로 흥미를 보였다는 사실을 들 수 있다. 사실 지난봄에는 이제나저제나 하고 병이 더이상 확산되지 않기만을 기다리면서도, 병이 얼마나 더 계속될지 다른 사람에게 정확히 물어볼 생각을 한 사람은 아무도 없었다. 병이 오래가지 않을 거라고 모두들 확신하고 있었기 때문이다. 그러나 시간이 흐르면서 그 불행이 정말 끝이 없는 게 아닌가 하는 두려움이 싹텄고, 그와 동시에 모두들 페스트가 끝나기를 희망하기에 이르렀다. 그래서 마술사들이나 가톨릭교회의 성인聖人들이 쓴 예언서가 이 손에서 저 손으로 돌아다녔다. 도시의 인쇄업자들은 예언에 대한 열광적인 관심을 활용할 수 있으리라는 사실을 일찌감치 간파하고 손에서 손으로 전해지던 책을 대량으로 찍어 유통시켰다. 대중의 흥미가 지칠 줄 모르고 이어지자, 그들은 시립 도서관에 소장되어 있는 그런 유형의 야사野史를 모두 찾아내 시중에 퍼뜨렸다. 야사에 담긴 예언이 충분치 않으면 기자들에게 그런 것을 주문하여 쓰도록 했는데, 그 점에 관한 한 기자들은 그들의 모델인 몇 세기 전의 사람들만큼 능력을 보여주었다.

예언 중 어떤 것들은 심지어 신문에 연재되기도 했으며, 사람들은 건강하던 시절에 읽던 연애 이야기만큼이나 그것들을 열심히 읽었다. 몇몇 예언은 연도나 사망자 수, 페스트가 계속된 개월 수 같은 것들이 포함된 괴상한 계산에 근거하고 있었다. 또 어떤 예언들은 역사상 대규모로 발생한 페스트와 비교하여 거기서 유사성(예언에서는 그것을 불변의 사실이라고 불렀다)을 끌어내고, 마찬가지로 괴상한 계산에 근거해 현재의 시련과 관련된 교훈을 끌어냈다. 시민들에게 가장 널리 퍼진 것은 두말할 필요 없이 일련의 사건들을 묵시록의 어법으로 예고하는 예언이었는데, 그것들 각각을 지금 시민들이 겪고 있는 사건으로 볼 수도 있었고, 또 그 사건들이 어찌나 복잡한지 다른 해석도 모두 가능할 정도였다. 그래서 매일같이 노스트라다무스와 성녀 오딜의 이름이 언급되었고, 언제나 효과가 있었다. 그런 예언들은 마지막에 가면 사람들의 마음을 달래준다는 공통점이 있었다. 그러나 페스트만은 그렇지 않았다.

결국 이런 미신들이 우리 시민들에게 종교의 역할을 하고 있었다. 파늘루가 강론할 때 성당이 사분의 삼밖에 차지 않은 것은 바로 이런 이유 때문이었다. 강론이 있던 날 저녁에 리외가 도착해보니, 성당 입구의 덜거덕거리는 문틈으로 바람이 들어와 청중 사이를 휘젓고 있었다. 성당은 써늘하고 고요했다. 그는 남자들만으로 한정된 청중 사이에 자리를 잡고 신부가 설교대 위로 올라가는 것을 지켜보았다. 신부는 첫번째 강론 때보다 더 부드럽고 신중한 어조로 이야기했고, 청중은 그의 어조에서 주저하는 기미를 여러 번 느꼈다. 흥미로운 사실은 그가 더이상 '여러분'이라고 하지 않고 '우리들'이라고 말한다는 점이었다.

그러나 그의 목소리에 점차 확신이 더해졌다. 그는 먼저 여러 달 전부터 페스트가 우리와 함께 있다는 사실과, 페스트가 우리의 식탁이나 사랑하는 사람들의 머리맡에 앉아 있고, 우리 곁에서 걷고 있으며, 우리가 도착하기를 일터에서 기다리고 있는 것을 수도 없이 봐왔기 때문에 페스트에 대해 더 잘 알게 된 지금이야말로, 페스트가 끊임없이 우리에게 말해줬지만 처음에는 너무 놀라 잘 알아듣지 못했던 어떤 것을 더 잘 이해할 수 있을 거라는 점을 환기하는 것으로 강론을 시작했다. 그는 지난번 같은 곳에서 강론한 내용은 여전히 진실이라 했고, 적어도 그 자신은 그렇게 확신하고 있었다. 그러나 모든 사람에게 일어날 수 있는 일이긴 하지만, 그는 자비심 없이 그런 생각을 했고 그런 말을 했었다. 이 말을 하면서 그는 자기 가슴을 쳤다. 그래도 변함없는 진실이 있다면, 그것은 모든 일에는 언제나 배울 점이 있다는 것이다. 가장 잔인한 시련조차도 기독교인에게는 은혜가 되는 법이므로, 기독교인이 이 시련에서 정말로 찾아야 할 것은 바로 은혜이며, 그 은혜가 무엇으로 이루어졌는지, 은혜를 발견할 수 있는 방법은 무엇인지를 알아내야 한다는 것이었다.

그 순간 리외 주위에 있는 사람들은 의자 팔걸이에 팔을 걸치며 가능한 한 편한 자세를 취하려는 것 같았다. 가죽을 입힌 출입문 한 짝에서 살짝 소리가 났다. 누가 일어나서 그 문을 붙잡았다. 그런 움직임 때문에 산만해져서인지, 파늘루가 강론을 이어나갔지만 잘 들리지 않았다. 페스트 때문에 생긴 상황을 논리적으로 설명하려고 해서는 안 되고, 페스트로부터 배울 수 있는 것을 배우려고 노력해야 한다는 것이 대강의 요지였다. 리외가 막연하게나마 이해한 바에 따르면, 신부에게는 설명할 것이 아무것도 없었다. 파늘루가 세상에는 하느님의 뜻에 따라 설명할 수 있는 것과 그렇지 않은 것이 있다고 강한 어조로 말했을 때, 리외는 관심을 갖고 파늘루의 강론에 집중할 수 있었다. 물론 세상에는 선과 악이 있고, 또 그것들이 어떻게 다른지는 일반적으로 쉽게 설명할 수 있다. 그러나 악을 구분하는 데는 어려움이 따른다. 예를 들어 명백히 필요한 악이 있고 또 명백히 필요 없는 악이 있다. 지옥에 빠진 돈 후안과 어린아이의 죽음이 그것으로, 방탕한 사람이 벼락을 맞는 것은 당연하지만 어린아이가 고통을 겪는 것은 이해할 수 없기 때문이다. 실제로 지상에서는 어린아이가 겪는 고통과 그 고통이 야기하는 공포, 그리고 그 고통을 설명해주는 이유를 찾아내는 것보다 더 중요한 것은 없다. 삶의 나머지 부분에서는 신은 우리에게 모든 것을 용이하게 해주신다. 여기까지 비춰보면 종교는 아무런 장점이 없다. 반대로 어린아이가 겪는 고통 문제에 이르면 신은 우리를 궁지에 몰아넣는다. 그렇게 우리는 페스트라고 하는 성벽 아래에 와 있기에, 성벽의 치명적인 그늘 속에서 은총을 찾아내야 한다. 그런데 파늘루 신부는 그 벽을 기어오르게 해줄 간단한 특권조차 스스로 거부하고 있었다. 아이를 기다리고 있는 영원한 환희가 아이가 겪은 고통을 보상해준다고 말하는 것은 그에게 어렵지 않은 일이지만, 사실 그 점에 대해 그는 전혀 아는 바가 없었다. 영원의 기쁨이 인간이 느끼는 순간적인 고통을 보상해준다고 실제로 누가 감히 확실히 말할 수 있는가? 그런 말을 하는 사람이 있다면 그는 진정한 기독교인은 아닐 것이다. 주님은 육체와 영혼을 통해 그 고통을 몸소 겪으셨으니 말이다. 아니다, 신부는 십자가가 상징하는 사지가 찢기는 고통을 충실하게 본받아 아이가 겪는 고통을 마주보며 벽 아래에 머물러 있을 것이다. 그리고 오늘 자기 강론에 귀기울이는 사람들에게 자신 있게 이렇게 말하고 싶다고 했다. "형제 여러분, 마침내 때가 되었습니다. 모든 것을 믿거나 아니면 모든 것을 부정해야 합니다. 그런데 여러분 중 누가 감히 모든 것을 부정할 수 있겠습니까?"

신부가 이제 이단자가 되어가는구나 하고 리외가 생각할 틈도 없이, 신부는 곧바로 말을 이어 이 명령, 이 순수한 요구야말로 기독교인이 받는 은총이라고 힘주어 주장했다. 그것이 기독교인의 덕성이라는 것이었다. 신부는 자기가 말하고자 하는 덕성에는 과격한 점이 있어서, 더 관대하고 고전적인 도덕에 익숙한 많은 사람들에게 충격을 주리라는 것을 알고 있다고 말했다. 그러나 페스트 시대의 종교는 평상시의 종교와 같을 수 없으며, 비록 하느님은 행복한 시기에는 사람들의 영혼이 안식하고 기뻐하는 것을 허용하시고 심지어 바라기까지 하시지만, 극도의 불행 속에서는 사람들의 영혼이 극단적이기를 원하신다는 것이었다. 신은 오늘날 인간에게 은총을 베푸시어, '전부 아니면 무無'라는 가장 위대한 덕을 다시 찾아서 받아들여야 할 만큼 큰 불행 속에 우리를 빠뜨려놓은 것이다.

지난 세기에 어떤 불경한 저술가가, 교회의 비밀을 폭로한다고 주장하면서 연옥은 존재하지 않는다고 단정한 적이 있었다. 그 주장을 통해 그는 어중간한 것은 없고 '천국'과 '지옥'만 있으며, 사람은 자기가 선택한 것에 따라 구원받거나 저주받는 것밖에 없음을 암시했다. 그런데 파늘루가 생각하기에 그 주장은 방탕한 영혼만이 생각해낼 수 있는 이단이었다. 연옥은 존재하기 때문이다. 그럼에도 불구하고 연옥을 지나치게 기대해서는 안 되는 시대, 즉 죄가 가볍다고 말할 수 없는 시대가 분명히 있었다. 그 시대에는 모든 죄가 치명적이고 모든 무관심이 죄가 되었다. 전부 아니면 무였던 것이다.

파늘루가 입을 다물자 문 밑으로 스며드는 바람의 신음 소리가 리외의 귀에 더 잘 들려왔다. 밖에서는 바람이 더욱 거세진 것 같았다. 그 순간 신부는, 자기가 말하는 순명順命이라는 덕성을 보통 해석하듯 좁은 의미로 이해해서는 안 된다고 말을 이어갔다. 그것은 진부한 체념도 아니고, 어려운 겸손도 아니었다. 그것은 굴종이지만, 굴종하는 사람이 동의하는 굴종이었다. 확실히 어린아이가 고통을 겪는 것은 정신적으로나 감정적으로 우리에게 굴욕감을 주는 일이었다. 그러나 바로 그런 이유로 우리는 굴욕감을 느껴야만 했다. 파늘루는 자기가 말하고자 하는 것이 참 말하기 어려운 것이라고 양해를 구하면서, 바로 그런 이유로, 신이 원하기 때문에 우리는 받아들여야 한다고 청중에게 말했다. 그렇게 함으로써 기독교인은 어떤 일도 서슴지 않고 할 것이며, 출구가 완전히 닫혀도 근원적이고 핵심적인 선택을 할 수 있을 것이다. 기독교인은 모든 것을 부정하지 않기 위해 모든 것을 믿는 쪽을 택할 것이다. 그리고 이 순간에도 여러 성당에서 부인들이 림프절의 멍울이 생기는 것은 인간의 몸이 감염을 물리치는 자연스러운 치유 과정임을 깨닫고 "주여, 멍울을 베풀어주소서!"라고 용감하게 기도하고 있듯이, 기독교인은 비록 이해할 수 없을지라도 신의 의지에 자신을 맡길 수 있어야 할 것이다. "저것은 이해할 수 있어. 하지만 이것은 받아들일 수 없어"라고 말할 수는 없다. 우리에게 주어져 있지만 받아들일 수 없는 것의 핵심을 향해 뛰어들어야 한다. 그럼으로써 우리는 선택할 수 있다. 어린아이들이 겪는 고통이 우리에게는 쓴 빵이지만, 그 빵이 없다면 우리의 영혼은 정신적 굶주림으로 죽고 말 것이다.

파늘루 신부가 강론을 잠시 중단할 때마다 나지막한 소음이 들려왔다. 소음이 다시 들리기 시작할 즈음 신부는 갑자기 청중을 대신해서 묻는다는 듯이, 그러면 우리는 어떻게 행동해야 하는가, 라고 강력하게 강론을 이어나갔다. 짐작건대 사람들은 틀림없이 숙명론이라는 끔찍한 단어를 입에 올릴 것이다. 좋다, 그 단어에 '능동적'이라는 형용사를 붙일 수만 있다면 자신도 그 단어를 받아들이는 데 주저하지 않겠다. 다시 말하지만, 지난번에 이야기한 아비시니아의 기독교인들을 흉내내서는 안 된다. 뿐만 아니라, 하늘을 우러러보며 신께서 내리신 그 병에 맞서려고 하는 불신자들에게 페스트를 보내달라고 큰 소리로 기도하면서 기독교인들로 구성된 보건대를 향해 누더기옷을 벗어던진 페르시아의 페스트 환자들을 흉내내서도 안 된다. 반대의 경우지만, 지난 세기에 전염병이 유행할 때 병균이 잠복해 있을지도 모를 축축하고 따뜻한 입술이 손에 닿지 않도록 핀셋으로 성체를 집어 영성체를 해주었던 카이로의 수도사들을 따라 해서도 안 된다. 그 수도사들도 페르시아의 페스트 환자들과 마찬가지로 죄를 지은 것이다. 왜냐하면 페르시아의 페스트 환자들은 어린아이의 고통을 전혀 감안하지 않았기 때문이고, 카이로의 수도사들은 그와 반대로 고통에 대한 인간적인 공포에 압도되었기 때문이다. 두 경우 모두 문제의 핵심을 간과하고 있다. 모두 하느님의 목소리를 알아듣지 못한 것이다. 그러나 파늘루는 또다른 예들을 상기시켰다. 마르세유에서 대규모로 발생한 페스트 관련 기록에 따르면, 메르시 수도원의 수도사 여든한 명 중 겨우 네 명만 살아남았고 그 네 명 중 세 명이 도망쳤다. 기록자는 이렇게만 적어놓았는데, 그 이상을 적는 것은 기록자의 직분에 어긋나는 일이었다. 그러나 파늘루 신부는 그것을 읽으면서, 시체 일흔일곱 구에도 불구하고, 특히 동료 세 명이 도망쳤음에도 불구하고 홀로 남은 수도사에 생각이 미쳤다. 신부는 설교대 가장자리를 주먹으로 두드리면서 외쳤다. "형제 여러분, 우리는 남아 있는 사람이 되어야 합니다."

그렇다고 해서 재앙 때문에 초래된 무질서에 대응하기 위해 사회 구성원들이 채택한 예방책과 현명한 질서를 거부하라는 말은 결코 아니었다. 무릎을 꿇고 모든 것을 포기해야 한다는 도덕가의 말에 현혹되어서도 안 된다. 오직, 어둠 속에서 더듬거리면서라도 앞으로 나아가며 선을 행하도록 노력해야 한다. 그 밖의 것에 대해서는 어린아이의 죽음까지도 신의 뜻에 맡기고 받아들여야 하며, 개인의 힘에 의존하려고 해서는 안 된다.

이 대목에서 파늘루 신부는 마르세유에서 페스트가 유행하던 당시 고위직에 있던 벨죙스 주교를 언급했다. 페스트가 종식될 무렵, 주교는 할 수 있는 일은 다 했고 더이상의 치유책은 없다고 생각하고, 먹을 것을 준비한 후 담을 높이 쌓고 칩거에 들어갔다. 그러자 그를 숭배하던 주민들은, 고통이 극에 달하면 반감이 생기듯 주교에게 분개하여 그를 전염시키기 위해 집 주위에 시체를 쌓아올리고, 그를 더 확실하게 죽이기 위해 담 위로 시체들을 던지기까지 했다. 이처럼 주교는 마지막 순간에 마음이 약해져 자기는 죽음의 세계에서 벗어나 있다고 생각했지만, 하늘에서 그의 머리 위로 시체가 떨어져내렸던 것이다. 우리의 경우도 이와 마찬가지다. 페스트로부터 완전히 격리된 섬은 없다는 것을 우리는 명심해야 한다. 아니, 중간은 없다. 우리는 추문을 받아들여야 한다. 왜냐하면 신을 미워하든가, 아니면 신을 사랑하든가, 둘 중 하나를 선택해야 하기 때문이다. 그런데 누가 감히 신을 미워할 수 있단 말인가?

결론을 내리겠다며 마침내 파늘루가 말했다. "형제 여러분, 신을 사랑하는 것은 몹시 어렵습니다. 그것은 자신의 전적인 포기와 자기 개성에 대한 경멸을 전제로 합니다. 그러나 그 사랑만이 아이들이 겪는 고통과 죽음을 사라지게 할 수 있습니다. 어쨌든 그 사랑만이 죽음을 필연적인 것으로 만들 수 있습니다. 왜냐하면 어린아이들의 죽음을 이해한다는 것은 불가능하고, 그 죽음이 필연적이기를 바랄 수밖에 없기 때문입니다. 어려울지 모르지만 제가 여러분과 함께 나누고자 한 교훈은 바로 이것입니다. 이것이 신앙심입니다. 이 신앙심은 인간이 보기에는 잔인하지만 신이 보시기에는 결정적입니다. 우리는 이런 믿음에 다가가야 합니다. 우리는 이 무서운 이미지에 도달할 수 있어야 합니다. 저 높은 꼭대기에 이르면 모든 것이 서로 섞이고 동등해질 것입니다. 겉에서 볼 때 불의처럼 보이던 것에서 진리가 솟아날 것입니다. 이런 연유로 프랑스 남부에 있는 수많은 성당에는 수세기 전부터 페스트

로 쓰러진 사람들이 설교대가 놓인 포석 아래에 묻혀 있으며, 사제들
은 그들의 무덤 위에서 강론을 하고, 그들이 전파하는 정신은 어린아
이들이 포함되어 있는 죽음의 재에서 솟아나는 것입니다."

리외가 밖으로 나오니, 반쯤 열린 문 사이로 거센 바람이 밀려들어
와 신자들의 얼굴을 정면에서 때렸다. 그 바람에 비냄새와 축축이 젖
은 보도 냄새가 성당 안으로 실려와, 신자들은 밖으로 나가기도 전에
도시의 모습을 짐작할 수 있었다. 의사 리외의 앞에서는 막 밖으로 나
온 어떤 늙은 신부와 젊은 부제가 바람에 날리는 모자를 붙드느라 애
를 먹고 있었다. 그러면서도 늙은 신부는 계속 아까의 강론에 대해 언
급했다. 그는 파늘루의 웅변에는 경의를 표했지만, 파늘루가 표명한
대담한 생각에 대해서는 우려를 드러냈다. 그의 강론에는 힘보다는 불
안이 더 많이 드러났는데, 파늘루 같은 연배가 되면 사제는 불안을 느
껴서는 안 된다는 것이었다. 젊은 부제는 바람을 피하느라 고개를 숙
인 채, 자기는 파늘루 신부 집에 자주 드나들어서 그의 사상이 발전하
는 과정을 잘 알고 있는데, 그의 논문은 앞으로 한층 더 대담해질 것이
고 아마 출판 허가를 받지 못할 거라고 단언했다.

"그의 사상이란 게 대체 뭔가?" 늙은 신부가 물었다.

그들이 성당 앞뜰에 이르자, 바람이 요란한 소리를 내며 그들을 휘
감았다. 젊은 부제는 입을 열지 못했다. 말을 할 수 있게 되자, 그는 이
렇게만 말했다.

"신부가 의사의 진찰을 받는다는 것은 모순이라는 겁니다."

타루는 리외로부터 파늘루의 강론 내용을 전해 듣고는 전쟁중에 눈
을 잃은 어떤 청년의 얼굴을 보고 신앙심을 잃은 한 신부를 알고 있다

고 말했다.

"파늘루의 말이 맞아요." 타루가 말했다. "죄 없는 젊은이가 눈을 잃었을 때, 기독교인이라면 신앙을 잃거나 아니면 눈이 빠진 것을 받아들여야 합니다. 파늘루는 신앙을 잃기를 원치 않으니까, 끝까지 갈 거예요. 그가 하고 싶었던 말이 바로 그거예요."

이러한 타루의 견해가 그뒤에 일어난 불행한 사건들 그리고 그 당시 주변 사람들로서는 이해할 수 없었던 파늘루의 행동을 해명하는 데 도움이 되지 않을까? 이것에 대해서는 각자 판단해보기 바란다.

강론을 마치고 며칠 뒤, 파늘루는 이사를 하느라 분주했다. 병이 확산되면서 당시 시내에서는 이사가 끊이지 않았다. 타루가 호텔을 떠나 리외의 집에 머물러야 했던 것처럼, 파늘루 신부도 교구에서 배정해준 아파트를 떠나, 성당의 신자면서 페스트에 걸리지 않은 노부인 집으로 거처를 옮겨야 했다. 이사중에 신부는 피로감과 불안감이 더 심해지는 것을 느꼈다. 그 부인이 성녀 오딜의 예언이 잘 들어맞는다고 열심히 칭찬하자, 피곤한 탓도 있었겠지만 신부는 가볍게 화를 냈다. 그런 탓에 그는 집주인의 존경심을 잃게 되었다. 그후 하다못해 중립적인 호의라도 얻어볼까 하고 갖가지 애를 다 써보아도 뜻대로 되지 않았다. 이미 나쁜 인상을 줘버린 것이다. 그래서 저녁마다 거실에 앉아 있는 여주인의 등을 우두커니 바라보다가, 그 부인이 돌아보지도 않고 쌀쌀맞은 어조로 건넨 "안녕히 주무세요, 신부님"이라는 밤 인사를 기억하며 뜨개질한 레이스들이 넘쳐나는 자기 방으로 돌아가야 했다. 그런 일이 반복되던 어느 날 밤, 그가 자리에 누우려는데 머리가 쑤시면서 며칠 전부터 있던 미열이 휘몰아치는 물결처럼 손목과 관자놀이로 터져나오는 것이 느껴졌다.

그후에 일어난 일은 나중에 그 집 여주인의 이야기를 통해 알려진 것밖에 없다. 그녀는 습관대로 아침 일찍 일어났다. 시간이 상당히 흘렀는데도 신부가 나오지 않자 이상한 생각이 들어, 한참 망설인 끝에 방문을 두드려보기로 했다. 신부는 밤새 한숨도 자지 못하고 여전히 누워 있었다. 숨이 막혀 헐떡거렸고 얼굴이 평소보다 더 붉어 보였다. 부인의 말에 따르면, 의사를 부르자고 공손하게 제안했더니 얼마나 거세게 반대하던지 섭섭한 마음이 들 정도였다. 부인은 자리에서 일어날 수밖에 없었다. 잠시 후 신부가 벨을 눌러 부인을 불렀다. 그리고 아까 짜증낸 것을 사과하고는, 페스트 증세는 전혀 보이지 않으니 페스트일 리는 없고 일시적으로 피곤한 탓이라고 말했다. 노부인은 그런 걱정 때문에 의사를 부르자고 한 것은 아니었고, 자신의 안전은 하느님 손에 달려 있으니 그런 것은 생각도 하지 않는다고 점잖게 말했다. 다만 신부님의 건강에 자신도 부분적으로나마 책임이 있다고 생각했을 뿐이라고 덧붙였다. 신부가 아무 대답도 하지 않자, 그 부인은 (그녀의 말을 믿는다면) 의무를 다하겠다는 생각에 다시 한번 의사를 부르자고 제안했다. 그러자 신부는 또다시 거절하면서 뭐라고 설명을 했는데, 노부인이 듣기에는 전혀 명료하지가 않았다. 그녀가 알아들은 말이라고는, 진찰이 자신의 원칙에 맞지 않기 때문에 거부한다는 것이었는데, 바로 그것이 이해가 안 가는 대목이었다. 부인은 열이 심한 탓에 신부의 생각이 흐려져서 그렇다고 여기고 약차를 한 잔 끓여주는 것으로 그치고 말았다.

그녀는 그런 상황에서 요구되는 의무들을 정확하게 이행하겠다고 늘 생각해왔기 때문에 두 시간마다 규칙적으로 환자의 방에 들어가보았다. 부인에게 가장 충격적인 것은 신부가 계속 흥분 상태에서 낮을 보냈다는 사실이었다. 그는 이불을 치워버렸다가 다시 끌어당겼다가 하면서 땀에 젖은 이마에 끊임없이 손을 갖다대고, 자주 몸을 일으켜 축축하고 거칠고 숨막힌 기침을 뱉어내려고 온몸을 쥐어짜며 애를 썼다. 그럴 때면 마치 목구멍 깊숙이 박힌 솜뭉치를 뽑아내지 못해 숨쉬기 힘들어하는 것 같았다. 그런 발작을 몇 번 되풀이한 후에는 완전히 탈진되어 뒤로 풀썩 몸을 눕혔다. 그러다가 결국 또다시 몸을 반쯤 일으키고는 좀전의 흥분 상태보다 더 격렬한 태도로 잠시 동안 꼼짝 않고 정면을 똑바로 응시했다. 노부인은 의사를 부를까 하다가 환자가 언짢아할까봐 망설였다. 겉으로 보기에는 심해 보여도, 어쩌면 순간적으로 열이 난 것에 불과할지도 모른다고 생각했다.

오후에 신부에게 말을 걸어봤지만, 불분명한 몇 마디 외에는 아무 대답도 들을 수 없었다. 부인은 다시 한번 제안을 되풀이했다. 그러자 신부는 몸을 일으키고 반쯤 숨막혀하면서도 의사를 원치 않는다고 분명히 말했다. 부인은 이튿날 아침까지 기다려봐서 그때까지 호전되지 않으면 랑스도크 통신사에서 라디오로 매일같이 십여 차례 방송하는 전화번호로 전화를 걸어봐야겠다고 생각했다. 부인은 언제나 의무를 다하려고 신경쓰는 사람이어서 환자를 찾아가 밤샘을 하며 돌봐줄 생각이었다. 그런데 저녁때 신부에게 약차를 새로 갖다주고 잠시 누웠다가 깨어보니 이튿날 새벽이었다. 그녀는 신부의 방으로 달려갔다.

신부는 꼼짝 않고 누워 있었다. 지난밤에는 얼굴이 그토록 벌겋더니 이제는 납빛이 되어 있었는데, 얼굴 모양이 아직 그대로인 만큼 안색이 더욱 두드러져 보였다. 신부는 침대 위에 걸려 있는 다채로운 빛깔의 진주 장식 샹들리에를 뚫어져라 바라보다가, 노부인이 들어가자 그녀에게로 고개를 돌렸다. 노부인의 말에 따르면, 그때 그의 모습은 밤새도록 두들겨맞아 힘이 빠진 나머지 반응할 수도 없는 것처럼 보였다. 그녀는 그에게 좀 어떠냐고 물어보았다. 그러자 그는 이상하리만치 무심한 어조로, 더 나빠지고 있지만 의사는 필요 없고, 규칙대로 자기를 병원에 이송해주기만 하면 된다고 말했다. 노부인은 겁에 질려 전화기로 달려갔다.

정오에 리외가 왔다. 노부인의 이야기를 듣고 나서 그는 파늘루의 말대로 너무 늦었을지 모르겠다고만 대답했다. 신부는 여전히 무심한 태도로 그를 맞이했다. 진찰을 해보니 목이 막히고 호흡이 곤란한 것을 제외하면 놀랍게도 가래톳 페스트 또는 폐렴성 페스트의 주요 증상을 하나도 발견할 수 없었다. 그러나 맥박이 너무 약하고 상태도 전반적으로 극히 위험해서 희망이 거의 없었다.

"페스트의 주요 증상은 하나도 없습니다." 그가 파늘루에게 말했다. "하지만 뭔가 의심쩍은 점이 있으니 격리해야 할 것 같습니다."

신부는 예의상 그러는 것처럼 이상한 미소를 지을 뿐 아무 말도 하지 않았다. 리외는 전화를 걸고 돌아와 신부를 바라보며 부드럽게 말했다.

"제가 곁에 있을게요."

신부가 약간 생기를 되찾은 듯 의사에게로 눈길을 돌렸다. 눈에서 따뜻한 기운이 살아나는 것 같았다. 그는 더듬더듬 가까스로 입을 열었는데, 슬픈 어조인지 아닌지는 분간할 수 없었다.

그가 말했다. "감사합니다. 그러나 성직자에게 친구가 없습니다. 모든 것을 신에게 맡긴 몸이니까요."

그는 침대 머리맡에 놓인 십자가를 달라고 하더니, 그것을 손에 쥐고 고개를 돌려 바라보았다.

병원에서도 파늘루는 입을 열지 않았다. 그는 모든 치료에 수동적으로 몸을 내맡기면서도, 십자가는 놓지 않고 꼭 쥐고 있었다. 신부의 증세는 여전히 모호했다. 리외의 머릿속에는 끊임없이 의문이 생겼다. 페스트 같기도 하고 아닌 것 같기도 했다. 게다가 얼마 전부터 페스트는 정확하게 진단하지 못하도록 만들면서 기뻐하는 것 같았다. 그러나 파늘루의 경우, 그후의 경과를 보면 그런 불확실성도 중요하지 않다는 것을 알 수 있었다.

열이 높아졌다. 기침 소리는 점점 더 거칠어졌고 기침 때문에 환자는 온종일 극도로 고통을 겪었다. 저녁이 되자 마침내 신부는 그를 숨막히게 했던 솜뭉치를 토해냈다. 그것은 피로 물들어 있었다. 그렇게 고열이 나면서도 파늘루의 눈빛은 여전히 무심했다. 다음날 아침, 그는 침대 밖으로 몸을 반쯤 내놓은 채 죽어 있었다. 그의 시선에는 아무 표정도 없었다. 그의 카드에는 이렇게 기록되었다. '모호한 사례.'

그해의 만성절은 일반적인 만성절과는 달랐다. 물론 날씨는 상황에 어울렸다. 날씨가 변하더니 늦더위가 갑자기 선선한 날씨로 바뀌었다. 이제는 예년과 마찬가지로 찬바람이 계속 불었다. 커다란 구름들이 지평선 이쪽에서 저쪽으로 내달리면서 집들 위에 그늘을 드리웠다. 구름이 지나가고 나면 11월의 하늘에서 싸늘하고 노란 햇빛이 집들을 비추었다. 처음으로 레인코트가 거리에 등장했다. 그런데 고무를 입혀 반짝이는 레인코트가 놀랄 만큼 눈에 많이 띄었다. 실은 이백 년 전 프랑스 남부에서 페스트가 대유행이었을 때 의사들이 자신을 보호하기 위해 기름 먹인 옷을 입었다는 사실이 신문에 보도된 적이 있었다. 상인들이 그 기사를 이용해 유행하지 않는 재고품들을 팔아치웠고, 시민들은 그 옷의 도움을 받아 면역력이 생기기를 기대했다.

그러나 이런 계절적인 특징들도 묘지를 찾는 사람이 없다는 사실을 잊게 하지는 못했다. 예년 같으면 전차에 국화꽃 향기가 가득차서 역겨울 정도였고, 여자들은 무리를 지어 친척이 묻혀 있는 무덤에 꽃을 가져가곤 했다. 그날은 고인 곁에 가서 오랫동안 잊고 내버려둔 것에 대해 용서를 비는 날이었다. 그러나 그해에는 죽은 이를 생각하는 사람이 아무도 없었다. 정확히 말하면, 죽은 사람들을 이미 지나치게 많이 생각했던 것이다. 그러므로 후회는 조금밖에 안 하면서 잔뜩 우울한 심정으로 그들을 찾아볼 필요는 없었다. 그들은 일 년에 한 번씩 찾아가 사죄해야 하는 버림받은 자들이 더이상 아니었다. 그들은 잊고 싶은 불청객이었다. 이런 이유 때문에 그해의 만성절은 이를테면 적당히 넘어가고 말았다. 코타르에 따르면—타루가 보기에 코타르는 점점 야유조로 말했다—지금은 매일매일이 만성절이었다.

실제로 페스트의 불꽃은 화장터의 가마에서 매일같이 더욱 신나게 타올랐다. 사실 사망자 수가 나날이 늘어나는 것은 아니었다. 그러나 이제 페스트는 정점에 편안히 자리를 잡고, 훌륭한 공무원처럼 매일 저지르는 살인에 정확성과 규칙성을 부여하는 것 같았다. 원칙적으로는, 그리고 전문가의 견해로 보면, 그것은 좋은 징조였다. 끊임없이 상승하다가 오랫동안 안정세를 유지하고 있는 페스트 진행 그래프는 예를 들어, 의사 리샤르에게는 바람직한 현상으로 보였다. "아주 훌륭한 그래프야." 그는 이렇게 말하곤 했다. 그는 병이 이른바 안정 단계에 도달한 것으로 간주하고 있었다. 앞으로는 쇠퇴밖에 남지 않았다는 것이다. 그는 카스텔이 만든 새 혈청 덕분이라고 생각했다. 실제로 그의 혈청은 예기치 않게 몇 번 성공을 거두었다. 늙은 의사 카스텔도 그것을 부인하지는 않았지만, 역사적으로 볼 때 페스트는 예상 밖으로 새롭게 재개되는 경우가 종종 있기 때문에 예측할 수 없다는 것이 그의 의견이었다. 도청에서는 오래전부터 민심이 안정되기를 희망해왔지만 페스트 때문에 그럴 방도가 없던 터라, 이 주제와 관련하여 의사들을 소집해 보고서를 제출하라고 할 계획이었는데, 그때 의사 리샤르가 페스트로, 더구나 병이 안정 상태에 있을 때 사망하고 말았다.

분명 충격적이긴 했지만 그렇다고 해서 확실한 것은 아무것도 없는데도, 리샤르의 사망을 계기로 행정 당국은 처음에 낙관론을 받아들일 때만큼이나 경솔하게 비관론으로 돌아섰다. 카스텔은 가능한 모든 정성을 기울여 혈청을 준비하는 데에만 몰두했다. 어쨌든 공공장소 중에 병원이나 검역소로 개조되지 않은 곳은 이제 한 군데도 없었다. 그나마 도청을 아직 그대로 남겨둔 것은 회합 장소가 필요했기 때문이었다. 전체적으로 볼 때, 그리고 당시에는 페스트가 상대적으로 안정된 상태였기 때문에, 리외가 꾸린 조직에서 일손이 모자란 적은 전혀 없었다. 의사들과 봉사자들은 이미 기진맥진할 정도로 노력하고 있었고 더 많은 노력을 쏟아부으려고 생각할 필요는 없었다. 이렇게 말해도 괜찮다면, 그들은 그저 그 초인적인 일들을 규칙적으로 계속해야 했을 뿐이다. 바람이 사람들의 가슴에 불을 붙여놓고 부채질을 하기라도 한 것처럼, 전에 발생했던 폐렴성 페스트가 이제 도시 전체에 퍼져나갔다. 환자들은 피를 토하며 훨씬 단기간에 사망했다. 전염병이 새로운 형태로 발전함에 따라 이제 전염성이 높아질 우려가 있었다. 사실 그 점에 관해 전문가들의 의견은 항상 서로 달랐다. 그래도 안전을 기하기 위해 보건 관계자들은 소독한 가제 마스크를 계속 착용했다. 어쨌든 얼핏 보면 병이 더 확산되어야 할 것 같았다. 그러나 가래톳 페스트 환자 수가 감소하고 있었기 때문에 통계 곡선은 그대로 수평을 유지했다.

시간이 지나면서 식량 보급 문제가 악화됨에 따라 또다른 걱정거리들이 생겨났다. 거기에 투기까지 끼어들어, 부족한 생활필수품들이 일반 시장에서 터무니없는 가격으로 팔렸다. 그 결과, 가난한 가정은 무척 괴로운 상황에 놓인 반면, 부유한 가정은 부족한 것이 거의 없었다. 페스트가 가져온 공평성이 효과를 발휘해 시민들 사이에서 평등이 강화될 수도 있었지만, 사람들이 본래 갖고 있던 이기심 때문에 페스트는 오히려 사람들의 마음속에 불의의 감정만 심화시키고 말았다. 물론 죽음이라는 완전무결한 평등이 남아 있긴 하지만 그런 평등을 원하는 사람은 아무도 없었다. 굶주림에 고통받는 가난한 사람들은 더욱 향수에 젖어, 생활도 자유롭고 빵도 비싸지 않은 인근 도시와 시골을 생각하곤 했다. 비논리적이긴 하지만, 사람들은 식량을 충분히 공급할 수 없다면 자신들이 떠나는 것을 막아서는 안 된다고 생각했다. 그러더니 마침내 구호가 퍼져나가 벽보로 나붙기도 하고, 도지사가 지나갈 때 소리 내어 외치기도 했다. "빵 아니면 공기를." 이 풍자적인 구호를 계기로 데모가 일어나기도 했지만 곧 진압되었다. 그러나 그 심각성을 모르는 사람은 없었다.

물론 신문들은 그들에게 내려진 수칙, 즉 어떻게 해서라도 낙관론을 유지하라는 수칙을 절대적으로 따르고 있었다. 신문을 보면, 현 상황은 시민들이 보여준 '평온하고 침착한 감동적인 모범 사례'라는 점이 특징적이었다. 하지만 꽉 막혀 있는 이 도시에서 비밀로 유지될 수 있는 것은 아무것도 없었으므로, 공동체가 보여주고 있다는 '모범 사례'

에 속하는 사람은 아무도 없었다. 여기서 문제되는 평온함이나 침착함을 정확하게 이해하기 위해서는 당국에서 마련한 예방격리소나 격리 수용소에 들어가보는 것으로 충분했다. 서술자는 다른 곳에 일이 있어서 그곳에 가보지 못했기 때문에, 여기서는 타루의 증언을 인용할 수밖에 없다.

실제로 타루의 수첩에는 랑베르와 함께 시립 운동장에 설치된 수용소를 방문한 이야기가 기록되어 있었다. 운동장은 시 출입문 근처에 있었는데, 한쪽은 전차가 다니는 거리에, 다른 쪽은 그 도시가 건설된 고원 가장자리까지 펼쳐져 있는 공터에 닿아 있었다. 운동장에는 시멘트 담이 높이 쳐져 있어서 출입구 네 곳에 보초를 세우면 탈출이 불가능했다. 예방 격리된 그 불행한 사람들은 담 덕분에 외부 사람들의 호기심 어린 시선으로부터 벗어날 수 있었다. 반면 그들은 보이지는 않아도 전차가 지나가는 소리를 하루종일 들으며, 전차 소리와 함께 웅성거리는 소리가 더 커지면 출퇴근 시간이라고 짐작하곤 했다. 이런 식으로 그들은 자기들에게는 배제된 삶이 그들과 불과 몇 미터 떨어진 곳에서 계속되고 있으며, 시멘트 담이 두 세상을 서로 다른 두 행성보다 더 낯설게 갈라놓고 있다는 사실을 알게 되었다.

타루와 랑베르가 운동장에 가기로 한 날은 어느 일요일 오후였다. 축구 선수인 곤잘레스도 그들과 함께했다. 랑베르가 곤잘레스를 다시 만났는데, 운동장을 교대로 감시해달라는 부탁을 그가 마침내 받아들였던 것이다. 랑베르는 그를 수용소 소장에게 소개해줘야 했다. 두 사람과 만났을 때 곤잘레스는 페스트가 발생하기 전에는 이 시간이면 시합을 하려고 유니폼을 입고 있었다고 말했다. 그러나 경기장이 징발되고 난 지금 그것은 불가능한 일이었다. 곤잘레스는 무료해 보였고, 스스로 그렇게 느끼고 있었다. 그런 이유로 주말에만 근무한다는 조건으로 감시 업무를 수락한 것이다. 하늘은 약간 흐렸다. 곤잘레스는 하늘을 쳐다보더니, 비도 안 오고 덥지도 않은 이런 날씨가 시합에는 제일 적당하다고 아쉬운 듯 말했다. 그는 탈의실의 물파스 냄새, 무너질 듯 가득찬 관중석, 엷은 황갈색 그라운드를 누비는 선명한 색깔의 운동복, 전반전이 끝나고 마시는 레몬주스나 바짝 마른 목구멍을 수천 개의 바늘로 시원하게 콕콕 찌르는 듯한 청량음료를 나름대로 열심히 기억해냈다. 교외에서 움푹 파인 길을 걸어가는 동안에도 곤잘레스는 돌만 보면 차곤 했다고 타루는 덧붙여 기록했다. 그는 돌멩이를 하수구에 바로 차넣으려고 하면서, 성공하면 '1대 0'이라고 말했다. 담배를 피운 후에는 꽁초를 앞으로 뱉은 뒤 땅에 떨어지기 전에 재빨리 발로 차려고 했다. 운동장 근처에서 놀던 아이들이 그들 쪽으로 공을 보내자, 곤잘레스는 달려가 정확하게 공을 차 돌려주었다.

마침내 그들은 운동장에 들어섰다. 관중석은 사람들로 꽉 차 있었다. 하지만 운동장은 수백 개의 붉은 천막으로 뒤덮여 있었고, 천막 안에 있는 침구와 보따리 같은 것을 멀리서도 알아볼 수 있었다. 관중석이 그대로 남아 있어서 덥거나 비가 오는 날에는 수용자들이 몸을 피할 수 있었다. 그러나 해가 지면 천막으로 돌아가야 했다. 관중석 아래에는 샤워실이 새로 설치되었고, 예전의 선수용 탈의실은 사무실과 의무실로 개조되어 있었다. 수용자 대부분은 관중석에 모여 있었고 다른 사람들은 터치라인 근처에서 서성거렸다. 어떤 사람들은 자기 천막 입구에 쪼그리고 앉아 멍한 눈으로 사방을 두리번거렸다. 관중석에 있는 많은 사람들은 주저앉아 뭔가를 기다리는 것 같았다.

"저 사람들은 낮에 뭘 하나요?" 타루가 랑베르에게 물었다.

"아무것도 안 합니다."

실제로 거의 모든 사람이 두 팔을 축 늘어뜨린 채 빈손을 흔들고 있었다. 그 거대한 군중은 신기하리만큼 조용했다.

"처음 며칠 동안은 여기에서는 서로 말하는 소리도 안 들렸어요." 랑베르가 말했다. "그런데 날이 갈수록 점점 말을 안 하더군요."

기록에 따르면, 타루는 그들을 이해하고 있었다. 그들을 처음 보았을 때, 그들은 천막에 빽빽하게 수용된 채 파리가 날아다니는 소리를 듣거나 몸을 긁적거리기에 바빴고, 이야기를 들어줄 사람이 있을 때는 자신의 분노나 두려움을 소리 높여 떠들어댔다. 그러나 수용소가 초만원이 되자 이야기를 들어줄 사람이 점점 줄어들었다. 그래서 결국 침묵을 지키고 서로를 불신할 수밖에 없었다. 실제로 불신 같은 것이 회색빛으로 빛나는 하늘에서 붉은 수용소 위로 쏟아져내리고 있었다.

그렇다, 그들은 모두 불신하는 표정이었다. 강제로 격리된 데 이유가 없는 것은 아니었다. 그들은 자기들이 격리된 이유를 찾으며 두려워하는 자의 표정을 짓고 있었다. 타루가 본 사람들의 눈빛은 하나같이 텅 비어 있었고, 자신의 삶을 의미 있게 만들어주던 것으로부터 완전히 분리된 데 대해 슬퍼하고 고통받는 표정이었다. 그러나 항상 죽음에 대해 생각할 수는 없어서 그들은 아무 생각도 하지 않았다. 그들은 휴가중이었다. 타루는 다음과 같이 썼다. '그러나 최악은 그들이 잊힌 사람들이며 그들이 그것을 알고 있다는 사실이다. 그들을 알던 사람들은 다른 것을 생각하느라 그들을 잊고 있었기에 그것은 충분히 이해힐 수 있는 일이다. 그들을 사랑하는 사람들도 그들을 구헤 내러 고 교섭하거나 계획을 짜느라 진이 빠져 그들을 잊어버렸다. 구출을 생각하느라 구출해야 할 사람을 생각하지 않는 것이다. 그것 역시 당연한 일이다. 결국에 가서는 아무리 불행의 막바지에 이르렀다 할지라도 어떤 사람을 정말로 생각할 수 있는 사람은 없다는 것을 알게 된다. 왜냐하면 어떤 사람을 정말로 생각하는 것은 그 어떤 것에도, 살림 걱정이나 날아다니는 파리, 식사, 가려움 같은 것에 결코 마음을 빼앗기지 않고 매 순간 생각하는 것이기 때문이다. 그러나 파리와 가려움은 언제나 존재한다. 그런 이유 때문에 인생은 살기 어려운 것이다. 그들은 그 사실을 잘 알고 있다.'

소장이 와서 오통 씨가 그들에게 면담을 신청했다고 전했다. 소장은 곤잘레스를 사무실로 안내하고 나서 그들을 관중석으로 데리고 갔다. 오통 씨가 혼자 떨어져 앉아 있다가 일어나 그들을 맞이했다. 그의 옷차림은 여전했고 칼라도 여전히 빳빳했다. 다만 관자놀이 위쪽의 머리카락이 뻗쳐 있고 구두끈 한쪽이 풀려 있는 것이 타루의 눈에 띄었다. 검사는 피곤해 보였고, 단 한 번도 상대방을 똑바로 쳐다보지 않았다. 그는 그들에게 만나게 되어 기쁘다며, 의사 리외에게 신세를 많이 졌는데 감사의 말을 전해달라고 했다.

두 사람은 잠자코 있었다.

"필리프가 너무 힘들어하지 않았기를 바랍니다." 잠시 후 검사는 이렇게 말했다.

그가 자기 아들의 이름을 부르는 걸 타루가 들은 것은 이번이 처음이었다. 그가 어딘지 변했다는 것을 알 수 있었다. 해가 지평선으로 기울자 구름 사이로 햇살이 관중석을 비스듬히 비추면서 세 사람의 얼굴이 붉게 물들었다.

"아닙니다." 타루가 말했다. "아니에요. 정말 별로 힘들어하지 않았습니다."

그들이 자리에서 일어난 뒤에도 검사는 여전히 햇빛이 비치는 쪽을 바라보고 있었다.

그들은 곤잘레스에게 작별 인사를 하러 갔다. 그는 감시 교대표를 들여다보고 있었다. 축구 선수가 악수를 하며 웃었다.

"적어도 탈의실은 도로 찾은 셈이죠." 그가 말했다. "이 정도만 해도 감지덕지예요."

잠시 후, 소장이 타루와 랑베르를 배웅할 때, 관중석에서 지직거리는 잡음이 크게 들려왔다. 좋았던 시절에는 시합 결과를 알리거나 팀을 소개하는 데 사용되던 확성기에서 코맹맹이 소리로 수용자들은 천막으로 돌아가 저녁식사 배급을 받으라는 안내방송이 나왔다. 사람들은 천천히 관중석을 떠나 신발을 끌면서 천막 안으로 들어갔다. 모두 제자리로 돌아가자, 기차역에서 볼 수 있는 조그만 전기 자동차 두 대가 커다란 솥들을 싣고 천막 사이를 돌아다녔다. 사람들이 팔을 내밀면 국자 두 개가 두 개의 솥에서 음식을 떠서 식판 두 개에 쏟아부었다. 차가 다시 움직였다. 다음 천막에서도 같은 일이 되풀이되었다.

"과학적이군요." 타루가 소장에게 말했다.

"그렇죠, 과학적이에요." 소장이 악수를 하며 만족스러운 듯 대답했다.

황혼이 깃들고 하늘은 개어 있었다. 부드럽고 신선한 햇빛이 수용소를 비추었다. 저녁의 평화 속에서 숟가락과 접시 부딪치는 소리가 사방에서 들려왔다. 박쥐들이 천막 위에서 날갯짓을 하더니 갑자기 사라졌다. 담 너머에서 전차 한 대가 선로변경 장치 위를 지나가느라 삐걱거렸다.

"수사검사 안됐어." 문을 넘으면서 타루가 중얼거렸다. "좀 도와줘야 할 텐데. 하지만 어떻게 돕지?"

도시에는 수용소가 몇 군데 더 있었지만, 조심스럽기도 하고 또 직접적인 정보도 없어서 서술자는 그것에 대해 더이상 언급할 수 없다. 그러나 그가 말할 수 있는 것은 그러한 수용소의 존재, 거기서 나는 사람 냄새, 황혼에 들려오는 커다란 확성기 소리, 담 뒤에 감춰진 신비, 그 버림받은 장소에 대한 공포심 같은 것들이 시민들의 마음을 무겁게 짓누르면서, 모든 사람이 느끼던 혼란과 불안감이 더욱 증폭되었다는 사실이다. 행정 당국과의 마찰과 충돌은 더욱 심해졌다.

11월 말이 되자 아침에는 상당히 추워졌다. 폭우가 억수같이 쏟아져 도로가 씻기고 하늘이 청명해졌다. 거리가 반짝이고 하늘에는 구름 한 점 없었다. 아침이면 힘을 잃은 태양이 매일같이 도시 위로 차갑게 반짝이는 햇살을 퍼뜨렸다. 저녁 무렵이면 반대로 공기가 다시 온화해졌다. 타루가 의사 리외에게 자기 생각을 어느 정도 털어놓기로 마음먹은 것은 바로 그런 순간이었다.

긴 하루를 힘들게 보낸 어느 날 밤 열시경, 해수병 환자 집으로 리외가 왕진을 가는데 타루가 따라나섰다. 구시가지의 집들 위로 하늘이 부드럽게 빛났다. 어두운 사거리로 산들바람이 소리 없이 불어왔다. 고요한 거리를 벗어나자 두 남자는 노인의 수다와 맞닥뜨렸다. 노인은 그들에게, 불평하는 사람들이 많다, 늘 똑같은 놈들만 이익을 챙긴다, 위험한 일을 하면 결국 화를 입는다, 이러다가는 결국—이 대목에서 그는 손을 비볐다—무슨 소동이 날 거다, 라고 떠들어댔다. 의사가 치료하는 동안에도 노인은 그런 것들을 쉬지 않고 언급했다.

위층에서 누가 걸어다니는 소리가 들렸다. 타루가 궁금해하는 기색을 보이자, 이웃집 여자들이 테라스에 나와 있다고 그의 늙은 아내가 설명해주었다. 그와 동시에, 위에서 보면 전망도 좋고, 테라스의 한쪽 면이 서로 붙어 있어서 동네 여자들이 집밖으로 나가지 않고도 남의 집을 방문할 수 있다는 사실을 알게 되었다.

"맞아, 올라가보시구려. 거긴 공기도 좋아." 노인이 말했다.

테라스에는 아무도 없고 의자만 세 개 놓여 있었다. 한쪽으로는 시선이 닿는 멀리까지 테라스만 보였고, 그 테라스 끝은 돌로 된 컴컴한 덩어리와 닿아 있었다. 바로 첫번째 언덕이었다. 다른 쪽으로는 거리 몇 개와 보이지 않는 항구 너머로, 하늘과 바다가 뒤섞인 수평선이 은밀히 고동치는 모습이 내다보였다. 절벽이라고 생각되는 곳 너머에는, 어디서 나오는지 모를 불빛 한줄기가 규칙적으로 나타났다 사라지곤 했다. 지난봄부터 다른 항구를 향해 뱃머리를 돌리는 선박을 위해 해협의 등대가 계속 불빛을 비춰주고 있었던 것이다. 바람에 쓸려 윤이 나는 하늘에서는 별들이 맑게 반짝이고, 등대 불빛이 먼 곳까지 비치면서 하늘에는 순간적으로 회색빛이 지나가곤 했다. 향료 냄새와 돌냄새가 미풍에 실려왔다. 모든 것이 완전히 침묵에 잠겨 있었다.

"좋네요." 리외가 앉으면서 말했다. "여기는 마치 페스트가 한 번도 올라오지 않은 것 같아요."

타루는 돌아서서 바다를 보고 있었다.

"네, 좋군요." 잠시 후 그가 말했다.

그는 리외 곁으로 와서 앉더니 리외를 주의깊게 바라보았다. 불빛이 하늘에 세 번 나타났다. 거리 안쪽 깊숙한 곳에서 식기 부딪치는 소리가 그들에게까지 들려왔다. 집안에서는 문 닫히는 소리가 났다.

타루가 매우 자연스러운 어조로 말했다. "리외, 내가 어떤 사람인지 알려고 한 적이 한 번도 없었죠? 나를 친구로 생각하세요?"

"그럼요, 우린 친구예요. 지금까지 그럴 시간이 없었을 뿐이죠." 리외가 말했다.

"그렇다면 안심이네요. 이 시간을 우정의 시간으로 만들어보면 어떨까요?"

대답 대신 리외가 미소를 지었다.

"자, 그럼……"

저멀리 어느 거리에서 자동차 한 대가 젖은 도로를 오랫동안 달리고 있는 모양이었다. 자동차가 멀어지자, 그 뒤로 고함소리가 어렴풋이 들려와 또 침묵을 깨뜨렸다. 이윽고 별이 총총한 하늘의 무게를 모두 싣고 침묵이 두 사람에게 다시 쏟아졌다. 타루가 일어나서 테라스 난간에 걸터앉았다. 리외는 여전히 맞은편 의자에 깊숙이 앉아 있었다. 타루의 모습은 하늘에 대비되어 윤곽이 뚜렷이 드러난 육중한 덩어리로밖에 보이지 않았다. 그는 오랫동안 이야기를 했다. 그의 이야기를 재구성해 적어보면 대충 다음과 같다.

"간단히 말하면 리외, 나는 이 도시와 전염병을 알기 훨씬 전부터 페스트 때문에 힘들어했어요. 말하자면 나도 다른 모든 사람들과 마찬가지라는 이야기지요. 그런데 세상에는 페스트를 모르는 사람들도 있고, 페스트가 있어서 좋다는 사람들도 있고, 또 페스트가 있다는 것을 알고 거기서 빠져나가려는 사람들도 있어요. 나는 항상 빠져나가려고 했어요.

젊었을 때 나는 내가 결백하다고 생각하면서 살았어요. 말하자면 생각 없이 살았던 거죠. 고민하는 성격도 아니었고, 사회생활도 그런대로 적당히 잘 시작했어요. 뭘 해도 순조로웠죠. 머리도 괜찮고, 여자들과의 관계도 더할 나위 없이 좋았고요. 가끔 불안감이 생기기도 했지만 이내 사라졌어요. 그러던 어느 날, 나는 심사숙고하기 시작했어요. 그리고 지금은……

내가 당신처럼 가난하지 않았다는 것을 말해둬야겠네요. 아버지가 차장검사였으니까 상당한 지위였어요. 그러나 천성적으로 호인이어서 그런 티를 내지 않으셨어요. 어머니는 순박하고 수줍음을 타셨는데 나는 항상 어머니를 사랑했어요. 하지만 그 이야기는 하지 않는 편이 좋을 것 같네요. 아버지는 나를 돌봐주고 사랑해주셨어요. 나를 이해하려고 많이 노력하신 것 같아요. 지금 생각해보면 바람도 피우셨는데, 내가 그것 때문에 화를 내는 건 결코 아니에요. 아버지는 모든 점에서 사람들이 기대하는 대로 행동하셨고, 남에게 충격을 주는 행동은 하지 않으셨어요. 간단히 말해, 그렇게 개성이 강한 분은 아니었죠. 아버지가 돌아가신 지금 생각해보면, 성자처럼 살지는 않았지만 그렇다고 악인도 아니셨던 것 같아요. 중도를 지켰다고나 할까요. 그뿐이에요. 사람들이 적당히 애정을 느끼고 그 애정을 오래 유지하게 되는 그런 인물이셨던 거죠.

그래도 아버지에겐 한 가지 특징이 있었어요. 『철도 여행 안내』라는 책을 늘 머리맡에 두고 읽으셨거든요. 휴가 때 땅이 조금 있는 브르타뉴에 가는 것을 제외하면 여행을 하는 것도 아니었어요. 하지만 파리-베를린 간 열차 출발 시각과 도착 시각, 리옹에서 바르샤바까지 가려면 몇시에 어디서 갈아타야 하는지, 어디가 되었든 한 수도에서 다른 수도까지의 거리가 몇 킬로미터인지를 정확하게 알고 계셨어요. 브리앙송에서 샤모니까지 어떻게 가야 하는지 말할 수 있으세요? 아마 역장이라도 잘 모를 거예요. 하지만 아버지는 잘 알고 있었죠. 철도 여행에 대한 지식을 풍부히 하려고 거의 매일 저녁 공부를 하셨고, 그것을 무척 자랑스럽게 생각하셨어요. 나는 그것이 매우 재미있어서 아버지에게 자주 질문도 하고, 아버지의 대답을 책에서 찾아보고 틀림없다는 걸 확인하고는 좋아했죠. 그렇게 묻고 대답하는 과정에서 우리는 서로 매우 친밀해졌어요. 내가 아버지의 청중이 되어드렸고, 아버지는 내 성의를 무척 흡족하게 생각하셨거든요. 나는 철도에 관해 탁월한 것도 다른 것과 마찬가지로 가치 있다고 생각했고요.

말을 하다보니, 그 정직한 분에게 지나친 중요성을 부여하는 것이 아닌가 싶네요. 결과론적으로 보면 아버지는 내가 결심하는 데 간접적

인 영향을 끼쳤을 뿐인데 말이에요. 아버지는 기껏해야 계기를 만들어
주신 것뿐이에요. 내가 열일곱 살 때, 아버지가 법정에 와서 당신이 말
하는 것을 들어보겠느냐고 하셨어요. 중죄 재판소에서 열리는 중대 사
건에 대한 공판이었는데, 아버지는 그날 당신의 가장 훌륭한 모습을
보여줄 수 있을 거라고 생각하신 거죠. 젊은이의 상상력을 자극하는
그런 의식을 통해, 나도 아버지가 선택한 그 길로 들어서게 하려는 기
대도 있으셨던 것 같아요. 좋다고 대답했죠. 아버지가 좋아하실 것 같
았고, 집에서와는 다른 역할을 하시는 모습을 보고 듣고 싶다는 생각
도 들었어요. 그 외 다른 생각은 없었어요. 법정에서 일어나는 일은 혁
명 기념일의 열병식이나 상장 수여식처럼 자연스럽고 불가피한 일로
보였었거든요. 나는 법정에서 일어나는 일에 대해 극히 추상적인 관념
밖에 없었고 그것이 그리 불편하지도 않았어요.

그런데 그날 내가 간직한 모습은 딱 하나, 죄인의 모습이었어요. 사
실 나도 그 사람에게 죄가 있다고 생각했지만 어떤 죄인지는 별로 중
요하지 않았어요. 빨간 머리에 키가 작고 불쌍해 보이는 그 남자는 나
이가 서른 살쯤 되어 보였고, 모든 것을 인정하기로 결심한 것 같았죠.
자기가 저지른 일과 자기에게 가해질 일에 얼마나 겁먹은 표정이던지,
몇 분이 흐른 뒤에는 그 사람 외에는 아무것도 쳐다볼 수 없었어요. 그
사람은 지나치게 강한 빛 때문에 겁에 질린 올빼미처럼 보였어요. 넥
타이의 매듭은 칼라의 모서리와 잘 맞지 않았고, 하나밖에 없는 손의
손톱을 물어뜯고 있었어요. 오른손이었죠…… 더 말하지 않아도 그가
살아 있는 사람이었다는 건 아시겠죠.

그런데 문득, 내가 지금까지 그를 '용의자'라는 편리한 범주로만 생

각해왔다는 것을 깨달았어요. 그 순간 내가 아버지를 잊었다고 말할 수는 없지만, 뭔가가 배를 꽉 졸라매고 있어서 형사 피고인 외에는 그 무엇에도 주의를 기울일 수 없었어요. 거의 아무 소리도 들리지 않았어요. 사람들이 살아 있는 그 사람을 죽이려 한다는 걸 느끼자, 엄청난 본능이 파도처럼 밀려와 거의 맹목적으로 고집을 부리며 그 남자 편을 들고 있었던 거예요. 나는 아버지의 논고가 시작될 때에야 비로소 정신을 차릴 수 있었어요.

붉은 법복을 입은 아버지는 호인도 아니고 다정한 사람도 아닌 다른 사람으로 변해 있었어요. 아버지의 입에서는 굉장한 말들이 우글거리고 있다가 뱀처럼 끊임없이 쏟아져나왔죠. 나는 아버지가 사회의 이름으로 그 남자의 죽음을 요구하고 심지어 목을 자르라고 요구하고 있다는 것을 깨달았어요. 사실 아버지는 단지 이렇게 말했을 뿐이에요. "이 사람의 머리는 떨어져야 합니다." 그러나 결국에는 별 차이가 없었어요. 아버지가 그 남자의 머리를 얻으셨으니 실제로 같은 결과에 이른 셈이거든요. 실제로 목을 자른 사람이 아버지가 아니었을 뿐이에요. 처형 장면을 보지는 못했지만 공판을 끝까지 방청했는데, 그 불행한 남자에게 아버지라면 도저히 느끼지 못할 엄청난 친밀감을 느꼈어요. 아버지는 관례에 따라 사람들이 정중하게 최후의 순간이라고 부르지만 사실은 가장 비열한 살인이라고 불러야 마땅할 그 처형에 참석하셨을 거예요.

그날부터 나는 『철도 여행 안내』만 보아도 끔찍해서 구역질이 났어요. 그날부터 두려워하면서도 정의와 사형제도, 형 집행 같은 것에 관심을 갖게 되었고요. 그리고 아버지가 벌써 여러 차례 그런 살인 현장에 입회했음이 틀림없고, 아침 일찍 일어나시는 날이 바로 그런 날이었다는 것을 알았을 때는 현기증 같은 것이 느껴졌어요. 그런 날이면 자명종 태엽을 감아놓으시곤 했거든요. 어머니에게는 섣불리 그런 말을 하지 못했지만, 어머니를 더 주의깊게 관찰하게 되었죠. 그리고 두 분이 함께 할 수 있는 것은 더이상 아무것도 없고, 어머니가 체념하고 계시다는 것을 알게 되었어요. 당시 내가 말하던 식으로 하면, 그것으로 어머니를 용서할 수 있었죠. 나중에 알게 되었지만, 용서할 것은 아무것도 없었어요. 어머니는 결혼 전까지 내내 가난했었고 가난 때문에 체념을 배웠거든요.

내가 곧바로 집을 떠났을 거라 짐작하실지도 모르겠어요. 그러진 않았고, 몇 달, 아니, 거의 일 년을 집에 머물러 있었어요. 하지만 마음은 병들어 있었죠. 어느 날 저녁, 아버지가 내일 아침에 일찍 일어나야 한다며 자명종을 가져오라고 하더군요. 그날 밤 나는 잠을 이루지 못했어요. 다음날 아버지가 돌아오시기 전에 집을 나왔죠. 뒤에 일어난 일을 바로 말씀드리면, 아버지는 사람을 시켜 나를 찾으셨고, 나는 아버지를 만나러 가서는 아무 설명 없이, 만약 돌아오라고 강요하면 자살해버리겠다고 침착하게 말씀드렸어요. 아버지는 결국 받아들이셨어요. 본래 성격이 온순한 편이셨으니까요. 그러고는 멋대로 사는 것이 얼마나 어리석은 일인지(아버지는 내 행동을 그렇게 해석하셨고, 나는 그 오해를 굳이 풀어드리지 않았어요)에 대해 일장 연설을 하고, 수많은 충고를 해주고, 진정 어린 눈물을 애써 참으시더군요. 그후, 그래봤자 시간이 많이 흐른 뒤의 일이지만, 어머니를 만나러 정기적으로 집에 들렀고 그때 아버지도 뵈었어요. 아버지는 그런 관계로 만족하셨던 것 같아요. 아버지에게 원한은 없었고, 단지 마음속에 약간의 슬픔이 남아 있었죠. 아버지가 돌아가시자 어머니를 모시고 함께 살았는데, 어머니가 돌아가시지 않았다면 지금도 함께 살고 있었을 거예요.

내가 인생의 첫발을 내디딘 그 시절에 대해 길게 강조해서 이야기한 것은 실제로 모든 것이 거기서 비롯되었기 때문이에요. 이제 좀 서둘러서 이야기할게요. 열여덟 살에 안락한 생활에서 벗어나자마자 나는 바로 가난을 경험했어요. 먹고살기 위해 안 해본 일이 없어요. 그 결과도 아주 나쁘지는 않았고요. 하지만 내가 흥미를 가진 것은 사형선고였어요. 그 붉은 머리 올빼미 사내의 일을 해결해보고 싶었거든요. 그래서 이른바 정치를 하게 되었어요. 페스트 환자가 되고 싶지는 않았으니까요. 그게 다예요. 내가 살고 있는 사회가 사형선고에 기반해 있는 이상, 사회에 맞서 투쟁하는 것이 그 살인 행위에 대해 투쟁하는 것이라고 생각했어요. 나는 그렇게 믿었고 다른 사람들도 그렇게 말했죠. 결론적으로 보면, 대부분의 경우 사실이기도 했고요. 그래서 나는 내가 좋아했고 지금도 변함없이 좋아하는 사람들과 함께 일을 시작했어요. 오랫동안 그들과 함께했죠. 유럽에 있는 국가 중 내가 투쟁에 참여하지 않은 나라는 하나도 없을 정도예요. 자, 다음 이야기로 넘어가죠.

물론 경우에 따라서는 우리 또한 사형선고를 내린다는 것을 나도 잘 알고 있었어요. 더이상 사람을 죽이지 않는 세계를 만들려면 그런 죽음은 불가피하다고 사람들이 나에게 말하곤 했고요. 어떤 의미에서는 그 말도 진실이었지만, 나는 그런 종류의 진실은 받아들이지 못한 것 같아요. 확실한 건 내가 망설였다는 거예요. 그렇지만 나는 그 올빼미 남자를 생각하고 있었어요. 그런 상태가 계속될 수도 있었고요. 형가리에서 사형 집행을 구경한 그날까지는 말이에요. 그날, 아이였던 나를 사로잡았던 그 현기증이 어른이 된 내 눈을 캄캄하게 만들었어요.

사람을 총살하는 광경을 보신 적 없죠? 없다고요. 물론 그러시겠죠. 대개는 초청받은 사람들에게만 보여주고, 초청할 사람들도 미리 정해놓거든요. 그러니까 총살에 대해서는 그림이나 책을 통해 알고 계시는 정도군요. 눈가리개, 말뚝, 멀리 떨어져 있는 병사들, 뭐 그런 거죠. 그런데 전혀 그렇지 않아요. 그것과는 정반대로 총살 집행반 사격수들이 사형수와 불과 1미터 50센티미터 떨어져 있고, 사형수가 두 걸음만 앞으로 걸어가면 가슴에 총부리가 닿는다는 걸 알고 계세요? 그렇게 가까운 거리에서 사격수들이 굵직한 탄환으로 심장 근처를 집중 사격하고, 그곳에 주먹이 들어갈 만한 구멍이 뚫린다는 걸 알고 계세요? 그런 세부사항은 아무도 이야기하지 않으니까 선생님은 모르시겠죠. 인간의 잠은 페스트 환자들의 생명보다 더 신성하죠. 선량한 사람들이 잠드는 것을 방해해서는 안 되는 거고요. 잠드는 것을 방해하려면 어느 정도 악취미가 있어야 하는데, 누구나 다 아는 사실이지만 취미란 고집 부리지 않는 거잖아요. 그런데 나는 그 무렵부터 잠을 잘 수가 없었어요. 나에겐 악취미가 남아 있어서 그것을 계속 입에 올리고 끊임없이 고집을 부렸어요. 다시 말해, 늘 그것만 생각하고 있었던 거죠.

온 마음을 기울여 페스트와 싸운다고 생각하며 살아온 그 오랜 세월 동안 내가, 다른 사람은 몰라도 적어도 나 자신이 항상 페스트 환자였다는 사실을 그때 깨달았어요. 간접적으로나마 수천 명의 죽음에 동의했다는 것, 죽음을 초래할 수밖에 없는 행위나 원칙을 선善이라고 생각하고, 그런 죽음을 부추기기까지 했다는 걸 알게 된 거죠. 다른 사람들

은 그런 것에 신경쓰는 것 같지 않았어요. 적어도 그런 이야기를 허심
탄회하게 털어놓지는 않았죠. 나는 목이 멜 정도로 괴로웠어요. 그들과
함께 있으면서도 외로웠고요. 내가 불안한 마음을 드러내면, 그들은 문
제되고 있는 것이 무엇인지를 잘 생각해야 한다면서, 아무리 애를 써도
삼킬 수 없는 것을 삼키게 만들려고 감동적인 이유를 내세웠어요. 나는
붉은 법복을 입은 저 거물급 페스트 환자들도 나름대로 이유가 있고,
만약 군소 페스트 환자들이 내세우는 불가항력적인 이유와 요구를 용
인한다면 거물급 환자들의 요구 또한 거부할 수 없을 거라고 대답했어
요. 그들은 나에게 붉은 법복을 입은 사람들을 정당화할 수 있는 가장
좋은 방법은 사형선고를 내리는 권한을 그들에게 전적으로 일임하는
거라고 지적했고요. 하지만 나는 한번 양보하기 시작하면 끝없이 양보
해야 한다고 생각했어요. 내가 옳다는 것을 역사가 증명해주는 것 같아
요. 오늘날 그들은 누가 더 많이 죽이는지 경쟁하고 있으니까요. 모두
살인의 광기에 빠져 있어요. 달리 어떻게 할 수가 없는 거죠.
　어쨌든 내 문제는 추론의 문제는 아니었어요. 나에게는 붉은 머리
올빼미 남자가 문제였고 그 더러운 사건이 문제였어요. 페스트에 감염
된 저 더러운 입들이 쇠사슬에 묶인 어떤 남자에게 죽음을 선고하고,
죽는 데 필요한 것을 전부 다 준비해놓은 그 사건 말이에요. 그러면 그
남자는 살해당할 그날을 뜬눈으로 기다리며 고뇌의 밤들을 보내는 거
죠. 나에게는 가슴에 뚫린 그 구멍이 문제였어요. 그래서 일단은 최소
한 나라도 그 구역질나는 도살 행위를 한 번이라도, 단 한 번이라도 정
당화하는 것은 단연코 거부하겠다고 생각했어요. 아시겠어요? 그래요,
나는 좀더 분명히 볼 수 있을 때까지 고집스럽고 맹목적인 태도를 견

지하겠다고 결심한 거예요.

그후로 나는 변한 게 없어요. 나는 오랫동안 부끄러워했어요. 그것이 아무리 오래된 일이고 또 아무리 선의였다 해도, 나 또한 살인자였다는 것이 죽을 정도로 수치스러웠어요. 시간이 흐르면서 보통 사람들보다 낫다는 사람들도 오늘날에는 죽이거나 죽임을 당하지 않을 수 없다는 것을 깨달았어요. 그들이 바로 그런 논리 속에서 살고 있었고, 또 사람을 죽이지 않으면 이 세상에서 꼼짝할 수 없기 때문이죠. 그래요, 나는 우리 모두가 페스트 속에 놓여 있다는 것을 깨달았고, 그것 때문에 계속 부끄러웠죠. 마음의 평화를 잃어버리고 만 거죠. 나는 그 평화를 되찾으려고 지금도 여전히 애쓰고 있어요. 모든 사람을 이해하고 그 누구와도 철천지원수가 되지 않으려고 애쓰는 거죠. 내가 아는 것이 하나 있다면, 그것은 페스트 환자가 되지 않으려면 할 일은 해야 한다는 거예요. 그렇게 할 때 비로소 평화를 기대할 수 있어요. 평화가 불가능하다 해도 적어도 떳떳한 죽음을 기대할 수는 있겠죠. 인간의 마음을 편하게 만들어주는 것이 바로 그거예요. 비록 인간을 구원하지는 못하더라도, 그렇게 함으로써 가능한 한 인간들에게 해를 끼치지 않고 때로는 약간의 선까지 행할 수 있으니까요. 그런 이유로 나는 그것이 어떤 형태든, 좋은 이유든 나쁜 이유든 사람을 죽게 만드는 모든 것을, 또는 죽이는 것을 정당화하는 모든 것을 거부하기로 결심한 거예요.

선생님 편에 서서 이 병과 싸워야 한다는 것을 제외하면, 이번에 유행한 이 병을 통해 내가 알게 된 것은 아무것도 없는 것도 바로 이런 이유 때문이에요. 내가 확실하게 알고 있는 것은(그래요, 리외. 보셔서 잘 아시겠지만 나는 인생에 대해 다 알고 있어요), 사람은 저마다 자신 속에 페스트를 지니고 있다는 거예요. 왜냐하면 이 세상 그 누구도 페스트 앞에서 무사하지 않으니까요. 그리고 자칫 방심한 순간에 남의 얼굴에 입김을 뿜어서 전염시키지 않도록 끊임없이 조심해야 한다는 것도 알고 있어요. 병균은 자연스러운 것이고, 그 외의 것들, 이렇게 말해도 괜찮다면 건강, 청렴결백함, 순결함 등은 의지의 소산이에요. 결코 중단되어서는 안 될 의지 말이에요. 정직한 사람, 거의 아무도 감염시키지 않는 사람이란 가능한 한 방심하지 않는 사람을 뜻해요. 절대 방심하지 않기 위해서는 그만한 의지와 긴장이 필요한 법이죠! 그래요, 리외. 페스트 환자가 되는 것은 피곤한 일이지만, 페스트 환자가 되지 않으려는 것은 더욱 피곤한 일이에요. 그래서 모든 사람이 피곤해 보이는 거예요. 오늘날에는 누구나 어느 정도는 페스트 환자거든요. 그리고 바로 그런 이유 때문에 몇몇 사람들이 페스트 환자 상태에서 벗어나려고 하면서 죽음이 아니면 빠져나갈 수 없는 극도의 피로감을 느끼는 거고요.

그러는 사이에 내가 이 세상을 위해 더이상 쓸모가 없다는 사실과, 죽이는 것을 단념한 그 순간부터 결정적으로 추방을 선고받았다는 사실을 알게 되었어요. 역사는 다른 사람들이 만들어가겠죠. 그리고 내가 그 사람들을 평가할 수 없다는 것도 알고 있어요. 이성적인 살인자가 되기 위해서는 어떤 자질이 필요한데, 나에게는 그 자질이 없으니까요. 그러니까 이것을 우월성이라고 할 수는 없죠. 하지만 이제 나는 있는 그대로의 내가 되기로 했어요, 겸손을 배운 거죠. 내 이야기는 간단해요. 지상에 재앙과 희생자들이 있으니 가능한 한 재앙 편에 서는 것을 거부해야 한다는 거예요. 선생님에겐 좀 단순하게 들릴지도 모르겠어요. 나로서는 그것이 단순한지 어떤지는 잘 모르지만, 그것이 진실이라는 것은 알고 있어요. 나는 다른 추론들도 많이 들어봤어요. 그 추론들 때문에 나도 머리가 이상해질 뻔했고, 어떤 사람들은 살인 행위에 동조할 정도로 머리가 이상해지기도 했어요. 나는 인간의 모든 불행은 정확한 언어를 쓰지 않은 데서 온다는 것을 깨달았어요. 그래서 올바른 길을 걷기 위해 정확하게 말하고 행동하기로 결심했지요. 결과적으로 나는 재앙과 희생자가 있다고만 말하고 그 이상은 말하지 않을 거예요. 그렇게 말함으로써 나 자신이 재앙이 된다고 할지라도, 적어도 그 재앙에 동조하는 일은 없겠죠. 나는 결백한 살인자가 되려는 거예요. 보시다시피 그것이 엄청나게 어려운 일도 아니고요.

물론 제삼의 범주, 즉 진정한 의사라는 범주가 필요하겠지만, 그건 그리 흔한 것도 아니고 또 진정한 의사가 되는 것이 쉽지도 않을 거예요. 바로 이런 이유 때문에 피해를 줄이기 위해 어떤 경우에라도 희생자들 편에 서야겠다고 결심한 거고요. 희생자들 속에 있으면 적어도 어떻게 하면 평화라고 하는 제삼의 범주에 도달할지 모색할 수 있겠죠."

이야기를 마무리하면서 타루는 한쪽 다리를 흔들어 테라스를 가볍게 툭툭 건드렸다. 의사가 잠시 가만히 있다가 몸을 약간 일으키더니, 평화에 도달하기 위해 어떤 길을 걸어야 할지 생각해보았느냐고 물었다.

"네, 공감의 길이지요."

구급차의 사이렌이 멀리서 두 번 울렸다. 조금 전만 해도 희미하게 들리던 고함소리가 시 경계선에 있는 돌산 근처로 모여들고 있었다. 동시에 무슨 폭발음 같은 것이 들려왔다. 그리고 다시 조용해졌다. 등 댓불이 두 번 깜빡거리는 것이 리외의 눈에 띄었다. 산들바람이 더 강해지는 것 같더니, 바다에서 불어온 바람에 소금 냄새가 실려왔다. 낭떠러지에 부딪히는 파도에서 나던 은밀한 숨소리가 이제 뚜렷이 들려왔다.

"간단히 말하면, 나는 어떻게 하면 성자가 되는지를 알아내는 데 관심이 있어요." 타루가 솔직하게 말했다.

"하지만 신을 믿지 않잖아요."

"바로 그래서예요. 오늘날 내가 관심을 갖고 있는 문제가 딱 하나 있는데, 그게 바로 신이 없어도 사람이 성자가 될 수 있는가 하는 거예요."

고함소리가 들려왔던 쪽에서 갑자기 큰 불빛이 솟아올랐고, 어렴풋한 함성이 바람을 거슬러 두 사람에게까지 들려왔다. 불빛은 곧 약해졌고, 멀리 테라스 끝에 불그스름한 색깔만 남았다. 바람이 그치자 사람들의 고함소리가 뚜렷이 들려왔고, 곧이어 총성과 군중의 함성이 들려왔다. 타루가 일어서서 귀를 기울였다. 더이상 아무 소리도 들리지 않았다.

"시의 출입문에서 또 싸움이 났군요."

"이제 끝난 것 같아요." 리외가 말했다.

타루는 절대로 끝나지 않았다고, 세상의 이치가 그렇게 되어 있는 이상 희생자가 더 생길 거라고 작은 목소리로 중얼거렸다.

"그럴지도 모르죠." 의사가 대답했다. "하지만 아시다시피 나는 성자들보다는 패배자들에게 더 연대의식이 느껴져요. 영웅주의라든가 신성함 같은 것은 좋아하지 않거든요. 내가 관심 있는 것은 인간이 되는 것이에요."

"그래요, 우리는 같은 것을 추구하고 있어요. 다만 내가 야심이 적을 뿐이죠."

리외는 타루가 농담을 한다고 생각하고 그를 쳐다보았다. 그러나 하늘에서 내려오는 어렴풋한 빛에 쓸쓸하면서도 진지한 그의 얼굴이 비쳐 보였다. 바람이 다시 불었고 리외의 피부에 닿은 바람이 미지근하게 느껴졌다. 타루는 몸을 움직이며 물었다.

"우정을 위해 우리가 무엇을 하면 좋을지 아세요?"

"원하시는 대로 하죠." 리외가 말했다.

"해수욕을 하는 거예요. 미래의 성자에게도 그 쾌락은 허용되지 않을까요?"

리외는 미소를 지었다.

"통행증을 보여주면 방파제까지 갈 수 있을 거예요. 페스트 속에서만 사는 건 너무 어리석은 짓이에요. 물론 인간이라면 희생자들을 위해 싸워야죠. 하지만 뭔가를 사랑하지 않게 된다면 투쟁은 해서 뭐하겠어요?"

"그럼요, 자, 갑시다." 리외가 말했다.

잠시 후 자동차는 항구의 철책 근처에 멈춰 섰다. 달이 떠 있었다. 우윳빛 하늘이 도처에 희미한 그늘을 던지고 있었다. 그들 뒤로 도시가 층을 이루며 늘어서 있었다. 도시에서 후덥지근하고 병든 바람이 불어와 그들을 바다 쪽으로 가도록 부추겼다. 신분증을 보여주자, 보초는 상당히 오랫동안 들여다보았다. 검문소를 통과한 후, 큰 통들로 뒤덮인 평지를 지나 방파제 쪽으로 나아갔다. 포도주 냄새와 생선 냄새가 풍겨왔다. 방파제에 조금 못 미쳤을 때 요오드 냄새와 해초 냄새를 통해 바다가 가까이 있다는 것을 알 수 있었다. 파도 소리도 들려왔다.

커다란 방파제 블록들 아래에서 바다는 부드러운 소리를 내고 있었다. 블록 위로 기어올라가자 비로드처럼 두껍고 동물처럼 유연하고 매끄러운 바다가 나타났다. 그들은 바다를 향해 바위 위에 자리잡고 앉았다. 바다는 부풀어올랐다가 천천히 가라앉곤 했다. 바다의 고요한 호흡에 따라, 기름을 바른 것 같은 반사광이 수면에 나타났다가 사라졌다. 그들 앞에 밤이 끝없이 펼쳐져 있었다. 손가락으로 바위의 울퉁불퉁한 감촉을 느끼자 이상한 행복감이 리외의 마음을 가득 채웠다. 타루에게로 고개를 돌리자, 친구의 침착하면서도 심각한 얼굴에서 똑같은 행복감을 엿볼 수 있었다. 그 행복감은 어느 것도, 심지어 살인 행위조차 잊지 못하고 있었다.

그들은 옷을 벗었다. 리외가 먼저 뛰어들었다. 처음에는 차갑더니, 다시 떠올랐을 때에는 물이 미지근하게 느껴졌다. 몇 번 평영을 해보고 리외는 그날의 저녁바다가 여러 달 동안 축적해온 열을 대지로부터 전달받아 가을바다의 따뜻한 느낌을 그대로 간직하고 있다는 것을 알수 있었다. 그는 규칙적으로 헤엄을 쳤다. 발을 저을 때마다 뒤에 거품이 생기고, 두 팔을 따라 흐른 물이 다리에 달라붙는 느낌이 들었다. 무겁게 풍덩 하는 소리에 타루가 뛰어든 것을 알 수 있었다. 리외는 배영 자세로 누운 채 움직이지 않고 달과 별들이 가득한 하늘을 바라보았다. 그가 길게 숨을 쉬었다. 조용하고 고독한 어둠 속에서 물장구치는 소리가 이상하게 점점 더 뚜렷이 들려왔다. 타루가 가까이 왔고 곧 그의 숨소리가 들렸다. 리외는 몸을 바로 하고 친구와 나란히, 같은 속도로 헤엄쳤다. 타루가 리외보다 더 힘차게 헤엄쳐서 리외도 속력을 내야 했다. 그들은 세상에서 멀리 떠나 마침내 도시와 페스트에서 해방된 상태로, 몇 분 동안 단둘이서 같은 리듬, 같은 힘으로 나아갔다. 리외가 먼저 멈추었다. 도중에 한순간 얼음처럼 싸늘한 물결을 만났을 때를 제외하고는 천천히 헤엄을 쳐 돌아왔다. 바다에서 채찍을 맞은 듯 놀라 그들은 아무 말 없이 서둘러 헤엄쳤다.

다시 옷을 입고, 그들은 한마디도 하지 않고 발길을 돌렸다. 그러나 그들의 심정은 똑같아서 그날 밤의 추억이 달콤하게 느껴졌다. 멀리 페스트의 보초가 보이자, 리외는 타루도 자기처럼, 페스트로부터 벗어나서 좋았는데 이제 다시 시작해야 되는구나 하고 생각하고 있다는 것을 알 수 있었다.

그렇다, 다시 시작해야만 했다. 페스트는 그 누구도 너무 오랫동안 잊어버리지 않으니 말이다. 12월 내내 페스트는 우리 시민들의 가슴에서 타올랐고, 화장터의 가마에 불을 지폈으며, 빈손으로 헤매는 유령 같은 사람들로 수용소를 가득 채웠다. 페스트는 그칠 줄 모르고 불규칙적이지만 끈기 있게 전진하고 있었다. 당국은 날씨가 추워지면 병의 기세가 수그러들 것으로 기대했지만, 며칠 동안 계속된 첫겨울 추위에도 페스트는 기승을 부렸다. 더 기다려야 했다. 그러나 너무 오래 기다리면 기다리는 것을 포기하듯이, 시민들은 하나같이 미래에 대한 희망을 잃고 살아가고 있었다.

리외에게는 잠시 누렸던 평화와 우정의 순간을 다시 맛볼 수 있으리라는 기약도 없었다. 병원이 또 하나 생겨서 이제 그가 마주하는 사람이라곤 환자밖에 없었다. 이 단계에서 리외가 주목한 것은 페스트는 점점 폐렴형으로 변해가는 반면, 환자들은 어느 정도 의사에게 협조적이라는 사실이었다. 그들은 초기에 보였던 허탈감이나 광증에서 벗어나 자신에게 무엇이 유익한지 좀더 올바르게 생각하는 것 같았고, 자기들에게 가장 이로운 것을 스스로 알아서 요구했다. 줄곧 마실 것을 달라고 했고 모두 따뜻한 것을 원했다. 의사로서 피곤하기는 마찬가지였지만, 그래도 환자가 협조적인 경우 혼자라는 느낌은 덜했다.

12월 말경, 리외는 아직도 수용소에 있는 수사검사 오통 씨로부터 편지를 한 통 받았다. 격리 기간이 끝났는데도 당국이 입소 날짜를 찾을 수 없다며 수용소에 계속 억류해놓고 있으니 착오가 있는 게 분명하다는 내용이었다. 얼마 전 수용소에서 나온 그의 아내가 도청에 항의했더니, 불친절하게 대하며 도청은 절대 실수하지 않는다고 했다는 것이다. 리외가 랑베르에게 중재를 부탁했고, 며칠 후 오통 씨가 퇴소했다. 실제로 착오가 있어서 리외도 그것 때문에 좀 화가 났다. 오통 씨는 여윈 몸으로 힘없이 손을 들더니, 한 마디 한 마디에 힘을 주면서 누구나 실수할 수 있다고 말했다. 의사는 그가 뭔가 달라졌다고만 생각했다.

"어떻게 하시겠어요, 검사님? 처리해야 할 서류들이 잔뜩 밀려 있을 텐데요." 리외가 물었다.

"글쎄요, 휴가를 내려고 합니다." 검사가 대답했다.

"맞아요, 좀 쉬셔야죠."

"그게 아닙니다. 다시 수용소로 돌아갈까 합니다."

리외는 깜짝 놀랐다.

"이제 막 나오셨잖아요!"

"제가 잘못 말한 모양이군요. 수용소 행정실에 자원봉사 자리가 있다고 들었습니다."

검사는 둥근 눈을 약간 굴리며 삐져나온 머리카락을 바로잡으려고 애썼다.

"그러면 나도 좀 바빠질 거고요. 어리석은 이야기 같지만, 그 녀석과 헤어졌다는 사실도 덜 느끼겠지요."

리외가 그를 바라보았다. 딱딱하고 밋밋한 두 눈에 갑자기 부드러운 기운이 감도는 것은 있을 수 없는 일이었지만 그의 눈빛이 더 흐려지더니 금속처럼 맑았던 빛이 사라졌다.

"물론이죠," 리외가 말했다. "원하시면 제가 알아봐드리겠습니다."

의사는 실제로 일을 처리해주었다. 페스트에 휩쓸린 도시의 생활은 크리스마스까지 그대로 이어졌다. 타루는 어디에서나 침착하고 효과적으로 일을 처리했다. 랑베르는 리외에게, 두 명의 젊은 보초 덕분에 불법이긴 하지만 아내와 편지를 주고받는다고 털어놓았다. 드물긴 하지만 아내의 편지도 받았다. 그는 리외에게도 그렇게 해보라고 권했고, 리외는 그 제안을 받아들였다. 여러 달 만에 편지를 써보니 무척 힘이 들었다. 아예 잊어버린 말도 있었다. 편지를 부쳤지만 답장을 받는 데는 시간이 많이 걸렸다. 코타르에 대해 말하자면 그의 삶은 순조로웠고 몇 가지 자잘한 암거래를 하면서 부자가 되었다. 그랑으로 말하면, 크리스마스 기간이 별로 도움이 되지 않은 것 같았다.

그해의 크리스마스는 복음서의 축일이라기보다 차라리 지옥의 축일이었다. 텅 비고 불 꺼진 가게들, 진열장에 놓인 모형 초콜릿이나 빈

상자들, 침울한 승객들을 태운 전차들. 과거의 크리스마스를 연상시키는 것은 하나도 없었다. 이전에 부자든 가난한 사람이든 모두 함께했던 그 축제도 지금은 일부 특권층이 때가 잔뜩 낀 상점의 뒷방에서 거금을 들여 마련한 고독하고 수치스러운 몇 건의 축하연을 위한 자리에 불과했다. 성당은 감사기도보다는 탄식으로 가득찼다. 얼어붙은 음울한 시내에서는 아이들이 어떤 위험이 도사리고 있는지 모르는 상태에서 뛰어놀았다. 인간의 고통만큼 오래되었지만 젊은 날의 희망만큼 새로운, 선물을 가득 싣고 찾아오는 과거의 신에 대해 아이들에게 이야기해주는 사람은 아무도 없었다. 모든 사람의 마음속에는 아주 늙고 아주 음울한 희망, 죽지도 못하게 하는 희망, 삶에 대한 단순한 고집에 불과한 희망을 위한 자리밖에는 남아 있지 않았다.

그 전날 밤, 그랑은 약속 장소에 나타나지 않았다. 리외가 불안한 마음에 새벽 일찍 그의 집에 가보았지만 그는 집에도 없었다. 리외는 모두에게 그 사실을 알렸다. 열한시경 랑베르가 병원에 와서 그랑이 초췌한 얼굴로 거리를 헤매는 것을 멀리서 보았다고 리외에게 알려주었다. 리외와 타루는 차를 타고 그를 찾아 나섰다.

정오인데도 날은 얼어붙은 듯 싸늘했다. 리외는 차에서 내려, 그랑이 어느 상점 진열창 바로 앞에 거의 달라붙어 있는 것을 멀리서 지켜보았다. 그 진열창은 나무를 대충 아무렇게나 깎아 만든 장난감들로 가득차 있었다. 늙은 시청 직원의 얼굴에는 눈물이 끝없이 흘러내렸다. 그랑이 눈물 흘리는 이유를 알고 있었고, 자기도 목구멍 깊숙한 곳에서 그것을 느끼고 있었기 때문에 리외의 마음도 흔들렸다. 그 불행한 사내가 크리스마스 선물 가게 앞에서 약혼했던 일, 그리고 잔이 그랑에게 기대면서 기쁘다고 말했던 것을 리외 또한 기억하고 있었다. 미칠 듯한 그랑의 가슴속에, 머나먼 세월 깊은 곳으로부터 잔의 목소리가 새롭게 되살아난 것이 분명했다. 그 순간 그랑이 울면서 무슨 생각을 하는지 리외는 알고 있었다. 리외 역시 그랑과 마찬가지로, 사랑이 없는 이 세계는 죽은 세계와 마찬가지이며, 사람에게는 감옥과 노동과 용기에 지친 나머지 한 인간의 얼굴과 경탄스러울 만큼 애정 어린 마음을 요구하는 때가 오기 마련이라는 생각을 하고 있었다.

유리에 비친 모습을 보고 그랑은 리외를 알아보았다. 그리고 여전히 눈물을 흘리면서 몸을 돌려 진열창에 등을 기댄 채 리외가 다가오는 모습을 바라보았다.

"아! 선생님, 아! 선생님." 그가 말했다.

리외는 다 알고 있다는 듯이 고개를 끄덕였다. 말을 할 수가 없었다. 그 슬픔은 리외 자신의 슬픔이었다. 모든 사람이 공유하는 고통 앞에서 느끼게 되는 거대한 분노 때문에 그 순간 그의 마음은 견딜 수 없이 괴로웠다.

"그래요, 그랑." 그가 말했다.

"그녀에게 편지 쓸 시간이 있으면 좋겠어요. 그녀가 알 수 있도록…… 그녀가 후회 없이 행복할 수 있도록……"

리외는 강제로 그랑을 붙잡고 걸어갔다. 그랑은 거의 끌려가다시피 하면서도 더듬더듬 말을 이었다.

"너무 오래 계속되고 있어요. 될 대로 되라고 내버려두고 싶기도 해요. 어쩔 수가 없어요. 아! 선생님! 제가 이렇게 침착해 보이겠지만 단지 정상이 되는 데에도 얼마나 많은 노력이 필요한지 몰라요. 그런데 이제는 너무 힘들어요."

사지를 떨고 눈에는 광기를 비치면서 그가 걸음을 멈췄다. 리외는 그의 손을 잡았다. 손이 타는 듯 뜨거웠다.

"돌아가야죠."

그러나 그랑은 그의 손에서 빠져나가 몇 걸음 달려가더니 멈춰 서서는 두 팔을 벌리고 앞뒤로 비틀거리기 시작했다. 그런 다음 제자리에서 돌다가 차디찬 보도 위에 쓰러졌다. 얼굴은 계속 흐르는 눈물로 지저분했다. 지나가던 사람들이 감히 다가오지 못하고 그 자리에 멈춰 선 채 멀리서 지켜보고 있었다. 리외는 그 노인을 두 팔로 안아서 데려갈 수밖에 없었다.

이제 침대에 누워서도 그랑은 숨이 막힌 듯 호흡이 거칠었다. 폐가 감염되어 있었다. 리외는 생각에 잠겼다. 그랑에게는 가족도 없다. 병원에 보낸들 무슨 도움이 되겠는가? 그랑을 돌봐줄 사람은 타루와 자기밖에 없을 것이다……

그랑은 베개에 머리를 푹 파묻고 누워 있었다. 안색이 파리하고 눈에서는 광채가 사라지고 없었다. 그는 타루가 궤짝 부스러기로 약하게 지펴놓은 벽난로 불길을 뚫어져라 바라보았다. "몸이 안 좋아요." 그가 말했다. 말을 할 때마다 폐 깊은 곳에서 불길이 타오르는 듯 타다닥하는 이상한 소리가 새어나왔다. 리외는 그에게 말하지 말라고 하고, 나중에 다시 오겠다고 말했다. 환자의 얼굴에 묘한 미소가 떠오르더니 미소와 함께 애정 같은 것이 드러났다. 그가 힘겹게 눈을 깜박거렸다. "만약 내가 살아나면 모자를 벗고 경의를 표하겠습니다, 선생님!" 그러고는 곧 탈진 상태에 빠져들었다.

몇 시간 후 리외와 타루가 다시 와보니, 그랑은 침대에서 몸을 반쯤 일으키고 앉아 있었다. 그의 얼굴에서 병이 진전되는 상황을 보고 리외는 겁이 덜컥 났다. 병이 그의 몸을 불태우는 듯했다. 그러나 환자의 정신은 한결 또렷해진 것 같았다. 곧 그는 낯설게 들리는 공허한 목소리로 서랍에 넣어둔 원고를 갖다달라고 부탁했다. 타루가 종이 뭉치를 전해주자, 보지도 않고 꼭 껴안았다가 의사에게 내밀면서 읽어달라는 몸짓을 했다. 오십여 페이지 남짓한 두껍지 않은 원고였다. 리외는 그 종이를 뒤적여보고, 수없이 다시 베끼고, 고치고, 가필하거나 삭제한 동일한 문장밖에 없음을 알게 되었다. 5월, 말을 탄 여인, 숲의 오솔길 같은 말들이 여러 방식으로 끊임없이 비교되고 배열되어 있었다. 여러 가지 설명도 붙어 있었는데, 어떤 것은 엄청나게 길었고, 약간 변형한 문장도 있었다. 그러나 마지막 페이지에는 아직 잉크도 선명하게 '사랑하는 나의 잔, 오늘은 크리스마스요……'라는 문장만 또박또박 적혀 있었다. 그 위에는 앞의 문장들이 최종적으로 정성스럽게 적혀 있었다. "읽어주세요." 그랑이 말했다. 리외가 읽어주었다.

"5월 어느 화창한 아침에, 날씬한 여인 한 명이 굉장한 밤색 암말을 타고, 꽃이 만발한 숲의 오솔길을 달리고 있었다……"

"그것인가요?" 열에 들뜬 목소리로 노인이 말했다.

리외는 그를 쳐다보지 않았다.

"아!" 그가 흥분해서 말했다. "나도 알아요. 화창한, 화창한, 이 단어가 적절하지 않아요."

리외는 이불 위에 놓인 그의 손을 잡았다.

"그냥 놔두세요, 선생님. 이제 시간이 없을 거예요……"

가슴이 힘겹게 부풀어오르더니 그가 갑자기 소리를 질렀다.

"태워버리세요!"

의사는 망설였다. 그랑이 다시 한번 되풀이해 말했다. 그 어조가 얼마나 끔찍하고 그 목소리가 얼마나 고통스럽던지 리외는 거의 꺼져가던 불길 속에 그 종이들을 던지고 말았다. 한순간 방이 밝아지면서 잠시나마 온기가 느껴졌다. 리외가 환자에게 돌아와 보니 그랑은 등을 돌리고 누워 있었는데, 얼굴이 거의 벽에 닿을 정도였다. 타루는 그런 광경과는 상관없다는 듯 창밖을 바라보고 있었다. 혈청 주사를 놓은 다음 리외는 타루에게 그랑이 밤을 넘기지 못할 것 같다고 말했다. 타루가 남겠다고 자청했고, 의사는 알았다고 말했다.

그랑이 죽어가고 있다는 생각에 리외는 밤새도록 시달렸다. 그러나 다음날 아침에 와보니, 그랑은 침대에 앉아 타루와 이야기를 나누고 있었다. 열은 떨어졌고 전반적인 쇠약 증세만 보일 뿐이었다.

"아, 선생님!" 시청 직원이 말했다. "내가 잘못 생각했어요. 하지만 다시 시작할 거예요. 다 기억하고 있거든요, 두고 보세요."

"기다려봅시다." 리외가 타루에게 말했다.

그러나 정오가 되어도 별다른 변화가 없었다. 저녁이 되자 그랑은 살아났다고 봐도 무방했다. 리외는 그랑이 살아난 상황을 전혀 이해할 수 없었다.

거의 같은 시기에 절망적인 상태라 판단하여 병원에 이송되자마자 리외가 격리시킨 여자 환자가 한 명 있었다. 그 처녀는 완전히 혼수상태였고 폐렴성 페스트의 증상을 하나도 빠짐없이 다 보이고 있었다. 그러나 다음날 아침이 되니 열이 떨어져 있었다. 의사는 그랑의 경우와 마찬가지로, 아침나절에 있는 일시적 완화 현상이 또 나타났다고 생각했다. 경험상 그는 그것을 나쁜 징조로 여기는 데 익숙해져 있었다. 그런데 낮이 되어도 열이 올라가지 않았다. 열은 저녁에 겨우 몇 부 올라갔고, 이튿날 아침에 보니 완전히 사라지고 없었다. 처녀는 기운이 없긴 했지만, 침대에 누워서 편하게 호흡하고 있었다. 리외는 타루에게, 그녀가 살아난 것은 매우 예외적인 일이라고 말했다. 그러나 그 주에 리외의 관할구역에서 유사한 사례가 네 건이나 있었다.

같은 주 주말에 늙은 해수병 환자가 무척 흥분한 상태로 리외와 타루를 맞이했다.

"됐어, 그놈들이 다시 나와." 그가 말했다.

"누가요?"

"쥐 말이야, 쥐!"

지난 4월 이후로 죽은 쥐는 한 마리도 발견된 적이 없었다.

"다시 시작되는 건가요?" 타루가 리외에게 물었다.

노인은 손을 비비고 있었다.

"그놈들이 뛰어다니는 걸 봐야 한다니까! 기분이 정말 좋군."

노인은 살아 있는 쥐 두 마리가 거리로 난 문을 통해 자기 집으로 들어오는 모습을 본 것이다. 이웃 사람들도 집에 쥐들이 다시 나타났다고 그에게 알려주었다. 서까래 위에서는 그동안 잊고 지냈던 바스락거리는 소리가 몇 달 만에 다시 들려왔다. 리외는 매주 초에 발표되는 통계수치를 기다렸다. 통계에 따르면 사망률은 감소하고 있었다.

제5부

병의 기세가 갑자기 수그러들 것을 예상하지 못한 탓도 있었지만, 우리 시민들은 선뜻 기뻐하지 못했다. 그렇게 몇 달을 지내면서 해방에 대한 욕망이 강해진 만큼 신중함 또한 배우게 되어, 전염병이 조만간 끝나리라고 기대하지 않는 데 더 익숙해졌던 것이다. 그러나 모든 사람이 그 새로운 사실을 언급했고, 그들의 마음속 깊은 곳에는 자기도 모르는 사이에 커다란 희망이 꿈틀대고 있었다. 나머지 일들은 모두 부차적인 것이 되고 말았다. 페스트 환자가 새로 생겨도 통계수치가 내려가고 있다는 엄청난 사실에 비하면 별 의미가 없었다. 드러내고 말하진 않아도 누구나 건강한 시절을 은연중에 기다리고 있다는 징조가 나타났다. 그중 하나로, 그때부터 우리 시민들이 관심 없는 척하면서도 페스트 이후에 삶이 어떻게 다시 구체화될 것인가에 대해 기꺼이 이야기를 나눴다는 사실을 들 수 있다.

모두가 동의하는 바이지만, 사람들은 과거에 누렸던 편의가 단번에 회복될 수는 없을 것이고 또 건설보다 파괴가 훨씬 쉽다고 생각했다. 그래도 식량 보급이 좀 개선되면 가장 절박한 걱정거리에서는 벗어날 수 있으리라 기대했다. 그러나 별로 중요하지 않은 말들을 하면서도 그 아래에서는 무절제한 희망이 걷잡을 수 없을 정도로 터져나왔고, 우리 시민들도 때때로 그 사실을 깨닫고는, 어쨌든 당장 내일 해방되는 것은 아니라고 서둘러 말하곤 했다.

실제로 페스트가 당장 그다음날 멈춘 것은 아니었지만, 사람들이 그러지 않을까 하고 기대했던 것보다는 분명히 더 빨리 약화되고 있었다. 1월 초순에는 추위가 이례적으로 맹위를 떨쳐서 도시 위의 하늘이 투명하게 얼어붙은 것 같았다. 그러나 그때만큼 하늘이 새파랗던 적은 없었다. 얼어버린 듯 움직이지 않던 찬란한 하늘에서 며칠 동안 끊임없이 빛이 쏟아져 도시 전체에 넘쳐흘렀다. 깨끗해진 대기 속에서 페스트는 삼 주 연속 계속 추락하면서 완전히 지쳐버린 듯 사망자 수가 줄어들고 있었다. 페스트는 수개월 동안 축적한 힘을 며칠 만에 거의 상실하고 말았다. 그랑의 경우나 리외에게 왔던 그 처녀 환자의 경우처럼 안성맞춤이던 먹잇감을 놓친다든가, 어떤 동네에서는 이삼일간 병세가 악화되는가 하면 또다른 동네에서는 완전히 사라지고, 월요일에는 희생자를 부쩍 늘렸다가 수요일에는 거의 대부분을 다시 살려주는 식이었다. 그렇게 숨을 몰아쉬거나 서두르는 것을 보면 페스트는 마치 신경질과 무기력증으로 붕괴되는 것 같았고, 스스로에 대한 통제력과 더불어 자기 힘의 바탕이었던 극단적인 수학적 효율성마저 상실하는 것 같았다. 지금까지 한 번도 성공하지 못했던 카스텔의 혈청도 갑자기 여러 차례 성공을 거두었다. 의사들이 취하는 조치도 전에는 효과가 전혀 없더니 갑자기 확실하게 효과를 보이는 듯했다. 이번에는 페스트가 궁지에 몰리고 갑자기 힘이 약해지면서, 그때까지 페스트에 저항하던 무딘 무기에 힘이 더해진 것 같았다. 다만 가끔 병이 완강하게 버티면서 이유도 없이 갑자기 악화돼서 완쾌할 것으로 예상되었던 환자 서너 명의 목숨을 앗아가곤 했다. 그들은 운이 나쁜 사람들, 가득한 희망 속에서 살해된 사람들이었다. 격리 수용소에서 나온 오통 검사가 그런 경우였는데, 그에 대해 타루는 운이 없었다고 말했지만, 검사의 죽음을 두고 한 말인지 아니면 검사의 삶을 두고 한 말인지 알 수 없었다.

그러나 전체적으로 보면 전염병은 모든 전선에서 물러나고 있었다. 도청의 공식 발표만 봐도 처음에는 소극적으로 은근히 희망만 주더니 이제는 대중이 믿고 있는 바, 승리가 확실하며 병이 진지를 포기했다는 사실을 확인해주기까지 했다. 사실 그것을 승리라고 단정짓기는 어려웠다. 페스트가 왔을 때처럼, 그것이 사라지고 있는 듯하다는 것을 확인할 뿐이었다. 어제까지 효과가 없다가 오늘은 뚜렷한 효과를 보인다고 해서, 병에 대한 대응전략이 바뀐 것도 아니었다. 그저 병이 자신의 힘을 소진했거나 아니면 소기의 목적을 달성하고 물러가는 느낌이 들었다. 말하자면 제 역할을 다한 것이다.

그럼에도 불구하고 시내에서 변한 것은 아무것도 없었다. 거리는 낮에는 여전히 조용했고, 저녁이면 외투 차림에 목도리를 두른 군중으로 넘쳐났다. 극장과 카페도 전과 마찬가지로 성업중이었다. 그러나 좀더 자세히 들여다보면 사람들의 얼굴이 좀더 부드러워지고 때때로 미소 짓는 것을 알 수 있었다. 그런 것들이 지금까지 거리에서 웃는 사람이 한 명도 없었다는 사실을 확인하는 계기가 되기도 했다. 실제로 몇 달 전부터 그 도시를 뒤덮고 있던 어두운 베일에 이제 막 틈이 하나 생겼고, 월요일마다 라디오 보도를 통해 그 틈이 커지고 있으며, 마침내 숨을 쉬게 되리라는 것을 누구나 확인할 수 있었다. 그 안도감은 아직 솔직하게 표현되지 않은, 지극히 소극적인 안도감에 불과했다. 그러나 예전 같으면 기차가 떠났다든가, 배가 들어왔다든가, 아니면 자동차 운행이 다시 허용될 것 같다는 소식을 들어도 믿지 못했겠지만, 1월 중순경에는 그런 발표를 들어도 아무도 놀라지 않았을 것이다. 분명 이런 변화가 대단하진 않았다. 하지만 그 미묘한 차이를 통해 우리 시민들이 희망을 향한 도정에서 거대한 진전을 성취했음을 알 수 있었다. 아무리 보잘것없다 해도, 주민들에게 희망이 가능해진 바로 그 순간부터 페스트의 실질적 지배는 끝났다고 해도 과언이 아니었다.

그러나 1월 내내 우리 시민들이 모순된 반응을 보인 것 또한 엄연한 사실이었다. 정확히 말하면, 그들은 흥분 상태와 의기소침한 상태를 번갈아가며 겪었다. 그러므로 통계수치가 가장 희망적이었던 바로 그 시점에 새로운 탈출 시도가 몇 건 있었음을 기록할 수밖에 없다. 탈출 시도 때문에 당국은 크게 놀랐고, 그 시도들이 대부분 성공했기 때문에 경비초소에서도 충격을 받았다. 그러나 그 시기에 탈출을 감행한 사람들은 사실은 감정대로 자연스럽게 행동한 것이었다. 어떤 사람들은 페스트 때문에 심각한 회의에 빠져 있었고, 그 회의에서 벗어나지 못했다. 희망도 그들에게는 아무 소용이 없었다. 페스트의 시대가 끝났음에도 불구하고, 그들은 여전히 페스트의 기준에 맞춰 살고 있었다. 그들은 사건의 흐름에 뒤처져 있었던 것이다. 반대로 다른 사람들, 특히 그때까지 사랑하는 사람과 헤어져 살아온 사람들 중 많은 사람들은, 오랜 세월에 걸쳐 유폐 생활을 하며 실의에 빠져 있다가 희망의 바람이 불어오자 흥분되고 초조한 마음에 불이 붙었는지 자기통제력을 상실하고 말았다. 목적지에 거의 다 왔는데 죽을지도 모른다는, 혹은 그렇게 오랫동안 고생했는데 그리던 사람을 다시 만나지 못할지도 모른다는 생각이 들자 갑자기 공포심에 사로잡힌 것이다. 여러 달 동안 감금과 유배를 겪으면서도 변변치 않으나마 끈기 있게 기다리며 참아왔는데, 그렇게 희망이 생기자마자 공포나 절망에도 끄떡하지 않던 태도가 무너져내렸다. 그들은 페스트의 보조步調를 끝까지 따라갈 수 없었기 때문에 페스트보다 앞서려고 미친듯이 서둘렀던 것이다.

그런데 바로 그 시기에 자연발생적으로 낙관적인 징조가 몇 가지 나타났다. 물가가 현저히 하락한 것도 그중 하나였다. 순수하게 경제적인 관점에서 보면 그런 현상을 쉽게 설명할 수 없었다. 곤란한 상황은 변함없었고, 검역 절차도 시의 출입문에서 계속되고 있었으며, 식량 보급도 개선된 점이 전혀 없었다. 그런 동향은 순전히 정신적인 것으로, 마치 페스트가 쇠퇴하면서 여기저기에 반향을 일으키기라도 한 것 같았다. 그와 동시에, 전에는 집단생활을 하다가 질병 때문에 어쩔 수 없이 흩어져 지내야 했던 사람들 사이에도 낙관주의가 퍼지기 시작했다. 시내에 있는 수도원 두 곳이 복구되기 시작했고 공동생활도 다시 시작할 수 있었다. 군대의 경우도 마찬가지여서 텅 비어 있던 병영으로 군인들이 다시 집결했다. 그들은 정상적인 주둔생활로 복귀했다.

그런 것은 사소하지만 의미 있는 징조들이었다.

1월 25일까지 주민들은 드러내진 않았지만 그런 흥분 속에서 지냈다. 그 주에 이르자 통계수치가 매우 낮아져서, 도청에서는 의사협회의 자문을 거쳐 질병이 근절된 것으로 보인다고 발표했다. 공식 발표문에는, 시민들도 기꺼이 동의하겠지만 신중을 기하는 의미에서 시의 출입문을 향후 이 주일 동안 계속 폐쇄할 것이며 예방 조치도 한 달간 더 유지될 거라고 덧붙였다. 그 기간중에 조금이라도 재발 징후가 보이면 '현상유지는 계속되며, 조치를 그 이상으로 연장할' 거라고 했다. 그러나 모든 사람들이 이 추가항목을 형식적인 문구로 간주했다. 그리하여 1월 25일 저녁에는 즐겁고 흥분된 분위기가 도시를 가득 채웠다. 도민들과 기쁨을 나누기 위해 도지사도 이전처럼 등화관제를 해제하라고 지시했다. 그러자 차고 맑은 하늘 아래 불 켜진 거리로 시민들이 떠들썩하게 웃으며 무리를 지어 쏟아져나왔다.

물론 겉창이 닫힌 집들도 많이 있었고 다른 사람들이 환호하며 보낸 그 밤을 침묵 속에서 보낸 가정도 많았다. 그러나 상중에 있는 많은 사람들도 다른 가족의 목숨이 위태롭지 않을까 하는 두려움이 마침내 사라졌기 때문에, 또는 목숨을 보전하기 위해 더이상 노심초사하지 않아도 되었기 때문에 깊은 안도감을 느꼈다. 그 순간에도 병원에서 페스트와 싸우는 환자가 있는 가족, 예방격리소나 자기 집에 머물면서 다른 사람들에게 재앙이 끝난 것처럼 자기들에게도 재앙이 끝나기를 바라는 가족들은 두말할 것 없이 다른 사람들이 누리는 기쁨과는 전혀 상관없었다. 그런 가족들도 분명 희망을 품고 있었지만, 그들은 그 희망을 예비로 비축해두고자 했고, 정말로 그럴 권리가 있을 때까지는 그것을 꺼내 쓰고 싶은 유혹에 저항하고 있었다. 모두들 기뻐하며 환호하는 가운데, 임종의 고통과 기쁨의 중간 지점에서 침묵을 지키며 밤을 밝히고 기다리는 것이 그들에게는 더욱 가혹하게 여겨졌다.

이런 예외적인 경우도 있긴 했지만 다른 사람들이 느끼는 만족감은 전혀 줄어들지 않았다. 물론 페스트는 아직 끝나지 않았고, 장차 페스트가 그것을 증명해줄 터였다. 그러나 기차가 기적 소리를 내며 끝없이 긴 철로를 지나가고 선박들이 햇빛에 반짝이는 바다를 누비는 광경을 모든 사람들이 몇 주일 앞당겨 머릿속에 그리고 있었다. 다음날이면 사람들의 마음이 가라앉고 의혹이 되살아날 것이다. 그러나 일단은 도시 전체가 부르르 몸을 떨고는, 돌로 된 뿌리를 내리고 있던 그 어둡고 움직임 없는 밀폐된 장소를 벗어나 마침내 생존자들을 가득 태우고 움직이기 시작한 것이다. 그날 저녁, 타루와 리외도, 랑베르와 다른 사람들도 군중과 함께 걸어가면서 몸이 둥둥 떠다니는 느낌을 받았다. 한참 전에 대로를 벗어나 인적 없는 골목길로 접어들어 겉창이 닫힌 창문들을 따라 걷고 있는데도, 기쁨의 환성이 타루와 리외를 따라 계속 들려왔다. 그런데 피로 때문인지 그들은 그 겉창들 뒤에서 아직도 계속되고 있는 괴로움과 조금 떨어져 있는 거리들을 가득 메우고 있는 기쁨을 떼어놓을 수가 없었다. 다가오는 해방에는 웃음과 눈물이 섞여 있었던 것이다.

웅성대는 소리가 더 크고 즐겁게 울려퍼지던 한순간, 타루가 걸음을 멈추었다. 어두컴컴한 보도 위를 어떤 형체 하나가 가볍게 달려가고 있었다. 고양이였다. 지난봄 이후 처음 보는 녀석이었다. 고양이는 길 가운데에서 멈추고 잠시 망설이더니, 한쪽 발을 핥고 그 발로 재빨리 오른쪽 귀를 긁적거리고는 다시 소리 없이 달려가 어둠 속으로 사라졌다. 타루는 미소를 지었다. 그 자그마한 노인도 만족했을 것이다.

페스트가 알려지지 않은 자신의 소굴에서 소리 없이 나왔다가 다시 기어들어가기 위해 물러나는 그 순간에, 도시에는 그 퇴각에 아연실색한 사람이 적어도 한 명 있었다. 타루의 수첩에 따르면 그 사람은 바로 코타르였다.

사실 그의 수첩은 통계수치가 줄어들기 시작한 무렵부터 상당히 이상해지고 있었다. 피곤해서 그런지 수첩의 글씨를 읽어내기가 어려워지고, 이 주제에서 저 주제로 지나치게 자주 넘어갔다. 그의 수첩은 처음으로 객관성을 잃고 개인적인 판단들로 대체되었다. 그 결과 코타르와 관련해 상당히 길게 서술하다가 고양이에게 가래침을 뱉는 노인에 대한 이야기가 짧게 삽입되기도 했다. 타루는 전염병이 생기기 전에도 그랬지만 이후에도 그 노인에 대해 여전히 깊은 관심을 보였다. 타루가 그 노인을 다시 보려고 애쓴 것을 보면 그에 대한 호의가 줄어든 것은 아니었지만, 그 노인은 더이상 그의 관심을 끌지 못할 것 같았다. 1월 25일 저녁이 지나고 며칠 후, 타루는 그 좁은 길 한구석에 서 있었다. 고양이들은 전과 다름없이 양지바른 곳에서 몸을 녹였다. 그러나 시간이 되어도 겉창은 굳게 닫혀 있었고, 며칠이 지나도록 한 번도 열리지 않았다. 타루는 노인이 무척 화가 났거나 아니면 죽었을 거라고 하면서, 만약 화가 난 경우라면 노인이 자기는 옳은데 페스트가 자기에게 잘못했다고 생각했기 때문이고, 죽은 경우라면 해수병 환자와 마찬가지로 그 노인도 혹시 성자가 아니었는지 생각해봐야 한다고 이상한 결론을 내리고 있었다. 타루는 그 노인이 성자라고 생각하지는 않았지만, 어떤 '표지'가 있었다고 믿고 있었다. 그의 수첩에는 '어쩌면 우리는 성스러움의 근사치까지만 갈 수 있는 모양이다. 그렇다면 겸손하고 자비로운 악마주의로 만족해야 할지도 모른다'고 적혀 있다.

수첩에는 코타르에 관한 관찰과 함께 이런저런 사항들이 다양하게 뒤섞여 있었다. 그중에는 이제 회복기에 들어서서 아무 일도 없었다는 듯 다시 일을 하고 있는 그랑에 관한 것들도 있었고, 나머지는 의사 리외의 어머니에 관한 것들이었다. 한집에 살면서 타루가 리외의 어머니와 나눈 약간의 대화, 노부인의 태도와 미소, 페스트에 대한 그녀의 말 같은 것이 수첩에 자세히 적혀 있었다. 타루는 부인의 겸손한 태도, 모든 것을 간단하게 표현하는 버릇, 조용한 거리로 난 창문을 특히 좋아해서 황혼이 방안으로 가득 들어와 부인을 회색빛 광선 속에서 하나의 검은 그림자로 만들었다가 그 광선이 차차 짙어지면서 움직이지 않는 그림자를 녹여버릴 때까지 몸을 바로 세우고 두 손을 편안하게 내려놓은 채 주의깊은 시선으로 창문 앞에 조용히 앉아 있는 모습, 이 방에서 저 방으로 갈 때 보이는 우아함, 타루에게 정확하게 드러내 보인 적은 한 번도 없지만 부인의 행동이나 말에서 감지할 수 있는 선량함, 마지막으로 그녀가 생각하지 않고도 이미 모든 것을 알고 있으며, 그처럼 말없이 어둠 속에 묻혀 있으면서도 그 어떤 광선에도, 설령 페스트의 광선이라 할지라도 떳떳하게 대처할 수 있다는 사실을 특히 강조하고 있었다. 그런데 이 대목에서 타루의 글씨는 이상하게 쇠퇴의 징조를 보였다. 이어지는 몇 줄은 읽기 어려웠고, 쇠퇴의 증거를 다시 보여주기라도 하듯, 마지막 문장에는 처음으로 개인적인 내용이 담겨 있었다. '내 어머니도 그랬다. 나는 어머니의 겸손함을 좋아했고, 어머니야말로 내가 항상 다시 만나고 싶었던 사람이다. 팔 년이 지났지만, 나는 어머니가 돌아가셨다고 말할 수 없다. 어머니는 자신을 평소보다 더 숨기셨을 뿐이다. 그래서 내가 뒤돌아보았을 때 더이상 거기에 계시지 않았던 것이다.'

코타르에게로 다시 돌아가보자. 통계수치가 줄어들기 시작한 후, 코타르는 이런저런 핑계를 대며 리외를 여러 번 찾아왔다. 그렇지만 실제로는 매번 병이 어떻게 전개될지 예상되는 추세를 물어보곤 했다. "병이 이런 식으로 갑자기, 아무 예고도 없이 끝날 거라고 생각하세요?" 그는 그 점에 대해 회의적이었고, 적어도 회의적이라고 공언하고 다녔다. 그러나 자꾸 되풀이해서 묻는 것을 보면 그다지 확신하지는 못하는 것 같았다. 1월 중순에 리외는 상당히 낙관적인 대답을 해주었다. 그런데 그 대답을 들을 때마다 코타르는 기뻐하기는커녕, 때에 따라 다르긴 해도 불쾌감을 드러내고 심지어 낙담하는 등 다양하게 반응했다. 그래서 그후로는 통계수치가 아무리 희망적이어도, 승리를 장담하는 것은 섣부른 일인지도 모른다고 말하게 되었다.

"다시 말하면, 아무것도 알 수 없다는 이야기인가요? 어느 날 갑자기 다시 시작될 수도 있다는 말씀이세요?" 코타르가 지적했다.

"그렇죠. 치유 속도가 빨라질 수 있는 것처럼, 그럴 수도 있죠."

불확실성 때문에 모두 불안해했지만 코타르는 눈에 띄게 진정되었다. 타루가 있는 자리에서 동네 상인들과 이야기를 나눌 때에도 그는 리외의 의견을 널리 알리려고 애썼다. 사실 그리 어려운 일도 아니었다. 승리에 대한 최초의 열기가 사라지자 도청의 발표를 듣고 흥분했던 많은 사람들의 머릿속에 의심이 되살아났기 때문이다. 코타르는 시민들이 불안에 떠는 것을 보고 안도감을 느꼈다. 그러다가도 지난번처럼 낙심하면서 타루에게 말했다. "그래요, 결국 시의 출입문이 열리고 말겠죠. 그러면 두고 보세요. 다들 나 같은 건 쳐다보지도 않을 테니까요!"

1월 25일이 되자, 그의 정신 상태가 불안정하다는 것을 모든 사람들이 알게 되었다. 동네 사람들이나 아는 사람들과 잘 지내려고 그렇게 오랫동안 애를 쓰더니, 며칠 동안 사람들과 대놓고 싸움을 벌였다. 어쨌든 남들이 보기에 그는 세상과 담을 쌓고 하룻밤 사이에 고립된 생활을 하기 시작한 것처럼 보였다. 식당이나 극장에서, 그리고 그가 좋아했던 카페에서도 다시는 그를 볼 수 없었다. 그렇다고 페스트가 유행하기 전의 모호하지만 절도 있는 생활로 돌아간 것 같지도 않았다. 그는 자기 아파트에 틀어박힌 채 식사도 근처 식당에서 배달시켜 먹었다. 저녁에만 슬그머니 밖으로 나와 필요한 물건을 사서는 가게에서 나오자마자 인적 없는 거리로 뛰어들어갔다. 타루가 그와 마주친 적이 있었는데, 짧은 말 한두 마디 외에 다른 말은 들을 수 없었다. 그러다가 느닷없이 사교적으로 변해 페스트에 관해 이러쿵저러쿵 말을 늘어놓고, 매번 사람들에게 의견을 구하고, 저녁마다 군중과 함께 즐겁게 휩쓸려 다니기도 했다.

도청의 발표가 있던 날, 코타르는 완전히 자취를 감추었다. 이틀 뒤에 타루가 그를 만났는데, 정처 없이 거리를 헤매고 있었다. 코타르는 그에게 변두리 지역까지 데려다달라고 부탁했다. 타루는 그날 유달리 피곤해서 좀 망설였다. 그렇지만 코타르가 고집을 부렸다. 그는 몹시 흥분한 듯 아무 몸짓이나 해가며 빠르고 큰 소리로 떠들어댔다. 그는 타루에게 도청의 발표로 정말 페스트가 끝나는 거냐고 물었다. 타루는 행정 당국이 발표했다고 해서 재앙이 그치는 것은 아니지만, 그래도 예상하지 못한 일만 생기지 않으면 병이 끝날 거라고 생각하는 것이 합리적이라고 대답했다.

"그렇죠, 예상하지 못한 일이 생기지 않으면 그렇겠죠. 그런데 예상하지 못한 일은 언제나 있기 마련이거든요." 코타르가 말했다.

하기야, 도에서도 시의 출입문을 개방하는 시점까지 이 주일 동안 유예기간을 둠으로써 예상하지 못한 경우에 어느 정도 대비하고 있다고 타루가 일깨워주었다.

"참 잘했네요." 코타르가 여전히 우울하고 흥분된 어조로 말했다. "일의 추세로 미루어볼 때 도청에서 괜한 소리를 한 건지도 모르니까요."

타루는 그럴 수도 있지만 머지않아 시의 출입문이 열릴 테니 정상적인 생활로 돌아갈 준비를 하는 게 나을 거라고 말했다.

"좋아요," 코타르가 말했다. "받아들이죠. 그런데 정상적인 생활로 돌아간다는 것이 무슨 의미인가요?"

"극장에 새 필름이 들어오는 거죠." 타루가 웃으면서 대답했다.

그러나 코타르는 웃지 않았다. 그는 사람들이 페스트에도 불구하고 도시에 아무 변화도 없을 거라고 생각하는지, 또 모든 것이 전과 같이, 즉 아무 일도 없었던 것처럼 다시 시작될 거라고 생각하는지를 알고 싶어했다. 타루는 페스트가 도시를 변화시킬 수도 있고 그러지 않을 수도 있으며, 시민들은 지금도 그렇지만 앞으로도 아무 일도 없었던 것처럼 행동하려는 욕망이 강할 거라고 말했다. 따라서 어떤 의미에서는 아무 변화도 생기지 않을 테지만, 다른 의미에서는 아무리 그러고 싶어도 모든 것을 잊을 수는 없으며, 적어도 사람들의 마음속에 페스트는 흔적을 남길 거라고 생각한다고 말했다. 그러자 그 키 작은 연금 생활자는 자기는 마음에는 관심이 없고 조금도 신경쓰지 않는다고 잘라 말했다. 자기가 관심 있는 것은 기관의 조직 자체가 변하지 않을까 하는 문제, 예를 들어 모든 기관이 전과 마찬가지로 작동할지를 아는 것이라고 했다. 타루는 그것에 대해서는 모르겠다고 시인할 수밖에 없었다. 그런 기관들은 전염병 기간중에 엉망이 되었으니 다시 시작하려면 좀 어려움을 겪지 않겠느냐는 것이 그의 생각이었다. 또 새로운 문제가 수도 없이 많이 생길 텐데, 그러자면 어쨌든 기존의 기관들을 재조직할 필요성도 염두에 둬야 할 터였다.

"아! 정말 그렇군요. 모든 사람이 모든 것을 다시 시작해야겠군요." 코타르가 말했다.

두 사람은 길을 걸어 코타르의 집 근처에 다다랐다. 코타르는 활기를 띠면서 낙관적으로 생각하려고 애썼다. 백지 상태에서 다시 출발하기 위해, 그는 과거를 청산하고 새롭게 살 수 있는 도시를 상상하고 있었다.

"그럼요." 타루가 말했다. "어쨌든 당신 일도 잘 해결되겠죠. 어떤 의미로는 새로운 삶이 시작되는 거니까요."

그들은 문 앞까지 가서 악수를 했다.

"맞아요." 코타르는 점점 더 흥분하며 말했다. "백지 상태에서 다시 출발한다면 참 좋을 텐데 말이에요."

그때 어두운 복도에서 남자 두 명이 불쑥 나타났다. 저 사람들이 왜 왔는지 모르겠다고 코타르가 말하는 것을 들을 시간도 없었다. 옷을 잘 차려입은 사복형사처럼 보이는 사람들이 코타르에게 코타르가 맞느냐고 묻자 코타르는 둔한 신음 소리 같은 것을 내더니 몸을 돌려, 그들이나 타루가 어떻게 해볼 겨를도 없이 어둠 속으로 사라져버렸다. 놀라움이 진정되자 타루는 그들에게 무슨 일이냐고 물어보았다. 그러자 그들은 신중하고 친절한 태도로, 조사할 게 좀 있다고 말하고는 코타르가 사라진 쪽으로 서두르지 않고 가버렸다.

집에 돌아와 타루는 이 장면을 기록하고 곧이어 피로감을 언급했다. 그의 글씨가 그것을 충분히 증명하고 있었다. 덧붙여서, 자기에게는 해야 할 일이 아직 많이 남아 있지만 일이 많다는 것이 준비를 게을리하는 핑계가 되어서는 안 된다고 적고는, 과연 자신이 준비가 되었는지 스스로에게 묻고 있었다. 그리고 마지막으로 대답 삼아 낮과 밤의 어떤 시각이 되면 인간은 비겁해지는데, 자기가 두려워하는 것은 오직 그 시각뿐이라고 적어놓았다. 타루의 수첩은 그렇게 끝나 있었다.

그 다음다음 날, 시의 출입문들이 열리기 며칠 전, 의사 리외는 기다리던 전보가 와 있지 않을까 내심 기대하며 정오에 집으로 돌아왔다. 이때도 그의 하루하루는 페스트가 절정이던 때 못지않게 기진맥진했지만 결정적인 해방을 기다리면서 그의 피로감은 말끔히 사라졌다. 이제 그는 희망을 품고 있었고, 희망을 품게 된 것이 기뻤다. 자신의 의지를 내세우고, 항상 긴장하고 저항하며 살 수는 없는 법이다. 행복이란 투쟁을 위해 묶어놓았던 힘의 다발을 감정을 토로하며 풀어놓는 것이다. 기다리던 전보도 좋은 소식을 전해준다면 리외는 다시 시작할 수 있을 것이다. 모두가 새출발해야 한다는 게 그의 생각이었다.

그는 수위실 앞을 지나갔다. 새로 온 수위가 유리창에 얼굴을 바싹 붙이고 그에게 미소를 지었다. 계단을 올라가면서 리외는 피로와 가난으로 파리해진 자기 얼굴을 그려보았다.

그렇다, 추상이 끝나면 다시 시작하리라, 그리고 운이 좋으면……
그런데 문을 여는 순간 어머니가 그를 맞으러 와서 타루 씨의 몸 상태
가 좋지 않다고 말했다. 아침에 일어나긴 했는데 외출할 형편이 아니
었고, 막 자리에 다시 누웠다는 것이다. 리외의 어머니는 걱정하고 있
었다.

"별거 아닐 수도 있어요." 아들이 말했다.

타루는 다리를 쭉 뻗고 누워 있었다. 묵직한 머리가 베개 속에 푹 파
묻혀 있었고, 두꺼운 이불 밑으로 두툼한 가슴이 뚜렷이 드러났다. 열
이 있었고 두통 때문에 괴로워했다. 확실하진 않지만 증세로 보아 페
스트 같다고 그가 리외에게 말했다.

"아니, 아직 확실한 건 아무것도 없어요." 그를 진찰하고 나서 리외
가 말했다.

그러나 타루는 갈증 때문에 괴로워했다. 복도에 나와 의사는 어머니
에게 페스트 초기 같다고 말했다.

어머니가 말했다. "오! 이제 와서 어쩜 이럴 수가 있니!"

그러고는 곧이어 말했다.

"베르나르, 집에서 치료하자."

리외는 생각에 잠겼다가 말했다.

"저에겐 그럴 권리가 없어요. 하지만 시의 출입문도 곧 개방되겠죠.
어머니만 안 계셨으면 누구보다 저 자신이 먼저 그렇게 했을 거예요."

"베르나르," 그녀가 말했다. "나와 타루 둘 다 집에 있게 해주렴. 너
도 알다시피, 나는 예방주사를 맞은 지 얼마 안 되었잖니?"

그건 타루도 마찬가지지만 너무 피곤해서 마지막 혈청 주사 맞는 것을 빼먹었을 수도 있고, 주의사항 몇 가지를 잊어버렸을 수도 있다고 의사가 말했다.

리외는 서둘러 자기 진료실에 갔다가 방으로 돌아왔다. 타루가 보니, 리외는 커다란 혈청 앰풀을 들고 있었다.

"아, 역시 그거군요." 타루가 말했다.

"아니에요, 예방 삼아 하는 거예요."

타루는 대답 대신 말없이 팔을 내밀고는 자신이 다른 환자들에게 놓아주었던 그 주사를 오랫동안 맞았다.

"오늘 저녁이면 알 수 있을 거예요." 리외가 이렇게 말하고 나서 타루를 똑바로 바라보았다.

"격리되는 건가요, 리외?"

"페스트인지 확실치 않은걸요."

타루가 억지로 웃어 보였다.

"혈청 주사를 놓아주면서 격리 지시를 내리지 않는 건 처음 보는군요."

리외가 고개를 돌렸다.

"어머니와 내가 간호할게요. 여기가 더 나을 거예요."

타루가 입을 다물었다. 의사는 앰풀을 정리하면서 환자가 무슨 말을 하면 돌아서려고 기다렸다. 결국은 그가 침대 쪽으로 걸어갔다. 환자가 그를 보고 있었다. 얼굴이 피곤해 보였지만 회색빛 눈은 평온했다. 리외가 그에게 미소를 지었다.

"가능하면 잠을 좀 자둬요. 곧 돌아올게요."

의사가 문 앞까지 갔을 때 그를 부르는 타루의 목소리가 들려왔다. 그가 타루를 향해 돌아섰다.

그러나 타루는 말을 할지 말지 망설이는 것 같았다.

"리외." 마침내 그가 말을 꺼냈다. "사실대로 다 말해주면 좋겠어요."

"약속할게요."

타루는 미소를 지으며 두툼한 얼굴을 찡그렸다.

"고마워요. 죽고 싶진 않으니 싸워야지요. 하지만 승산이 없으면 깨끗하게 죽고 싶어요."

리외는 몸을 숙여 그의 어깨를 붙잡고 말했다.

"아니요, 성자가 되려면 살아야죠. 싸워보세요."

강추위는 낮 동안 좀 누그러졌다가, 오후가 되자 이번에는 우박이 섞인 소나기가 세차게 쏟아졌다. 황혼녘에는 하늘은 좀 맑아진 반면 추위가 살을 에듯 심해졌다. 리외는 저녁에 집에 돌아와 외투도 벗지 않고 바로 친구 방에 들어갔다. 리외의 어머니는 뜨개질을 하고 있었다. 타루는 자리에서 움직이지 않은 모양이었다. 그러나 열 때문에 허옇게 뜬 입술은 그가 지금 얼마나 열심히 싸우고 있는지를 알려주고 있었다.

"좀 어때요?" 의사가 물었다.

타루는 침대 밖으로 드러낸 두툼한 어깨를 약간 으쓱해 보였다.

그가 말했다. "그런데…… 아무래도 싸움에서 질 것 같아요."

의사가 그에게로 몸을 굽혔다. 타는 듯 뜨거운 피부 아래로 림프절이 딱딱하게 굳어 있었고, 가슴에서는 대장간의 풀무가 숨겨져 있는 것처럼 요란한 소리가 들려왔다. 타루는 이상하게 두 가지 증세를 다

보이고 있었다. 리외는 몸을 일으키면서 혈청의 효력이 온전히 나타나려면 아직 시간이 필요하다고 말했다. 타루가 몇 마디 하려고 했지만 목구멍에서 뜨거운 열기가 파도처럼 솟구쳐 그 말마저 삼켜버렸다.

저녁을 먹은 후, 리외와 그의 어머니는 환자 곁에 와 앉았다. 타루에게 밤은 투쟁 속에서 시작되었고, 새벽까지 페스트와 계속 힘겹게 싸워야 한다는 것을 리외는 잘 알고 있었다. 타루의 어깨가 아무리 단단하고 가슴이 아무리 넓어도, 그것이 그가 기댈 수 있는 최선의 무기는 아니었다. 조금 전에 리외가 바늘로 뽑아낸 피, 그리고 영혼보다 더 내밀한 핏속에 있는 무엇, 과학으로도 밝힐 수 없는 그 무엇이 차라리 최선의 무기였다. 리외는 친구가 싸우는 모습을 지켜볼 수밖에 없었다. 몇 달 동안 실패를 거듭해왔기 때문에 자신이 해보려고 하는 일, 가령 화농을 촉진시키거나 강심제를 주사하는 것이 어떤 효과가 있는지 잘 알고 있었다. 그가 할 수 있는 일이라고는 자극을 받았을 때 비로소 작동하는 우연에 기회를 제공하는 것뿐이었다. 그런데 그 우연이 반드시 작동해야 했다. 리외는 페스트의 예기치 않은 모습에 몹시 당황하고 있었던 것이다. 페스트는 자신을 퇴치하기 위해 사람들이 세워놓은 전략을 무력화하기 위해 다시 한번 애를 쓰고 있었다. 그리하여 전혀 예상하지 않았던 곳에서 출현하기도 하고, 이미 자리잡았다고 여긴 곳에서 사라져버리기도 했다. 페스트는 사람들을 놀래주려고 또다시 애를 쓰고 있었다.

몸은 꼼짝하지 않으면서도 타루는 싸우고 있었다. 고통이 엄습해도 몸부림치지 않고 육중한 몸과 철저한 침묵만으로 싸우며 그는 밤새도록 단 한 번도 입을 열지 않았다. 그런 식으로 더이상 방심할 수 없음을 나름대로 고백한 셈이었다. 리외는 그 투쟁의 경과를 오직 떴다 감았다 하는 친구의 눈을 통해, 바짝 긴장하거나 아니면 반대로 이완되는 눈꺼풀을 통해, 뭔가를 뚫어지게 바라보다가 리외와 그의 어머니에게로 옮기는 시선 같은 것을 통해 더듬어볼 수 있었다. 리외와 시선이 마주칠 때마다 타루는 몹시 힘겹게, 간신히 미소 지었다.

한순간 거리에서 급하게 서두르는 발걸음 소리가 들려왔다. 멀리서 요란하게 울리더니 점점 가까이 다가오는 천둥소리에 쫓겨 사람들이 달아나는 것 같았다. 마침내 거리는 물 흐르는 소리로 가득 찼다. 다시 비가 오기 시작한 것이다. 얼마 지나지 않아 그 비에 우박이 섞여들면서 도로에 우박 부딪히는 소리가 났다. 커다란 포장布帳들이 창문 앞에서 물결치듯 휘날렸다. 리외는 방안 어두운 곳에 있었다. 그가 비 때문에 잠시 정신이 팔렸다가 다시 타루를 주의깊게 바라보았다. 머리맡에 놓인 램프 불빛이 타루를 비추었다. 리외의 어머니는 뜨개질을 하면서 때때로 머리를 들어 환자를 주의깊게 살펴보았다. 이제 의사로서 해야 할 일은 빠짐없이 다 한 셈이었다. 비가 그치자 침묵은 더욱 깊어지고, 보이지 않는 전쟁에서 비롯된 소리 없는 혼란만이 방안에 가득했다. 수면 부족으로 신경이 날카로워져서 그런지, 의사는 질병이 유행하던 기간 내내 자신을 따라다니던 부드럽고 규칙적인 휘파람 소리가 침묵 저 끝에서 들려오는 것 같은 착각에 빠졌다. 그가 어머니에게 가서 누우라고 눈짓을 했다. 그러나 그녀는 고개를 저으며 괜찮다고 했다. 그녀의 눈이 빛나더니, 코의 개수가 확실하지 않은 듯 바늘 끝으로 뜨개질감의 코를 조심스레 세어보았다. 리외는 일어나서 환자에게 물을 마시게 하고 다시 돌아와 앉았다.

비가 잠시 그친 틈을 타서 행인들은 서둘러 보도를 걸어갔다. 발걸음 소리가 줄어들고 멀어져갔다. 사람들이 밤늦게까지 거리를 가득 메우고 산책하며 구급차의 사이렌 소리도 들리지 않는 이 밤이 병이 유행하지 않던 시절의 밤과 비슷하다는 것을 의사는 처음으로 느꼈다. 그 밤은 페스트로부터 해방된 밤이었다. 추위와 햇빛과 군중에게 쫓긴 병이 시내의 어둡고 깊은 곳을 빠져나와 이 따뜻한 방에 숨어들어, 꼼짝 않고 누워 있는 타루의 몸에 최후의 공격을 퍼붓는 것 같았다. 재앙은 더이상 도시의 하늘을 휘젓지 않았다. 그 대신 방안의 무거운 공기 속에서 가만히 휘파람을 불고 있었다. 몇 시간 전부터 리외의 귀에 들려오던 소리가 바로 그 소리였다. 방에서도 그 소리가 그치기를, 방에서도 페스트가 패배를 선언하기를 기다려야 했다.

새벽이 되기 직전에 리외는 어머니에게 몸을 굽히고 말했다.

"여덟시에 교대할 수 있도록 눈 좀 붙이세요. 주무시기 전에 소독하시고요."

리외 부인은 일어나서 뜨개질감을 정리한 뒤 침대 쪽으로 다가갔다. 타루는 얼마 전부터 눈을 감고 있었다. 그 단단한 이마 위에 머리카락이 땀에 젖어 엉켜 있었다. 부인이 한숨을 쉬자 환자가 눈을 떴다. 자기를 굽어보는 부드러운 얼굴을 보고는, 끓어오르는 열에 시달리면서도 늘 짓곤 하던 미소가 다시 얼굴에 나타났다. 그러나 눈은 이내 다시 감기고 말았다. 혼자 남게 되자, 리외는 조금 전까지 어머니가 앉아 있던 안락의자에 가서 앉았다. 거리는 잠잠했고, 이제는 아무 소리도 들리지 않았다. 차가운 아침 기운이 방안에 감돌기 시작했다.

의사는 깜빡 선잠이 들었다가 새벽의 첫 마차 소리에 깨어났다. 오한

이 느껴졌다. 타루를 보니 상태가 일시적으로 진정되어 잠든 것을 알
수 있었다. 마차 바퀴에서 나는 나무와 쇠 소리가 아직도 멀리서 계속
들려왔다. 창문을 보니 아직 어두웠다. 의사가 침대 가까이 다가가자
타루가 무표정한 눈으로 그를 바라보았다. 아직 잠이 덜 깬 것 같았다.

"잠잔 거 맞죠?" 리외가 물었다.

"네."

"숨쉬기는 좀 편해졌나요?"

"네, 조금. 그게 무슨 의미가 있나요?"

리외는 입을 다물었다가 잠시 후에 말했다.

"아니요, 타루. 아무 의미도 없어요. 아침이면 일시적으로 진정되는
거 알잖아요."

타루가 고개를 끄덕이고 말했다.

"고마워요. 항상 그렇게 정확하게 대답해주세요."

리외는 침대 발치에 앉아 있었다. 바로 곁에서 환자의 다리가 느껴졌
다. 죽은 사람의 다리처럼 길고 딱딱했다. 타루의 숨소리가 거칠어졌다.

"또 열이 나는 모양이에요. 그렇죠, 리외?" 그가 숨가쁜 목소리로 물
었다.

"네, 정오에는 알게 되겠죠."

타루는 눈을 감았다. 힘을 끌어모으는 것 같았다. 얼굴에 피곤한 표
정이 드러났다. 몸 깊숙한 곳 어딘가에서 이미 꿈틀거리고 있는 그 열
이 어서 올라오기를 그는 기다리고 있었다. 눈을 떴지만 그의 시선은
흐릿했다. 곁에서 몸을 구부리고 있는 리외를 보고서야 겨우 눈빛이
밝아졌다.

"물 좀 마셔요." 리외가 말했다.

물을 마시고 나서 그가 다시 고개를 베개에 떨어뜨렸다.

"오래 걸리네요." 그가 말했다.

리외가 그의 팔을 잡았지만 타루는 시선을 돌린 채 더이상 아무 반응도 보이지 않았다. 내면의 둑을 무너뜨리기라도 한 것처럼 갑자기 열이 그의 이마에까지 역류하듯 뚜렷이 몰려들었다. 타루가 시선을 돌려 의사를 쳐다보았다. 의사는 긴장한 얼굴로 용기를 내라고 그를 격려해주었다. 타루는 다시 미소를 지으려고 애썼지만, 미소는 꽉 다문 턱과 입술 이상을 넘지 못했다. 입술이 마치 허연 거품으로 시멘트 칠을 해놓은 것 같았다. 얼굴은 굳어 있지만 두 눈은 아직도 용기로 빛나고 있었다.

일곱시에 리외의 어머니가 방에 들어왔다. 의사는 사무실로 가서 병원에 전화를 걸어 대리 근무자를 배치시켰다. 병원 진료는 나중으로 미루고 자기 진료실에 있는 긴 의자에 잠시 누웠다가 곧바로 일어나 방으로 갔다. 타루의 머리가 리외 어머니 쪽으로 향해 있었다. 그는 마주잡은 두 손을 허벅지에 올린 채 옆에 있는 의자에 허리를 굽히고 앉아 있는, 마치 그림자 같은 조그만 형체를 바라보고 있었다. 그가 어찌나 강렬하게 바라봤던지 부인이 자기 입술에 손가락을 댔다가 일어나 침대 머리맡 전등을 껐다. 그러나 커튼 뒤에서 햇살이 빠르게 새어들어왔다. 잠시 후 환자의 얼굴이 어둠 속에서 떠올랐을 때 그녀가 보니, 환자는 여전히 자신을 바라보고 있었다. 그녀가 몸을 숙이고 베개를 바로 세워주었다. 몸을 일으키면서 그녀는 축축이 젖은 채 엉켜 있는 그의 머리카락에 잠시 손을 얹었다. 그때 고맙다고, 이제 괜찮다고 말하는 목소리가 어렴풋이 부인의 귀에 들려왔다. 부인이 다시 자리에 앉았을 때 타루는 눈을 감고 있었다. 입술은 굳게 닫혀 있었지만 기진 맥진한 얼굴에 다시 미소가 떠오르는 것 같았다.

정오에 열은 절정에 달했다. 뱃속에서 나오는 듯한 기침이 환자의 몸을 뒤흔들었고 환자는 피를 토하기 시작했다. 림프절은 더이상 부어오르지 않았지만, 관절의 오금마다 나사처럼 단단히 박혀 없어지지 않았다. 리외가 판단컨대, 절제수술은 불가능했다. 열이 오르고 기침을 하면서도 타루는 아직도 간간이 친구들을 쳐다보았다. 오래지 않아 눈을 뜨는 횟수가 점점 줄어들었고, 황폐해진 그의 얼굴은 햇빛에 드러날 때마다 더욱 창백해졌다. 그의 온몸이 폭풍에 휩쓸린 듯 발작적으로 경련을 일으키더니, 그의 모습을 비추던 번개도 이제 점점 드물어졌다. 타루는 폭풍 깊은 곳으로 서서히 표류해가고 있었다. 리외 앞에는 이제 미소라고는 찾아볼 수 없는, 움직이지 않는 하나의 가면만 존재할 뿐이었다. 그에게 그토록 친근했던 한 인간이 지금은 창에 찔리고, 인간의 능력을 뛰어넘는 병 때문에 불태워지고, 하늘에서 불어오는 증오에 찬 바람에 온몸을 뒤틀면서 그의 눈앞에서 페스트의 물결 속으로 가라앉고 있었다. 하지만 난파를 막기 위해 할 수 있는 일은 아무것도 없었다. 그는 재앙에 대항할 무기도 없이 절망적인 심정으로 기슭에 머물러 있어야만 했다. 그에게는 또다시 빈손과 고통스럽고 애달픈 마음뿐이었다. 결국에는 무기력한 눈물이 앞을 가려 타루가 갑자기 벽 쪽으로 돌아눕는 것도, 그의 몸 어딘가에서 근원적인 줄 하나가 끊어지기라도 한 듯 힘없이 신음 소리를 내며 숨을 거두는 모습도 보지 못했다.

그후에 이어진 밤은 투쟁의 밤이 아니라 침묵의 밤이었다. 세상으로 부터 단절된 그 방에서, 이제 제대로 옷을 차려입은 시신 위에서 리외 는 예기치 않은 정적이 떠도는 것을 느꼈다. 며칠 전 어느 날 밤 시의 출입문이 습격당한 직후에, 아래쪽에서는 페스트가 아우성을 치는 가 운데 테라스 위에서 느꼈던 그 정적이었다. 그때도 이미 그는 그냥 죽 게 내버려두고 온 사람들의 침대에서 솟아오르던 침묵을 생각했었다. 그것은 어디서나 똑같은 휴식이었고, 똑같이 장엄한 공백이었으며, 전 투를 치른 뒤에 찾아오는 언제나 똑같은 진정 상태였다. 그것은 패배 의 침묵이었다. 그러나 지금 그의 친구를 에워싸고 있는 침묵은 너무 나 깊고 페스트에서 해방된 도시와 거리의 침묵과 너무나 긴밀하게 일 치해서, 리외는 이것이야말로 결정적인 패배, 전쟁은 끝내지만 평화 자체를 치유할 수 없는 고통으로 만들어버리는 패배라는 것을 절실히 느꼈다. 타루가 종국에 가서 평화를 되찾았는지는 알 수 없지만 적어 도 그 순간에는, 아들을 빼앗긴 어머니나 친구를 묻은 사람에게 휴전 이 불가능한 것과 마찬가지로, 리외 자신에게도 다시는 평화가 가능하 지 않을 것 같았다.

밖은 여전히 춥고 어두웠다. 맑고 싸늘한 하늘에 별들이 얼어붙어 있었다. 어둑어둑한 방에서도 유리창을 짓누르는 추위와 북극의 밤으 로부터 불어와 파랗게 얼려버리는 매서운 바람이 느껴졌다. 침대 옆에 는 리외의 어머니가 오른쪽으로 머리맡 전등의 불빛을 받으며 평소와 다름없는 자세로 앉아 있었고, 방 한가운데에는 리외가 불빛에서 멀리 떨어진 채 안락의자에 앉아 기다리고 있었다. 아내 생각이 났지만 리 외는 그때마다 그 생각을 물리쳤다.

깊은 밤이 아니어서 행인들의 구두 소리가 차가운 어둠 속에서 선명하게 들려왔다.

"모두 다 처리했니?" 어머니가 물었다.

"네, 전화를 걸었어요."

두 사람은 다시 말없이 밤샘을 시작했다. 어머니가 이따금 아들을 바라보았다. 어머니와 시선이 마주치면 그는 미소를 지었다. 밤이면 늘 들려오던 소리들이 거리에서 계속 이어졌다. 아직 정식으로 허용되지 않았는데도 많은 자동차들이 다시 거리를 돌아다니고 있었다. 차들이 빠른 속도로 포장도로를 따라 나타났다가 사라지고 다시 나타났다. 말소리, 부르는 소리, 다시 돌아온 침묵, 말굽 소리, 전차 두 대가 커브를 돌며 삐걱대는 소리, 웅성대는 불분명한 소리, 그리고 다시 밤의 숨소리.

"베르나르."

"네."

"피곤하지 않니?"

"괜찮아요."

그때 그는 어머니가 무슨 생각을 하는지 알고 있었고, 또 지금 어머니가 자기를 사랑한다는 것도 알고 있었다. 그러나 한 인간을 사랑한다는 것이 대단한 일이 아니라는 것, 또는 사랑이 아무리 강해도 그 사랑을 제대로 표현할 수 없다는 것 또한 알고 있었다. 그러므로 그의 어머니와 그는 언제나 침묵 속에서 서로를 사랑할 것이다. 그리고 어머니는 혹은 그는 평생 자신의 애정을 침묵 이상으로 드러내지 못하고 죽을 것이다. 옆에서 살아왔으면서도 진정한 우정을 경험할 시간조차 갓지 못한 채 그날 저녁 타루가 죽은 것도 같은 맥락이었다. 타루는 자신이 말한 대로 싸움에서 졌다. 하지만 리외는 무엇을 얻었는가? 페스트를 겪었고 페스트에 대한 추억을 가졌다는 것, 우정을 경험했고 우정에 대한 추억을 가졌다는 것, 애정을 알게 되고 언젠가는 애정에 대한 추억을 갖게 되리라는 것, 그가 얻은 것은 그것뿐이었다. 페스트 그리고 삶과의 싸움에서 인간이 얻을 수 있는 것은 인식과 기억뿐이었다. 타루가 싸움에서 이긴다고 말한 것은 그런 것인지도 몰랐다!

자동차가 또 한 대 지나갔고 리외 부인은 의자 위에서 몸을 약간 움직였다. 리외가 어머니를 보고 미소 지었다. 그녀는 아들에게 피곤하지 않다고 하고는 말을 이었다.

"산에 가서 좀 쉬다 오는 게 좋겠구나, 거기로 말이다."

"그럴게요, 어머니."

그렇다, 거기로 가서 쉬어야 할 것이다. 안 될 이유가 뭐란 말인가? 그것 또한 기억을 위한 어떤 구실이 될 것이다. 그러나 싸움에서 이긴다는 것이 결국 이런 것이라면, 희망하는 것을 다 잃고 자기가 알고 있는 것과 기억에 남는 것만 가지고 살아가는 것이라면, 그 삶은 얼마나 괴로운 삶일까. 타루가 경험한 삶이 아마 그런 삶이리라. 그래서 그는 환상 없는 삶이 얼마나 황량한지를 잘 알고 있었던 것이다. 희망이 없으면 마음의 평화도 있을 수 없다. 타루는 인간이 인간을 단죄할 권리를 거부했다. 그러나 그는 남을 단죄하지 않을 수 있는 사람은 아무도 없으며, 심지어 희생자도 때로는 사형집행인이 된다는 사실을 알고 있었다. 그래서 분열과 모순 속에서 살았고 희망이라곤 전혀 경험하지 못했던 것이다. 그가 성스러움을 추구하고 인간에 대한 봉사에서 마음의 평화를 찾으려고 한 것도 그런 이유 때문이었을까? 사실 리외는 그런 것에 대해서는 아무것도 알지 못했고 그런 것은 아무래도 상관없었다. 앞으로 타루에 대해서는 자동차 핸들을 두 손으로 잡고 운전하던 한 남자의 이미지, 또는 움직이지 않고 누워 있는 육중한 육체에 대한 이미지만을 간직하게 될 것이다. 삶의 온기와 죽음의 이미지, 그것이 바로 인식이었다.

그다음날 아침, 리외가 아내의 사망 소식을 담담하게 받아들인 것도 아마 그런 이유였을 것이다. 그는 자기 진료실에 있었다. 어머니가 거의 뛰다시피 들어오더니 전보 한 장을 건네주고는, 우편배달부에게 팁을 주려고 도로 나갔다. 어머니가 돌아왔을 때 아들은 전보를 펼친 채 들고 있었다. 어머니가 그를 쳐다보았다. 그러나 그는 찬란한 아침이 항구 위로 밝아오는 광경을 창을 통해 뚫어져라 바라보고 있었다.

"베르나르." 어머니가 불렀다.

의사는 정신이 딴 데 팔린 표정으로 어머니를 돌아보았다.

"무슨 전보냐?" 어머니가 물었다.

"그렇게 됐대요." 의사는 솔직히 털어놓았다. "일주일 전이었어요."

리외의 어머니는 창문 쪽으로 고개를 돌렸다. 의사는 잠자코 있다가 어머니에게 울지 말라고, 이렇게 될 것을 예상하고 있었지만 그래도 마음이 아프다고 말했다. 그런 말을 하면서도 자신의 고통이 새삼 놀랄 일은 아니라는 것을 그는 알고 있었다. 그것은 여러 달 전부터, 그리고 이틀 전부터 계속되어온 바로 그 고통이었다.

2월의 어느 화창한 날 새벽, 마침내 시의 출입문들이 개방되었다. 시민들과 신문, 라디오는 물론이고 도청에서도 공식 성명을 발표해 그날을 축하했다. 그러므로 비록 거기에 완전히 섞여들어 기뻐하지 못한 사람들 중 하나이긴 하지만, 서술자에게는 시의 출입문이 개방된 후 전개된 환희의 시간들을 기록하는 일이 남아 있다.

밤낮으로 성대한 축하행사가 마련되었다. 그와 동시에 기차가 역에서 연기를 내뿜기 시작했고, 먼 바다에서 항해해 온 선박들도 어느새 우리 항구로 뱃머리를 돌렸다. 그런 식으로 이별 때문에 신음하던 모든 사람들에게 그날이 역사적인 재회의 날임이 분명히 드러나고 있었다.

이쯤 되면 그토록 많은 시민들의 마음을 사로잡고 있던 이별의 감정이 어떻게 변했을지는 쉽게 상상할 수 있을 것이다. 낮에 우리 시에 들어온 열차에는 시에서 나간 열차 못지않게 승객이 많았다. 유예기간으로 주어진 이 주일 동안, 사람들은 그날을 위해 좌석을 예약하고도 마지막 순간에 도청의 결정이 번복되지 않을까 하고 저마다 마음을 졸였다. 시로 들어오는 승객들 중에는 불안감을 완전히 떨치지 못한 사람들도 있었다. 친한 사람들의 소식은 대충 알고 있었지만 다른 사람들 소식이나 시 자체가 어떻게 되었는지는 전혀 몰랐고, 또 시가 끔찍하게 변했을 거라고 상상했던 것이다. 그러나 그것은 헤어져 있는 기간 동안 열정이 고갈되지 않은 사람들에게나 해당되는 일이었다.

열정적인 사람들은 사실 고정관념에 사로잡혀 있었다. 그들에게 변한 것은 하나밖에 없었다. 유배 생활을 하는 것 같던 그 몇 달 동안에는 될 수 있으면 빨리 가라고 시간을 떠밀고 싶었고, 또 더 빨리 가라고 재촉하고만 싶었는데, 도시가 벌써 눈에 보이자 이번에는 반대로 시간이 천천히 흘러가기를 바라고, 기차가 멈추려고 브레이크를 걸기 시작하자 시간이 정지하기를 바랐다. 사랑하지 못하고 보낸 잃어버린 세월 때문에 어렴풋하면서도 강렬한 감정이 생겨나, 기쁨의 시간은 기다림의 시간보다 두 배는 더 천천히 흘러가야 한다는 보상 같은 것을 막연하게나마 요구하게 되었던 것이다. 방에서 기다리는 사람들, 랑베르처럼 플랫폼에서 기다리는 사람들도 마찬가지로 초조함과 혼란에 빠져 있었다(랑베르의 아내는 벌써 몇 주 전에 소식을 듣고 오늘 이 도시에 도착하기 위해 필요한 절차를 밟아놓았다). 페스트가 몇 달 동안 계속되면서 추상이 되어버렸던 사랑이나 애정이 그것들을 지탱해주던 육체적 존재와 맞닥뜨리는 순간을 랑베르는 불안한 마음으로 기다렸던 것이다.

랑베르는 페스트가 유행하던 초기의 자신으로, 단숨에 이 도시를 탈출해 사랑하는 사람을 만나러 달려가고자 했던 자신으로 돌아가고 싶었을지도 모른다. 그러나 그것은 더이상 가능하지 않다는 것을 그는 알고 있었다. 그는 변한 것이다. 페스트는 그의 마음속에 무관심 같은 것을 불러일으켰다. 그는 온 힘을 다해 그것을 부정하려고 애썼지만, 그것은 막연한 불안처럼 계속 남아 있었다. 어떤 의미에서는 페스트가 너무 갑자기 끝난 것 같아서 그것을 실감할 수 없었다. 행복은 전속력으로 다가오고 있었고, 일은 기대했던 것보다 더 빠르게 진행되었다. 모든 것이 한순간에 복구될 것이고 기쁨은 화상을 입은 것과 같아서 음미할 틈이 없다는 사실을 랑베르는 깨달았다.

사실 의식하는 정도에 따라 차이는 있었지만, 모든 사람들이 랑베르와 마찬가지였다. 그러므로 그 모든 사람들에 대해 이야기할 필요가 있다. 각자 개인적인 삶을 다시 시작하는 그 플랫폼에서 그들은 여전히 공동체 의식을 느끼고 눈짓과 미소를 서로 교환하고 있었다. 그러나 기차에서 뿜어져나오는 연기를 보자마자, 모호하긴 하지만 정신을 못 차리게 만드는 기쁨의 소나기에 휩싸여 유배의 감정은 갑자기 사라져버렸다. 기차가 멈춰 서고, 이제는 그 모습조차 잊고 있었던 몸들을 서로의 팔이 기쁨에 넘쳐 탐욕스레 휘감던 그 순간, 대개 바로 그 플랫폼에서 시작된 기나긴 이별은 순식간에 끝이 났다. 랑베르의 경우, 자기를 향해 달려오는 그 모습을 바라볼 시간조차 없었다. 그녀는 벌써 그의 품안에 뛰어들어와 있었다. 랑베르는 그녀를 품에 가득 껴안은 채, 익숙한 머리카락 외에는 아무것도 보이지 않는 그 머리를 끌어안고 눈물을 흘렸다. 그 눈물이 현재의 행복 때문인지 아니면 너무 오랫동안 억눌러왔던 고통 때문인지는 알 수 없었다. 적어도 그 눈물 때문에 지금 자기 어깨에 파묻혀 있는 얼굴이 자신이 꿈꿔온 그 얼굴인지, 아니면 낯선 여자의 얼굴인지 확인하지 못하는 것은 분명했다. 자신이 의심한 것이 참인지 거짓인지는 조금 있으면 알게 될 것이다. 당장에는 그도, 페스트가 오든 가든 사람의 마음은 변하지 않는다고 믿고 있는 것처럼 보이는 그 모든 사람들처럼 행동하고 싶었다.

하나같이 서로를 꼭 껴안고, 나머지 세계에는 눈을 감고, 겉으로는 페스트에 승리한 얼굴로 모든 비참함을 잊어버린 채, 그리고 같은 기차를 타고 왔지만 마중 나온 사람이 없는 것을 보고 오랜 기간에 걸친 침묵 때문에 마음속에 이미 생겼던 두려움을 집에 가서 확인해야 하는 사람들은 잊어버린 채 그들은 집으로 돌아갔다. 이제 동반자라고는 무척이나 생생한 자신의 고통밖에 없는 사람들, 그 순간 매달릴 곳은 죽은 사람에 대한 추억밖에 없는 사람에게는 사정이 완전히 달라서, 이별의 슬픔은 최고조에 달했다. 이름도 없는 구덩이에서 아무렇게나 뒹굴고 있는 사람, 녹아내려 잿더미가 되어버린 사람과 함께 기쁨을 모두 잃어버린 어머니들, 배우자들, 연인들에게 페스트는 여전히 계속되고 있었다.

그러나 그런 고독을 생각해주는 자가 누가 있겠는가? 아침부터 대기 속에서 찬바람과 싸우던 태양이 정오가 되자 마침내 승리하여 강렬한 빛의 물결을 도시 전체에 끊임없이 쏟아부었다. 낮은 정지되어 있었다. 언덕 꼭대기에 있는 요새에서는 대포들이 맑은 하늘에 계속 포성을 울렸다. 시민들이 모두 밖으로 쏟아져나와 고통스러운 시간의 종말을 축하했지만, 망각의 시간은 아직 시작되지도 않은 상태였다.

광장마다 사람들이 춤을 추었다. 어느덧 통행량이 현저히 많아졌고 자동차 수도 늘어서, 인파가 넘치는 거리를 통과하기가 쉽지 않았다. 시내에서는 오후 내내 종소리가 힘차게 울려퍼졌다. 황금빛 도는 푸른 하늘에 종소리가 가득찼다. 교회에서는 감사기도를 올리고 있었다. 같은 시각, 축제 장소들은 터질 듯이 성황을 이루었고, 카페에서는 앞날이 어떻게 되든 상관하지 않고 마지막 남은 술을 아낌없이 내놓았다. 흥분한 사람들이 카운터 앞으로 밀려들었다. 그들 중에는 남의 시선은 아랑곳하지 않고 껴안고 있는 커플도 많았다. 모두들 소리 내어 외치거나 웃고 있었다. 마치 그날이 생존 기념일이라도 되는 것처럼, 지난 몇 달 동안 영혼의 불빛을 낮추고 살면서 비축해놓은 생명의 양식을 마음껏 소비했다. 다음날이면 본래의 조심스러운 생활이 다시 시작될 테지만, 지금 이 순간만큼은 출신이 전혀 다른 사람들도 서로 접촉하며 친밀감을 느꼈다. 사실상 죽음도 실현하지 못한 평등이 해방의 기쁨 속에서 적어도 몇 시간 동안 실현되고 있었다.

그러나 흔해빠진 이 넘쳐나는 활기로 모든 것을 다 설명할 수는 없었다. 늦은 오후에 랑베르와 함께 거리를 메우고 있던 사람들은 무덤덤하게 행동했지만 마음속에는 더 미묘한 행복감을 감추고 있었다. 실제로 수많은 연인들과 가족들이 겉보기에는 그저 평화롭게 산책하는 사람들로만 보였다. 그러나 그들 대부분은 사실상 고통스러웠던 장소를 찾아 미묘한 순례를 하고 있었다. 그 순례는 명백히 드러나 있건 아니면 감춰져 있건, 새로 온 사람들에게 페스트의 흔적, 그 역사의 자취를 보여주기 위한 것이었다. 어떤 사람들은 안내자 역할을 하면서 많은 것을 목격한 사람, 페스트를 경험한 사람의 역할로 만족했다. 그리하여 위험했던 일을 공포심을 불러일으키지 않고 이야기했다. 그런 즐거움은 해롭지 않았다. 그러나 다른 사람들의 경우 그것은 좀더 민감한 여정이어서, 어떤 연인은 추억을 되살리며 달콤한 불안에 빠져들어, 함께 있는 여자에게 이렇게 말했다. "당시, 바로 여기에서 당신을 원했는데 당신은 여기에 없었지." 그 열정의 여행자들은 그 순간 서로를 알아볼 수 있었다. 그들은 자신들이 걷고 있는 그 혼란의 한복판에서 작은 섬을 이루며 속삭이고 속내 이야기를 하고 있었던 것이다. 사거리의 오케스트라보다는 오히려 그들이 진정한 해방을 알리는 사람들이었다. 서로 껴안은 채 말을 아끼며 황홀한 얼굴로 걸어가는 그 쌍쌍의 남녀들이야말로, 소용돌이의 한복판에서 행복한 사람의 의기양양함과 편파성을 드러내며, 이제 페스트는 물러갔고 공포의 시대는 종말을 고했다고 확인해주었던 것이다. 그들은 우리가 한때 경험했던 저 어처구니없는 세계, 사람을 죽이는 것이 파리 죽이는 일 정도로 일상화되었던 무지막지한 세계, 뚜렷이 드러났던 야만성, 주도면밀한 광란, 현재가 아닌 모든 것에 끔찍할 정도로 무관심했던 저 유폐 상태, 죽지 않은 사람들을 아연실색하게 했던 저 죽음의 냄새, 이런 것들을 자명한 모든 사실에도 불구하고 태연히 부정하고 있었다. 그럼으로써 우리가 일부는 매일같이 화장터의 아궁이에 쌓여 고기 타는 냄새가 나는 연기가 되어 사라지고 나머지는 무기력과 공포의 사슬에 묶여 자기 차례를 기다리던 민중이었다는 사실을, 깜짝 놀라 얼이 빠졌던 민중이었다는 사실을 부정하고 있었다.

그날 오후 늦게 종소리와 대포 소리, 음악 소리가 울려퍼지고 사람들이 귀가 멍멍해질 정도로 함성을 지르는 가운데, 변두리 지역 쪽으로 혼자 걸어가던 의사 리외의 눈에 뛴 광경은 어쨌든 그런 것이었다. 그는 계속 왕진을 다녔다. 환자가 없는 날은 없었다. 도시 위로 내리쬐는 화창한 햇빛 속에서 옛날과 다름없이 고기 굽는 냄새와 아니스 술 냄새가 피어올랐다. 그의 주위에서 사람들이 얼굴을 젖히고 즐겁게 하늘을 쳐다보았다. 남자들과 여자들은 불타듯 상기된 얼굴로, 몹시 흥분해서 욕망에 넘치는 소리를 지르며 서로를 부둥켜안고 있었다. 그렇다, 공포가 끝나면서 페스트도 끝이 났고, 그렇게 부둥켜안은 팔들은 심오한 의미에서 페스트가 사실은 유배와 이별이었음을 말해주고 있었다.

여러 달 동안 모든 행인들의 얼굴에서 읽을 수 있었던 그 비슷비슷한 분위기에 리외는 처음으로 이름을 붙일 수 있었다. 이제 주위를 둘러보는 것만으로도 충분했다. 비참하고 궁핍한 시간을 겪은 후 페스트가 사라지는 시점에 이르자, 사람들은 모두 이미 오래전부터 해온 역할, 망명객의 역할에 어울리는 옷을 걸치게 되었던 것이다. 처음에는 얼굴을 통해, 지금은 옷차림을 통해, 부재와 멀리 두고 온 고향이 드러나 보였다. 페스트 때문에 시의 출입문이 폐쇄된 그 순간부터 그들은 이별 상태로 살아왔으며, 모든 것을 잊게 해주는 인간의 온기로부터 차단된 채 지내왔던 것이다. 정도의 차이는 있지만 도시 어디에서나 남자들과 여자들은 어떤 결합을 열망하면서 지내왔다. 그 결합은 성격상 모든 사람에게 동일하지는 않았지만 한결같이 불가능한 것이었다. 그들은 대부분 곁에 있지 않은 사람을 향해 육체의 온기와 애정, 혹은 습관을 돌려달라고 온 힘을 다해 외치고 있었다. 어떤 사람들은 자기도 모르는 사이에 친한 사람들과 헤어져 편지나 기차나 배처럼 우정을 이어주는 평범한 수단으로는 더이상 그들을 만날 수 없게 된 것을 괴로워했다. 더 드문 경우지만 그 밖의 사람들, 가령 타루 같은 사람들은 뭐라고 정의할 수는 없지만 그들에게 욕망할 만한 것으로 보이는 유일한 그 무엇과 다시 결합하기를 바랐다. 그리고 달리 부를 말이 없어서 때때로 그것을 평화라고 불렀다.

리외는 계속 걸어갔다. 앞으로 나아갈수록 자기 주변의 군중은 그 수가 점점 많아지고 더 소란스러워져서, 그가 가려고 했던 변두리 지역이 그만큼 더 뒤로 물러나는 것 같았다. 시끄럽게 소리지르는 커다란 무리에 조금씩 녹아들면서, 그도 그 고함소리를 점점 잘 이해하게 되었다. 그들이 외치는 소리 중 적어도 일부는 리외 자신의 고함소리였다. 그렇다, 모든 사람들이 육체적으로나 정신적으로 견디기 힘든 부재, 대책 없는 유배 생활, 결코 채우지 못하는 갈증으로 다 함께 고통을 당했던 것이다. 산더미처럼 쌓인 시체들, 구급차의 사이렌 소리, 운명으로 받아들일 수밖에 없었던 경고들, 공포심을 불러일으키던 그 끈질긴 제자리걸음, 그들의 마음에서 솟구치던 무서운 반항심, 이런 것들 사이에서도 하나의 거대한 웅성거림이 공포에 사로잡힌 사람들에게 진정한 조국을 되찾아야 한다고 말하며 쉬지 않고 경고하고 있었다. 그들 모두에게 진정한 조국은 그 숨막히는 도시의 벽 너머에 있었다. 진정한 조국은 언덕 위의 향기로운 덤불 속에, 바닷속에, 자유로운 고장들과 사랑의 무게 속에 있었다. 그들은 그 밖의 모든 것에 대해서는 혐오감을 느끼고 등을 돌린 채 그 조국을 향해, 행복을 향해 다시 돌아가고 싶었던 것이다.

유배와 재결합에 대한 욕구가 어떤 의미인지에 대해 리외는 아는 바가 전혀 없었다. 사방에서 떠밀고 말을 걸어오는 군중 사이를 헤쳐가면서, 그는 차츰 덜 붐비는 거리로 들어섰다. 그러면서 유배와 재결합의 욕망에 의미가 있는가 없는가 하는 것은 중요하지 않으며, 사람들의 희망에 어떤 대답이 주어졌는지를 알아야 한다고 생각했다.

이제 그는 어떤 대답이 주어졌는지 알고 있었다. 인적이 거의 없는 변두리 지역에 들어서자 그것을 더욱 뚜렷이 알 수 있었다. 자신의 보잘것없는 상태에 만족하고 사랑의 보금자리로 돌아가기만을 원한 사람들은 가끔 보상을 받았다. 물론 그런 사람들 중에서도 몇몇은 기다리던 사람을 잃고 여전히 외롭게 시내를 걷고 있었다. 페스트가 유행하기 전, 단번에 사랑을 이루지 못하고 여러 해에 걸쳐 원수같이 지내며 맹목적으로 어렵게 화합을 추구하다가 마침내 서로 결합하게 된 연인들처럼, 두 번 헤어지지 않은 자들은 행복할지어다. 그런 사람들은 리외 자신도 그렇지만 경솔하게도 시간을 믿었던 자들이었다. 그런데 그들은 영원히 헤어지고 말았던 것이다. 그러나 그날 아침에 의사가 작별하면서 "용기를 내세요. 지금이야말로 올바르게 판단해야 할 때예요"라고 말해준 랑베르 같은 사람들도 있었다. 그들은 영영 잃어버렸다고 믿었던 사람을 지체 없이 되찾았다. 그들은 적어도 당분간은 행복할 것이다. 이제 그들은 인간이 언제나 원할 수 있고 또 가끔 얻을 수 있는 것이 있다면, 그것은 바로 인간에 대한 애정이라는 것을 알게 되었다.

반대로, 인간을 초월해 자기들이 상상조차 할 수 없는 어떤 것을 지향했던 사람들은 결국 아무 대답도 얻지 못했다. 타루는 자신이 말하던 그 어려운 평화에 도달한 듯했지만, 죽음 속에서, 그에게 도움이 되지 않을 순간에 가서야 겨우 평화를 발견했다. 반면 리외의 눈에 띈 다른 사람들, 즉 집의 문턱에서 기울어가는 햇빛을 받으며 온 힘을 다해 서로를 껴안은 채 황홀하게 마주보고 있는 사람들이 바라던 것을 얻었다면, 그것은 자신에게 속한 것만을 요구했기 때문이었다. 그랑과 코타르가 사는 거리로 접어들면서 리외는 적어도 가끔은 인간만으로, 보잘것없지만 엄청난 인간의 사랑만으로 만족하는 사람들이 기쁨의 보상을 받는 것이 당연하다고 생각했다.

이 연대기도 끝맺을 때가 되었다. 이제 의사 베르나르 리외 자신이 이 연대기의 작가였음을 고백할 때가 된 것이다. 그러나 마지막 사건들을 서술하기 전에, 그는 다른 것은 몰라도 자신이 이 일을 떠맡게 된 이유를 설명하고, 또 자신이 이 연대기를 객관적 어조로 증언하듯 기록하려고 노력했다는 사실을 밝혀두고자 한다. 페스트가 유행하던 기간 내내 그는 직업 관계로 거의 대부분의 시민들을 만날 수 있었고, 그들이 느끼는 바를 수집할 수 있었다. 다시 말해 자기가 보고 들은 것을 이야기하기에 적합한 위치에 있었다. 그러나 그는 그 일을 가능한 한 신중하게 수행하려고 했다. 대개의 경우 직접 본 것 이상은 기록하지 않으려고, 페스트를 겪은 사람들이 품지 못했던 생각을 그들에게 억지로 부여하지 않으려고, 그리고 우연한 기회에 혹은 불행한 인연으로 수중에 넣게 된 텍스트만 활용하려고 노력했다.

어떤 범죄 사건에 증인으로 불려갔을 때도 그는 선량한 증인이 갖춰야 할 조심스러운 태도를 견지했다. 그러면서도 양심에 어긋나지 않게 단호한 태도로 희생자의 편을 들었고, 그들이 공유하고 있는 유일한 확신, 즉 사랑과 고통과 유배의 확신 속에서 인간들과, 시민들과 하나가 되고자 했다. 그리하여 시민들이 느낀 불안이라면 그 어떤 것도 그가 나누어 겪지 않은 것이 없었고, 그 어떤 상황도 그의 상황이 아닌 것이 없었다.

충실한 증인이 되기 위해 그는 특히 조서, 문헌, 소문 같은 것들을 옮겨적어야 했다. 반면 말하고 싶었던 사적인 것들, 자신의 기대나 시련에 대해서는 침묵을 지키고자 했다. 혹시 그가 자신의 기대나 시련에 대해 언급했다면, 그것은 우리 시민들을 이해하고 또 이해시켜보려는 의도에서, 그리고 대개의 경우 그들이 막연하게 느끼던 것에 가능한 한 정확한 형태를 부여하려는 의도에서 그랬을 뿐이다. 사실 그에게는 이런 이성적인 노력이 조금도 힘들지 않았다. 페스트 환자 수천 명의 목소리에 자신의 마음을 섞어 직접적으로 드러내고 싶었을 때도 그는 자신의 괴로움 중 그 어느 것도 다른 사람들의 괴로움이 아닌 것이 없으며, 혼자 고통을 겪는 일이 너무나 빈번한 이 세계에서 그런 사정은 오히려 다행이라는 생각에서 참았던 것이다. 요컨대 그는 모든 사람을 위해 이야기를 해야 했다.

그러나 시민 중에는 의사 리외가 변호할 수 없는 사람이 적어도 한 명 있었다. 언젠가 타루가 그에게 이렇게 말한 적이 있는 사람이었다. "그 사람에게는 진정으로 죄악이라고 할 만한 것이 하나 있어요. 그 사람이 어린아이들과 인간들을 죽게 하는 것에 마음속으로 동의했다는 거예요. 그 외의 것은 이해할 수 있어요. 하지만 그걸 용서하는 건 나도 힘이 드네요." 이 연대기가 그 무지한 마음, 다시 말해 고독한 마음을 가진 그 사람에 대한 이야기로 끝나는 것은 당연한 일이다.

축제 때문에 시끌벅적한 대로를 빠져나와 그랑과 코타르가 사는 골목으로 들어섰을 때, 의사 리외는 경찰이 쳐놓은 바리케이드에 막혀 멈춰 설 수밖에 없었다. 생각도 못했던 일이었다. 멀리서 들려오는 웅성거리는 축제 소리 때문에 그 동네는 조용하게 느껴졌고, 조용한 만큼 황량하게 느껴졌다. 그가 신분증을 꺼냈다.

"안 됩니다, 선생님." 경찰이 말했다. "어떤 미친놈이 시민들에게 총을 쏘아대고 있어요. 그러니까 여기에 잠깐만 계세요. 도움이 필요할지도 모르니까요."

그때 그랑이 이쪽으로 오는 것이 보였다. 그 또한 아무것도 모르고 있었다. 경찰이 통행을 막았는데, 알고 보니 누가 자기 아파트에서 총을 쏘고 있다는 것이었다. 식어버린 마지막 햇빛을 받아 아파트 정면이 멀리서 노랗게 빛나고, 그 주위로 텅 빈 공간이 맞은편 인도에까지 넓게 뻗어 있었다. 차도 한가운데에 떨어진 모자와 더러운 천조각이 뚜렷이 보였다. 저멀리 길 반대편에도 그들을 막고 있는 차단선과 나란히 경찰 차단선이 또 하나 쳐져 있고, 그 뒤로 동네 사람들이 빨리 오가는 것이 보였다. 잘 살펴보니 경찰들이 아파트 맞은편 건물의 문 앞에 웅크리고 앉아 권총을 겨누고 있었다. 아파트의 겉창은 모두 닫혀 있었다. 그러나 3층의 겉창 하나가 반쯤 떨어져나간 것 같았다. 거리에서는 아무 소리도 들리지 않았다. 시내 중심가에서 음악 소리가 띄엄띄엄 들려올 뿐이었다.

어느 순간 아파트 맞은편에 있는 한 건물에서 권총 소리가 두 번 울렸고, 망가진 겉창에서 파편이 튀었다. 그리고 다시 잠잠해졌다. 소란스러운 하루를 보낸 후 멀리서 보게 된 이 광경이 리외에게는 약간 비현실적으로 느껴졌다.

"코타르의 방 창문이에요." 갑자기 그랑이 몹시 흥분하며 말했다. "그런데 코타르는 도망갔잖아요?"

"왜 총을 쏘는 건가요?" 리외가 경찰에게 물어보았다.

"저놈 주의를 딴 데로 돌리려고 그러는 겁니다. 우린 필요한 장비를 가져올 차를 기다리고 있어요. 아파트 문으로 들어가려고만 하면 쏘아대거든요. 경찰 한 명이 총에 맞았습니다."

"저 사람은 왜 총을 쏘았는데요?"

"모르겠습니다. 사람들은 거리에서 즐기느라 첫번째 총성이 났을 때는 뭐가 뭔지 몰랐고, 두번째 총성이 난 다음에 비명소리가 들렸고 부상자도 한 명 생겼습니다. 그래서 모두 도망쳤죠. 미친놈이라니까요!"

다시 조용해진 가운데, 시간이 더디게 흘러가는 것처럼 느껴졌다. 저쪽 길에서 개 한 마리가 갑자기 튀어나왔는데, 리외도 정말 오랜만에 보는 개였다. 더러운 스패니얼 종으로, 지금까지 주인이 숨겨둔 것이 틀림없었다. 그 개가 벽을 따라 종종걸음으로 달려왔다. 개는 문 근처에서 망설이더니 엉덩이를 땅에 대고 앉았더니 몸을 뒤로 벌렁 뒤집고는 벼룩을 핥았다. 경찰들이 개를 부르려고 호루라기를 몇 번 불었다. 그러자 개는 머리를 들고 마음을 먹은 듯 천천히 도로를 건너가 모자 냄새를 맡기 시작했다. 바로 그때 3층에서 또 권총 소리가 울렸다. 개가 얇은 천조각처럼 뒤집혀 네 발을 심하게 버둥대다가 옆으로 쓰러졌다. 옆구리에서 몇 번 길게 경련이 일었다. 맞은편 문에서 대여섯 번 대응사격하는 소리가 울리자 겉창이 또 조각나면서 부서졌다. 그리고 다시 조용해졌다. 태양이 약간 기울면서, 그늘이 코타르의 방 창문으로 가까워지기 시작했다. 의사 뒤쪽 거리에서 브레이크 소리가 조용한 신음 소리처럼 울렸다.

"저기 왔어." 경찰이 말했다.

경찰들이 밧줄과 사다리, 방수포로 싼 길쭉한 상자 두 개를 가지고 뒤쪽에서 나타났다. 그리고 그랑의 아파트 맞은편 건물들 사이에 있는 골목으로 들어갔다. 잠시 후, 그 건물들의 문 안쪽에서 보이지는 않지만 어떤 움직임이 느껴졌다. 사람들은 다시 기다렸다. 개는 더이상 움직이지 않았다. 이제 개는 거무스름한 액체 속에 잠겨 있었다.

경찰들이 들어간 건물의 창에서 갑자기 기관총이 발사되었다. 사격이 계속되면서, 목표물이던 그 겉창은 말 그대로 박살이 나고 검은 표면이 드러났지만, 리외와 그랑이 있는 곳에서는 아무것도 분간할 수 없었다. 총성이 그치자, 좀더 떨어진 집에서, 다시 말해 다른 각도에서 두번째로 기관총 소리가 났다. 총알이 창틀 안으로 들어갔는지 창문 중 하나에서 벽돌 파편이 튀었다. 동시에, 경찰 세 명이 길을 건너 아파트 문 안으로 달려들어갔다. 거의 동시에 다른 세 명이 또 그곳으로 뛰어들어간 후 기관총 소리가 그쳤다. 사람들은 계속 기다렸다. 먼 곳에서 나는 것처럼 건물 안에서 폭발음이 두 번 울렸다. 웅성웅성하는 소리가 크게 나더니, 건물에서 셔츠 차림의 자그마한 남자가 계속 소리를 지르며 끌려나온다기보다는 들려나오는 것이 보였다. 그 순간 기적처럼 거리의 겉창들이 모두 열리고 창문마다 호기심 어린 사람들로 가득찼다. 사람들이 집에서 나와 바리케이드 뒤로 몰려들었다. 잠시 후 그 남자가 마침내 땅에 발을 내려놓고 도로 한복판에 서 있는 것이 보였다. 두 팔은 경찰이 뒤쪽에서 붙잡고 있었다. 그가 고함을 질렀다. 경찰 하나가 그에게 다가가더니, 서두르지 않고 주먹으로 힘껏 두 번 갈겼다.

"코타르군요." 그랑이 중얼거렸다. "미쳤나봐요."

코타르는 쓰러져 있었다. 땅에 쓰러져 있는 그 몸에 경찰이 다시 한 번 힘껏 발길질을 했다. 이윽고 한 무리의 사람들이 분주히 움직이더니 웅성거리며 의사와 그의 나이든 친구 쪽으로 다가왔다.

"비키세요!" 경찰이 말했다.

그 사람들이 자기 앞을 지나갈 때 리외는 눈길을 돌렸다.

해가 저물어가는 가운데 그랑과 의사는 자리를 떴다. 그 사건이 마비 상태에 빠져 잠자던 그 동네를 흔들어 깨우기라도 한 것처럼, 그 외진 거리도 또다시 기쁨에 차 웅성대는 소리가 넘쳐났다. 그랑은 집 앞에서 의사에게 작별 인사를 했다. 그는 작업을 하러 갈 예정이었다. 집으로 올라가려다가 그가 잔에게 편지를 썼고 그래서 지금은 만족스럽다고 리외에게 말했다. 그리고 문장을 다시 쓰기 시작했다고 했다. "형용사들을 전부 없앴어요."

그가 짓궂은 미소를 지으며 모자를 벗더니 격식을 갖추어 인사를 했다. 그러나 리외는 코타르를 생각하고 있었다. 경찰이 주먹으로 코타르의 얼굴을 후려칠 때 나던 묵직한 소리가 해수병 환자의 집으로 가는 동안에도 계속 그를 따라왔다. 죽은 사람에 대해 생각하는 것보다 죄인에 대해 생각하는 것이 어쩌면 더 괴로운 일인지도 몰랐다.

리외가 늙은 환자의 집에 도착해보니 하늘은 벌써 어둠에 완전히 잠겨 있었다. 방에서도 자유를 누리는 떠들썩한 소리를 어렴풋하게나마 들을 수 있었다. 노인은 한결같은 기분으로 계속 콩을 옮겨 담고 있었다.

"기뻐하는 것도 당연하지." 그가 말했다. "세상을 만들어가려면 그런 게 다 필요해. 그런데 친구분은 어떻게 되셨소?"

폭발음이 몇 번 그들에게까지 들려왔다. 아이들이 폭죽놀이를 하면서 내는 평화로운 소리였다.

"죽었습니다." 그렁거리는 가슴에 청진기를 대면서 의사가 말했다.

"아!" 노인이 좀 당황한 듯 말했다.

"페스트로 죽었어요." 리외가 덧붙였다.

"그런 거야." 잠시 뒤에 노인이 말했다. "가장 좋은 사람들이 죽는 거지. 그게 인생이야. 하지만 그 사람은 자기가 뭘 원하는지 알고 있었어."

"왜 그런 말씀을 하시나요?" 청진기를 집어넣으며 리외가 물었다.

"그냥 하는 말이야. 그 사람은 쓸데없는 말은 하지 않더군. 어쨌든 그 사람은 내 맘에 듭다. 하지만 다 그런 거야. 다른 사람들은 '페스트다, 우리가 페스트를 이겼어'라며 난리를 치지. 별것 아닌 일로 훈장이라도 달라고 할 거고. 그런데 페스트가 대체 뭘 의미할까? 그것이 인생이야. 그뿐이지."

"규칙적으로 찜질을 해야 합니다."

"오! 그런 걱정은 안 해도 돼. 나는 오래 살 거야. 다른 사람들이 죽는 것을 다 볼 때까지 말이야. 살아남는 법을 알고 있거든."

그의 말에 응답이라도 하듯 기뻐서 외치는 소리가 멀리서 들려왔다.

의사는 방 가운데에 멈춰 섰다.

"테라스에 가봐도 될까요?"

"되고말고. 저 사람들을 위에 올라가서 보고 싶은 게로군. 좋을 대로 하시게. 하지만 그들은 언제나 똑같아."

리외는 계단 쪽으로 갔다.

"의사 선생, 페스트로 죽은 사람들을 위해 기념비를 세운다던데 정말인가?"

"비석을 세우거나 동판을 붙일 거라고 신문에 났더군요."

"그럴 줄 알았어. 그리고 연설도 하겠지."

노인은 목이 멘 듯한 소리로 웃어댔다.

"여기 있어도 다 들려. '우리 희생자들은……' 그다음에는 식사를 하러 가겠지."

리외는 어느새 계단을 올라가고 있었다. 집들 위로 차가운 하늘이 넓게 펼쳐진 채 반짝였고, 언덕 가까이에서는 별들이 부싯돌처럼 단단해지고 있었다. 이날 밤도 타루와 그가 페스트를 잊기 위해 테라스에 올라왔던 그날 밤과 별로 다르지 않았다. 낭떠러지 아래에서 들려오는 바다 소리만 그때보다 훨씬 요란했다. 미지근한 가을바람에 실려오던 소금기가 빠져서 공기는 더욱 잔잔하고 가벼웠다. 그동안에도 시내의 웅성거리는 소리가 파도 소리와 함께 계속 테라스 아래로 밀려와 부딪혔다. 그러나 이 밤은 반항의 밤이 아니라 해방의 밤이었다. 멀리 보이는 검붉은 빛으로 그곳에 불빛 찬란한 대로와 광장이 있다는 것을 알 수 있었다. 이제 해방된 어둠 속에서 욕망은 아무런 구속도 받지 않았다. 리외에게까지 밀려오는 것은 바로 그 욕망의 소리였다.

어두컴컴한 항구에서 첫번째 불꽃들을 쏘아올리면서 공식 축하여이 시작되었다. 시민들은 길고 은은한 탄성을 지르며 불꽃들을 맞이했다. 코타르도, 타루도, 리외가 사랑했고 잃어버린 남자들과 여자들도, 죽은 자들도, 범죄자들도 모두 기억나지 않았다. 노인의 말이 옳았다. 인간들은 언제나 똑같았다. 그러나 그것이 바로 인간의 힘이자 순수함이었다. 리외가 모든 고통을 넘어 그들과 다시 만난다고 느낀 지점도 바로 여기였다. 함성이 더 강해지고 길어지면서 테라스 아래까지 밀려와 오래도록 반향하는 가운데, 하늘 높이 솟아오르는 형형색색의 불꽃 다발이 점점 더 많아졌다. 그것들을 바라보며 의사 리외는 침묵하는 사람이 되지 않기 위해, 페스트에 걸렸던 사람들에 대해 우호적으로 증언하기 위해, 적어도 그들에게 가해진 불의와 폭력에 대한 기억을 남기기 위해, 그리고 재앙 중에 배운 것, 즉 인간에게는 경멸해야 할 것보다 찬양해야 할 것이 더 많다는 것만이라도 말하기 위해 지금 여기서 끝맺으려고 하는 이야기를 글로 쓰기로 결심했다.

그러나 이 연대기가 결정적인 승리의 기록일 수 없다는 것을 그는 알고 있었다. 이 기록은 성자가 될 수도 없고 재앙을 받아들일 수도 없기에 의사가 되려고 노력하는 모든 사람들이 그들의 개인적인 고통에도 불구하고 공포와 그 공포의 지칠 줄 모르는 무기에 대항해 완수해야만 했고 아마도 여전히 완수해야 할 그 무엇에 대한 증언에 불과했다.

도시에서 올라오는 환희의 외침을 실제로 들으며, 리외는 그러한 환희가 여전히 위협받고 있다는 사실을 떠올렸다. 기쁨에 젖어 있는 군중은 모르고 있지만 책에서 확인할 수 있는 사실, 즉 페스트균은 결코 죽거나 소멸되지 않으며, 수십 년 동안 가구나 내복에 잠복해 있고, 방이나 지하실, 트렁크, 손수건, 낡은 서류 속에서 참을성 있게 기다리고 있다는 사실을 그는 알고 있었다. 또한 인간들에게 불행과 교훈을 주기 위해 페스트가 쥐들을 다시 깨우고, 그 쥐들을 어느 행복한 도시로 보내 죽게 할 날이 오리라는 사실도 그는 알고 있었다.

『페스트』, 폭력과 진실

1

프랑스 문학에서 카뮈가 차지하는 위치는 독특하다. 일반적으로 그는 20세기 중반을 풍미한 실존주의의 틀 속에서 이해되지만, 정치적으로 볼 때 실존주의를 대표하는 사르트르와 구별되는 독자적인 행보를 보인 작가다. 또 이데올로기에 연연하지 않고 인본주의라는 보편적인 개념에 근거한 문학활동을 했다는 점에서 그는 프랑스의 오랜 문학 전통 속에 놓여 있다. 그래서 사회과학이나 철학에 근거해 발언하기를 서슴지 않았던 이후 세대의 관점에서 볼 때 그는 시대착오적인 느낌마저 준다. 그렇다고 카뮈의 문학이 시대정신과 유리되어 있다는 것은 아니다. 그의 상상력의 근저에는 예술가의 사회적 책무와 관련된 질문이 놓여 있다.

행동이나 이념이 아무리 명분 있다고 해도 카뮈는 그 무엇도 삶과 인간 사이에 위치시키기를 거부한 작가로 알려져 있다. 7가 누벨문학상 수상 소감에서 예술과 작가의 역할에 대해 언급하면서 "진실과 자유에 대한 섬김"을 강조한 것은 그런 맥락에서 이해할 수 있다. 그에게 작가란 "자신에게 필요불가결한 아름다움과 자기가 절대로 벗어날 수 없는 공동체 사이의 중간지점"에 위치한 자, 판단하기보다는 이해하는 자다. 작가는 역사라는 원형경기장의 관람석에 앉아 있는 '참여한 방관자'가 되어서는 안 된다. 카뮈가 소외된 자들에 대한 연민과 연대의식을 가장 중요한 덕목으로 생각한 것도, 이데올로기가 제시하는 희망보다는 진실을 전하는 것이 작가의 의무라고 생각하고 폭력에 대해 단호한 입장을 취한 것도 이 때문이다. 사실 카뮈와 사르트르 사이의 논쟁도 일정 부분 공산주의에 대한 관점의 차이, 즉 거대 이데올로기가 감추고 있는 허구성과 폭력성에 대한 관점의 차이에서 비롯되었다. 카뮈는 어떤 경우에도 폭력을 거부해야 한다고 생각했지만, 사르트르는 구조적 폭력을 없애기 위해서는 폭력이 필요하다고 생각했다. 카뮈가 폭력을 거부했다고 해서 그가 무조건 옳다는 것은 아니다. 카뮈는 폭력을 거부하기 위해 알제리 독립을 반대했지만, 알제리 사태가 식민주의와 자본주의가 결합한 구조적 문제라는 사실을 간과하고 폭력을 거부하기 위해 인간애에 호소하는 감상적인 태도를 보인 점은 비판받아 마땅하다. 마찬가지로 사르트르가 희생되는 개인들의 문제를 정의의 이름으로 외면했음은 부인할 수 없다.

이러한 논쟁이 벌어지기 전에 카뮈는 『페스트』에서 폭력과 진실의 문제를 한계상황에 놓인 인간들의 행태를 통해 형상화했다. 『페스트』는 페스트에 대항하는 양상에 따라 불안과 투쟁, 그리고 조용한 승리의 흐름을 따르고 있다. 지중해 연안의 오랑이라는 작은 도시에 갑자기 페스트가 유행해서 극도로 혼란스러운 가운데 사망자가 속출하고 도시는 폐쇄된다. 행정 당국을 비롯하여 사제, 심지어 의사들조차 해결책을 제시하지 못하는 가운데 페스트가 일상을 지배하기 시작한다. 출구라고는 죽음밖에 없는 상황에서 인간들은 어떤 반응을 보일까? 사람들은 절망 속에서 희망을 찾아 나설 수 있을까?

'페스트'라는 제목만 듣고 많은 독자들은 지금이 중세도 아니고 페스트가 사라진 지가 언제인데 아직 그런 소설을 읽느냐는 반응을 보이기도 한다. 아무 대응책도 내놓지 못한 무기력한 시 당국, 자발적으로 조직되는 보건대, 아우슈비츠를 연상시키는 수용소와 시체소각장 등을 고려하면 페스트를 둘러싼 상황이 나치 점령하의 프랑스를 은유하고 있다고 지적해도, 이미 수십 년 전에 일어난 역사적 사건을 왜 지금이 시점에서 다시 읽어야 하는가라는 질문을 받게 된다.『페스트』는 롤랑 바르트가 비판했듯이 반역사적인 도덕과 고독의 정치학을 설파하고 있는 작품이 아니며, 그렇다고 그의 비판에 카뮈가 반박했듯이 "나치주의에 반대하는 유럽 레지스탕스의 투쟁"을 다룬 작품이라고 그 의미를 축소하여 이해할 수도 없다.

실제로 다른 작품과 비교해볼 때,『페스트』를 카뮈의 대표작이라고 할 수는 없을 것이다. 공동체의 발견이나 연대의식과 참여, 미덕과 같은 주제의식은 너무 무겁고 진부하게 여겨지며, 대부분의 등장인물들은 너무 선량하고 그들의 대화 역시 너무 윤리적이고 철학적으로 보인다. 우발적으로 살인을 저지른 후 사회의 토대가 되는 풍속을 위반했다는 죄명으로, 다시 말해 "범죄자의 마음가짐으로 어머니의 장례를 치렀기 때문에" 사형선고를 받은 『이방인』의 뫼르소를 따라가면서 독자들은 죄인임을 받아들이지 않고 타협을 거부한 한 개인에게 가해지는 공권력의 폭력성에 분노하게 된다. 우연히 만난 관광객에게 자신의 수치스러운 과거 행적을 고백하면서 당신도 나와 마찬가지로 죄인임을 고백하라고 권하는 『전락』의 장바티스트 클라망스는 얼마나 가증스러운가? 그 가증스러움은 자신을 고발하는 고백마저 자기 정당화의 수단으로 사용하는 자기기만적 성격에서 비롯된다. 또는 살해당하는 순간에도 "나는 여전히 살아 있다"고 외치며 광기가 자유의 완전한 표현임을 드러내는 칼리굴라는 얼마나 매혹적인가? 이들에 비하면 『페스트』의 주인공 리외는 도덕 교과서에서 방금 튀어나온 인물처럼 보인다. 오히려 밝은 세계의 이면에 존재하는 부정적인 힘, 결코 사라지지 않고 다만 웅크려 잠복해 있는 죄악을 상징하는 코타르가 가장 생생한 인물로 보일 정도다. 그렇다면 왜 지금 다시 『페스트』를 읽어야 하는가?

군이 중동호흡기증후군MERS을 언급하지 않더라도, 최근 우리 사회는 사회 안전망이 붕괴되고 갖가지 형태의 무능과 무기력을 경험하고 있다. 바이러스와 같이 보이지 않는 것들이 우리 삶의 근간을 흔들고, 우리의 일상이 허위와 관례의 결합에 불과하다는 것을 알려주고 있다. 안정된 삶이라고 믿었던 현실이 사실은 하나의 베일에 둘러싸인 허구에 불과할 때, 그 베일은 찢어지기 마련이다. 그 베일이 찢어지는 순간 드러나는 "지하 묘지의 질서", 『페스트』는 바로 그것이 감춰진 현실이라고 설파한다.

이런 현실 속에서 개인들은 어떻게 행동해야 하는가? 『페스트』는 이 질문에 대답하기 위해 위기의 순간에 인간이 향해 가야 할 연대의식의 지평을 보여준다. 감옥에 갇힌 자가 뫼르소처럼 한 개인이든 아니면 오랑 시민처럼 집단 전체든, 카뮈는 우리가 이미 갇힌 존재임을 일깨 워준다. 퇴로가 막혀 있어 앞으로 나아갈 수도 없으며 그렇다고 우리가 갖고 있는 것에 만족할 수도 없는 현상황에서 우리는『페스트』가 생산되었던 역사적 문맥을 넘어 인간적인 것의 가치를 끊임없이 되새겨볼 수 있다. 여기에 카뮈의 현재성이 있다. 우리 모두가 처해 있는 도덕성의 위기와 관련해 카뮈는 인간적인 진실 이외의 진실은 없다는 사실을 알려준다. 그에게 인간적인 진실이란 이데올로기를 넘어서는 진실, 자연 속에 놓인 육체의 진실, 선의와 공감의 진실이다.

2

『페스트』는 카뮈의 출세작『이방인』과는 상당한 거리가 있는 작품이다.『이방인』에서 카뮈는 한 개인이 사형선고를 받을 수밖에 없었던 소통 불능의 상황을 제시한다. 더구나 뫼르소가 사형선고를 받은 것은 그의 행위 때문이라기보다는, 검사나 사제가 내세우는 논리를 이해하지 못하고 자신의 '마음'을 정확하게 표현하지 못하기 때문이다. 그는 절망적인 상황에 이르러 비로소 자신을 반항인으로 인식한다. 그러나 그가 아무리 성공적으로 자신을 인식하더라도 사회의 입장에서 보면 그는 제거되어야 할 범죄자일 뿐이다.

『페스트』는 이러한 개인적인 차원을 넘어선다. 이 작품에서도 시민들은 전염병 때문에 사형선고를 받은 부조리한 상황에 놓여 있다. 도시가 폐쇄되는 바람에 외부로 나갈 수 없고, 헤어진 사람을 만날 수도 없으며, 자기와 똑같은 상황에 놓인 시민들이 죽는 것을 보면서 죽음을 예감하고 자기 차례를 기다릴 수밖에 없다. 자신도 알지 못하는 사이에 감염되어 다른 사람에게 균을 퍼뜨릴 수 있다는 의미에서, 모든 시민은 서로에게 페스트이며 가해자다. 『페스트』가 『이방인』보다 한 걸음 더 나아간 지점이 바로 여기다. 카뮈에게 순전히 개인적인 상황은 없다. 한 상황은 우리 모두의 상황이 되고 공동의 해결책을 요구한다. 『페스트』는 개인의 일이 집단의 관심사가 되고 집단에게 닥친 사건 때문에 개인들이 영향을 받는다는 사실을 여실히 보여준다.

죽음을 일반화하면 죽음이 갖는 구체적 현실성이 사라져버린다. 그러나 모든 사람이 '사형선고'를 받았다면 상황은 달라진다. 카뮈는 모든 사람이 유폐의 운명에 처해 있다는 사실을 강조하기 위해 일상적인 공간을 창조한다. 다른 도시와 마찬가지로 오랑 시민들은 돈과 술과 쾌락을 좋아하고 개인적 고민에 사로잡혀 있다. 의사 리외는 폐결핵에 걸린 아내가 요양을 떠나는 상황에서 기차역에 등장하고 수사검사 오통씨도 시댁에 다녀오는 아내와의 재회를 기다리고 있다. 서술자의 표현을 빌리면, 이곳의 모든 것은 "평범"하다. 카뮈는 오랑이 다른 도시와 다른 점이 전혀 없다고 강조한다. 오랑은 '역사도 기억도 없는' 도시이며, "아름다운 풍광도 없고, 식물도 없고, 영혼도 없는" 도시다. 이 도시가 '~이 없는' 결핍의 도시로 설정되어 있다는 사실은 주목할 만하다. 이 도시는 물질적으로는 넘쳐나지만 정신을 위로할 수 있는 것은 아무것도 없다. 오랑 시민들은 상업상의 대화를 제외하면 아무 대화도 나누지 않는다. 그랑이 코타르에 대해 "이상해 보인 점이 있다면, 대화를 하고 싶어하는 눈치였다는 거예요"라고 말할 정도로, 같은 층에 사는 사람들이 서로에게 대화를 시도하는 것조차 낯설고 어색한 일이다. 그들은 서로에게 익명으로 존재하며 서로에게 이방인이다. 입지조건을 보아도 오랑은 바다를 등지고 돌아서 있을 정도로 적대적이고 폐쇄적이다. 문제는 시민들이 자신에게 무엇이 결핍되어 있는지 전혀 모르고 있다는 점이다. 전염병이 도시 전체를 위협하고 있지만, 그들은 그 사실을 인지하지 못한다. 여기서 말하는 '평범함'이란 무지다.

등장인물들을 소개할 때에도 '평범함'의 이미지가 강조되고 있다. 페스트의 진면목을 알기 전까지, 죽은 쥐는 걱정스럽지만 일시적인 흥밋거리에 불과하다. 리외도 과거 역사상 많은 희생자를 냈던 페스트와 관련된 기억을 떠올려보지만 전혀 실감하지 못한다. 시민들은 역사로부터 단절되어 있다. 그들은 파편화되어 있고 현실을 직시하지 못한다. 예를 들면, 페스트 환자의 시체를 소각하면서 연기가 발생하자 시민들은 페스트균이 연기를 타고 하늘에서 떨어진다고 믿고 화장터를 옮겨달라고 요구한다. 시에서 복잡한 배관 장치를 만들어 연기를 다른 곳으로 유도하고 난 후에야 그들은 진정된다. 그들은 연기만 보이지 않으면 페스트가 없는 것처럼 생활한다. 그들에게 페스트는 구체적인 현실감을 상실한 '추상'이다. 페스트를 극복하기 위해서는 현실의 추상성을 극복해야 한다. 다시 말해 페스트를 하나의 구체적 현실로 인정해야 한다.

페스트를 구체적 현실로 제시하기 위해 카뮈는 페스트의 공모자이자 페스트가 인격화된 인물인 코타르를 창조한다. 코타르는 어떤 범죄를 저지르고 공권력의 추적을 받자 자살을 시도했던 사람으로, 페스트가 기승을 부릴수록 쾌활해지고 페스트가 물러나자 시민들에게 무차별적으로 총기를 난사하고 체포된다. 자살이든 살해든, 그는 파괴적인 행동으로 자기 존재감을 확인하려고 한다. 또 자신에게 유리한 증언을 해줄 수 있는 사람만 사귀고, 개인으로 남아 있을 뿐 타인에게 손을 내밀지 않고 타인이 내민 손을 잡지도 않으며, 부당한 고통에 분노하기는커녕 그 고통에 동의하고 노예 상태와 다름없는 전반적인 포기 상태에 만족한다. 그런 점에서 코타르는 죽음의 이미지 자체이며 페스트가 작동하는 원리를 보여주는 인물이다. 그 원리는 극단적인 부정, 파괴와 폭력, 절망과 이기심이다. 왜 코타르는 자신이 악에 동조하고 있다는 것을 몰랐던 걸까? 그는 불행을 먼저 경험했기 때문에 불행에 대해 권리가 있다고 생각한다. 반면 그 권리의 정당성에 대해서는 아무 질문도 제기하지 않으며, 추락의 현기증과 죽음의 공포를 혼자 겪지 않는 것에 만족한다. 타루는 그를 다음과 같이 평한다. "그 사람에게는 진정으로 죄악이라고 할 만한 것이 하나 있어요. 그 사람이 어린아이들과 인간들을 죽게 하는 것에 마음속으로 동의했다는 거예요." 죽음에 대한 동의, 이것이 페스트다.

등장인물들은 죽음에 대해 어떤 태도를 보이는가? 모든 사람이 의사 리외처럼 철저한 직업윤리에 의지해 죽음에 맞서 투쟁하는 것은 아니다. 프랑스 현대 문학사를 살펴보아도 이렇듯 의사라는 '직업'이 등장인물의 성격에 영향을 끼친 것은 예외적인 경우라고 할 수 있다. 생텍쥐페리의 '비행사'들만이 이에 필적할 만한 철저한 직업의식을 갖고 있다. 카뮈는 유폐된 공간 속에서 현대인들이 느끼는 불안과 불신, 공포심을 구체적으로 형상화하는 동시에 한 인물이 행동하게 되는 계기를 다양한 각도에서 조망한다. 그래서 사랑과 행복에 대한 권리(신문기자 랑베르)가 부각되기도 하고, 악이나 불행이 인간의 구원에 필요한가에 대한 종교적 성찰(파늘루 신부)이 서술되기도 하며, 현실에 대한 혐오감을 넘어서는 행위의 필요성(지식인 타루)이 강조되기도 한다. 물론 리외가 이들의 사유나 행동에 전적으로 동의하지 않을 때도 있다. 그러나 그는 그들의 진정성을 믿고 그들을 이해하려고 노력한다. 랑베르가 탈출하려고 시도할 때, 그는 그것이 도피에 불과하다는 것을 알고 있지만 행복을 선택하는 자유가 공동체의 운명만큼 중요하다는 것을 인정한다. 리외는 불행을 겪는다면 우리가 그 불행을 겪어마땅하기 때문이며 불행을 통해 구원의 길로 접어들 수 있다는 파늘루 신부의 강론을 거부하면서도 그들이 함께 페스트와 싸우리라는 믿음을 잃지 않는다. 또 타루가 무의미한 것의 성자가 되기를 원한 반면 리외는 인간이 되기를 원했다는 점에서 추구하는 삶의 목적은 각기 다르지만 '이해'야말로 사랑에 대한 의지의 표현이라는 사실에 공감한다.

이처럼 『페스트』의 등장인물들은 흠결 없는 완벽한 인간은 아니다. 오히려 결점에도 불구하고 공동체를 위해 자신을 전적으로 투사하는 가운데 조금씩 변화하고, 비로소 자신의 존재 의의를 찾게 된다. 그랑은 그러한 성장을 보여주는 대표적인 인물이다. 그랑은 영웅의 자질이라고는 전혀 찾아볼 수 없는 시청의 비정규직 직원으로, 낮에는 주어진 일을 처리하고 저녁에는 리외를 도와 사망자 수나 필요한 물자의 이동과 같은 통계수치를 정리한다. 집에 가서는 문장 하나를 수없이 고쳐 쓰면서 자기만의 일에 몰두한다. 그는 의사 리외처럼 생명을 구하는 것이 직업인 인물도 아니며, 타루처럼 세상의 이치에 혐오감을 느끼고 삶의 진정한 의미를 탐색하는 인물도 아니다. 파늘루 신부처럼 인간의 영적 구원을 시도하는 인물도 아니다. 그는 페르시아의 한 도시에서 페스트에 걸려 죽은 사람의 시체 씻는 일을 했던 사람처럼 자기 일을 묵묵히 해내는 사람이다. 리외가 이 연대기의 주인공으로 굳이 그를 꼽은 것도 그런 이유 때문이다.

『페스트』는 '진정한 인간'이 되고자 했던 평범한 인간들의 드라마다. '진정한 인간'은 어떤 인간을 의미하는 것일까? 진정한 인간은 사태를 분명하게 인식하는 사색형 인간을 넘어선다. 카뮈의 관점에서 볼 때 진정한 인간은 '나'에서 '우리'로 변화하는 인간이다. 페스트라는 항구적인 위협 속에서 끊임없이 패할지라도 "완수해야 할 그 무엇"을 확신하고 다시 투쟁할 준비가 되어 있는 인간이 '진정한 인간'이다. 그가 갖고 있는 유일한 무기는 '희망'이다. 희망은 인간이 보여줄 수 있는 선의의 다른 이름이다. 리외가 페스트에 대한 투쟁의 기록을 남기면서 타루의 수첩을 참고하고 다른 증언들을 인용한 것은 연대기의 진실성을 강조하기 위한 것이라기보다는, 이 연대기가 '나-개인'의 주관적 산물이 아니라 '우리-공동체'의 산물이라는 사실을 강조하기 위함이다. 카뮈의 세계에서 선의는 개인적인 행위로 드러나지만 그 결과는 언제나 집단적이다. 카뮈에게 『페스트』가 죽음에 승리한 삶의 기록이자 선의의 인물들이 써내려가는 객관적인 기록이 되는 것은 그런 의미다.

3

『페스트』가 형상화하고 있는 것은 신과 구원의 문제가 아니라 인간과 의지의 문제, 선의의 문제다. 그러나 "선의도 악의와 마찬가지로 많은 피해를 입힐 수 있"는 이상, 카뮈가 '의지'와 '선의'를 어떤 의미로 사용하고 있는지 확인할 필요가 있다. 카뮈의 관점에 따르면, 인간은 이미 주어져 있는 자질의 총체가 아니라 '맹목'에서 벗어나려는 '의지'의 산물이다. 아무리 선한 의지를 갖고 있어도 파늘루 신부의 강론처럼 맹목적인 진리로 표현될 때 그 의지는 쉽사리 고통에 동의하는 오류가 되고 만다. 선한 의지는 리외의 말처럼 "창조되어 있는 세계를 거부하고 투쟁"하는 반항정신을 의미한다. 좀더 구체적으로 말하면 자신과는 상관없어 보이는 일에서도 불안과 고통을 나누어 겪는 '공감' 능력과 연결된다. 리외의 입을 빌려 카뮈는 선의를 "성실성"이라는 의미로 사용하는데, 이때 성실성은 영웅주의와는 정반대 개념이다. 카뮈에게 영웅주의는 부정적인 의미에서 정당성을 전유專有하는 태도이기 때문이다. 반대로 성실성은 의무를 기쁘게 수행하는 것이다. 그랑이 쓰고 있는 보잘것없는 문장 하나에 리외와 타루가 깊은 관심을 보인 것처럼 성실성은 타인에 대한 열린 태도를 전제로 한다. 그때 비로소 인간은 "혼자서만 행복한 것은 수치스러"운 일임을 깨닫는다. 페스트에 사로잡힌 사람에게 외부란 존재하지 않는다. 원하든 원치 않든 현재 자신이 있는 곳이 자신의 터전이며, 그 터전에서 함께 살고 있는 사람들에게 '무관심'한 것은 수치스러운 일이다. 카뮈는 이러한 인식에 "통찰력"이라는 이름을 붙인다. 인간은 이 통찰력 덕분에 개인의 행복을 넘어 타인과 연대하고 폭력에 저항하며 삶의 의지를 간직할 수 있다. 허위의식에서 벗어나 진정한 자아를 찾고 행동으로 나아가는 모든 인간이 『페스트』의 주인공이라는 것은 그런 의미다.

『페스트』에서 긍정적으로 그려지는 인물들은 카뮈의 이상적 인간형인 시시포스를 닮았다. 밀어올려야 하는 무게를 견뎌내는 시시포스는 죽음을, 굴종을 거부한 자라고 할 수 있다. 「자라나는 돌」에서 흑인 요리사는 자신이 서약한 대로 속죄자들의 행렬에 참가하여 거대한 돌덩어리를 메고 가지만 포기하고 만다. 그러자 주인공 다라스트가 그 돌을 이어받아 대신 메고 흑인의 오두막집으로 향한다. 이처럼 시시포스는 거부하는 자이며 동시에 타인의 돌을 건네받아 짊어지는 자다. 이 작품의 마지막 문장은 "이리 와서 우리와 함께 앉아"다. 여기서 가장 울림이 큰 단어는 '우리'라는 단어다. 개인들이 '우리'로 변모하는 과정 속에서 카뮈는 희망을 찾고 있다. 희망은 타인의 고통이 곧 자신의 고통이라는 사실을 인식할 때 싹튼다. 그런 점에서 카뮈의 작품은 일관되게 구원을 탐색하고 있다. 그 구원은 고통을 겪는 인간에 대한 사랑과 분리되지 않는다. 카뮈의 사랑은 인간 이상의 것을 탐하지 않기 때문이다.

번역 대본으로는 Albert Camus, *La peste*(sous la direction de Jacqueline Lévi-Valensi), Gallimard, Bibliothèque de la Pléiade, 2010(2006)을 사용했고, 기존에 번역된 이휘영, 김봉구, 홍승오, 김화영 교수님의 번역본과 영역본 *The Plague*, Leicester: Charnwood, 1984를 참조했다. 모든 번역본에는 나름대로 그 시대에 적합한 소임이

있다. 그런 의미에서 모든 번역본은 그 자체로 이미 훌륭한 번역이다. 이런 자기 정당화에도 불구하고 이 번역으로 카뮈를 사랑하는 독자들을 실망시키지나 않을까 하는 두려움은 여전하다. 특히 단어 하나에도 터무니없는 중요성을 부여하는 그랑과 같은 인물을 거울처럼 앞에 두면 내 얼굴은 언제나 일그러져 보인다. 제자리걸음만 하는 나에게 가끔 재촉 전화를 해준 문학동네 편집부에 감사의 마음을 전한다. 아빠가 카뮈를 번역한다는 단순한 이유 때문에 카뮈를 최고의 작가로 알고 있는 현준, 승준에게 사랑의 마음을 전하고 싶다.

유호식

1913년 11월 7일, 알제리의 몽도비에서 출생. 아버지 뤼시앵 카뮈는 포
도주 판매업체의 직원이었으며 1차세계대전중인 1914년에 전
사. 어머니 카트린 생테스는 문맹에 거의 말을 하지 않고 지냈으
며 반은 귀머거리였고, 남편이 전사하자 친정에 돌아가 가정부,
청소부 등으로 생계를 이어감.

1923년 초등학교를 졸업하고 루이 제르맹 선생의 도움으로 중학교에 진
학. 후에 카뮈는 노벨상 수상 연설집 『스웨덴 연설Discours de
Suède』을 그에게 헌정.

1930년 고등학교를 졸업. 졸업반 때 철학교사로 부임한 장 그르니에를
만나 평생 친분을 나눔. 그르니에 선생에게 『안과 겉L'Envers et
l'endroit』과 『반항인L'Homme révolté』을 헌정. 폐결핵이 처음
발병했으며 이후 여러 차례 요양 생활을 함.

1934년 시몬 이에와 결혼했으나 2년 만에 이혼.

1936년 노동극단에서 활동. 알제 대학에서 철학 논문 「기독교적 형이상
학과 신플라톤주의: 플로티노스와 성 아우구스티누스」로 철학
고등교육졸업증(D.E.S.) 취득. 알제 라디오 방송극단에서 배우
로 활동.

1937년 첫 작품 『안과 겉』 출간.

1938년 〈알제 레퓌블리캥〉의 기자로 활동하며 알제리의 정치적 문제에
관심을 가짐. 이 신문은 1940년 1월에 폐간됨. 『페스트La peste』
에 대한 노트 시작.

1939년 두번째 산문집 『결혼Noces』 출간.

1940년	『이방인L'Etranger』 탈고. 프랑신 포르와 재혼.
1942년	『이방인』과 『시시포스의 신화Le Mythe de Sisyphe』 출간.
1943년	장폴 사르트르와 만남.
1944년	희곡 『오해Le Malentendu』 출간. 레지스탕스 기관지였던 〈콩바〉의 편집국장으로 부임.
1945년	『칼리굴라Caligula』 상연.
1947년	소설 『페스트』 출간. 비평가상 수상.
1948년	『계엄령L'Etat de siège』 초연 및 출간.
1949년	『정의의 사람들Les Justes』 초연 및 출간.
1951년	『반항인』 출간.
1952년	『반항인』을 둘러싼 논쟁으로 사르트르와 결별.
1953년	『최초의 인간Le premier homme』 초안 구상.
1954년	산문집 『여름L'Eté』 출간.
1955년	주간지 『렉스프레스』 논설위원에 추대됨.
1956년	소설 『전락La Chute』 출간.
1957년	소설집 『적지와 왕국L'Exil et le royaume』 출간. 프랑스인으로는 아홉번째로 노벨문학상 수상.
1958년	『스웨덴 연설』 출간.
1959년	자전적 소설 『최초의 인간』 집필 시작.
1960년	1월 4일, 루르마랭에서 파리로 가던 중 교통사고로 사망. 어머니 카트린 카뮈 사망.
1971년	『이방인』의 습작에 해당하는 미발표 소설 『행복한 죽음La Mort heureuse』 출간.
1994년	유고작 『최초의 인간』 출간.

문학동네 세계문학전집 발간에 부쳐

세계문학은 국민문학 혹은 지역문학을 떠나 존재하는 문학이 아니지만 그것들의 총합도 아니다. 세계문학이라는 용어에는 그 나름의 언어와 전통을 갖고 있는 국민문학이나 지역문학의 존재를 인정하면서 그것을 넘어서는 문학의 보편적 질서에 대한 관념이 새겨져 있다. 그 용어를 처음 고안한 19세기 유럽인들은 유럽 문학을 중심으로 그 질서를 구축했지만 풍부한 국민문학의 전통을 가지고 있는 현대의 문학 강국들은 나름의 방식으로 세계문학을 이해하면서 정전(正典)의 목록을 작성하고 또 수정한다.

한국에서도 세계문학 관념은 우리 사회와 문화의 변화 속에서 거듭 수정돼왔다. 어느 시기에는 제국 일본의 교양주의를 반영한 세계문학 관념이, 어느 시기에는 제3세계 민족주의에 동조한 세계문학 관념이 출현했고, 그러한 관념을 실천한 전집물이 출판됐다. 21세기 한국에 새로운 세계문학전집이 필요하다는 것은 명백하다. 우리의 지성과 감성의 기준에 부합하는 세계문학을 다시 구상할 때가 되었다.

문학동네 세계문학전집은 범세계적으로 통용되는 고전에 대한 상식을 존중하면서도 지난 반세기 동안 해외 주요 언어권에서 창작과 연구의 진전에 따라 일어난 정전의 변동을 고려하여 편성되었다. 그래서 불멸의 명작은 물론 동시대 세계의 중요한 정치·문화적 실천에 영감을 준 새로운 작품들을 두루 포함시켰다.

창립 이후 지금까지 한국문학 및 번역문학 출판에서 가장 전문적이고 생산적인 그룹을 대표해온 문학동네가 그간 축적한 문학 출판 경험을 바탕으로 새로운 세계문학전집을 펴낸다. 인류가 무지와 몽매의 어둠 속을 방황하면서도 끝내 길을 잃지 않은 것은 세계문학사의 하늘에 떠 있는 빛나는 별들이 길잡이가 되어주었기 때문이다. 우리가 자부심과 사명감 속에서 그리게 될 이 새로운 별자리가 독자들의 관심과 애정에 힘입어 우리 모두의 뿌듯한 자산이 되기를 소망한다.

문학동네 세계문학전집 편집위원
민은경, 박유하, 변현태, 송병선, 이재룡, 홍길표, 남진우, 황종연

세계문학전집 133

페스트

1판 1쇄 2015년 12월 26일
1판 19쇄 2024년 11월 25일

지은이 알베르 카뮈 | 옮긴이 유호식

책임편집 최민유 | 편집 최정수 오동규
디자인 김마리 최미영 | 저작권 박지영 형소진 최은진 오서영
마케팅 정민호 서지화 한민아 이민경 왕지경 정유진 정경주 김수인 김혜원 김예진
브랜딩 함유지 함근아 박민재 김희숙 이송이 김하연 박다솔 조다현 배진성
제작 강신은 김동욱 이순호 | 제작처 영신사

펴낸곳 (주)문학동네 | 펴낸이 김소영
출판등록 1993년 10월 22일 제2003-000045호
주소 10881 경기도 파주시 회동길 210
전자우편 editor@munhak.com | 대표전화 031)955-8888 | 팩스 031)955-8855
문의전화 031)955-1927(마케팅), 031)955-3560(편집)
문학동네카페 http://cafe.naver.com/mhdn
인스타그램 @munhakdongne | 트위터 @munhakdongne
북클럽문학동네 http://bookclubmunhak.com

ISBN 978-89-546-3889-0 04860
      978-89-546-0901-2 (세트)

www.munhak.com

● 문학동네 세계문학전집은 계속 출간됩니다